Bianca Iosivoni ist eine der beliebtesten und erfolgreichsten New-Adult-Autorinnen Deutschlands. Ihr Roman *SORRY. Ich habe es nur für dich getan*, ein unwiderstehlicher Mix aus Romantik und Thrill, sprang sofort auf Platz 1 der SPIEGEL-Bestsellerliste und hielt sich, angefeuert von seinen begeisterten Fans, wochenlang in den Top 10. Auch mit ihren Romantasy-Bestsellern macht Bianca Iosivoni seit Jahren unzählige Leser*innen süchtig. Die Canadian-Dreams-Reihe ist eine New-Adult-Trilogie voller Gefühle, Spice und Leidenschaft, die die Sehnsucht nach einem Sommerurlaub auf einer kanadischen Insel wie Golden Bay weckt.

Außerdem von Bianca Iosivoni lieferbar:

SORRY. Ich habe es nur für dich getan
Golden Bay. How it feels

www.penguin-verlag.de

Bianca Iosivoni

Golden Bay

How it hurts

Roman

Band 2

Penguin Verlag

MIX
Papier | Fördert gute Waldnutzung
FSC® C014496

Penguin Random House Verlagsgruppe FSC® N001967

1. Auflage

Neumarkter Straße 28, 81673 München
Dieses Werk wurde vermittelt durch
die Langenbuch & Weiß Literaturagentur.
Redaktion: Melike Karamustafa
Illustration: Francis Eden
Umschlaggestaltung: ZERO Werbeagentur, München
Umschlagabbildungen: www.shutterstock.com/Konstanttin;
www.shutterstock.com/surachet khamsuk;
www.shutterstock.com/oksanka007;
www.shutterstock.com/merrymuuu
Satz: Vornehm Mediengestaltung GmbH, München
Druck und Bindung: GGP Media GmbH, Pößneck
Printed in Germany 2024
ISBN 978-3-328-11079-8

www.penguin-verlag.de

Soundtrack

Taylor Swift, Gary Lightbody – *The Last Time (Taylor's Version)*
Munn – *can you hear me?*
OneRepublic – *Waking Up*
Walking On Cars – *Colonize My Heart*
Chord Overstreet – *Hold On*
Taylor Swift – *Anti-Hero*
Tyrone Wells – *Days I Will Remember*
Simple Plan – *Welcome to My Life*
Imagine Dragons – *Cutthroat*
Ed Sheeran – *Happier*
Taylor Swift – *Don't Blame Me (Taylor's Version)*
VOILÀ – *Figure You Out*
Lilith Czar – *Burn With Me*
DIAMANTE, Breaking Benjamin – *Iris*
Black Lab – *Matter of Time*
JAY-Z, Linkin Park – *Jigga What / Faint*
Welshly Arms – *I Surrender*
JAY-Z, Linkin Park – *Numb / Encore*
Forest Blakk – *If You Love Her*
Rosa Linn – *SNAP (High and Fast)*
Zac Efron, Zendaya – *Rewrite The Stars*
Linkin Park – *In the End*
SLANDER, Dylan Matthew – *Love Is Gone (Acoustic)*

*Liebe Leser*innen,*

dieses Buch enthält potenziell triggernde Inhalte. Deshalb findet sich auf S. 401 eine Triggerwarnung. Achtung: Diese enthält Spoiler für das gesamte Buch. Wir wünschen allen das bestmögliche Leseerlebnis.

Bianca Iosivoni und der Penguin Verlag

Für alle,
die sich eine zweite Chance wünschen.
Willkommen in Golden Bay.

Fünf Jahre zuvor

07. August

Holden, 00:31 Uhr

Ich hab vorhin die letzte Fähre aufs Festland genommen. Ich komme nicht mehr zurück …

Gemma, 00:32 Uhr

Warum? Was ist passiert? Ist Ember bei dir?

Holden, 00:34 Uhr

Nein.

Gemma, 00:35 Uhr

Wieso nicht? Was ist los?

00:39 Uhr

Rede mit mir, Holden!

Holden, 00:40 Uhr

Das mit Em und mir ist vorbei

00:40 Uhr

Ich hab Mist gebaut, Gemma. Gigantischen Mist

00:42 Uhr
Mach dir keine Sorgen.
Ich melde mich später noch mal bei dir und Mom

Gemma, 00:46 Uhr
Komm zu mir. Du kannst auf dem Sofa schlafen. Ich hab zwar kein Geld, aber wir finden eine Lösung, Holden. Wirf nicht dein ganzes Leben weg!

Holden, 00:46 Uhr
Zu spät

1. Kapitel

»Du wirst mir das niemals vergeben, oder?«

Die Frage schwebt zwischen uns in der Luft. Und mit jeder Sekunde, die vergeht und in der Ember nicht antwortet, wird sie immer bedeutungsvoller, immer schwerer, wie ein Sommergewitter, das sich jeden Moment entladen wird.

Gerade spüre ich Embers Finger noch in meinen, dann zieht sie sie zurück und weicht meinem Blick aus. Wahrscheinlich merkt sie nicht einmal, wie sie die Hände an ihren Seiten zu Fäusten ballt, löst und erneut zusammenballt.

Sie sieht erschöpft aus, wie sie da in dunkelgrünem T-Shirt und kurzer, farbverschmierter Latzhose vor ihrem alten Elternhaus steht. Als hätten sie die letzten Tage unendlich viel Kraft gekostet. Und mit einem Mal bereue ich es, dass ich nicht früher hergekommen bin, um für sie da zu sein. Aber nach der Konfrontation im Krankenhaus vor zwei Tagen weiß ich nur zu gut, dass sie das nicht zugelassen hätte. Das Beste, das Einzige, was ich für sie tun konnte, war, Shae zu ihr zu schicken, damit sie nicht ganz allein ist.

Der Unfall ihrer Großmutter hat sie erschreckt, sie fertiggemacht und viel aufgewühlt. Ich konnte es ihr schon ansehen, bevor sie mir von ihrer Mom erzählt hat.

Aber jetzt … zu wissen, was damals passiert ist, was Ember durchmachen musste … verdammt. Wenn ich könnte, würde ich ihr all das abnehmen, es ungeschehen machen, die Vergangenheit auslöschen, damit sie ihr nicht mehr so wehtut. Damit *ich* ihr nicht mehr so wehtue.

Im Gegensatz zu mir weiß Ember noch immer nicht, was in jener Nacht geschehen ist. Ich dagegen kenne nun die ganze Wahrheit. Ihre – und meine. Und hätte ich damals erfahren, was Ember zu Hause miterleben musste, wie sie ihre Mom im Badezimmer vorgefunden und zu retten versucht hat, wäre womöglich alles anders gekommen. Vielleicht würden wir heute unter ganz anderen Umständen hier stehen.

Oder ich wäre gar nicht mehr da.

Embers Augen sind gerötet, als hätte sie stundenlang geweint. Bei dem Anblick zieht sich meine Brust zusammen. Ich habe es schon früher gehasst, sie leiden zu sehen. Doch das Wissen darüber, was sie alles durchgemacht hat und dass ich ihr nicht beistehen konnte, zerreißt mir regelrecht das Herz.

Du wirst mir das niemals vergeben, oder?

Sie muss es nicht aussprechen, ich kenne die Antwort bereits. Und sie ist wie ein Schlag in die Magengrube.

»Nein.« Als Ember mich wieder ansieht, glänzen ihre Augen feucht. »Das kann ich nicht.«

In der Sekunde, in der sie das sagt, wird mir klar, dass ich mich geirrt habe. Diese Worte zu hören, tut viel mehr weh, als sie mir nur vorzustellen. Das Brennen in meinem Magen verstärkt sich, breitet sich aus, droht mich zusammen mit meinen Schuldgefühlen aufzufressen.

Ich hatte keine verdammte Ahnung, was in jener Nacht passiert ist. Ich habe ihre Nachrichten gelesen, ohne zu reagieren. Habe ihre Anrufe weggedrückt und mir eingeredet, dass es besser für uns beide wäre. Wenn ich geahnt hätte, was ich damit anrichte ... Scheiße, ich wäre niemals gegangen. Ich hätte sie nie verlassen. Ganz egal, was die Konsequenzen gewesen wären.

Ich nicke, weil ich nichts anderes zustande bringe, aber Ember ist noch nicht fertig.

»Ich bin dir wirklich dankbar dafür, dass du mir mit Grandma geholfen hast.« Ihre Stimme ist leise. Rau. Nur ein Wispern zwischen uns. »Ehrlich gesagt hätte ich nie damit gerechnet oder überhaupt zu hoffen gewagt, dass du dort auftauchen und auch im Krankenhaus bei mir bleiben würdest. Das ist …« Sie schüttelt den Kopf. »Danke.«

»Em …« Ohne nachzudenken, hebe ich die Hand und streiche mit den Knöcheln über ihre Wange.

Weder weicht sie zurück, noch stößt sie mich weg. Sie schließt sogar die Augen, als versuche sie, sich ganz auf die Berührung zu konzentrieren. Sie sich ein allerletztes Mal einzuprägen.

»Wenn ich es in jener Nacht gewusst hätte …«, stoße ich hervor und muss mich förmlich dazu zwingen, die Hand wieder sinken zu lassen, statt Ember an mich zu ziehen. Statt sie festzuhalten, bis ihr Schmerz nachlässt. »Dann wäre ich bei dir geblieben.«

Ich muss es ihr noch mal sagen, für den Fall, dass sie mir noch immer nicht glaubt. Dass sie mir nicht glauben kann oder will. Aber ich weiß, dass ich Himmel und Hölle in Bewegung gesetzt hätte, um Ember beizustehen, nachdem ihre Mutter sich umgebracht hat. Nichts und niemand hätte mich davon abhalten können.

Und es gibt noch etwas, das ich ihr sagen muss. Etwas, das ich in ihren Augen lese und das mir viel zu bekannt vorkommt.

»Es war nicht deine Schuld, hörst du? Das mit deiner Mom war nicht deine Schuld.«

»Wirklich nicht?« Sie atmet erstickt ein und sieht mich gequält an. »Vielleicht bin ich nicht der Grund dafür, dass sie sich etwas angetan hat, aber ich … ich war da, Holden. Nur ein Zimmer entfernt. Ich hätte sie retten können. Nein, ich hätte sie retten *müssen*! Ich hätte …«

»Ember …« Am liebsten würde ich wieder die Hände an ihre Wangen legen, doch diesmal weicht sie vor mir zurück.

»Nicht. Wenn du mich jetzt berührst oder in den Arm nimmst, kann ich mich nicht länger zusammenreißen.«

Ich will ihr deutlich machen, dass sie das nicht muss. Dass ich sie halten werde, solange sie es braucht, aber sie kommt mir zuvor.

»Und dafür fehlt mir die Kraft. Ich kann nicht zusammenbrechen. Nicht schon wieder. Und ich … ich weiß nicht, ob ich dir je verzeihen kann, weil ich …« Ihre Stimme ist nur noch ein ersticktes Flüstern. »Weil ich nicht weiß, ob ich *mir* je dafür vergeben kann.«

»Em …«

Warnend hebt sie die Hand und schüttelt den Kopf.

Fuck.

Schuldgefühle toben wie ein Sturm in mir. Ich war nicht für sie da. Ich bin nicht aufgetaucht, wie wir es verabredet hatten. Wenn ich mich an mein Versprechen gehalten hätte, wäre alles anders gelaufen. Dann hätte Ember all das nie erleben, sich nie damit herumschlagen müssen.

Würde es etwas an der Gegenwart ändern, wenn ich ihr erzählen würde, was in der Nacht vor fünf Jahren passiert ist? Warum ich abgehauen bin?

Nein, es ist besser – für alle –, wenn Ember die Wahrheit nie erfährt. Selbst wenn sich ein Teil von mir eine Bestätigung wünscht, dass ich das Richtige tue. Aber ich ziehe das schon so lange durch, habe dermaßen lange geschwiegen, dass es keinen Weg zurück gibt. Nicht für sie, und erst recht nicht für mich.

Der Impuls, ihr von damals zu erzählen, verfliegt und wird durch die harte Realität ersetzt. Die Wahrheit würde nichts ändern. Wenn überhaupt, würde sie alles nur noch schlimmer machen. Also zwinge ich mich zu einem Nicken, während ich die Lippen fest aufeinanderpresse.

»Es tut mir so verflucht leid, Em. Einfach alles.«

»Ich weiß.« Eine Träne läuft ihr über die Wange. »Mir auch …«

Es kostet mich sämtliche Willenskraft, nicht die Hand auszustrecken und sie wegzuwischen. Ember zu trösten, zu umarmen, ihr beizustehen. Stattdessen bin ich dazu verurteilt … nichts zu tun.

Mein Blick fällt auf die Sonnenblumen, die ich zu ihrem Geburtstag vor der Veranda für sie angepflanzt habe. Mit einem eigenen Bewässerungssystem, bei dem Mom mir geholfen hat, weil Ember früher immer dazu geneigt hat, sämtliche Pflanzen in ihrem näheren Umfeld zu töten. Unabsichtlich versteht sich.

Jetzt wiegen sich die Köpfe der Sonnenblumen traurig im Wind, wie ein Versprechen, das gebrochen wurde. Wie eine Hoffnung, die verblasst ist.

»Ich verstehe.« Irgendwie bringe ich die Worte hervor.

Ich bin hergekommen, um nach Ember zu sehen. Weil ich mir Sorgen gemacht habe und um eine Antwort zu erhalten. Die habe ich nun. Und obwohl ich es nicht für möglich gehalten hätte, schaffe ich es, einen Schritt zurück zu machen. Einen Schritt von ihr weg. Dann noch einen. Und einen weiteren.

Der einzige Grund, aus dem ich jetzt gehen kann, ist, dass es ihr Wunsch ist. Und das Wissen, dass sie nicht allein zurückbleibt.

Kurz nicke ich Shae zu, die in der Haustür aufgetaucht ist. Dann kehrt mein Blick ein letztes Mal zu Ember zurück, die reglos auf der Veranda steht, bevor ich mich umdrehe und gehe.

Und während ich in den Pick-up steige, den Motor anlasse und wegfahre, ohne zurückzuschauen, kreist dieselbe Frage in meinem Kopf: Wie kann ich von Ember erwarten, dass sie mir verzeiht, wenn ich mir für meine Entscheidungen in jener Nacht nicht einmal selbst vergeben kann?

2. Kapitel

Es gibt viele Dinge in meinem Leben, die ich bereue. Damals weggegangen zu sein. Den falschen Leuten vertraut und den Mund gehalten zu haben, wenn ich etwas hätte sagen sollen. Alles, was in der Nacht vor fünf Jahren passiert ist – und alles, was danach kam.

Mit jedem Schritt wirble ich in einem gleichmäßigen Rhythmus den Sand auf, während ich am Golden Bay Beach entlangjogge. Es ist später Nachmittag, und die meisten Touristen sind bereits verschwunden. Dunkle Wolken sind am Himmel aufgezogen, was ein fast schon dramatisches Bild abgibt. Das Meer ist aufgewühlt, das Rauschen der Wellen übertönt sogar die Musik, die aus meinen Kopfhörern schallt.

Normalerweise hilft mir das Laufen. Heute nicht. Nichts lenkt mich ab. Weder der Sport noch der Strand oder die warme, salzige Brise, die so vertraut ist, dass sich jeder Atemzug anfühlt, als würde ich daran ersticken. Ich versuche mich zusammenzureißen, meine Gedanken und Emotionen unter Kontrolle zu bringen. Doch egal, wie sehr ich all dem entfliehen möchte, es funktioniert nicht. Ich kann es nicht. Habe es nie gekonnt. Meine Fehler holen mich immer wieder ein. Lachen mir zynisch ins Gesicht, ganz egal, wie schnell und weit ich renne.

Ich entkomme ihnen nie.

Frustriert schiebe ich mir die Kopfhörer in den Nacken. Auf einmal ist das Tosen der Wellen noch lauter, schafft es jedoch genauso wenig, meine Gedanken zum Schweigen zu bringen, wie die Musik zuvor.

Immer wieder muss ich an das Gespräch mit Ember heute Mittag denken. Und daran, wie sie mich angestarrt hat, als ich bei ihr zu Hause aufgetaucht bin, um ihr mit ihrer Großmutter zu helfen. Sie schien gleichzeitig erleichtert wie fassungslos und überrumpelt zu sein. Sie hat nicht damit gerechnet, mich dort zu sehen. Im Gegenteil. Sie ist sogar fest davon ausgegangen, dass ich der letzte Mensch bin, der ihr je zur Hilfe eilen würde. Und ... scheiße, das tut weh. Fast genauso sehr wie das Wissen, dass sie ausgerechnet Will getextet hat, als sie verzweifelt war. Als sie jemanden an ihrer Seite gebraucht hat.

Nicht mich. Sondern *ihn*.

In jener Nacht hat sie mich angefleht, ihr beizustehen, und ich habe sie ignoriert. Aber ... fuck, wenn ich davon gewusst hätte, wäre ich nie auf diese Fähre gestiegen. Oder hätte wenigstens mit ihr telefoniert, bis ich das nächste Schiff zurück zur Insel hätte nehmen können. Stattdessen habe ich sie im Stich gelassen, als sie mich am meisten gebraucht hat.

Kein Wunder, dass sie mich jahrelang gehasst hat. Kein Wunder, dass sie mir nicht mehr vertraut und mir nie vergeben wird. Kein Wunder, dass ...

»Hey, Mann.«

Unvermittelt taucht jemand an meiner Seite auf und joggt im gleichen Tempo neben mir her. Ich muss nicht mal hinsehen, um zu wissen, um wen es sich handelt. Seit meiner Rückkehr nach Golden Bay waren Jayden und ich regelmäßig zusammen laufen, doch heute kann ich seine Gesellschaft nicht gebrauchen. Ich will allein sein, um mich mit meinen Erinnerungen und falschen Entscheidungen zu quälen und weiter in Selbstmitleid zu baden.

Doch Jaydens Anwesenheit macht das unmöglich. Er ist trainierter denn je, mit eng anliegendem weißem Shirt, Laufshorts und Sportschuhen, die relativ neu aussehen.

»Alles klar?«, fragt er, als würde er wittern, was mir durch den Kopf geht. Vielleicht liegt es an seinem Instinkt als Polizist – oder wir kennen uns schon zu lange.

»Nein«, erwidere ich ehrlich.

»Willst du darüber reden?«

»Ich dachte, du wärst zum Joggen hergekommen?«

Jayden lässt sich nicht von meiner brüsken Gegenfrage beirren, sondern hebt herausfordernd die Brauen. »Wenn du nicht beides gleichzeitig kannst, machst du etwas falsch, Bro.«

Ich schüttle den Kopf. Zu Schulzeiten hat Coach DuPont uns jedes Mal angebrüllt und mit fünfzig Liegestützen bestraft, wenn wir während des Trainings gequatscht haben – und jetzt will Jayden ein Plauderstündchen halten?

Selbst wenn ich das Angebot zu schätzen weiß, gibt es Dinge in meinem Leben, Dinge, die ich getan habe, über die ich nicht mit Jayden reden kann, ganz egal, wie lange wir schon befreundet sind. Er würde es nicht verstehen. Das könnte er gar nicht. Aber er kennt Ember und unsere Geschichte. Er war lange, nachdem ich fortgegangen bin, noch auf Golden Bay. Er weiß, wie sehr ich sie verletzt habe …

Fluchend ziehe ich das Tempo an, renne schneller, treibe meinen Körper an seine Grenzen. Während der Highschool war ich dank der Eishockeymannschaft immer gut in Form, doch danach habe ich noch mehr, noch härter trainiert. Ich musste schneller und stärker werden, um in dieser Welt überleben zu können. Und ab einem gewissen Zeitpunkt blieb mir gar keine andere Wahl mehr. Also habe ich trainiert und im Sport eine willkommene Zuflucht vom beschissenen Alltag gefunden.

Bis heute.

»Will hat mir von dem Notfall mit Embers Grandma erzählt.«

Will. Natürlich. Wer auch sonst?

Hat er auch erzählt, wie beschissen es Ember hinterher ging? War er bei ihr? Hat sie zugelassen, dass er sie tröstet, während sie mich immer wieder wegstößt?

Fuck.

Jeder einzelne dieser Gedanken legt sich wie ein Gesteinsbrocken auf meinen Brustkorb, bis mir das Atmen immer schwerer fällt und ich ...

»Hey, nicht stehen bleiben!« Jaydens Hand landet auf meiner Schulter.

Mir war nicht mal klar, dass ich angehalten habe, um keuchend die Hände auf die Oberschenkel zu stützen.

»Schon gut.« Ächzend richte ich mich wieder auf und schüttle ihn ab.

»Du siehst aber nicht so aus.« Die Besorgnis in seiner Stimme ist nicht zu überhören. Im Gegensatz zu meiner ist seine Atmung ruhig, und sein hellbraunes Haar klebt auch nicht verschwitzt an seiner Stirn. »Du bist fast genauso grün im Gesicht wie damals in der zehnten, kurz nach dem Spiel gegen Quebec City. Da hast du auch behauptet, alles wäre okay.«

Schnaubend setze ich mich wieder in Bewegung. »Damals ist mir einer von der gegnerischen Mannschaft volle Kanne in die Seite gefahren.« Und hatte seinen Ellbogen dabei dermaßen ungünstig platziert, dass er ihn mir geradewegs in den Magen gerammt hat. Den Rest des Spiels habe ich noch durchgehalten, danach bin ich über dem nächsten Mülleimer zusammengebrochen. »Keine Sorge, mir hat niemand eins reingewürgt.«

Zumindest nicht körperlich.

Jayden wirft mir einen nachdenklichen Blick zu, während wir deutlich langsamer nebeneinander den Strand entlanglaufen. »Vielleicht solltest du noch mal mit ihr reden.«

Nur mit Mühe kann ich eine Reaktion unterdrücken. »Woher willst du wissen, dass es um sie geht?«

»Weil ich euch genau wie alle anderen beim Sommerfest zusammen gesehen habe. Und kurz danach ist das mit ihrer Großmutter passiert. Ich kann eins und eins zusammenzählen, also verarsch mich nicht.«

»Ich habe mit ihr gesprochen«, presse ich hervor und zwinge mich dazu, mich auf meine Schritte zu konzentrieren. »Und es ist nicht gerade gut gelaufen.«

»Aber ihr wart mal Freunde. Die besten. Lange bevor ein Paar aus euch wurde.«

Freunde. Aktuell sind wir nicht einmal mehr das. Aktuell sind wir gar nichts mehr, nur Fremde mit einer schmerzvollen gemeinsamen Vergangenheit.

»Bist du hergekommen, um mich zu babysitten oder um zu laufen?«, wechsle ich das Thema und versuche gleichzeitig, uns beide anzuspornen, schneller zu werden. Noch mal das Beste zu geben.

Jayden schnaubt, zieht jedoch mit. »Beides. Aber eigentlich bin ich hier, weil ich meinem Kumpel beistehen möchte.«

»Sicher, dass du mich nicht wie früher von irgendwelchen Ideen überzeugen willst, mit denen du uns in die Scheiße reiten kannst?«, versuche ich vom Thema abzulenken.

»Also echt.« Jayden grinst. »Wann habe ich uns jemals in die Scheiße geritten? Meine Ideen sind fantastisch!«

Ich hole schon Luft, halte jedoch inne, weil es Stunden dauern würde, sie alle aufzuzählen. Wie zum Beispiel das Bootsrennen, als wir und ein paar andere Jungs uns Kanus *ausgeliehen* haben, um nachts einen Wettkampf auf offener See damit zu veranstalten. Jayden hat dafür zwei Monate Hausarrest von seinen Eltern bekommen – und Mom war nicht unbedingt gnädiger mit mir. Oder wie wir ein paar Tage vor Silvester in Lille Port Coach DuPont und einigen anderen Lehrkräften einen Streich mit jeder Menge Feuerwerk gespielt haben. Wir hatten echt Glück, dass nichts Feuer gefangen hat – und dass wir der Polizei entwischen konnten. Davon, dass uns nichts passiert ist, ganz zu schweigen; weder bei diesen waghalsigen Aktionen noch bei den Stunts auf dem Eis, wenn der Coach nicht hingeschaut hat, oder bei den nächtlichen Autorennen über die Insel, kurz nachdem wir unsere Führerscheine hatten.

Wir haben jeden Mist zusammen gemacht. Zumindest fast.

Diesmal scheint Jayden allerdings nicht zum Scherzen aufgelegt zu sein – oder sich so leicht ablenken zu lassen. Er wirkt erschreckend ernst. »Warum bist du zurückgekommen, Mann? Warum jetzt, nach all den Jahren?«

Ich atme tief durch. Es war nur eine Frage der Zeit, bis dieses Thema aufkommt. In den letzten Wochen hat Jayden überraschend viel Selbstbeherrschung bewiesen, jede Neugier im Zaum gehalten und mich nie mit irgendwelchen Fragen gelöchert. Allem Anschein nach ist meine Schonfrist vorbei.

»Gemmas und Peters Hochzeitseinladung war der Auslöser«, erwidere ich ehrlich. »Aber der wahre Grund ist, dass ich mein Leben zurückhaben wollte. Und Ember.«

»Willst du das immer noch?«

»Ja.« Die Antwort kommt sofort. Kein Zögern, kein Zweifeln.

»Dann kämpfe dafür! Du weißt doch: Aufgeben ist keine Option.«

Ich starre ihn an – und breche in Gelächter aus. »Hast du gerade allen Ernstes unseren alten Eishockey-Coach zitiert?«

»So alt ist er gar nicht.« Jayden zuckt vergnügt die Schultern. »Er trainiert immer noch die Schulmannschaft. An den Wochenenden helfe ich ihm.«

»Du?«, wiederhole ich ungläubig. »Ein Trainer?«

»Du wärst überrascht, wie viel Spaß es macht, die kleinen Scheißer herumzuscheuchen.«

Wieder muss ich lachen, und es tut verdammt gut.

»Ich hätte nie gedacht, dass aus dir mal ein Aushilfscoach wird. Oder ein Cop«, füge ich stirnrunzelnd hinzu.

»Ich auch nicht. Aber du weißt ja, wie das Leben spielt. Es war die sichere Wahl.« Bevor ich nachhaken kann, was genau er damit meint, fährt er bereits fort. »Hör mal, es ist okay, wenn du über gewisse Dinge nicht mit mir sprechen willst. Das habe ich immer akzeptiert und tue es auch heute noch. Wir alle haben unsere Geheimnisse. Aber wenn dir etwas – oder jemand – wirklich wichtig ist, dann gib nicht auf. Das würdest du für immer bereuen.«

Er hat recht. Ich habe Ember und mein ganzes Leben auf Golden Bay schon einmal zurückgelassen – und es seither jeden einzelnen Tag und jede Nacht bereut. Diesen Fehler werde ich nicht wiederholen.

»Wann bist du so weise geworden, hm?« Im Laufen stoße ich Jayden mit der Schulter an.

»War ich schon immer«, behauptet er grinsend.

»Bullshit.«

»Das hab ich überhört. Also, was steht bei dir als Nächstes an?«

Ohne uns abzusprechen, drehen wir an derselben Stelle wie immer um, genau dort, wo sich der feine Sandstrand mit Steinen vermischt und wenige Meter weiter vor einer steilen Klippe mündet, die die Bucht von Golden Bay eingrenzt.

»Wahrscheinlich sollte ich erst mal mein Leben sortieren«, murmle ich.

Ich bin zwar wieder da und habe einen Job und alte Freundschaften, die gerade erst erneut aufleben. Und Ember, die ich in ihrem Schmerz nicht allein lassen will.

Aber das ist nicht alles. Ich habe auch eine Familie. Ein Zuhause. Oder eher ein Kinderzimmer, in dem ich mich so selten wie möglich aufhalte, weil es mich viel zu sehr an früher erinnert. An die schönen Momente, aber auch an die falschen Entscheidungen, die ich getroffen habe. Und an alte Bekanntschaften, denen ich heute lieber aus dem Weg gehe.

»Mir fällt daheim die Decke auf den Kopf«, gebe ich zum ersten

Mal zu. Nicht nur vor jemand anderem, sondern auch vor mir selbst. »Ich muss da raus, bevor …«

Bevor mich die Erinnerungen erneut in den Abgrund reißen.

Der einfachste Weg wäre, Golden Bay endgültig den Rücken zu kehren, um meiner Vergangenheit zu entfliehen, aber …

»Aber ich kann nicht weggehen. Nicht schon wieder.« Ich starre auf einen Punkt in der Ferne, dort, wo Meer, Strand und Himmel miteinander verschmelzen.

Jayden nickt, als wüsste er genau, was ich meine. »Tja, leider hab ich kein freies Zimmer für dich und auch keinen ausgebauten Keller, in den du einziehen könntest. Außerdem würde dir mein Mitbewohner nicht gefallen. Polizeikollege. Steht jeden Morgen um halb fünf auf, macht drei Stunden Krafttraining und trinkt absolut widerliche Smoothies.«

Ich schnaube amüsiert. »Und das ist was Schlechtes?«

Jayden würgt so laut, dass ich nicht sicher bin, ob es nur gespielt ist. »In denen ist Unmengen an Knoblauch drin. Und Spinat. Der ganze Kühlschrank steht voll damit und stinkt bestialisch. Außerdem versucht er mich ständig zu überreden, das gesunde Zeug zu probieren.«

»Vielleicht solltest du ihn rausschmeißen und dir einen neuen Mitbewohner suchen?«

»Kann ich nicht.« Er zieht eine Grimasse. »Das Haus gehört ihm.«

Mir war nicht mal bewusst, dass ich kurz Hoffnung hatte. Hoffnung darauf, dass sich die Probleme in meinem Leben ein einziges Mal auf leichte Weise lösen würden. Hoffnung darauf, mit Jayden als Mitbewohner alte Zeiten wiederaufleben zu lassen, auch wenn wir beide längst nicht mehr in der Eishockeymannschaft der Bayville Highschool sind. Doch dieses Gefühl der Hoffnung ist mir dermaßen fremd, dass ich es erst als das erkenne, was es ist, als es bereits stirbt.

»Ich schätze, du hast trotzdem Glück«, redet Jayden unbeirrt weiter.

»Glück?«, wiederhole ich mit einem ungläubigen Schnaufen. Mittlerweile läuft mir der Schweiß den Rücken hinunter, und ich kann es kaum erwarten, unter die Dusche zu kommen. »Warum das?«

»Ich kenne jemanden, der seit Kurzem einen Mitbewohner sucht.«

Zweifelnd schaue ich ihn von der Seite an. »Noch einer von deinen Polizeikumpels?«

Denn das würde mir gerade noch fehlen.

Jayden wackelt mit den Brauen, genau wie früher, wenn er einen spontanen Einfall hatte, mit dem er uns in Schwierigkeiten bringen konnte. »Wart's ab.«

3. KAPITEL

»Das ist doch wohl ein Witz, oder?«

Ich überfliege die Textnachricht auf Jaydens Handy, ohne wirklich wahrzunehmen, was da steht. Die Zimmergröße, die Möbel, die Miete – nichts davon bleibt hängen. Der Name des Absenders dafür umso mehr.

»Kein Witz.« Jayden klopft mir eine Spur zu fest auf die Schulter. »Ich bin sicher, du und Beck werdet super Mitbewohner.«

Ja, klar. Ausgerechnet ich und der Typ, der Ember eindringlich vor mir gewarnt hat. Was könnte da schon schiefgehen?

Schnaufend wende ich mich ab. »Danke, aber nein, danke.«

Ich finde etwas anderes. Das Letzte, was ich gerade brauche, ist ein Typ, der mich nicht leiden kann und mir ständig im Nacken sitzt. Von der Sorte gab es in den letzten Jahren mehr als genug.

Ich brauche eine eigene Wohnung. Freiraum. Oder wenigstens ein winziges Zimmer irgendwo auf dieser Insel, das ich mir leisten kann.

»Überleg es dir noch mal!«, ruft Jayden mir nach, da ich mich bereits abgewandt habe, und verabschiedet sich mit einem knappen Winken, als ich einen Blick über die Schulter werfe.

Ich erwidere nichts. Wut und Schuldgefühle sind wieder da und begleiten jeden meiner Schritte, während ich über den Parkplatz zu meinem Pick-up zurückstapfe. Wut auf mich selbst, auf meine Machtlosigkeit, auf diese ganze beschissene Situation. Beim Joggen bin ich kein bisschen davon losgeworden. Jayden war eine mehr oder weniger willkommene Ablenkung, mehr nicht.

Mit einem Handtuch wische ich mir den gröbsten Schweiß von der Haut, bevor ich ein paar Schlucke Wasser trinke. Dann setze ich mich hinters Steuer und fahre los.

Von der Bucht, die vor Hunderten von Jahren namensgebend für die ganze Insel war, ist es nicht weit bis nach Hause. Mom wohnt noch immer in derselben Wohnung wie früher, am Stadtrand von Bayville. Ich parke den Pick-up in einer freien Lücke ein Stück die Straße hinunter, hänge mir das Handtuch um den Hals und jogge zum Haus, obwohl meine Beine vor Anstrengung brennen.

Kurz bevor ich das Gebäude mit der hellblauen Fassade erreiche, geht die Haustür unten auf und unsere Nachbarin tritt heraus, gefolgt von ihrem Mann, der sich schwer auf eine Gehhilfe stützt.

»Hallo Mr. und Mrs. Seyfried«, begrüße ich das ältere Ehepaar.

Ihre Gesichter hellen sich auf, und die Falten rund um Augen und Mund vertiefen sich. »Holden! Was für eine schöne Überraschung.« Wie immer will mich Mrs. Seyfried zur Begrüßung in die Arme schließen, aber ich weiche zurück.

»Sorry. Ich war gerade beim Sport.«

Sie lächelt nachsichtig. »Na gut. Aber nächstes Mal kommst du nicht um eine Umarmung herum. Wir freuen uns noch immer riesig, dass du wieder da bist. Nicht wahr, Rupert?«

»Ja, ja«, brummt der alte Mann. »Wurde auch Zeit.«

Mrs. Seyfried macht eine wegwerfende Handbewegung. »Achte nicht auf ihn. Er hat gleich einen Arzttermin, da ist er immer mürrisch.«

»Soll ich Sie hinfahren?«, biete ich an. »Ich muss nur kurz duschen, aber dann kann ich ...«

»Du guter Junge.« Liebevoll tätschelt Mrs. Seyfried mir den Arm. »Das ist wirklich nicht nötig. Unser Taxi ist gleich da.«

»Sicher?«

»Sicher«, bestätigt Mrs. Seyfried entschieden. »Es ist nur eine allgemeine Untersuchung. Deine Mutter hat auch schon angeboten, uns zum Arzt zu begleiten.« Sie sieht ihrem Mann nach, der mit dem Rollator Schritt für Schritt den Gehweg hinunterläuft. Allem Anschein nach will er nicht warten, sondern dem Taxi entgegengehen. »Er zeigt es nicht, aber er hat Schmerzen. Und sollte es weitere Untersuchungen geben ...«

»Dann bringe ich Sie hin«, unterbreche ich sie. »Keine Widerrede, okay? Ich mache das gerne, genau wie Mom.«

»Na gut.« Mrs. Seyfried lächelt dankbar, aber in ihren Augen glitzern Tränen. »Sie hat dich gut erzogen.«

Ein letztes Tätscheln, dann folgt sie ihrem Mann und winkt dem schwarzen Taxi, das gleich darauf neben ihnen stehen bleibt. Ich beobachte noch kurz, wie sie einsteigen, nur um sicherzugehen, dass sie wirklich keine Hilfe benötigen, dann wende ich mich ab.

Da Moms Auto nirgendwo zu sehen ist, nehme ich an, dass ihre Schicht im Baumarkt noch nicht vorbei ist, und Gemma wohnt schon lange nicht mehr hier. Außerdem ist sie immer noch in den Flitterwochen.

So beschissen es für mich gelaufen ist, bin ich dennoch froh, dass Mom nicht mehr drei Jobs gleichzeitig machen muss, um sich ein Dach über dem Kopf leisten zu können. Gemma und ich haben ihr geholfen, so gut wir konnten, trotzdem war das Geld immer knapp. Auch heute ist meine Familie alles andere als reich, aber der Kühlschrank ist voll, am Haus sind keine größeren Schäden mehr und Mom hat nur noch eine Arbeitsstelle, bei der sie anständig bezahlt wird. Das ist das Mindeste, auch wenn sie viel mehr verdient hätte.

Ihr zu helfen, ist das einzig Gute, das ich in meinem bisherigen Leben geleistet habe.

Als ich die Außentreppe zu unserer Wohnung in der oberen Etage hinaufsteige, überkommt mich ein seltsames Gefühl von Déjà-vu. Wie oft bin ich diese Stufen schon hoch und runter gerannt? Bestimmt Hunderte, ach was, Tausende Male. Dieses Haus ist mir so vertraut wie jede Narbe auf meinem Körper, und das, obwohl ich unglaublich lange weg war.

Mom hat in dieser Zeit nichts in der Wohnung verändert. Die Fotos von unseren Meilensteinen als Kinder hängen nach wie vor an den Wänden im Flur. Vom ersten Schultag. Dem ersten Sieg der Eishockeymannschaft. Gemmas Gewinnerfoto von ihrem ersten Tanzwettbewerb. Ein Foto von mir im Pick-up, kurz nachdem ich den Führerschein in der Tasche hatte. Das Familienfoto von Gemmas Schulabschluss: Mom, Gemma und ich, wie wir in die Kamera strahlen. Doch es gibt weder von meinem Abschluss noch sonst aktuelle Fotos von mir aus den letzten Jahren. Nur noch welche von Gemma und Mom. Und Peter.

Hastig wende ich mich ab, doch die Schuldgefühle bleiben. Sie kleben an mir, als ich den dunklen Flur hinunter zu meinem Zimmer gehe, und werden nur noch stärker, als ich es betrete. Die letzten Wochen muss ich ständig mit Tunnelblick herumgelaufen sein, doch mittlerweile kann ich die Augen nicht mehr vor der Wahrheit verschließen. Der bloße Kontrast zwischen meiner Vergangenheit und meiner Gegenwart ist schon unerträglich, aber ausgerechnet mein eigenes Zimmer gibt mir den Rest. Denn es wirkt wie in der Zeit eingefroren …

Die Pokale und Urkunden an den Wänden und auf den Regalbrettern. Die Eishockeyausrüstung auf dem Boden neben dem Wandschrank. Selbst mein alter Rucksack liegt noch immer neben dem Schreibtisch auf dem Boden, ganz so, als hätte ich ihn erst vor wenigen Minuten dort hingeworfen, dabei ist das eine Ewigkeit her. In all der Zeit hat Mom nichts in diesem Raum angerührt, nur Staub gewischt und durchgelüftet. Alles ist genau so, wie ich es damals zurückgelassen habe – und ich war in den letzten Wochen zu beschäftigt und zu wenig hier, um etwas daran zu ändern.

Dort am Schreibtisch hat Gemma versucht, mir beim Lernen zu helfen. Mom konnte sich keine Nachhilfe für mich leisten, also musste meine große Schwester ran. Leider ohne besonders großen Erfolg. Mein Ehrgeiz beim Eishockey war das Einzige, was mich davor gerettet hat durchzufallen. Wenn ich irgendeine Klausur nicht bestanden hätte, wäre ich aus dem Team geflogen, und das kam nicht infrage.

Dieser Raum bewahrt so verflucht viele Erinnerungen. Überall, wo ich hinsehe, taucht mindestens eine davon sofort in meinem Kopf auf. Fluchend wende ich mich ab, drehe ihnen den Rücken zu, und stürze ins Bad.

Kurz darauf läuft heißes Wasser über meinen Körper, über Narben und die beiden Tattoos, und wäscht auch die letzten Reste Schweiß und Sand von mir ab. Meine Muskeln pochen und protestieren aufgrund der harten Einheit, beginnen sich jedoch langsam ein wenig zu entspannen. Aber ganz gleich, wie lange ich unter der Dusche stehe, das warme Wasser kann weder die Erinnerungen noch die Schuldgefühle wegspülen.

Die letzten Jahre haben Spuren hinterlassen. Ich bin nicht mehr der Achtzehnjährige, der geglaubt hat, von allem eine Ahnung zu haben. Heute weiß ich, dass ich im Grunde gar nichts weiß.

Fluchend stütze ich mich mit den Händen gegen die Fliesen, während mir das Wasser übers Gesicht läuft und von meinen dunkelbraunen Haaren und meiner Nasenspitze tropft. Solange ich denken kann, wollte ich immer von der Insel runter und woanders neu anfangen. Heute würde ich alles dafür geben, um mein altes Leben zurückzubekommen. Und dazu gehört auch Ember. Ich hätte sie niemals verlassen dürfen.

Es gibt verdammt viel, was ich bereue – aber das? Das bereue ich am meisten.

Als ich nur mit einem Handtuch um die Hüften in mein Zimmer zurückkehre, fällt mein Blick auf das schmale Silberarmband, das auf meinem Schreibtisch liegt. Ich habe es in den letzten Jahren ständig bei mir getragen, trotzdem sieht es noch genauso aus wie an dem Tag, an dem ich es Ember geschenkt habe. Der Anhänger in Form einer Sonnenblume hat mich damals an sie erinnert – und tut es auch heute noch.

Wie von selbst wandern meine Gedanken zurück zu heute Mittag. Zu ihren Worten. Zu dem Schmerz in ihren Augen, der wie ein Echo in meiner Brust widerhallt.

Manchmal, in meinen dunkelsten Momenten habe ich mir gewünscht, alles vergessen zu können. Doch es gibt zu viel, was ich nicht missen möchte. Zu viele schöne Dinge neben all den schrecklichen.

Genau hier auf diesem Bett haben Ember und ich unzählige Male rumgeknutscht – und wären dabei einmal fast von meiner Mom erwischt worden, die einfach reingeplatzt ist. Mann, war das peinlich.

Abrupt wende ich mich ab und ziehe mich an, doch egal, wie sehr ich mich beeile, die Erinnerungen stürzen auf mich ein, als wollten sie mich wie eine Lawine unter sich begraben. Gespräche. Telefonate. Wut. Angst. Frust. Lust. Freude. Erleichterung. Hoffnung. Liebe. Enttäuschung. Hilflosigkeit.

Verdammt.

Ich reibe mir über das unrasierte Kinn. Fahre mir durch das kurze Haar. Bohre die Finger in meinen Nacken.

Plötzlich halte ich es keine Sekunde länger an diesem Ort aus. Ich schnappe mir die Autoschlüssel, reiße die Wohnungstür auf und laufe nach unten. Eine Minute später sitze ich im Pick-up und starte den Motor. Ohne Ziel herumzufahren, hat mir schon immer geholfen, meine Gedanken zu sortieren, auch wenn mir eine fiese kleine Stimme zuflüstert, dass mir auch das, genau wie das Joggen, heute nicht helfen wird.

Ich dachte, alles wird anders, wenn ich zurückkomme, dabei ist alles gleich geblieben – oder schlimmer geworden.

Ich muss aus dieser Wohnung raus, weg von den Erinnerungen, die in meinem alten Zimmer eingeschlossen sind wie in einem verdammten Mausoleum.

Denn ich kann es mir nicht leisten, abgelenkt zu sein. Ich muss funktionieren. Immer wachsam bleiben. Wenn ich etwas in den letzten paar Jahren gelernt habe, dann das. Abgesehen davon bin ich nicht frei. Um ehrlich zu sein, weiß ich schon lange nicht mehr, wie sich wahre Freiheit anfühlt. Vielleicht wusste ich es nie, weil es immer andere gab, die für mich entschieden und mein Leben geformt haben. Und ich hasse es. Ich hasse alles daran.

Ursprünglich bin ich zurückgekehrt, weil ich mein Leben wieder selbst in die Hand nehmen wollte, doch jetzt, da ich hier bin, entgleitet es mir erneut. Doch diesmal weigere ich mich, das zuzulassen. Diesmal bin ich derjenige, der handelt und entscheidet.

Kurz fällt mein Blick auf mein Handy auf dem Beifahrersitz, auch wenn es stumm bleibt. Trotzdem weiß ich auf einmal genau, was ich tun werde.

4. Kapitel

Acht Jahre zuvor

Irgendetwas stimmte nicht mit mir. Keine Ahnung, wann es mir aufgefallen war, wahrscheinlich irgendwann zwischen dem Mittagessen und dem Eishockeytraining. Aber als ich zum dritten Mal an diesem Nachmittag auf die Fresse flog, weil ich mit meinen Gedanken ganz woanders war und Jayden mich gerammt hatte, rief mich der Coach zu sich.

Ich warf meinem Kumpel einen wütenden Blick zu, doch der grinste nur breit. Wichser. Er hatte bloß darauf gewartet, dass wir in gegnerische Teams aufgeteilt wurden, um mir heimzuzahlen, dass der Coach mich beim letzten Spiel aufs Eis gelassen hatte, während er mit seinem Hintern die Ersatzbank hatte wärmen dürfen.

Selbst schuld, Arschloch.

Ich skatete an den Rand und versuchte mich so cool wie möglich zu geben, auch wenn ich mich innerlich unter den wütenden Blicken von Coach DuPont wand.

»Was ist los, Holden? Hm? Wo bist du mit deinen Gedanken?« Coach DuPont ließ mir keine Sekunde Zeit, um zu antworten, sondern sprach sofort weiter. »Denn wenn du aufs Eis gehst, musst du verdammt noch mal bei der Sache sein, sonst wirst du gefressen. Hast du mich verstanden? Das dort draußen ist ein Haifischbecken – und du bist nur ein kleiner Goldfisch.«

Wow, danke, Coach. Da ist man doch gleich viel motivierter.

Wild gestikulierend deutete er zwischen mir und der Eisbahn hin und her. »Goldfisch. Haie. Haie. Goldfisch.«

Ich biss die Zähne zusammen.

Ist ja gut, ich hab's kapiert.

Aber mit verfluchten fünfzehn Jahren konnte schließlich niemand eine Eishockeylegende wie Wayne Gretzky sein. Außer vielleicht Zion. Der Mistkerl überragte uns alle und hatte im letzten Jahr mehr Muskelmasse zugelegt als irgendjemand sonst im Team. Dummerweise war er echt in Ordnung, also konnte ich nicht mal sauer auf ihn sein.

»Du hast nicht die gleiche Körperkraft wie deine Gegner«, fuhr der Coach mit seiner Tirade fort. Hatte er zwischendurch überhaupt Luft geholt? Oder hatte ich die Hälfte verpasst, weil ich in Gedanken kurz abgedriftet war? »Aber du bist schnell! Also sei es verdammt noch mal auch! Aufgeben ist keine Option! Wenn du noch einmal – ich wiederhole: noch einmal! – wegen Jayden oder jemand anderem auf die Schnauze fliegst, bist du bis zu den Sommerferien fürs Training gesperrt.«

»Was?!«

»Los jetzt! Zurück aufs Eis!«

»Aber ...«

Er blies mir mit der schrillen Trillerpfeife direkt ins Gesicht und schnitt mir damit das Wort ab. »Sofort!«

Ich schluckte sämtliche Flüche und Beleidigungen, die mir auf der Zunge lagen, runter, auch wenn ich dabei fast platzte. Aber sie hätten es nur schlimmer gemacht.

Kopfschüttelnd kehrte ich zu den anderen zurück, die natürlich jedes Wort mitbekommen hatten. Manche warfen mir mitleidige Blicke zu, weil sie selbst schon Ähnliches erlebt hatten. Andere grinsten nur. Wahrscheinlich waren sie erleichtert, dass es mich und nicht sie getroffen hatte. Aber bei Coach DuPonts Launen kam jeder mal dran.

Dennoch durfte ich mir nach dem Training in der Umkleide einiges von den Jungs anhören. Auch das gehörte dazu. Wir waren ein Team, also kriegte jeder mal sein Fett weg. Und wie es aussah, war ich heute der glückliche Gewinner.

»Habt ihr DuPonts Gesichtsausdruck gesehen?«, rief Jayden. »Ich dachte echt, dem explodiert gleich der Schädel.«

»Ja, Holden«, mischte sich Arnaud hämisch ein. »Goldfisch. Haie. Gold ...«

»Schon gut«, unterbrach ich ihn und ließ mich auf die Bank vor meinem Spind fallen. »Du musst den Scheiß nicht auch noch wiederholen.«

»Macht uns das jetzt alle zu gemeingefährlichen Haien?« Zion spazierte aus der Dusche und drückte sich die Dreadlocks mit einem Handtuch trocken. Dann fiel sein Blick auf mich. »Hey, Goldfisch.«

Ich schmiss einen Ellenbogenschoner nach ihm. Zion fing ihn lachend auf und warf ihn zurück.

Keine Ahnung, was heute mit mir los war. Ich konnte mich nicht konzentrieren, war mit den Gedanken ständig woanders, nämlich die meiste Zeit bei Ember, reagierte auf dem Eis zu langsam und fühlte mich insgesamt total ... seltsam. Vielleicht wurde ich ja krank oder so.

Wenige Minuten später verabschiedete ich mich von den anderen, schnappte mir meinen Rucksack und verließ die Umkleide. Als ich nach draußen in den warmen Sommerabend trat, bemerkte ich sie.

Ember. Sie wartete bei den Fahrradständern auf mich.

Das Hämmern in meinem Brustkorb nahm zu, plötzlich waren meine Hände schweißnass und ich konnte den Blick nicht von ihr losreißen.

Im letzten Jahr war sie in die Höhe geschossen, aber noch immer kleiner als ich. Zierlicher. Doch auf einmal waren da Rundungen und ... Brüste, wo vorher keine gewesen waren. Zuerst hatte mich das total irritiert, dann hatte ich mich daran gewöhnt. Zumindest hatte ich das geglaubt. Denn in den letzten Wochen war noch etwas passiert, und das hatte nichts mit Embers Verwandlung vom kleinen Mädchen zur jungen Frau zu tun. Oder zumindest nicht nur.

Als sie mich entdeckte, breitete sich ein strahlendes Lächeln auf ihrem Gesicht aus, und sie winkte mir zu.

Mir blieb schier das Herz stehen. Sie war so schön, dass es wehtat – und sie wusste es nicht mal. Scheiße, ich hatte es ja bis vor Kurzem selbst nicht mal realisiert, aber jetzt konnte ich nichts anderes mehr sehen. Nichts anderes als dieses hübsche Gesicht, das glänzende rotblonde Haar, das fröhliche Funkeln in ihren grünbraunen Augen und dieses Hammerlächeln. Ein Lächeln, das nur für mich reserviert war und jeden vernünftigen Gedanken in meinem Kopf einfach ausknipste.

Wenigstens funktionierte der Rest meines Körpers noch, und es gelang mir, die Hand zu heben und auf sie zuzulaufen.

»Hey, Em.«

»Hi.« Sie hielt eine Packung Gummibärchen in die Höhe.

Ich grinste. Irgendwann war es unser Ding geworden, dass einer von uns immer eine Tüte dabeihatte. Und wie es aussah, war heute Ember dran. Nach dem Anschiss von Coach DuPont konnte ich das echt gut gebrauchen.

Wir blieben bei den Fahrradständern stehen, während das restliche Team nach und nach die Halle verließ. Die meisten wurden abgeholt oder fuhren bei älteren Geschwistern mit, aber ich rührte mich nicht vom Fleck.

Ember ließ ein paar Gummibärchen auf ihre offene Handfläche fallen und sortierte die Grünen für mich aus. Keine Ahnung, warum, aber das waren die Einzigen, die ich mochte. Zum Glück ergänzten wir uns in der Hinsicht gut, denn Em aß fast alle anderen. Nur die weißen konnte keiner von uns ausstehen.

»Wie war das Training?«, fragte sie kauend.

Ich schnitt eine Grimasse. »Beschissen.«

»Tut mir leid.« Tröstend legte sie eine Hand auf meinen Arm – und ich musste mich beherrschen, um nicht zusammenzuzucken, als ihre warmen Finger meine nackte Haut berührten.

Wie konnte sie nicht den blassesten Schimmer davon haben, welche Wirkung sie auf mich hatte? Ungläubig schüttelte ich den Kopf. Eines Tages würde ihr klar werden, dass sie die Kerle mit einem einzigen Blick, einem einzigen Lächeln in die Knie zwingen konnte. Dass sie mich *in die Knie zwingen konnte. Dass ich alles für sie tun würde.*

Leider sah sie in mir nur einen Kumpel. Den besten Freund, den sie schon ewig kannte, genau wie Shae.

Moment mal.

Ich erstarrte. Leider?! *Warum leider? Wo kam das denn auf einmal her?*

Ember nahm ihre Hand weg – und da wurde es mir klar. Warum ich in letzter Zeit abgelenkt gewesen war. Weshalb ich dermaßen neben mir stand, dass mich der Coach vor versammelter Mannschaft zusammenstauchte und damit drohte, mich aus dem Training zu nehmen. Und warum mein Körper so auf dieses Mädchen reagierte, obwohl wir uns schon seit Ewigkeiten kannten.

Ich hatte mich … verliebt.

Ausgerechnet in sie. In Ember. In meine beste Freundin.

Oh Mann, ich war so was von erledigt.

5. Kapitel

Ich stelle den Pick-up auf dem Parkplatz am beleuchteten Hafen ab und schalte den Motor aus. Schon ironisch, dass ich immer wieder an dem Ort lande, wo damals alles geendet hat.

Mittlerweile hat es angefangen, unangenehm hinter meiner Stirn zu pochen. Meine Gedanken rasen noch immer. Wenn Ember nicht wäre ... Wenn Mom und Gemma nicht hier wären, hätte mich nichts und niemand jemals dazu gebracht, nach Golden Bay zurückzukehren. Aber jetzt bin ich wieder da und muss irgendwie damit klarkommen. Nicht, dass mein Leben on the road oder die Zeit in Toronto besser gewesen wären ...

Als ich aussteige, werde ich sofort von einer heftigen Böe erfasst. Manchmal vergesse ich, wie windig es insbesondere an der Küste auch im Sommer sein kann. Die letzten fünf Jahre haben aus dem Jungen von der Insel etwas anderes gemacht. Ich bin kein Einheimischer mehr, aber auch kein Fremder, kein Besucher oder neugieriger Tourist. Ich habe nicht den blassesten Schimmer, wer oder was ich eigentlich bin. Heute noch weniger als früher.

Ich stecke Handy und Schlüssel ein und mache mich auf den Weg. Vorbei an den vor Anker liegenden Booten, Fischkuttern und der Fähre, die die einzige Verbindung zum Festland Kanadas darstellt. Ihre Lichter spiegeln sich auf der dunklen Meeresoberfläche wie Glühwürmchen in einer warmen Sommernacht. Automatisch bleibt mein Blick an dem großen Schiff hängen. Aber es ist nicht der Abschied von

Gemma und Peter, als ich ihnen am Tag nach der Hochzeit ihr vergessenes Gepäck für die Flitterwochen gebracht habe, der mir als Erstes in den Sinn kommt. Auch nicht meine Rückkehr nach Golden Bay.

Es ist jener Abend. Jene Nacht. Und die Umstände, die dazu geführt haben, dass ich allein auf die Fähre gegangen bin, statt ...

»Holden?« Die raue Stimme reißt mich aus meinen Gedanken, bevor sie erneut in einen Strudel geraten können.

Suchend drehe ich mich um, bis ich dem Blick des alten Mannes begegne. Er trägt ein kariertes Flanellhemd, das aussieht, als wäre es älter als ich.

»Hey, Murray.« Grüßend hebe ich die Hand.

Er ist einer der Fischer, die schon ihr ganzes Leben lang jeden Morgen auf ihrem Kutter rausfahren, um zu angeln. Es gibt nicht mehr viele von ihnen, und ich habe einen Heidenrespekt vor ihrer Arbeit.

»Lange nicht gesehen.« Murray tippt sich an den bunten Beanie, hält jedoch keine Sekunde in der Arbeit inne. Systematisch löst er die Taue.

Einmal, ich muss etwa zehn gewesen sein, hat mich der alte Murray auf seinem Kutter mitgenommen. Obwohl es ein ganz normaler Arbeitstag für ihn war, hat er sich die Zeit genommen, mir jeden seiner Handgriffe zu erklären und all meine Fragen zu beantworten. Damals habe ich erst so richtig begriffen, wie rau das Leben am Meer eigentlich ist. Einen Fischer hat Murray zwar nicht aus mir gemacht, aber ich werde ihm immer dankbar für diese Erfahrung sein.

»Fährst du raus?«

»Nachtfischen«, erwidert er knapp. »Pass auf dich auf, mein Junge.« Für einen kurzen Moment wird sein Gesichtsausdruck ernst, fast schon eindringlich, dann startet er den Motor.

Stirnrunzelnd sehe ich ihm nach, bis er zwischen den anderen Booten in der Dunkelheit verschwunden ist. Seine Worte klangen wie eine

Warnung, aber wahrscheinlich sehe ich einfach nur Gespenster. Mit einem Kopfschütteln wende ich mich ab und gehe weiter.

Die Hände in den Hosentaschen vergraben, wandere ich durch die Straßen, weg vom Hafenviertel und Richtung Innenstadt, bis ich den Pub an der Ecke einer kurzen Seitenstraße erreiche. Turner's Tavern gab es schon, bevor ich geboren wurde. Wenn ich mich nicht irre, ist es eines der ältesten Gebäude in Bayville. Mom hat eine Weile dort gejobbt, als Gemma noch ein Baby war und der Laden einem netten älteren Ehepaar gehörte.

Kurz lasse ich den Blick über das zweistöckige Sandsteingebäude gleiten. Im Erdgeschoss ist jedes Fenster hell erleuchtet, die Etage darüber dunkel. Efeu schlängelt sich an der Fassade hinauf, an dem gusseisernen Schild vorbei bis unters Dach.

Entschlossen ziehe ich die Tür auf und betrete den Pub.

Meine Augen brauchen einen Moment, um sich an das schummrige Licht zu gewöhnen, dann entdecke ich Beck hinter dem Tresen. Er fährt sich mit den Fingern durch das schwarze Haar und fängt dann an, ein paar Gläser zu polieren, während er sich gleichzeitig mit einem der Stammgäste an der Bar unterhält.

Ich lasse mich auf einen freien Hocker sinken und nicke Beck zur Begrüßung kurz zu. Er scheint allein zu arbeiten, denn von Will und Annie ist nichts zu sehen. Allerdings herrscht an einem Montagabend für gewöhnlich auch kein Hochbetrieb.

Beck poliert das Glas in aller Seelenruhe weiter, beendet das Gespräch und kommt dann zu mir. »Was darf's sein?«

Einen Moment lang betrachte ich die Flaschen, die hinter ihm auf einem Regal an der Wand aufgereiht stehen. Es gab Zeiten, in denen ich mich hemmungslos habe volllaufen lassen, um zu vergessen. Aber da musste ich auch nicht mit dem Auto nach Hause fahren. Damals hatte ich nicht mal ein richtiges Zuhause, von einer Familie oder Freunden ganz zu schweigen.

Ich reiße den Blick vom Alkohol los und reibe mir über die schmerzende Stirn. »Eine Cola. Und ein paar Infos zu dem Zimmer, das du angeblich vermieten willst.«

Er hält nur eine Sekunde inne. Das einzige Anzeichen dafür, dass ihn meine Bemerkung überrascht. Dann fährt er nahtlos mit seinem Job fort, holt ein Glas, füllt es mit Eiswürfeln, Cola und einer Zitronenscheibe.

In der Zwischenzeit schwingt erneut die Tür zur Bar auf, und ein paar Leute kommen herein.

Reflexartig verspannen sich meine Schultern. Ich schaue kurz zur Seite, nur um erleichtert festzustellen, dass es sich um eine harmlos wirkende Touristengruppe handelt. Die Kleidung – von den Caps und Sonnenbrillen über die Rucksäcke bis hin zu den Wanderschuhen – sagt alles aus. Spätestens die Broschüre, die einer von ihnen in der Hand hält, bestätigt meine Vermutung. Touristen. Wahrscheinlich kommen sie gerade von einem der Wanderwege entlang der Klippen und wollen zum Abschluss etwas essen und trinken.

Mein Puls beruhigt sich wieder, und ich atme tief durch. Scheiße. Ich stehe wirklich neben mir.

Unvermittelt taucht meine Bestellung vor mir auf, und mein Blick bleibt an Becks Armen hängen. Er trägt ein schwarzes Shirt und hat sich die Ärmel hochgekrempelt, sodass die vielen Tattoos, die seine gesamten Unterarme bedecken, deutlich sichtbar sind. Manche scheinen neuer zu sein, mit scharfen Linien und strahlenden Farben, andere älter, weicher, mit Tinte, die bereits unter der Haut verlaufen ist. Ich habe selbst zwei Tätowierungen und denke nicht gerne an die Umstände zurück, unter denen ich sie mir habe stechen lassen. Beck scheint seine jedoch mit Stolz zu tragen. Zumindest versucht er sie im Gegensatz zu mir nicht zu verstecken. Aber vermutlich sind seine dazugehörigen Geschichten auch netter als meine.

»Danke.« Ich nippe an meiner Cola. »Was das Zimmer angeht …«

Shit, ich klinge echt verzweifelt. Selbst wenn ich es tatsächlich bin, muss ich es ja nicht unbedingt zeigen.

Beck hat wieder das Poliertuch in der Hand und macht sich an die Arbeit, diesmal jedoch auf meiner Seite des Tresens. »Wer hat dir davon erzählt?«

»Jayden. Er scheint es für eine gute Idee zu halten, dass ich bei dir einziehe.«

»Ich nicht.«

Alarmsirenen schrillen in meinem Kopf los. Der Tipp kam zwar von Jayden, aber im Grunde kenne ich Beck kaum. Beim Ausflug zur Lighthouse Bay vor zwei Wochen schien er mir allerdings in Ordnung zu sein. Ziemlich ruhig und in sich gekehrt, zumindest solange er sich nicht mit Shae anlegt. Aber das ist mir tausendmal lieber als jemand, der ohne Punkt und Komma quasselt oder alles über mich wissen will. Ich kann niemanden gebrauchen, der sich in meine Angelegenheiten einmischt, und Beck scheint nicht der Typ dafür zu sein.

Außer an dem Abend, als er Ember geraten hat, sich lieber vor mir in Acht zu nehmen.

»Warum nicht?«, hake ich nach und trinke einen Schluck. Aus dem Augenwinkel bemerke ich Annie, die mit mehreren Tellern auf den Armen aus der Küche kommt und sie an einen Tisch bringt. »Weil du Ember vor mir gewarnt hast?«

Unsere Blicke treffen sich. Wie es aussieht, ist Beck kein Typ, der ausweicht und kuscht. Davor habe ich Respekt.

»Unter anderem«, erwidert er, ohne die geringste Miene zu verziehen. Der Ausdruck in seinen graublauen Augen bleibt starr. »Ich passe auf die Menschen auf, die ich zu meinen Freunden zähle.«

Was im Umkehrschluss bedeutet, dass er Ember als Freundin betrachtet, mich jedoch nicht. Damit kann ich leben. Wir müssen nicht die besten Kumpels werden. Ich brauche nur einen Ort, an dem ich pennen kann, ohne von meiner verdammten Vergangenheit verschlungen zu werden.

Mehrere Sekunden lang starren wir einander an, und ich weiß instinktiv, dass keiner von uns als Erster nachgeben wird. Nicht freiwillig.

»Danke.«

Seine Brauen schießen in die Höhe. »Danke wofür?«

»Dass du auf sie achtgibst.«

Vor allem in Zeiten, in denen ich es nicht konnte.

Beck stellt das polierte Glas vorsichtig ab, sodass es nicht das geringste Geräusch verursacht. Einen Moment lang betrachtet er es, während es in seinem Kopf zu arbeiten scheint, dann nickt er knapp. »Die Miete ist viel zu hoch, dafür ist die Lage echt in Ordnung und es ist nicht weit von hier. Die Küche funktioniert, das Bad ist klein, aber zweckmäßig, und das Zimmer möbliert.«

Als Beck mir den konkreten Mietpreis nennt, überschlage ich rasch die Kosten im Kopf. Mit einem Zimmer direkt in der Stadt wäre ich mobiler. Wenn mein Boss mich auf einer Baustelle in Bayville braucht, könnte ich hinlaufen. Einkäufe und andere Besorgungen ließen sich ebenfalls zu Fuß erledigen. Ich müsste nur noch für Jobs außerhalb der Stadt ins Auto steigen. Und für Ember. Die Miete ist nicht ohne, dafür würde ich mir einiges an Fahrtkosten sparen. Und ich müsste nicht mehr Nacht für Nacht in meinem Mausoleum von Kinderzimmer verbringen.

»Ich würd's nehmen.«

Beck sieht nicht überzeugt aus. »Ich denke darüber nach«, erwidert er nur und geht dann ans andere Ende der Bar, um zwei junge Frauen mit Getränken zu versorgen.

Nachdenklich sehe ich ihm nach. Er und ich werden mit Sicherheit keine besten Freunde, aber wir könnten miteinander klarkommen. Einander respektieren. Und manchmal ist das mehr als genug.

6. Kapitel

»Lass den bloß nicht fallen«, warnt mein Kollege Darren. Er ist locker doppelt so alt wie ich, braun gebrannt und immer gut drauf.

»Keine Sorge«, ächze ich, während wir den Betonblock gemeinsam vom Laster wuchten und dorthin tragen, wo der Boss ihn haben will. Eigentlich sollte das der Kran für uns erledigen, aber der Hebegreifer ist defekt und wir hängen dem Zeitplan sowieso schon hinterher. Also muss die gute alte Handarbeit herhalten. »Ich hab echt keine Lust auf einen Krankenhausbesuch.«

»Ich auch nicht«, keucht Darren. »Hab gehört, Lee fällt noch mindestens vier Wochen aus.«

Vorsichtig stellen wir den Betonblock ab – anstatt ihn fallen zu lassen wie Lee. Der arme Kerl hat eine Sekunde nicht aufgepasst, und in der nächsten hatte er einen gebrochenen Fuß. Die Schutzausrüstung hat Schlimmeres verhindert, aber krankgeschrieben werden musste er trotzdem.

Schwer atmend richte ich mich auf, wische mir Schweiß und Staub von der Stirn und schiebe den Helm auf meinem Kopf zurecht. Eigentlich dachte ich, ich wäre gut in Form, aber nichts kann einen auf diese Art von Arbeit vorbereiten. Und wir sind noch lange nicht fertig, denn es warten noch jede Menge Betonblöcke und Ziegelsteine auf uns.

Das Gebäude in der Stadt, an dessen Restaurierung ich in den letzten zwei Wochen mitgeholfen habe, ist praktisch fertig. Wir haben beschädigte Dachziegel und die Dachrinne ersetzt, die Fassade ausgebessert und Fenster und Türen verstärkt, damit sie sturmsicher sind. Mittlerweile bin ich auf der nächsten Baustelle, am Stadtrand von Bayville, wo eine ganze Anlage mit Ferienwohnungen und Pools entstehen soll. Doch bis es so weit ist, wird es noch eine Weile dauern.

Zusammen mit Darren marschiere ich zum Laster zurück, vorbei an Dutzenden Leuten mit Helm und leuchtend gelben Westen, die geschäftig hin und herlaufen. Manche davon nicken uns zu, andere sind zu vertieft in ihre Arbeit, um uns zu beachten. Obwohl ein Job auf dem Bau als kleiner Junge nie mein Berufswunsch war, gefällt es mir. Der Boss ist streng, es ist verflucht anstrengend, aber ehrliche Arbeit und hart verdientes Geld.

Ich ziehe die Handschuhe zurecht und packe den nächsten Betonblock. »Bereit?«

Darren nickt, und wir hieven ihn gemeinsam hoch.

Als wir das nächste Mal zum Laster zurückkehren, spüre ich plötzlich ein Prickeln im Nacken. Meine Schultern verspannen sich. Unwillkürlich verlangsame ich meine Schritte und sehe mich um. Wahrscheinlich bilde ich es mir nur ein, aber ich habe auf die harte Tour gelernt, auf meine Instinkte zu vertrauen. Und in dieser Sekunde schlagen sie Alarm.

Die Baustelle ist unübersichtlich. Überall rennen Arbeiter herum, andere stehen neben dem Betonmischer, um das Material für das Fundament vorzubereiten, und wieder andere sitzen ein Stück abseits zusammen und machen mit ein paar Sandwiches Mittagspause.

Schließlich bleibt mein Blick an ein paar Typen hinter dem Bauzaun hängen. Zwei Kerle, dunkel angezogen, der eine in meinem Alter oder jünger, der andere scheint um die vierzig zu sein.

Ich beiße die Zähne zusammen. Das sind keine neugierigen Anwohner, die zufällig vorbeigekommen sind und herausfinden wollen, was wir treiben. Die beiden sind aus einem ganz bestimmten Grund hier. Und so unterschiedlich diese Typen auch aussehen, eine Sache haben sie gemeinsam: Sie beobachten nicht, was auf der Baustelle vor sich geht. Sie beobachten *mich*. Und ich weiß genau, für wen sie arbeiten.

Der Ältere lächelt leicht, als sich unsere Blicke begegnen – und ich erinnere mich. Er war einer der Kerle, die mich vor einer Weile in der Nähe von Turner's Tavern angesprochen haben. Und das nicht, um mich höflich nach dem Weg zu fragen, sondern um mich daran zu erinnern, wer auf der Insel das Sagen hat. Erst hinterher habe ich erfahren, dass Beck uns zusammen gesehen hat – und schon Ärger mit den Typen hatte. Kurz darauf hat er Ember vor mir gewarnt. Zu Recht. Aber ich bin nicht die gefährlichste Person hier – genauso wenig wie diese Kerle. Sie sind nur die Späher. Die vorderste Front. Derjenige, der sie hergeschickt hat, ist die wahre Bedrohung.

Nur mit Mühe unterdrücke ich ein Schaudern. Es kostet mich sämtliche Willenskraft, ihnen den Rücken zuzukehren und mich auf diese Weise verwundbar zu machen. Gleichzeitig zeige ich ihnen damit, dass sie mir nichts anhaben können. Ich habe keine Angst vor ihnen. Meinetwegen können sie den ganzen Tag dort herumstehen und mir beim Arbeiten zuschauen. Mich machen sie damit nicht mürbe. Ich habe schon ganz anderes durchgestanden – und überlebt.

Doch das mulmige Gefühl bleibt. Auch Stunden später, als die Typen längst verschwunden und alle Betonblöcke endlich verladen sind.

Ich verabschiede mich von den letzten Kollegen, die noch da sind, und will mich auf den Weg zu meinem Pick-up machen, der zwischen den anderen Autos der Männer steht, als mein Handy in der Hosentasche vibriert. Noch im Gehen ziehe ich es hervor und bleibe abrupt stehen, als ich auf das Display starre. *Unbekannt.* Was zur Hölle ...?

So gut wie niemand hat diese Nummer. Mom, Gemma, mein Boss Gonzalez, Jayden, Zion und neuerdings auch Beck sind die Einzigen. Und Ember. Ihr habe ich sie kurz nach unserem Wiedersehen geschickt. Und ich habe jeden Einzelnen meiner wenigen Kontakte abgespeichert. Wer also ist der unbekannte Anrufer?

Meine Gedanken wandern zurück zu den beiden Kerlen, die am Rande der Baustelle aufgetaucht und genauso schnell wieder verschwunden sind. Stecken sie oder eher ihr Auftraggeber dahinter? Aber woher sollten sie meine Nummer haben? Oder ist das alles bloß ein Zufall?

Ich lasse den Anruf ins Leere gehen. Nur ärgerlich, dass ich ihn nicht nachverfolgen kann, um mehr herauszufinden.

Verflucht!

»Thorne!« Eine schwere Hand landet auf meiner Schulter.

Ich hasse es, dass ich vor Schreck zusammenzucke. Instinktiv reiße ich die Arme hoch, wirble herum und nehme eine Abwehrhaltung ein.

»Hoppla.« Gonzalez hebt entschuldigend die Hände. Er muss um die sechzig sein und hat das Bauunternehmen von seinem Vater und der von dessen Vater geerbt. »Wollte dich nicht erschrecken. Aber solltest du nicht langsam nach Hause gehen?«

Als er um sich deutet, fällt mir auf, dass mein Boss und ich die Letzten sind. Der Parkplatz neben der Baustelle ist inzwischen völlig verlassen. Im Westen verfärbt sich der Himmel orangerot, weil die Sonne bald untergeht.

»Sorry.« Ich lasse die Hände, die ich instinktiv zur Verteidigung hochgerissen habe, wieder sinken. »Ich war nur ... egal.« Dann kommt mir ein Gedanke. »Sag mal, Gonzalez, hast du irgendwem meine Nummer gegeben? Oder hat vielleicht jemand nach mir gefragt?«

Die Falten auf seiner Stirn vertiefen sich. »Nicht, dass ich wüsste. Und ich gebe keine Daten weiter, ohne euch Jungs zu fragen. Will euch ja nicht an die Konkurrenz verlieren.«

Sein Scherz entlockt mir nur ein abgelenktes Nicken. Denn wenn Gonzalez meine Handynummer nicht weitergegeben hat – wer dann?

Auf der Fahrt nach Hause halten sich die Fragen in meinem Kopf ebenso hartnäckig wie das mulmige Gefühl in meinem Bauch. Doch egal, wie oft ich in Rück- und Seitenspiegel schaue, niemand folgt mir. Und mein Handy bleibt still. Keine weiteren ominösen Anrufe mehr.

Scheiße. Verliere ich langsam den Verstand?

Wie so oft ist kein Parkplatz direkt vor dem Haus frei, also parke ich die Straße runter und laufe das letzte Stück. Doch als ich sehe, wer an der Hauswand neben der Treppe lehnt, werde ich unwillkürlich langsamer.

Niemand Geringeres als Shaelynn Mary Stevens erwartet mich mit vor der Brust verschränkten Armen. Das schokoladenbraune Haar hat sie zu einem unordentlichen Knoten auf dem Kopf zusammengebunden. Sie trägt eine knappe kurze Hose, ein bedrucktes Shirt und Boots – und starrt mir feindselig entgegen.

Nur mit Mühe kann ich ein Seufzen unterdrücken. Das hat mir gerade noch gefehlt. Mein letztes Gespräch mit Ember ist gerade mal einen Tag her, schon steht Shae vor meiner Tür.

Ich frage mich gar nicht erst, woher sie wusste, dass sie mich um diese Uhrzeit hier finden kann, weil ich ständig spät vom Bau komme, und bleibe drei Schritte von ihr entfernt stehen. »Shae.«

»Holden.« Sie nickt mir knapp zu.

»Hast du mich vorhin angerufen?«, frage ich, bevor sie etwas sagen kann. Nur, um auch diesen Verdacht sofort auszuräumen.

»Nein.« Shae blinzelt irritiert, fasst sich jedoch schnell wieder. »Warum sollte ich? Ich hab nicht mal deine aktuelle Nummer.«

Ihre Reaktion ist Antwort genug. Sie war es nicht. Aber wer dann, verdammt noch mal?

»Stimmt. Entschuldige«, murmle ich automatisch. Einmal Kanadier, immer Kanadier, ganz egal, wo ich die letzten Jahre verbracht habe. »Also: Was kann ich für dich tun?«

Sie löst die verschränkten Arme und fixiert mich mit einem harten

Ausdruck in den grünen Augen. »Wir hatten noch keine Gelegenheit, in Ruhe miteinander zu reden.«

Ich werfe ihr einen zweifelnden Blick zu. »Ich bin davon ausgegangen, dass du mich eher zum Teufel wünschst, statt mit mir reden zu wollen.«

»Korrekt. Habe ich auch. Mehr als einmal. Aber die Dinge haben sich geändert.«

Ich starre sie an. Plötzlich kommt mir ein schrecklicher Verdacht. »Geht es Ember gut? Ist irgendetwas passiert, seit …«

»Sie ist okay«, beschwichtigt sie mich.

Ich atme tief durch, doch die Erleichterung will sich nicht einstellen. Was hat Ember ihr erzählt? Und wie detailliert? Hat sie eine Ahnung, was am Strand zwischen uns passiert ist? Und an Embers Geburtstag im Geisterhaus auf dem Sommerfest? Und wie viel wissen die anderen aus unserer Clique? Eigentlich ist es ein Wunder, dass mich Will noch nicht zur Rede gestellt hat, wo er doch *sofort* zur Stelle war und *ein so guter Freund* für Ember ist. Zumindest gut genug, um ihm als Erstes zu texten, wenn sie Hilfe braucht.

Doch von all dem abgesehen überrascht es mich kein bisschen, Shae zu sehen. Es passt zu ihr. Und in gewisser Weise bin ich ihr – genau wie Beck – dankbar dafür, dass sie auf Ember aufpasst.

Trotzdem bin ich im Nachteil, denn ich bin mir zu hundert Prozent sicher, dass Shae mehr über mich und meine Beziehung zu Ember weiß als ich über Shae.

»Ich bin hier, um dich zu warnen. Und ich meine es ernst. Das ist kein Spiel, Holden«, fügt sie unnachgiebig hinzu.

Ich runzle die Stirn. »Denkst du etwa, für mich ist es das?«

»Du solltest sie in Ruhe lassen. Das wäre das Beste für alle.«

Ach tatsächlich? Das ist also ihre Lösung? Ich halte mich von Ember fern, und alle sind glücklich und zufrieden? Ich schnaube. Von wegen. Ich wäre es nicht – und irgendetwas sagt mir, dass es Ember genauso gehen würde. Außerdem habe ich mich schon viel zu lange von ihr ferngehalten.

Die nächsten Worte stoße ich mühsam beherrscht hervor, meine sie dafür aber umso ernster. »Es muss schon mehr passieren, damit ich sie aufgebe.«

»Seltsam, wo dir das vor fünf Jahren doch so leichtgefallen ist.«

»Du hast keine Ahnung, was damals passiert ist. Du warst nicht mal hier, also halt dich da raus, Shae.«

Sie funkelt mich an. Shae mag tough sein, aber sie hat kein gutes Pokerface. Ihre Emotionen spiegeln sich für alle sichtbar auf ihrem Gesicht wider. Etwas, das sie schon zu Schulzeiten verabscheut hat – und heute wahrscheinlich umso mehr. Ich weiß also ganz genau, dass ich einen wunden Punkt getroffen habe, doch in diesem Fall ist mir das egal. Ich werde nicht nachgeben. Nicht, wenn es um Ember geht.

»Warum bist du so stur?«, faucht sie.

»Ich?«, wiederhole ich ungläubig und lache humorlos auf. »Wirklich, Shae?«

Sie macht eine wegwerfende Handbewegung. »Hier geht es nicht um mich.«

»Doch, ich glaube schon. Zumindest teilweise. Du hast Angst, dass ich Ember wieder im Stich lasse und ihr wehtue. Als ihre beste Freundin stehst du natürlich auf ihrer Seite und willst sie heute beschützen, weil du es damals genauso wenig konntest wie ich. Und das kotzt dich an.«

Sie kneift die Augen zusammen.

Oh Shit. Ganz falsche Aussage.

»Erklär mir nicht, wie ich meinen Job zu erledigen habe, wenn du deinen nicht hinkriegst.«

Das war unter der Gürtellinie, aber von ihr habe ich nichts anderes erwartet. Außerdem ist es die Wahrheit. Leider.

Frustriert fahre ich mir mit den Fingern durchs Haar. »Wie stellst du dir das vor, Shae? Dass ich sie komplett meide? Einen riesigen Bogen schlage, wenn wir uns zufällig in der Stadt begegnen? Nie wieder ein Wort mit ihr rede, obwohl wir einen gemeinsamen Freundeskreis haben? Sie einfach aufgebe? Das kannst du vergessen.«

Nicht, nachdem ich sie wiedergesehen habe. Nicht, nachdem ich erneut ihre Stimme und ihr Lachen gehört und gespürt habe, wie sich ihre Haut unter meinen Fingern und ihre Lippen auf meinen anfühlen. Nicht, nachdem ich wieder weiß, wie es sich anfühlt, wenn sie meinetwegen kommt.

»Du hast vielleicht Nerven, Thorne«, faucht sie. »Du kreuzt ohne jede Vorwarnung hier auf und behauptest, dass du nur wegen der Hochzeit deiner Schwester zurückgekommen bist.«

»Das ist nicht …«

Sie lässt mich nicht ausreden. »Und dann machst du mit ihr rum, nur um sie ohne jede Erklärung stehen zu lassen. Oh, und apropos Erklärung! Warum bist du damals abgehauen? Anscheinend hast du *vergessen*, das zu erwähnen. Mir schuldest du keine Erklärung, aber Ember schon! Sie hat zu viel durchgemacht, um sich jetzt von dir verarschen zu lassen.«

»Ich verarsche sie nicht«, knurre ich zwischen zusammengebissenen Zähnen.

»Ach nein? Und was sollte dann die Aktion an ihrem Geburtstag letzte Woche? Ewig lang meldest du dich nicht bei ihr, aber dann hältst du es plötzlich für nötig, ihr zu gratulieren? Und die Sache im Haunted House?« Sie schüttelt den Kopf. »Klingt das alles für dich nach einer glücklichen oder gesunden Beziehung?«

Ich sehe zur Seite. Balle die Hände zu Fäusten. Versuche mich nicht von ihren Worten treffen zu lassen. Vergeblich.

»Du tust ihr weh, Holden.« Ihre Stimme wird sanfter. Eindringlicher. Sie macht sogar einen Schritt auf mich zu, um weiter auf mich einzureden. »Jedes Mal, wenn sie dich sieht, wird sie an diese Nacht erinnert. Und ja, ich weiß, dass du nicht direkt etwas mit dem Tod ihrer Mutter zu tun hattest. Ember weiß das auch. Aber für sie sind diese beiden Ereignisse unwiederbringlich miteinander verknüpft. Was meinst du, wie oft sie sich gefragt hat, ob sie es hätte verhindern können, wenn sie aufmerksamer gewesen wäre und schon früher etwas gemerkt hätte? Wenn sie gar nicht erst vorgehabt hätte, mit dir abzuhauen, sondern den ganzen Abend da gewesen wäre, um ihn mit ihrer Mom zu verbringen?«

Denkt sie das wirklich? Glaubt sie ernsthaft, ihre Mutter hätte sich nicht umgebracht, wenn Ember, wenn ich auch nur die kleinste Kleinigkeit anders gemacht hätten?

»Keiner von uns konnte wissen, was geschehen würde«, presse ich hervor.

»Das stimmt. Aber das ändert nichts daran, dass es geschehen *ist*. Oder an den Schuldgefühlen, die Ember deswegen hat.«

»Wenn ich gewusst hätte, was damals passiert ist, wäre ich ...«

»Wärst du zurückgekommen?« Dafür, dass sie mich verbal gerade komplett auseinandernimmt, fällt sie mir überraschend ruhig ins Wort. »Das glaube ich dir sogar. Aber wärst du auch geblieben?«

Die Ereignisse von jener Nacht rasen wie ein schlechter Film durch meinen Kopf. Ich wünschte, ich könnte ihre Frage bejahen. Ich wünsche es mir so sehr, aber ... ich kann nicht. Und ich hasse es, dass sie recht hat.

Ein Teil von mir kann Shae sogar verstehen, denn Ember ist einer der wichtigsten Menschen für sie. Natürlich will sie sie beschützen. Aber ... verdammt! Ich bin nicht der Feind. Ich will sie genauso schützen.

»Ich hab sie schon mal aufgegeben und damit den schlimmsten Fehler meines Lebens begangen. Das werde ich nicht noch mal tun. Ich werde mich nicht von ihr fernhalten, es sei denn, sie sagt mir selbst, dass sie mich nie wiedersehen will. Dann halte ich mich von ihr fern.

Sofort und ohne Diskussion. Aber solange sie das nicht tut? Keine Chance. Du kannst noch so viel auf mich einreden, Shae, mir drohen oder dich auf den Kopf stellen – mir egal. Du wirst nichts daran ändern können.«

Sekundenlang starrt Shae mich mit finsterem Blick an. »Wenn du ihr noch mal wehtust, dann schwöre ich dir, mache ich dir das Leben zur Hölle, Thorne. Und danach sorge ich dafür, dass niemand deine bemitleidenswerten Überreste finden wird.« Damit macht sie auf dem Absatz kehrt und marschiert davon.

Ich sehe ihr stirnrunzelnd nach und atme langsam aus. Okay. Warnung angekommen. Aber das heißt nicht, dass ich mich daran halten werde.

Erst als ich sicher bin, dass Shae weg ist und nicht für eine weitere Tirade zurückkehrt, laufe ich die Stufen nach oben.

In dem Moment, in dem ich die Wohnungstür öffne, vibriert mein Handy zum zweiten Mal an diesem Tag. Diesmal allerdings nur kurz. Es ist kein Anruf, sondern eine neue Nachricht.

Unbekannt, 21:39 Uhr
Er will dich sehen.

Ich halte inne. Erstarre.

Scheiße.

7. Kapitel

Es gibt ungefähr tausend Dinge, die ich an diesem Mittwochvormittag Anfang Juli tun sollte. An meinem freien Tag wohlgemerkt. Ich sollte Mom endlich davon überzeugen, dass sie mich die Dachreparatur machen lässt. Der Sturm, der vor drei Wochen auf der Insel gewütet hat, hat ein paar Ziegel mitgerissen und beschädigt. Aber sie will sie selbst ersetzen und weigert sich partout, mich helfen zu lassen. Ich könnte auch Lebensmittel kaufen gehen, Umzugskartons packen, meinen Wagen waschen oder mir einen Zweitjob suchen, um mir die zukünftige horrende Miete leisten zu können. Falls ich überhaupt eine Unterkunft finde, denn aktuell sieht es nicht danach aus, weil ich auch zwei Tage nach meinem Besuch im Pub nichts von Beck gehört habe.

Oder ich könnte auf die Nachricht von Unbekannt reagieren, die ich seit gestern Abend konsequent ignoriere.

Stattdessen sitze ich schon beinahe zwanzig Minuten lang mit ausgeschaltetem Motor in meinem Pick-up und starre auf das Haus vor mir. Die Fassade erstrahlt wieder in einem kräftigen Rot. An einigen Stellen ist der Anstrich noch etwas fleckig, aber ich bin mir sicher, Ember wird eine zweite Farbschicht auftragen. Auch die Fensterrahmen warten noch auf einen neuen Anstrich.

Seufzend lasse ich den Kopf gegen die Lehne zurücksinken. Ohne die Klimaanlage hat sich das Wageninnere mittlerweile aufgeheizt.

Ich sollte nicht hier sein. Ich sollte nicht wie ein Creep vor ihrem Haus stehen. Und wenn ich an unser letztes Gespräch zurückdenke ...

Ich weiß nicht, ob ich dir je verzeihen kann, weil ich nicht weiß, ob ich mir je dafür vergeben kann.

Frustriert reibe ich mir über das Gesicht und öffne die Tür. Ember kann mir vielleicht nie verzeihen, aber ich werde nicht zulassen, dass sie sich weiter selbst quält. Nicht, wenn ich etwas dagegen unternehmen kann – und sei es nur, indem ich ihr weiterhin bei der Renovierung helfe und übrig gebliebenes Zeug von den Baustellen vorbeibringe, wie ich es schon die ganzen letzten Wochen getan habe. Erst ohne ihr Wissen, dann mit ihrer widerwilligen Zustimmung.

Auf der Ladefläche des Pick-ups liegen ein paar Holzdielen, ein Sack Beton, Schleifmaterial und drei fast volle Eimer mit weißer Farbe. Wie bisher auch will ich alles davon im Gras vor dem Haus ablegen. Doch als ich mich nähere, höre ich ein Fluchen. Stirnrunzelnd steige ich die Stufen zur Veranda hinauf und stelle die Eimer ab. Die Haustür ist nur angelehnt; vorsichtig schiebe ich sie ein Stück weit auf.

»Ember?«

Keine Antwort. Dafür noch mehr gedämpftes Schimpfen.

Ich folge ihrer Stimme durch den Flur nach oben, nehme immer zwei Stufen auf einmal und bleibe in der Tür zu Embers altem Zimmer stehen. Es sieht noch genauso aus wie in meiner Erinnerung, nun jedoch kahl und ohne Leben. Ein schlichter Bettrahmen, ein Schrank, ein Tisch. Mehr ist nicht geblieben. Die Abdrücke der Poster und Bilder, die früher an den Wänden hingen, sind das einzige Anzeichen dafür, dass dieser Raum mal bewohnt war.

Ember steht am großen Fenster, ein Knie auf die breite Fensterbank gestützt, und zerrt am Griff.

»Alles okay?«, frage ich.

Sie zuckt zusammen, wirbelt zu mir herum und stolpert dabei gegen das Fenster zurück. »Holden! Ich hab dich überhaupt nicht gehört.«

Instinktiv strecke ich die Arme aus, lasse sie jedoch sofort wieder sinken. »Wahrscheinlich, weil du damit beschäftigt warst, alle möglichen Verwünschungen auszusprechen.« Ich nähere mich ihr langsam und bin mir nur zu deutlich darüber bewusst, dass sie mich keine Sekunde aus den Augen lässt. Mit dem Kinn deute ich auf das Fenster hinter ihr. »Was ist das Problem?«

Ihre Lippen verziehen sich missmutig. »Es klemmt. Im Erdgeschoss habe ich schon alle Scharniere geölt und zwei Griffe ausgetauscht, aber das kriege ich nicht auf.«

»Seltsam ...« Ich bleibe neben ihr stehen. Vielleicht eine Spur zu dicht. »Wo wir es früher doch ständig zum Rein- und Rausklettern genutzt haben.«

Die Erinnerungen sind wie ein knisterndes Feuer in meinem Brustkorb. Und als ich Ember ansehe, weiß ich, dass sie das Gleiche denkt. Wenn ich nicht über den Ahornbaum vor ihrem Fenster hinaufgeklettert bin und sie im Morgengrauen wieder verlassen habe, hat sie sich nachts rausgeschlichen, während ich im Auto in der Nähe der Auffahrt auf sie gewartet habe. Anfangs haben wir einfach nur geredet, in ihrem Zimmer auf dem Bett oder in meinem Wagen sitzend, später haben wir die Zeit immer öfter genutzt, um rumzuknutschen – und weit mehr zu tun als das.

Ember räuspert sich leise und sieht zur Seite. »Fünf Jahre sind eine lange Zeit. Auch für ein Haus.«

Ihre Worte holen mich schlagartig in die Gegenwart zurück. »Ich weiß. Lass mal sehen.«

Ich fasse an ihr vorbei nach dem Griff, aber er lässt sich nicht bewegen, ganz egal, wie fest ich daran rüttle.

»Mach ihn nicht kaputt. Ich hab keinen Ersatz.«

Während unten eckige Sprossenfenster die Wände säumen, befindet sich oben in Embers Zimmer das einzige Rundbogenfenster im Haus. Ganz so, als wäre beim Bau keines der anderen Sorte mehr übrig gewesen – oder als hätten ihre Eltern dieses besondere Fenster von

Anfang an für ihre Tochter ausgesucht. Und mit dem Rundbogen kam auch ein besonderer Griff an den Rahmen.

»Hast du noch etwas von dem Schmiermittel?«, frage ich, als es auch beim dritten Versuch nicht klappt. Irgendetwas klemmt, aber ich bin mir nicht sicher, ob die ganze Vorrichtung nur rostig oder komplett hinüber ist.

»Denkst du echt, dass ich es damit nicht schon längst versucht habe?«

Meine Mundwinkel zucken. »Vielleicht brauchen wir nur mehr davon. Zumindest damit wir das Fenster aufkriegen. Dann können wir immer noch herausfinden, wo das eigentliche Problem liegt.«

Seufzend geht sie in die Hocke und hält gleich darauf eine Dose Silikonöl in der Hand. Ich nehme die Hand vom Griff, rücke jedoch ansonsten keinen Zentimeter von der Stelle. Vielleicht macht mich das zum Arschloch, aber ich will ihre Nähe spüren, selbst wenn ich sie nicht berühren darf.

Als sie sich wieder neben mir aufrichtet, dringt mir unweigerlich ihr blumiger Duft in die Nase. Sie hat sich das rotblonde Haar zu einem hohen Zopf gebunden, aus dem sich ein paar kleinere Strähnen gelöst haben, und ich muss den Drang unterdrücken, sie ihr hinters Ohr zu schieben. Und ihren Nacken zu küssen.

»Ich hab alles gereinigt und auch genug Schmiermittel verwendet«, beharrt sie, während sie das Öl an der richtigen Stelle ansetzt.

»Hm«, mache ich nur, weil mich ihre bloße Gegenwart, ihr Duft und der Anblick ihres Halses ablenken. Jetzt gerade würde ich nichts lieber tun, als sie an mich zu ziehen, heiße Küsse auf ihrer Haut zu verteilen und mit den Händen über ihre weichen Kurven zu fahren. Ich weiß, dass es ihr gefallen würde, immerhin habe ich es selbst erlebt. Aber nach unserem Gespräch neulich und so offen und kompliziert, wie die Dinge zwischen uns nach ihrem Geburtstag geblieben sind, wäre das vermutlich keine gute Idee.

Als Ember die Dose weglegt und die Finger um den Fenstergriff schließt, kann ich nicht anders, als meine Hand auf ihre zu legen. Ich stehe dicht genug schräg hinter ihr, um zu spüren, wie sie sich verspannt.

»Lass es uns noch mal versuchen«, sage ich und bin mir der Doppeldeutigkeit ebenso bewusst wie der Nähe zu ihr. »Zusammen.«

Sie zögert, und ich könnte schwören, dass ihr der Atem stockt. Dann packt sie den Griff fester und bewegt ihn mit meiner Hilfe.

Ein-, zweimal fest ziehen, dann kriegen wir das Fenster auf. Ember stolpert einen halben Schritt nach hinten. Reflexartig schlinge ich den freien Arm um ihre Taille und halte sie.

»Geschafft.« Meine Stimme ist nur ein Raunen. Das Fenster vergessen. Alles, was ich noch wahrnehme, ist Ember in meinen Armen. Ihr warmer Körper an meinem. Ihr Duft in meiner Nase. Ihre weiche Hand unter meiner.

Zu meiner Überraschung macht sie sich nicht sofort von mir los. Sie rammt mir auch nicht den Ellbogen in die Rippen oder schnauzt mich an, wozu sie jedes Recht hätte. Stattdessen bleibt sie reglos stehen.

»Was tust du hier, Holden?«, fragt sie, ohne mich anzusehen.

Durch das geöffnete Fenster dringt eine warme Brise herein und spielt mit ihren Haarsträhnen.

»Ich bringe dir übrig gebliebenes Baumaterial vorbei.«

»Das meinte ich nicht.«

Ich halte inne. Drehe mich ein bisschen und suche ihren Blick. »Ich wollte dich sehen.«

»Holden …« Sie weicht mir aus.

»Du hast gefragt«, erinnere ich sie ruhig. »Ich war nur ehrlich.«

Sie atmet tief durch und schließt für einen Moment die Augen. Um sich zu sammeln? Sich eine passende Antwort zurecht zu legen? Mich wegzuschicken?

»Danke«, murmelt sie schließlich. »Für deine Hilfe mit dem Fenster.«

Ich nicke nur. Alles in mir weigert sich, einen Schritt zurückzutreten, aber ich will ihr den Raum geben, den sie gerade braucht. Also zwinge ich meine Beine dazu, sich zu bewegen, und trete zurück.

»Das ist nicht der einzige Grund, aus dem ich hergekommen bin. Ich wollte wissen, wie es dir geht, nach allem …«

Sie kehrt mir nach wie vor den Rücken zu. »Ich komme klar. Das tue ich immer.«

»Es reicht nicht, einfach klarzukommen. Nur zu existieren. Zu funktionieren. Glaub mir, ich weiß das.«

Langsam dreht sie sich zu mir um, bis sich unsere Blicke treffen. »Hast du das die letzten Jahre getan? Existiert? Funktioniert?«

Ich nicke zögerlich.

Etwas verschiebt sich zwischen uns. Ich kann es deutlich spüren und bin mir ziemlich sicher, dass es ihr ebenso geht.

»Warum bist du damals gegangen? Warum hast du es getan?« Ihre Worte sind nur ein Flüstern, trotzdem versetzen sie mir einen schmerzhaften Stich.

»Du weißt, dass ich dir das nicht sagen kann. Es tut mir leid.«

Der Ausdruck in ihren Augen trübt sich; ich kann förmlich dabei zusehen, wie das kurze Aufflackern von Hoffnung darin wieder erlischt.

Sie nickt langsam, ganz so, als hätte sie nichts anderes von mir erwartet. »Und ich kann dir nicht mehr vertrauen. Nicht wie damals«, flüstert sie und wendet sich ab.

Ich atme hörbar aus. Es ist zum Verrücktwerden. Sie kann mir nicht vertrauen, ohne die Wahrheit zu erfahren. Ich kann ihr die Wahrheit nicht verraten, ohne noch mehr kaputtzumachen. Egal, was ich tue, egal, wie ich mich entscheide, ich kann nur verlieren.

»Ember …«

Zuerst glaube ich nicht, dass sie reagieren wird, doch dann dreht sie sich an der Tür noch mal zu mir um. Der Schmerz, der sich auf ihren Zügen spiegelt, zwingt mich beinahe in die Knie.

»Wir sind so gut darin geworden, uns gegenseitig wehzutun. Ich will nicht, dass es so zwischen uns ist.«

Mit einem Mal schlägt mir das Herz bis zum Hals. »Was willst du dann?«

Sie öffnet den Mund. Zögert. Und spricht es dann doch aus. »Ich will meinen besten Freund zurück.«

Nicht ihren Freund. Ihren Partner. Lover. Sondern ihren *besten* Freund. So fühlt es sich also an, wenn dir jemand einen verdammten Dolch ins Herz rammt.

Ich muss mich räuspern, weil ich sonst kein einziges Wort herausbringe. »Freunde tun nicht das, was wir neulich am Strand oder an deinem Geburtstag getan haben.«

»Ich weiß.« Eine zarte Röte breitet sich auf ihren Wangen aus, dennoch weicht sie meinem Blick nicht aus. Diesmal nicht. »Aber wir sind beide wieder auf der Insel, sind mit denselben Leuten befreundet und ... ich glaube nicht, dass wir uns dauerhaft aus dem Weg gehen können.«

Ich nicke langsam. Mal ganz davon abgesehen, dass ich ihr nicht aus dem Weg gehen *will*, ganz egal, wie es gerade um uns steht. Solange es ein Uns gibt, ist mir alles recht.

»Ich ...« Sie räuspert sich. »Ich kann dich nicht noch mal verlieren. Das ertrage ich nicht.«

Oh Shit.

Entschlossen durchquere ich den Raum, bis ich direkt vor ihr stehe. »Das wirst du nicht.«

Sie hält meinen Blick fest und reckt das Kinn. »Versprich mir nur eines.«

»Alles.«

»Versprich mir, dass es damals nichts mit einer anderen Frau zu tun hatte.«

»Was?!« Ich bin fassungslos. Glaubt sie das wirklich? Hat sie das etwa die ganze Zeit befürchtet?

»Sag mir wenigstens, dass du mich nicht wegen einer anderen verlassen hast.«

Behutsam lege ich die Hände an ihre Wangen. »Ich habe dich nicht wegen einer anderen verlassen. Es gab und gibt keine andere für mich.«

Ihre Augen weiten sich. Sie atmet scharf ein – und langsam, fast schon erstickt wieder aus. Mehrere Sekunden lang studiert sie mein Gesicht, dann nickt sie langsam. »Ich hoffe, das ist die Wahrheit.«

»Das ist es«, beharre ich und streiche mit den Daumen über ihre warme Haut.

»Freunde?«, fragt sie und schlingt die Finger um meine Handgelenke. Dabei sieht sie mich dermaßen hoffnungsvoll an, dass etwas in mir zerbricht. »Oder wenigstens so etwas Ähnliches?«

Es ist nicht das, was ich will. Absolut nicht. Noch dazu hallen Shaes Worte wie ein nerviger Song on repeat durch meinen Kopf.

Mir schuldest du keine Erklärung, aber Ember schon! Sie hat zu viel durchgemacht, um sich jetzt von dir verarschen zu lassen.

Du tust ihr weh, Holden.

Wenn Freundschaft das Einzige ist, wozu Ember bereit ist, dann bekommt sie sie. Alles ist besser, als sie nie wiederzusehen.

»Klar«, bringe ich hervor und lasse sie los. »Freunde.«

Als ich das Haus wenige Minuten später verlasse, vibriert mein Handy mit einer neuen Nachricht. Sie ist von Beck. Ohne sie zu lesen, schiebe ich das Handy zurück in meine Hosentasche und steige in meinen Pick-up.

Mein Blick zuckt zurück zum Haus mit der roten Fassade. Meine Gedanken, meine Gefühle, alles von mir ist noch dort drinnen. Bei ihr.

Es hat nie eine andere Frau für mich gegeben als Ember, weil niemand ihren Platz einnehmen konnte. Nicht in meinem Leben und erst recht nicht in meinem Herzen. Nicht während unserer gemeinsamen Zeit auf der Insel und auch nicht in den letzten Jahren.

Ember ist die Eine für mich.

Und ich werde alles daransetzen, ihr das zu beweisen und ihr Vertrauen zurückzugewinnen.

8. Kapitel

»Ich kann nicht glauben, dass du schon wieder gehst.«

»Es ist ja nicht so, als ob ich die Insel verlassen würde, Mom.« Ächzend stelle ich den vollgepackten Karton auf die Ladefläche meines Pick-ups und schiebe ihn nach hinten zu den anderen beiden, um sie gleich in Becks Wohnung rüber zu fahren. Korrigiere: in *unsere* Wohnung. Die Vorstellung ist noch immer absurd, aber nachdem er vorhin zugesagt hat, mir das Zimmer zu vermieten, werde ich keine Zeit verlieren.

Allzu viele Sachen besitze ich nicht, nur eine Handvoll Kartons. In den letzten Jahren hat mein Hab und Gut in zwei Reisetaschen gepasst, weil ich nie lange am selben Ort geblieben bin. Zumindest nicht, bis ich in Toronto gelandet bin. Dort habe ich mehr Zeit verbracht, als mir lieb war.

»Ich ziehe nur ein paar Straßen weiter. Du kannst jederzeit vorbeikommen.«

Oder ich werde sie besuchen. Es wird nicht sein wie in der Vergangenheit. Nie wieder.

Dennoch wirkt Moms Lächeln ein wenig geknickt. »Ich weiß, aber trotzdem. Erst ist Gemma ewig lang in den Flitterwochen und jetzt fühlt es sich an, als … als würdest du …«

Ich stelle mich vor sie und lege ihr die Hände auf die Schultern. »Du verlierst mich nicht noch mal, Mom. Versprochen.«

Statt einer Antwort zieht sie mich an sich. Im ersten Moment bin ich überrascht, doch dann lege ich die Arme um sie und fühle mich für ein paar Sekunden wieder wie der kleine Junge, dem sie abends immer Gutenachtgeschichten erzählt hat. Nicht zu normalen Uhrzeiten, wie andere Eltern das tun, sondern wenn sie mitten in der Nacht von der Arbeit gekommen ist und nach Burgern und Bratfett gerochen hat.

»Bist du sicher, dass du keine Möbel brauchst?«, fragt sie und löst sich wieder von mir. Ihr Blick wandert über die wenigen Kartons auf der Ladefläche des Pick-ups.

»Ja, ganz sicher. Das Zimmer ist möbliert. Becks früherer Mitbewohner hat die Sachen dagelassen, als er ausgezogen ist.« Zumindest hat er mir das erzählt. Gesehen habe ich die Wohnung noch nicht.

»Was ist mit ein paar Küchengeräten? Oder einer Kaffeemaschine?«

Ich schneide eine Grimasse. »Ich kann Kaffee nicht ausstehen, Mom.«

Sie winkt ab. »Doch nicht für dich. Für Beck. Hat er eine Kaffeemaschine? Du ziehst bei ihm ein und kennst ihn kaum.«

Nur mit Mühe kann ich mir ein Lachen verkneifen, denn sie klingt ernsthaft besorgt. »Ich bin mir ziemlich sicher, dass er eine Kaffeemaschine hat. Und ziehen nicht ständig Leute in WGs, obwohl sie sich kaum kennen?«

Sie seufzt schwer. »Ich musste dich schon überreden, überhaupt wieder daheim zu wohnen.«

Ich wuchte den letzten Karton auf die Ladefläche und drücke die Klappe zu. »Du meinst wohl eher, du hast mich mit selbst gekochtem Essen bestochen.«

Als ich für Gemmas und Peters Hochzeit nach Golden Bay zurückgekehrt bin, bin ich zunächst nicht bei Mom untergekommen, sondern in Gemmas alter Wohnung, die sie inzwischen weitervermietet hat. Dort hat ein einziges Chaos geherrscht, da sie erst nach den Flitterwochen zu Peter ziehen wird, in ein hübsches Haus außerhalb von Bayville. Kein Wunder also, dass sie zwischen all den Kartons die

Hälfte ihres Urlaubsgepäcks vergessen hat und ich ihr die Sachen zur Fähre hinterherfahren musste. Auf dem Weg dorthin habe ich Ember wiedergesehen und ihr mit ihrem Truck geholfen. Seither scheint sie keine Probleme mehr damit zu haben, aber vielleicht sollte ich mir die Zündkerzen bei Gelegenheit trotzdem noch mal anschauen. Nun, da wir wieder *Freunde* sind.

»Du wirst mir fehlen.« Mom umarmt mich erneut, und es kommt mir beinahe so vor, als würde ich zum ersten Mal das Nest verlassen. Dabei ist dies nur unser erster richtiger Abschied. »Komm jederzeit vorbei, wenn du Hunger hast.«

»Das werde ich, keine Sorge.« Ich gebe ihr einen Kuss auf die Wange und steige in den Wagen. »Bis dann, Mom!«

Im Rückspiegel sehe ich sie beide Hände zum Abschied heben und dann kurz mit Mrs. Seyfried von unten reden, die daraufhin ebenfalls hektisch zu winken beginnt. Ich schüttle den Kopf, komme aber nicht gegen das kleine Lächeln an – oder gegen diese seltsame Mischung aus Wehmut und Erleichterung, die sich in mir ausbreitet.

Glücklicherweise muss ich mich nicht lange damit befassen, weil ich zehn Minuten später bereits vor dem Haus parke, in dem ich ab heute wohnen werde. Die Fassade ist in einem unscheinbaren Hellgrau gestrichen, die Fensterrahmen und die Eingangstür, die zu meiner Überraschung offen steht, schwarz. Ich stapele zwei Kartons übereinander und trage sie die Stufen hinauf ins obere Stockwerk.

Auch hier ist die Tür nur angelehnt; aus dem Inneren schallen Stimmen bis in den Flur hinaus. Mit gerunzelter Stirn betrete ich die Wohnung. Der kleine Eingangsbereich führt in die offene Wohnküche. Auf den ersten Blick wirkt alles sauber und gemütlich. Es liegen nicht viele Sachen herum, auf dem Sofa nur zwei Kissen, auf dem Tisch davor eine einzelne Pizzaschachtel. Die Wände im ganzen Raum sind kahl. Keine Bilder, Poster, keine Erinnerungsstücke, aber das soll mir nur recht sein.

Links von mir befindet sich die Kochzeile, dermaßen ordentlich aufgeräumt, dass die Küche beinahe unbenutzt wirkt. Von den Gläsern in verschiedenen Größen und Farben mal abgesehen, die halb ausgetrunken auf der Arbeitsfläche herumstehen.

»Hey, Mann.« In diesem Moment kommt Beck aus dem Raum links neben der Wohnküche. Mit dem Daumen deutet er hinter sich. »Mein Zimmer. Das Bad ist direkt nebenan. Dein Zimmer ist auf der anderen Seite.«

Ich folge seinem Blick und den Stimmen, die mir ziemlich bekannt vorkommen, bis Beck die Tür aufdrückt und ich Taleisha und Will in dem länglichen Raum entdecke. Zwischen ihnen steht ein großer Eimer mit weißer Wandfarbe auf dem Boden. Alles ist mit Folie abgedeckt, die Ecken und Fensterrahmen sind mit Klebeband versehen.

Langsam stelle ich die Kartons auf dem Boden ab. »Was ist hier los?«

»Beck hat wohl verschwiegen, dass noch gestrichen werden muss.« Taleisha verdreht die Augen. Sie hat sich die langen Braids mit einem Tuch zurückgebunden und trägt Handschuhe, trotzdem hat sie bereits einen Farbklecks auf der Wange.

»Ich wusste es nicht«, widerspricht Beck sofort und betritt hinter mir den Raum. Zu viert ist es ganz schön eng geworden. »Es ist ja nicht so, als wäre ich ständig daheim und würde hier reingucken.«

Will schnaubt. Auch auf seinem dunkelblonden Haar sind ein paar Farbspritzer zu sehen. »Einen kurzen Blick hättest du schon reinwerfen können, bevor du es zur Miete anbietest. Aber zum Glück hast du ja uns als Retter in der Not«, fügt er hinzu.

»Ganz genau!« Entschlossen fährt Taleisha mit der Farbrolle über die Wand.

Die Bewegung erinnert mich so sehr an Ember, dass ich lieber schnell wegschaue.

»Danke, Leute. Sind die anderen auch da?« Es würde mich nicht überraschen, wenn sie aus irgendeinem Versteck in der WG, das ich noch nicht kenne, herausspringen würden, um mich zu erschrecken. Im Gegenteil. Eine Aktion dieser Art würde perfekt zu den Jungs passen.

»Zion ist bei der Arbeit im Restaurant«, antwortet Taleisha. »Großes Hochzeitsessen, also müssen er und seine Leute unendlich viel in der Küche vorbereiten. Jayden wollte kommen, aber er ist im Dienst, und ich bin mir ziemlich sicher, dass Shae lieber lebende Nacktschnecken essen würde, als auch nur einen Fuß in diese Wohnung zu setzen.«

»Shae hat hier nichts verloren«, knurrt Beck und verschränkt die Arme vor der Brust. Jetzt fallen mir auch die Farbflecken auf seinem beigefarbenen T-Shirt auf. Offenbar hat er bis eben mitgeholfen, alles für meinen Einzug vorzubereiten.

Taleisha fährt fort, als hätte sie ihn gar nicht gehört. »Uuund ... Ember und Camille dürften im Blumenladen sein.«

Ich beiße mir auf die Zunge, um sie nicht darauf hinzuweisen, dass Em heute nicht im Rose & Bloom arbeitet, sondern bei ihrem alten Elternhaus ist und sich um die Fenster kümmert. Es ist nicht nötig, alle wissen zu lassen, dass ich heute Vormittag dort war. Ich muss selbst noch damit klarkommen, was wir besprochen haben. Dass wir Freunde sind. Dass sie mir zwar nicht verzeihen kann, mich aber auch nicht verlieren will und ich ...

»Ember ist nicht im Blumenladen«, kommt es unvermittelt von Will.

Die Muskeln in meinem Nacken spannen sich an.

Fragend runzelt Taleisha die Stirn. »Woher weißt du das?«

»Sie hat mir vorhin getextet. Sie wusste, dass ich heute bei einer Weiterbildung in Lille Port war, und hat gefragt, ob ich auf dem Rückweg einen kleinen Umweg fahren und ihr etwas aus dem Schuppen ihrer Grandma mitbringen kann.«

Ein *kleiner Umweg* über die halbe Insel. Darum hat sie Will gebeten, obwohl ich da war. Obwohl ich das für sie hätte erledigen können.

»So so.« Taleisha wirft mir einen Blick zu, den ich nicht deuten kann. Nicht deuten möchte.

»Warum hast du überhaupt mitten in der Woche Zeit?«, frage ich sie in dem Versuch, uns alle auf ein anderes Thema zu bringen.

»Weil meine Schicht am Golden Bay Beach vorbei ist und ich noch zwei, drei Stunden frei habe, bis ich zur Feuerwache muss.«

»Schläfst du auch mal?«, will Beck wissen.

Keine Ahnung, ob er es ernst meint oder auf meinen Ablenkungsversuch eingeht. So oder so bin ich ihm dankbar dafür und nehme die Farbrolle entgegen, die er mir hinhält. Das Letzte, was ich möchte, ist noch mehr darüber zu erfahren, was Will alles für Ember tut oder wie viel Zeit sie miteinander verbringen. Nur die beiden. Ganz allein.

Freunde, wiederhole ich in Gedanken immer wieder. *Sie und ich sind Freunde.*

Trotzdem darf ich besorgt sein, oder nicht? Schließlich kenne ich Will kaum, und mir gefällt nicht, wie sehr er sich um Ember bemüht. Ich wünschte nur, das Ganze würde sich nicht so sehr nach Eifersucht anfühlen.

Oder danach, einfach zurückgelassen und ersetzt worden zu sein.

9. Kapitel

Am nächsten Tag parke ich den Pick-up vor dem hellgelben Haus mit den weißen Fensterläden und der roten Haustür. Hätte ich nicht bereits gewusst, dass Embers Großmutter aus dem Krankenhaus entlassen wurde, wäre spätestens der neue Kranz an der Tür ein eindeutiges Indiz dafür gewesen. Mrs. Jackson war immer schon berühmt für ihre Kränze und Gestecke, mit denen sie einige Wettbewerbe auf der Insel gewonnen hat. Aber vor allem verschenkt sie sie gerne an ihre Nachbarn, an Freundinnen, an Familien in Not, um ihnen eine Freude zu machen. Meiner Mom hat sie früher auch ab und zu einen mitgebracht.

Stille erfüllt den Wagen, sobald ich den Motor ausschalte. Um uns herum sind nichts als weite Felder und die Küste ein Stück weit entfernt auf der anderen Seite. Einige hundert Meter hinter dem Haus beginnen die Wälder, die zum einzigen Nationalpark von Golden Bay gehören. In der Ferne erheben sich die Berge mit dem schönsten Aussichtspunkt: Paradise Point. Früher bin ich selbst dort hochgeklettert, inzwischen überlasse ich das lieber den Touristen und den Einheimischen, die gerne wandern gehen.

Seufzend nehme ich die Sonnenbrille ab und werfe sie aufs Armaturenbrett. Wenn ich noch länger in meinem Auto sitzen bleibe und Zeit schinde, werde ich mich nie überwinden können. Und es gibt schon genug Dinge, die ich ignoriere und vor mir herschiebe.

Unwillkürlich wandern meine Gedanken zurück zu der Nachricht von Unbekannt. Im selben Moment, in dem sie in meinem Kopf auftauchen, stoße ich sie von mir und zwinge mich in die Gegenwart zurück.

Ich habe keine Ahnung, ob das, was ich vorhabe, richtig ist, aber selbst wenn nicht, habe ich wenigstens einen guten Vorwand. Also schnappe ich mir die beiden Lunchboxen vom Beifahrersitz und steige aus.

Der Rasen ist gepflegt, und als ich mich dem Haus nähere, entdecke ich Stroh, Sonnenblumen und sogar zwei Maiskolben im Türkranz. Unweigerlich muss ich lächeln, als ich daran denke, wie mich Mrs. Jackson als kleinen Jungen manchmal losgeschickt hat, um ihr irgendwelche Blumen und Zweige zu pflücken. Das ist ewig her, als wäre es in einem anderen Leben geschehen, aber hier fühlt es sich an, als wäre es erst gestern gewesen.

Ich atme tief durch, hebe die Hand und klopfe.

Zuerst rührt sich nichts im Haus, dann höre ich Schritte. Gleich darauf wird vorsichtig die Tür geöffnet.

»Holden!« Embers Großmutter strahlt mich an, als würde sie sich aufrichtig freuen, mich zu sehen.

Meine Schultern sinken vor Erleichterung herab. Im Gegensatz zu Embers Vater hatte sie nie etwas gegen mich. Und wie es aussieht, hat sie sich auch später nicht von seiner Meinung beeinflussen lassen – ganz egal, wie viel Mist ich gebaut habe.

»Was für eine schöne Überraschung.« Umständlich öffnet sie die Tür ein Stück weiter. »Komm rein, komm rein!«

Obwohl ich nach dem Vorfall erwartet habe, sie auf Krücken zu sehen, ist es trotzdem ein kleiner Schock. Diese unverwüstliche Frau kämpft mit der Gehhilfe und bewegt sich auch sonst nur sehr langsam. Ich drücke die Tür hinter mir zu, damit sie es nicht tun muss.

»Ich wollte nur mal nach Ihnen sehen, Mrs. J.«

Sie verlagert ihr Gewicht auf den Krücken, um die rechte Hand zu heben und mir spielerisch mit dem Finger zu drohen. »Wie oft habe ich dir schon gesagt, dass du mich Louise nennen sollst? Mit diesem Missus-Quatsch fühle ich mich älter, als ich in Wahrheit bin.«

Ich grinse, wohl wissend, dass das nie passieren wird. »Sorry, Mrs. J.«

Sie seufzt gespielt genervt, gibt sich aber geschlagen. »Leider kann ich dir nichts anbieten.« Ihre Stimme beginnt zu beben. »Mit diesen dummen Krücken kriege ich in der Küche nichts Anständiges mehr hin.«

»Das macht nichts. Dafür habe ich etwas für Sie«, sage ich und halte die beiden Lunchboxen in die Höhe. Eine ist gefüllt mit klassischer Poutine, die andere mit Erbseneintopf. »Mit den besten Grüßen von meiner Mutter.«

Ihre Augen beginnen zu leuchten. »Oh, das ist nett von ihr. Aber sie hätte sich nicht die Mühe machen müssen.«

»Ach, das war keine Mühe«, behaupte ich und folge ihr langsam den Flur hinunter in die Küche. »Neuerdings kocht sie sowieso immer zu viel.«

Obwohl Mrs. J auf die Gehhilfen angewiesen ist, wirkt das Haus sauber und aufgeräumt. Arbeitsflächen und Waschbecken sind blitzblank geschrubbt, nichts liegt herum.

Ember, schießt es mir durch den Kopf. Natürlich. Sie kümmert sich um ihre Grandma, obwohl sie im Blumenladen arbeitet und zeitgleich ihr altes Elternhaus renoviert.

»Nun, wenn du das sagst.« Wieder hebt Mrs. J die Hand, ist dabei jedoch so wacklig, dass ich kurz versucht bin, sie am Arm festzuhalten, um sie vor einem weiteren Sturz zu bewahren. Doch bevor ich eingreifen kann, schafft sie es von allein, das Gleichgewicht wiederzufinden. »Stell das Essen in den Kühlschrank, ja? Wo du Platz findest.« Ächzend lässt sie sich auf einen Stuhl am Frühstückstisch sinken.

Der Kühlschrank ist prall gefüllt mit Auflaufformen und Glasbehältern von Nachbarn und Freundinnen, was mir ein unwillkürliches Lächeln entlockt. Als mein Blick auf die selbst gemachte Limonade fällt, hole ich die Karaffe heraus und gieße uns beiden etwas davon ein.

Mrs. J tätschelt mir die Hand, sobald ihr Glas vor ihr auf dem Tisch steht und ich mich zu ihr gesetzt habe. »Danke, dass du hergekommen bist, als ich gestürzt bin. In dem Trubel habe ich nichts außer die Rettungskräfte wahrgenommen, aber Ember hat mir davon erzählt. Du bist ein guter Junge, Holden.«

Ich bin mir ziemlich sicher, dass es eine ganze Reihe von Menschen gibt, die das nicht so sehen – mich selbst eingeschlossen –, aber ich widerspreche ihr nicht.

»Wie geht es Ihnen?«, frage ich stattdessen.

»Ach …« Sie winkt ab. »Die Ärzte übertreiben wie immer. Mein Physiotherapeut kommt zweimal die Woche vorbei und quält mich. Ember und Jeff kümmern sich um den ganzen Haushalt. Gestern sind sogar die beiden Enkelinnen von Miss Millie vorbeigekommen, um den Rasen für mich zu mähen und Unkraut zu zupfen. Ich durfte sie nicht einmal dafür bezahlen.« Sie schiebt die Unterlippe vor.

Ich grinse. »Weil sie es gerne tun. Sie wollen Ihnen helfen.«

»Wenn ich wieder auf den Beinen bin, werde ich allen Crêpes, Kuchen und Cookies als Dankeschön backen«, murmelt sie entschlossen. »Dir und deiner Mom natürlich auch.«

»Das ist wirklich nicht nö…«

»Keine Widerrede.«

Ertappt presse ich die Lippen aufeinander. Falls ich mich je gefragt habe, woher Ember ihre Beharrlichkeit hat, weiß ich spätestens jetzt Bescheid, denn Mrs. J duldet keinen Widerspruch. Diese Frau ist mindestens dreimal so alt wie ich und hat mehr erlebt, als ich mir je vorstellen kann, also werde ich mich sicher nicht mit ihr anlegen.

Sie registriert mein Schweigen mit einem zufriedenen Nicken. »Ich habe schon vor Wochen gehört, dass du zurück bist.«

Nur mit Mühe unterdrücke ich den Impuls, eine Grimasse zu schneiden. Ich kann mir denken, von wem. Wenn nicht von Ember, dann vermutlich von ihrem Dad. Und keine dieser beiden Möglichkeiten lässt mich sonderlich gut dastehen.

»Niemand auf dieser Insel ist so gut vernetzt wie ich«, widerlegt sie meine Befürchtungen und schmunzelt breit.

»Ich wäre schon früher für einen richtigen Besuch vorbeigekommen, aber …«

»Ach, ihr jungen Leute seid doch ständig beschäftigt.« Sie winkt ab. »Mir ist klar, wie schwierig das gerade für dich sein muss, aber du sollst wissen, dass du immer willkommen bist. Das ist auch dein Zuhause, daran hat sich nichts geändert.«

Ich muss schlucken, um den Kloß loszuwerden, der sich plötzlich in meinem Hals gebildet hat. »Danke.«

Zufrieden tätschelt sie mir die Hand. »Und nun erzähl mir von dir. Wo hast du dich die letzten Jahre herumgetrieben? Was hast du gemacht? Was gesehen und erlebt?«

»Ich war viel unterwegs«, gebe ich nach einem Moment zu. »Bin hier und da geblieben und hatte ein paar Jobs. Meist in Kleinstädten in den USA und Kanada. Ein halbes Jahr habe ich in einer kleinen Stadt in Virginia gelebt und dort in einer Autowerkstatt gearbeitet.«

Der erste Ort, an dem ich etwas länger geblieben bin und sogar Freunde gefunden habe. Dennoch habe ich es nicht länger als sechs Monate dort ertragen, denn nichts, was ich erlebt, und niemand, den ich kennengelernt habe, hat dem Vergleich mit meiner Vergangenheit standgehalten. Nichts konnte die Erinnerungen an mein Leben auf Golden Bay auslöschen. Oder an Ember.

Ich räuspere mich. »Danach war ich eine Weile in Toronto.«

»Toronto?«, wiederholt Mrs. Jackson überrascht.

Ich nicke, ohne näher darauf einzugehen. »Ja, aber es war nicht das, was ich mir vorgestellt oder erhofft habe.«

Ich schnaube innerlich. Das ist die Untertreibung des Jahrtausends.

»Also bist du zur Hochzeit deiner Schwester nach Hause zurückgekehrt.«

Nach Hause. Was für ein seltsamer Gedanke, wenn man so lange keines mehr hatte. Aber vermutlich hat sie recht. Diese Insel und diese Menschen sind mein Zuhause. Oder zumindest das, was dem am nächsten kommt, schließlich wohnt meine Familie hier.

Gerade, als ich etwas erwidern will, fällt die Haustür ins Schloss.

»Grandma?«

Als ich die vertraute Stimme höre, reiße ich überrascht den Kopf hoch, rühre mich jedoch nicht vom Fleck. Ich schwöre, ich wollte nur nach Mrs. J sehen. Damit, dass Ember auftauchen könnte, habe ich nicht gerechnet. Es gehofft? Vielleicht. Aber ganz sicher nicht erwartet, da sie tagsüber meist im Blumenladen oder mit ihrem alten Elternhaus beschäftigt ist. Was macht sie jetzt hier?

»Ich wollte nur ein paar Sachen aus dem Schuppen holen«, ruft sie aus dem Flur, als hätte ich meine Gedanken laut ausgesprochen. Schritte nähern sich der Küche. »Ich hab den Wagen vor dem Haus gesehen. Ist ...« Sie bricht ab. Bleibt im Türrahmen stehen und starrt mich an. »Holden.«

Als wir uns das letzte Mal gesehen haben, hat sie mir gesagt, dass sie mir nicht länger vertrauen kann. Vielleicht nie mehr. Irgendwie bezweifle ich, dass sie allzu erfreut darüber ist, mich heute am Frühstückstisch ihrer Großmutter zu sehen, selbst nachdem wir beschlossen haben, Freunde zu sein.

»Holden hat mir Poutine und Eintopf von seiner Mutter vorbeigebracht, weil ich mit diesen lästigen Krücken nicht selbst kochen kann«, erklärt Mrs. J und wirft mir ein warmes Lächeln zu, das ich nicht verdient habe. »Ist das nicht nett?«

»Ja«, bestätigt Ember langsam und betritt die Küche. »Sehr nett.«

Mein Handy vibriert in meiner Hosentasche. Eine neue Nachricht, bei der sich alles in mir zusammenzieht. Eine neue Nachricht, die ich genauso ignoriere wie die davor.

Eilig trinke ich mein Glas aus und stehe auf. »Ich sollte besser gehen. Danke für die Limonade, und weiterhin gute Besserung«, sage ich an Mrs. J gewandt. »Ich hoffe wirklich, dass Sie die Krücken bald los sind.«

Erneut erhellt ein Lächeln ihre Miene und vertieft die vielen kleinen Falten in ihrem Gesicht. »Ich auch, mein Junge. Ich auch. Es war schön, dich zu sehen. Lass dich gerne öfter blicken.«

Ich beuge mich zu ihr hinunter, um sie zum Abschied auf die Wange zu küssen. Ein letzter Blick zu Ember, in ihre nicht zu deutende Miene, dann verziehe ich mich. Die ungelesene Nachricht brennt förmlich ein Loch in meine Jeans, obwohl ich mir denken kann, was drinsteht. Und ahne, wer sie geschickt hat. Jemand, dem ich nie wieder begegnen wollte.

»Holden!«

Ich bin schon die Verandastufen heruntergelaufen, als Ember in der Haustür hinter mir auftaucht.

»Was machst du wirklich hier?«

Ich drehe mich zu ihr um und hebe beschwichtigend die Hände. »Keine Sorge, ich stalke dich nicht, sondern wollte nur nach deiner Grandma sehen. Ich bin froh, dass es ihr besser geht«, füge ich hinzu und meine jedes Wort ernst.

Ich mag ihre Großmutter. Sie bildet sich ihre eigene Meinung und hat mich immer mit offenen Armen empfangen. Außerdem haben mir ihre Cookies, Lebkuchen und Zimtschnecken früher stets die Weihnachtszeit versüßt. Insbesondere, als das Geld bei uns daheim kaum für eine richtige Mahlzeit ausgereicht hat. Aber das werde ich Ember gegenüber nicht eingestehen. Das habe ich nie jemandem erzählt.

Etwas verändert sich in ihrer Miene, wird weicher, fast schon mitfühlend. Seufzend setzt sie sich auf die oberste Stufe der Veranda. »Sie ist seit drei Tagen wieder zu Hause, hasst es aber, die Krücken benutzen zu müssen.«

Ich schiebe die Hände in die Hosentaschen, nicht bereit, diese fast schon alltägliche Konversation zwischen uns allzu schnell wieder enden zu lassen. »Aber sie wird wieder ganz gesund, oder? Der Sturz hat keine langfristigen Folgen?«

Mrs. J mag zwar nicht meine eigene Großmutter sein, aber sie ist das, was dem am nächsten kommt. Meinen Vater habe ich nie kennengelernt, weil er kurz nach meiner Geburt abgehauen ist, somit auch nicht seine Familie, sollte er denn eine haben. Mom hat sich diesbezüglich immer bedeckt gehalten, daher habe ich irgendwann aufgehört, sie mit Fragen zu quälen. Und Moms Eltern sind gestorben, als sie noch jung war, also hatte ich nie eigene Großeltern.

Nur die von Ember.

»Sie wird wieder gesund.«

Bilde ich mir das ein, oder ist das der Hauch eines Lächelns auf ihrem Gesicht?

»Es wird noch ein paar Wochen dauern und jede Menge Physiotherapie brauchen, bis sie wieder ganz ohne Hilfe laufen kann, aber der Ärztin zufolge sollte der Bruch komplett verheilen.«

»Das ist gut.« Ich atme tief durch. Aus irgendeinem Grund komme ich mir auf einmal wieder wie ein unerfahrener Teenager vor, der nicht weiß, wie er mit dem neu entdeckten Crush auf seine beste Freundin umgehen soll. »Also dann ...«

»Hey, Holden?«

Ich bleibe zwischen dem Haus und meinem Pick-up stehen. »Ja?«

Sie zögert einen Herzschlag lang. »Danke. Auch an deine Mom.«

Warum werde ich den Eindruck nicht los, dass sie ursprünglich etwas anderes sagen wollte?

Dennoch nicke ich. »Gebe ich an sie weiter.«

Und damit drehe ich mich um und gehe zu meinem Wagen, obwohl es das Letzte ist, was ich gerade tun will. Statt in die leere WG zurückzufahren, möchte ich Ember in meine Arme ziehen, ihren Duft einatmen und den restlichen Tag mit ihr und ihrer Großmutter verbringen. Allerdings sind wir noch nicht so weit – und werden es vielleicht nie wieder sein. Aber so leicht gebe ich nicht auf. Ich habe nicht all diese Zeit darauf gewartet, mir mein Leben zurückzuholen, um bei der ersten Schwierigkeit das Handtuch zu werfen. Und solange Ember mich nicht fortschickt, bleibe ich in der Nähe.

Von einer neuen Entschlossenheit gepackt, drehe ich auf halbem Weg um und bleibe am Fuße der Veranda stehen. »Du hast recht, deine Grandma war nicht der einzige Grund für meinen Besuch.« Die Worte verlassen meinen Mund, bevor ich sie aufhalten, bevor ich darüber nachdenken kann.

Langsam steht Ember auf und mustert mich fragend. »Was war der andere?« Ein Zögern liegt in ihrer Stimme, eine Vorsicht, als würde sie sich innerlich wappnen.

Ich sehe ihr fest in die Augen. »Ich weiß, dass du nur befreundet sein willst – und das sind wir auch. Wir sind Freunde. Aber ich gebe dich nicht auf, Em. Niemals.«

10. Kapitel

Ich gebe dich nicht auf, Em. Niemals.

Seit ich Ember zu Hause bei ihrer Großmutter gesprochen habe, sind mehrere Tage vergangen. In der Zwischenzeit war ich zweimal bei ihrem alten Haus, entweder in aller Frühe oder abends kurz nach Sonnenuntergang, um übrig gebliebene Sachen vom Bau dort abzuladen. Ember habe ich dabei kein einziges Mal angetroffen, und irgendetwas sagt mir, dass das kein Zufall war.

Vielleicht hätte ich meine Klappe halten sollen, denn seitdem geht Ember mir ziemlich offensichtlich aus dem Weg. Ganz so, als hätte die Ansage sie verschreckt, was ich ihr nicht mal übel nehmen kann. Aber ich trage schon genug Geheimnisse mit mir herum. Wenigstens in diesem Punkt will, nein, muss ich ihr gegenüber ehrlich sein.

Und Freunde meiden einander nicht. Aber so, wie die Dinge aktuell zwischen uns stehen, ist es nicht genug. Und es tut weder ihr noch mir gut. In diesem Punkt gebe ich Shae sogar recht – trotz der Drohungen, die sie mir gegenüber ausgesprochen hat.

Also nutze ich meine lange Mittagspause am Samstag, um nach Bayville zu fahren.

Von Camille ist weit und breit nichts zu sehen, als ich den Blumenladen betrete. Wahrscheinlich macht sie gerade ebenfalls Pause. Dafür steht Ember hinter dem Verkaufstresen und hebt überrascht den Kopf. Unsere Blicke treffen sich, und da ist wieder diese Hitze, dieses Kribbeln zwischen uns.

»Hey.« Ich muss mich räuspern, weil meine Stimme so heiser klingt.

»Hey ...« Sie umklammert die Tischkante. Erst jetzt fällt mir die Handtasche auf, die neben ihr auf dem Tisch liegt. Wollte sie gerade gehen? »Was gibt's?«

»Wir sollten reden.«

Ein erstickter Laut kommt ihr über die Lippen. »Jetzt? Hier?!«

Ich runzle die Stirn. Irgendwie klingt sie gepresst und fast schon verzweifelt.

»Das ist kein guter Zeitpunkt«, stößt sie hervor. Inzwischen umklammert sie die Tischkante so fest, dass ihre Fingerknöchel weiß hervortreten.

»Warum nicht?«, frage ich abgelenkt. Mein Blick wandert an ihr auf und ab. Studiert sie. Saugt alles in sich auf. Irgendetwas stimmt nicht – und ich bezweifle, dass es nur daran liegt, dass ich sie bei der Arbeit oder in der Pause gestört habe. Zumal außer uns niemand im Laden ist.

Je genauer ich sie mustere, desto mehr Details fallen mir auf. Die aufeinandergepressten Lippen. Der bemüht neutrale Gesichtsausdruck. Die leicht gekrümmte Haltung.

Scheiße, hat sie etwa Schmerzen?

Mit einem Satz bin ich bei ihr. »Was ist los, Em?«

Ihre Miene verzieht sich, als würde sie eine Maske fallen lassen. Sie sackt in sich zusammen und legt sich eine Hand auf den Unterleib. Mit der anderen zieht sie ihre Tasche heran und beginnt, wie wild darin herumzukramen.

»Krämpfe«, keucht sie.

Shit.

»So schlimm wie früher?«

»Schlimmer.«

Ich kenne diese Frau, seit ich denken kann, und erinnere mich ziemlich gut daran, wie sehr sie jeden Monat unter ihrer Periode gelitten hat. Wenn sie nun also sagt, dass es noch heftiger ist, glaube ich ihr das sofort.

»Willst du dich nicht lieber irgendwo hinlegen?«, frage ich und komme mir genauso hilflos wie damals vor. Als hätte uns ein einziger Satz, ein einziges Wort in die Vergangenheit zurückkatapultiert.

»Ich will mich nicht hinlegen!«, faucht sie. »Ich will mich zusammenrollen und sterben.«

Statt weiter in ihrer Tasche herumzuwühlen, kippt sie kurzerhand den Inhalt auf den Tresen. Zwischen bunten Klebezetteln, vier verschiedenen Stiften, Notizbuch, Lippenbalsam, Wimperntusche, Tampons, Kondomen und zwei Taschentuchpackungen findet sie einen Tablettenblister. Er ist leer.

»Nein, verdammt!« Frustriert feuert Ember die Verpackung zurück auf den Tisch und stützt sich mit den Händen auf. »Das kann doch nicht wahr sein ...«

»Ich besorg dir neue Schmerzmittel«, sage ich, ohne auch nur eine Sekunde darüber nachdenken zu müssen. Dann lege ich den Arm um sie und schiebe sie behutsam vom Verkaufstresen weg nach hinten, wo es hoffentlich eine Art Pausenraum gibt. »Setz dich erst mal. Ich kümmere mich um alles.«

Widerwillig lässt Ember zu, dass ich sie in den kleinen Raum zum Sofa führe, auf das sie sich ächzend niederlässt. Sofort zieht sie die Knie an die Brust und legt die Stirn darauf, um mich und den Rest der Welt auszublenden.

Schnell sehe ich mich um. Der Pausenraum erinnert mit dem Sofa und einem Sessel auf der einen und einer winzigen Kochzeile auf der anderen Seite an eine Wohnküche, die mit einem Wasserkocher, einer halbvollen Kaffeekanne, einer Spüle und einem Mini-Kühlschrank gut ausgestattet ist.

Langsam drehe ich mich im Kreis. An einer Wand stehen vollgestopfte Regale und eine Kommode, auf der sich Gartenzeitschriften neben einer ziemlich großen Schere stapeln. Auf dem kleinen Tisch in der Sitzecke steht ein frischer Blumenstrauß. Hübsch, aber nicht das, wonach ich suche.

»Habt ihr eine Wärmflasche oder so was?«, frage ich Ember.

Ein knappes Kopfschütteln ist die einzige Antwort darauf.

Ich fluche innerlich und setze sie in Gedanken auf meine Liste, dann gehe ich behutsam vor Ember in die Hocke. In diesem Zustand fasse ich sie lieber nicht an, aber sie muss wissen, dass ich nicht einfach abhaue. »Ich besorge dir Schmerzmittel und ein paar andere Sachen, okay? Bin in ein paar Minuten wieder da.«

Sie hebt nicht mal den Kopf, nickt nur unmerklich.

Ich muss wirklich mit mir kämpfen, sie in diesem Zustand allein zu lassen. Andererseits durchlebt sie das jeden Monat, was sie in meinen Augen zu Wonder Woman macht. Keine Ahnung, wie Frauen das aushalten. Die meisten Kerle, die ich kenne, wären längst zusammengebrochen. Mich eingeschlossen.

»Ich bin gleich zurück«, versichere ich ihr noch einmal und stehe auf.

Auf dem Weg nach draußen drehe ich das Schild an der Tür um, sodass es *Geschlossen* anzeigt, auch wenn ein älterer Herr gerade reinwollte.

»Sorry. Mittagspause.«

Er brummt etwas, aber ich ignoriere ihn und steuere die nächste Drogerie an. Dort kaufe ich Schmerzmittel und eine Wärmflasche, was mir einen irritierten Blick von der Verkäuferin einbringt. Kein Wunder, wir haben Juli und einen der wärmsten Sommer seit Beginn der Wetteraufzeichnungen. Trotzdem muss die Wärmflasche mit.

Kurz darauf stehe ich im Supermarkt vor einer riesigen Auswahl an Süßigkeiten und halte zwei verschiedene Packungen Schokolade in den Händen. Mag sie Crispy Crunch und Caramilk überhaupt noch? Oder verabscheut sie sie inzwischen? Verdammt. Ich habe nicht die geringste Ahnung – und fünf Jahre sind eine lange Zeit. Mir bleibt nichts anderes übrig, als mich auf meine Erinnerung zu verlassen, was ihr damals geholfen hat. Wenn ich ihr jetzt texte und sie frage, wird sie die Nachricht entweder nicht rechtzeitig sehen oder mich dafür zum Teufel jagen.

Also nehme ich beides mit und mache einen kurzen Abstecher in die Getränkeabteilung. Wasser, Cherry Coke und das übermäßig süße Zeug mit Brause, was sie früher gerne getrunken hat. Kein Plan, was richtig ist, aber wenn sie sich zumindest über eine Sache freuen kann, habe ich einen guten Job gemacht.

Als ich den Blumenladen zehn Minuten später wieder betrete, steht Camille am Verkaufstresen und berät den älteren Herrn von vorhin, dem ich die Tür vor der Nase zugeschlagen habe. Ihr Blick fällt auf meine Einkaufstüten, und sie deutet mit dem Kopf Richtung Pausenraum.

Dankbar laufe ich an ihr vorbei, während der Mann ihr erklärt, dass er einen Strauß für das zehnjährige Jubiläum mit seinem Partner sucht – der aber leider gegen einige Pflanzen allergisch ist.

Ember liegt nach wie vor zusammengerollt auf dem Sofa und nimmt meine Anwesenheit kaum wahr.

Ich kann mir nicht mal ansatzweise vorstellen, wie es ihr gerade gehen muss. Gleichzeitig bin ich erleichtert darüber, dass sie mir nicht länger etwas vormacht. Dass sie die Fassade hat fallen lassen und mir zeigt, wie sie sich wirklich fühlt. Denn nur so kann ich wenigstens versuchen, ihr zu helfen. Und genau das tue ich auch.

Erste Mission: Wasserkocher einschalten und Wärmflasche bereitlegen. Als Nächstes gehe ich mit den Schmerztabletten und einem Glas Wasser vor Ember in die Hocke.

»Hey …« Behutsam streiche ich ihr übers Knie. »Ich hab dir was mitgebracht.«

Zunächst reagiert sie kaum, doch als sie die Packung sieht, atmet sie auf und greift sofort danach. »Danke.« Sie nimmt gleich zwei Tabletten und trinkt das Glas komplett aus. »Normalerweise hab ich immer welche dabei, aber ...«

»Kein Ding.« Ich stehe auf, als sich der Kocher mit einem Klicken ausschaltet.

Es kostet mich erstaunlich viel Konzentration, das heiße Wasser in die Wärmflasche zu füllen. Das gehört eindeutig nicht zu den Aufgaben, die ich tagtäglich ausübe. Gleich darauf setze ich mich zu Ember aufs Sofa und halte ihr die Wärmflasche hin.

Sie reißt sie mir praktisch aus den Händen, um sie gegen ihren Unterleib zu drücken. Dann rollt sie sich wieder zusammen – diesmal jedoch mit dem Kopf an meiner Schulter.

Ich erstarre. Es ist geradezu lächerlich, wie schnell es auf einmal in meiner Brust trommelt, nur weil sich diese Frau an mich lehnt. Aber ich weiß, wie viel Vertrauen sie das kostet. Also halte ich den Mund, bevor ich noch etwas Unpassendes sage und sie mich im schlechtesten Fall rausschmeißt. Stattdessen bleibe ich regungslos sitzen.

»Ich hasse das ...«, murmelt sie nach einer Weile kaum hörbar.

»Ich weiß.« Ohne nachzudenken, drehe ich den Kopf zur Seite und drücke ihr einen kleinen Kuss aufs Haar. »Gleich ist es besser, Baby.«

Sie versteift sich – und ich halte unwillkürlich die Luft an.

Scheiße, habe ich es mit dem Kosenamen vermasselt?

Ember sagt nichts dazu, und nach ein paar Sekunden wage ich es, normal weiterzuatmen. Sie steht nicht auf, rückt nicht von mir ab, sondern schmiegt sich sogar noch näher an mich.

Ich atme tief durch. In diesem Raum scheint die Zeit stehen zu bleiben, und ich bin mir ziemlich sicher, dass ich meine Mittagspause gnadenlos überziehe, aber das ist mir egal. Der Ärger mit meinem Boss oder die Extrastunden, die ich nachholen muss, sind es mir wert, mit Ember hier zu sitzen.

Stimmen und Schritte sind im Blumenladen zu hören, untermalt von dem kleinen Glöckchen an der Tür, wenn Kundschaft ein und aus geht.

»Was ist das alles?«, fragt Ember irgendwann, als würde sie die Tüten auf dem Couchtisch erst jetzt richtig wahrnehmen.

Ich räuspere mich. »Ich war mir nicht sicher, was davon du noch magst, deswegen habe ich alles Mögliche mitgebracht.«

Sie gibt einen Laut von sich, den ich nicht ganz zuordnen kann. Schnaubt sie? Lacht sie?

Langsam richtet sie sich auf, schiebt die Wärmflasche auf ihrem Bauch zurecht und packt die Sachen nacheinander aus. »Crispy Crunch! Und Cherry Coke. Und, oh, wow, die Brause hab ich ewig nicht mehr getrunken.«

Ich schneide eine Grimasse und befürchte schon das Schlimmste. »Sorry für die schlechte Auswahl.«

Sie schüttelt den Kopf. »Die ist nicht schlecht. Kein bisschen.«

Das lässt mich etwas aufatmen. Und hoffen. Denn wie es aussieht, kenne ich Ember wenigstens noch ein kleines bisschen. Zumindest weiß ich über die Dinge Bescheid, die sich nicht verändert haben, so wenige das auch sein mögen.

»Danke, Holden.«

Ich reiße den Blick von den Getränken und Süßigkeiten auf dem Tisch vor uns los und schaue ihr wieder ins Gesicht. Es sieht nicht mehr ganz so angespannt aus. Aber vor allem nicht mehr schmerzverzerrt.

»Jederzeit«, erwidere ich ehrlich. Wenn sie es zulässt, werde ich immer für sie da sein. »Wie fühlst du dich?«

»Besser. Nicht wirklich fit, aber trotzdem besser.«

»Das ist gut.« Auch das kenne ich noch von früher, selbst wenn es lange her ist.

Ember beißt in einen Schokoriegel und lehnt sich zurück.

Ich zögere kurz. Unser Verhältnis ist nach wie vor kompliziert und das monatliche Problem macht es nicht gerade leichter, dennoch hebe ich den Arm, um ihn um sie zu legen. Unbewusst halte ich die Luft an – und stoße sie erleichtert aus, als Ember sich an mich kuschelt.

Gedankenverloren streiche ich ihr über die Schulter. Das Herz schlägt mir bis zum Hals, aber das ist okay. Ich wollte das hier. Nicht, dass sie Schmerzen leidet, sondern dass sie mir wieder vertraut. Und dieser Besuch, der ganz anders als geplant gelaufen ist, bedeutet einen Schritt nach vorne. Einen Schritt in die richtige Richtung. Auch wenn wir nicht geredet haben und nicht mehr dazu kommen werden, weil ich zurück zur Baustelle muss. Doch Ember in einer Situation wie dieser beizustehen, ist besser. Ich wäre nirgendwo lieber als genau hier, auf dem Sofa im Pausenraum des Blumenladens, mit ihr im Arm. Selbst wenn das bedeutet, dass ich noch immer keine Ahnung habe, wie es mit uns weitergehen wird. Aber wenigstens lässt sie zu, dass ich für sie da bin, und das ist ein Fortschritt.

Es bedeutet Freundschaft. Und eines Tages, hoffentlich … mehr.

11. Kapitel

Als ich am nächsten Tag nach der Arbeit nach Hause komme, ist es überraschend voll in der WG. Neben Beck tummeln sich auch Jayden und Zion in der Wohnküche.

»Was geht denn hier ab?«, frage ich und sehe von einem zum anderen.

»Die Gefriertruhe von Taleishas Mom hat den Geist aufgegeben«, erwidert Zion. Allerdings sieht er nicht gestresst deswegen aus, sondern eher … erfreut?

Ich werfe meine Schlüssel auf die Anrichte. »Okay …?«

»Das ist *die* Gelegenheit, alle zusammenzutrommeln. Keiner von uns muss heute Abend arbeiten …« Zion breitet die Arme aus, als wäre das Grund genug. »Außerdem müssen die ganzen eingefrorenen Lebensmittel aufgebraucht werden. Ich sage nur: Grillen!«

»Noch dazu ist es der heißeste Tag in diesem Sommer«, fügt Jayden hinzu und fächelt sich Luft zu.

Ich schaue kurz zu Beck hinüber und schnaube. »Ich bin mir ziemlich sicher, dass ich das dieses Jahr schon zehn verschiedene Leute an zehn verschiedenen Tagen habe sagen hören.«

Jayden schneidet eine Grimasse. »Klimawandel?«

»Nicht witzig.«

»Ihr wollt nicht?« Zion zuckt mit den Schultern. »Okay, gut. Dann nicht. Aber abgesehen vom Grillen planen wir eine Wasserballonschlacht im Garten. Und die Mädels tragen knappe Sachen, weil es so heiß ist.«

»Das ist ziemlich sexistisch«, murmelt Beck. Trotzdem rutscht er von seinem Hocker und steht auf.

Jaydens Augen funkeln vergnügt. »Ember ist auch dabei«, fügt er an mich gewandt hinzu.

Ich verfluche mich dafür, dass ich dermaßen leicht zu durchschauen bin, aber eine Gelegenheit wie diese werde ich mir nicht entgehen lassen. Erst recht nicht, wenn das bedeutet, dass sie sich besser fühlt.

Wir wechseln alle einen Blick, dann flucht mein neuer Mitbewohner und ich muss grinsen.

Keine fünf Minuten später sitzen wir in meinem Wagen, während Beck uns auf seinem Motorrad folgt. Auf dem Weg besorgen wir noch ein paar kalte Getränke und Eis, um nicht mit komplett leeren Händen aufzukreuzen.

Obwohl ich mit Taleisha zur Schule gegangen bin und sie schon zu Highschoolzeiten mit meinem Teamkameraden Zion zusammen war, war ich noch nie bei ihr zu Hause. Sie wohnt mit ihrer Mutter in einem Gebäude im Bungalow-Stil südlich von Bayville. Nicht sonderlich groß, aber größer als die Wohnung, die Mom, Gemma und ich uns in der Vergangenheit geteilt haben. Und der Garten ist riesig.

Die kleine Wiese vor dem Haus, von der man auf die Veranda gelangt, ist frisch gemäht; hinter dem Bungalow erstreckt sich das Grundstück mindestens hundert Meter weit und ist von ein paar Bäumen gesäumt. Ember, Taleisha, Shae und Will haben es sich schon an dem großen Tisch unter dem Sonnenschirm gemütlich gemacht. Nicht weit von ihnen entfernt steht der Grill neben etwas, das wie ein Kinderplanschbecken aussieht und mit Wasserballons gefüllt ist.

»Hey Leute!«

»Da seid ihr ja endlich!«

»Nice, dass es geklappt hat.«

Begrüßungen werden ausgetauscht, Umarmungen und Getränke

verteilt, aber meine Aufmerksamkeit kehrt immer wieder zu Ember zurück. Sie sieht besser aus als gestern. Entspannter. Und in dem Outfit, bestehend aus superkurzen Shorts und einem lilafarbenen Crop-Top, unglaublich heiß.

Als sie meinen Blick bemerkt, verziehen sich ihre Lippen zu einem kleinen Lächeln.

Bevor ich jedoch zu ihr rübergehen kann, schiebt sich Taleisha zwei Finger in den Mund und pfeift so laut, dass alle Gespräche abrupt verstummen. »Aufgepasst! Wir haben uns einen kleinen Wettbewerb ausgedacht. Der Verlierer – und ich sage absichtlich *Verlierer* und nicht *Verliererin*«, fügt sie mit einem selbstsicheren Grinsen hinzu, »muss heute Abend am Grill stehen und das Essen für alle zubereiten. Deal? Deal. Camille kommt später dazu, weil sie noch ein Date hat, aber wir starten trotzdem schon – und zwar mit einem Wettklettern.« Sie deutet auf die Bäume am Rande des Grundstücks.

Ich folge ihrem Blick und hebe die Brauen. Sie sehen stabil aus. Breiter Stamm, starke Äste. Vermutlich ein paar hundert Jahre alt. Es sollte nicht allzu schwer sein, da hochzukommen, allerdings ...

»Es ist ewig her, seit ich so was das letzte Mal gemacht habe«, murmle ich.

Shae sieht von mir zu Ember und zurück und holt schon Luft, um etwas zu sagen, das keinem von uns gefallen wird. Da bin ich sicher. Auf Embers warnenden Blick hin grinst sie jedoch nur unschuldig und nippt an ihrer Limonade.

»Dann wird es Zeit, das zu ändern.« Taleisha reibt sich vorfreudig die Hände und stößt Ember mit dem Ellbogen an. »Zeigen wir den Jungs, wie das geht.«

»Du hast leicht reden, Miss Feuerwehrfrau.« Ember mustert Taleisha von Kopf bis Fuß. »Wahrscheinlich machst du das täglich.«

Taleisha ist fast einen Kopf größer als sie. Sie hat Kurven, ist aber eindeutig durchtrainiert.

Jetzt zwinkert sie Ember zu. »Eigentlich ist es ganz easy. Der Trick ist …« Ihre Stimme wird zu einem verschwörerischen Wispern, während sie Ember zu den Bäumen zieht.

Der Rest von uns folgt ihnen mit etwas Abstand. Als Kind bin ich ständig auf Bäume geklettert und später dann auf einen ganz bestimmten Ahornbaum hinter einem ganz bestimmten Haus. Ich hätte nicht gedacht, dass ich das mit dreiundzwanzig immer noch machen würde.

»Aufgepasst! Es gibt zwei Gruppen«, erklärt Taleisha. »Diejenigen, die am langsamsten sind, dürfen sich schon mal auf den Abwasch freuen. Die jeweiligen Gewinner treten in der Finalrunde gegeneinander an. Wer die gewinnt, muss heute keinen Finger mehr krümmen. Der Verlierer darf den Rest des Tages am Grill stehen.«

Damit geht es auch schon los. Sofort ziehe ich mich an den tief hängenden Ästen hoch und klettere den Stamm so schnell wie möglich bis zum höchsten Punkt hinauf.

Allerdings bin ich nur der Zweite, der es wieder runterschafft. Taleisha erreicht den Boden als Erste, danach kommen ich, Ember und zuletzt Jayden unten an. Die andere Gruppe steht schon für die nächste Runde bereit.

»Was ist mit dir, Shae?« Jayden lässt sich vom letzten Ast fallen und landet geschmeidig auf den Füßen. »Keine Lust, mitzumachen?«

Shae, die mit einer großen Sonnenbrille auf der Nase und ihrem Smartphone in der Hand danebensteht, schüttelt den Kopf. »Nein, danke. Da kriegt mich nichts und niemand rauf.«

Beck schnaubt nur wenige Schritte von ihr entfernt. »Angst, dir einen Fingernagel abzubrechen, Prinzessin?«

Gespielt nachdenklich betrachtet Shae ihre rot lackierten Fingernägel, nur um Beck im nächsten Atemzug den Mittelfinger zu zeigen. »Mach dich lieber bereit, sonst bist du disqualifiziert, bevor die nächste Runde überhaupt losgeht.«

»Ich wusste nicht, dass wir bei den Olympischen Spielen sind«, kontert er trocken, stellt sich jedoch vor einen Baum.

»Und ich nicht, dass ich mir diesen Schwachsinn anhören muss. Und los!«

Beck, Will und Zion beginnen zu klettern. In den ersten Sekunden sind sie gleich schnell, dann legt Zion vor. Er schafft es als Erster bis ganz nach oben – und wieder herunter. Dicht gefolgt von Beck und Will, die sich den zweiten Platz teilen.

Taleisha tritt grinsend vor. »Sieht aus, als würde sich das Finale zwischen uns entscheiden.«

Zions Augen leuchten vergnügt. »Glaub ja nicht, dass ich dich gewinnen lasse, Süße.«

»Gewinnen lasse?«, wiederholt sie ungläubig. »In deinen Träumen. Meine beiden Jobs haben mich bestens auf diesen Moment vorbereitet.«

»Ach ja?« Zion bleibt vor ihr stehen. Die Funken, die zwischen den beiden hin und her springen, sind nicht zu übersehen. Waren sie nie. »Da gibt es nur ein kleines Problem.«

Ihre Brauen wandern in die Höhe. »Und das wäre?«

»Wer kommt allen anderen zur Hilfe, wenn *du* plötzlich diejenige bist, die gerettet werden musst?«

»Wer sagt, dass ich gerettet werden muss?«

In dem Moment, in dem sie die Worte ausgesprochen hat, verändert sich ihr Gesichtsausdruck, während Zion breit grinst. Sie ist ihm geradewegs in die Falle gegangen. Er macht einen Satz auf sie zu, als wollte er sie packen, aber sie weicht aus. Keine fünf Sekunden später läuft Taleisha lachend und kreischend vor ihm davon, während er sie einzufangen versucht. Nicht sehr erfolgreich, wie es aussieht, denn Taleisha ist *schnell*. Wenn ich mich recht erinnere, war sie in der Highschool eine der besten Läuferinnen im Leichtathletikteam. Aber Zion ist auch nicht ohne. Zumindest war er das auf dem Eis und mit einem

Hockeyschläger in der Hand. Heute Nachmittag würde ich mein Geld jedoch eher auf Taleisha setzen.

Was dann wohl bedeutet, dass Zion für uns grillen wird. Win-win für alle, wenn der ausgebildete Koch übernimmt.

Während sich Zion und Taleisha durch den Garten jagen, bemerke ich eine Bewegung aus dem Augenwinkel. Ember bleibt neben mir stehen und hält mir ein Glas hin.

»Muss ich mir wieder Sorgen machen, dass das vergiftet ist?«, frage ich, trinke den ersten Schluck aber, bevor sie antworten kann.

Es ist Eistee. Selbst gemacht, stark und mit einem Hauch von Ahornsirup. Nicht zu süß und damit genau so, wie ich ihn mag.

Ember schnaubt leise. »Nur wenn Taleishas Mom etwas gegen dich hat. Der ist von ihr.«

Überrascht drehe ich mich ganz zu ihr. »Also würdest du kein Gift mehr reinschütten?«

Sie tut so, als würde sie einen Moment überlegen müssen. »Wenn ich dir das beantworte, würdest du dich nur zu sicher fühlen.«

Ich kann nicht anders, als zu grinsen.

Wir kehren zur Veranda zurück und setzen uns auf die Stufen. Will hat sich geopfert und den Grill angeschmissen, Jayden versucht zu helfen, und Shae diskutiert immer noch mit Beck. Ich bin froh über den kurzen Moment der Ruhe.

Wortlos halte ich Ember mein Glas hin, und sie stößt mit ihrem Iced Maple Latte mit mir an.

»Wie geht's deiner Grandma?«

Sie lächelt. »Wirst du mich das jetzt jedes Mal fragen, wenn wir uns über den Weg laufen?«

»Warum nicht?« Abgesehen davon interessiert es mich wirklich.

»Besser. Auch wenn sie weiterhin die Krücken verflucht.«

Ich nicke und lasse den Blick einen Moment lang durch den Garten wandern. Taleisha scheint gewonnen – oder ihren Willen bekommen –

zu haben, denn Zion hat Will am Grill abgelöst und ein köstlicher Duft weht zu uns herüber. Die anderen Jungs haben sich am Tisch zusammengefunden; Shae kann ich nirgendwo entdecken.

Doch meine Gedanken sind bei Ember. Immer wieder gehe ich die letzten Ereignisse durch, unsere gemeinsamen Momente, von der Hochzeit meiner Schwester über die heißen, gestohlenen Minuten nachts am Strand bis zu unseren Begegnungen in ihrem Elternhaus und an ihrem Geburtstag. Im Haunted House. Danach ging alles so schnell mit ihrer Grandma, dass wir keine Chance hatten, uns damit auseinanderzusetzen.

»Werden wir je darüber reden, was an deinem Geburtstag passiert ist?«, frage ich, ohne den Blick von dem Geschehen vor uns abzuwenden.

Ember verspannt sich neben mir, fasst sich jedoch schnell wieder. »Willst du denn darüber reden ...?«

Nein, ich will es wiederholen. Aber wahrscheinlich ist das nicht das, was sie hören möchte. Zumindest ist es nicht das, was ein Gentleman sagen würde. Andererseits ... wann war ich jemals ein Gentleman?

Statt einer Antwort lasse ich den Blick über sie gleiten. Angefangen bei den schmalen Füßen mit dem Sternchen-Tattoo an ihrem rechten Knöchel – das ist neu und fällt mir erst jetzt auf – über ihre langen nackten Beine hoch zu den knappen Shorts, die dennoch viel zu viel verdecken. Am liebsten würde ich die Hand ausstrecken und sie ihr ausziehen. Stattdessen lasse ich meinen Blick weiterwandern, über ihre Hüften und den Bauch zu der Stelle, wo das Crop-Top endet, und noch höher, zu den verlockenden Rundungen, an ihrem schlanken Hals entlang bis in ihr Gesicht. Ihre Wangen haben einen rötlichen Farbton angenommen. Ein Sonnenbrand? Nein, wohl kaum, wenn sich die Röte auf diese Weise von ihren Wangen über ihren Hals bis zu ihrem Dekolleté ausbreitet.

Ember hat es schon immer genervt, dass sie schnell errötet, ich hingegen könnte mir nichts Schöneres vorstellen. Denn es ist ein Zeichen dafür, dass ich sie nicht kaltlasse. Dass ein einziger langer Blick von mir noch immer diese Wirkung auf sie hat. Und das fühlt sich verdammt gut an.

»Sieh mich nicht so an ...«, wispert sie, als ich bei ihren Augen angekommen bin.

»Wie denn?«, frage ich, ohne wegzuschauen.

»Ich werde es bestimmt nicht laut aussprechen.«

Meine Mundwinkel wandern nach oben, ohne dass ich sie daran hindern könnte. »Wieso nicht?«

»Weil Freunde einander nicht so ansehen. Und jetzt hör auf, alles, was ich sage, mit einer Gegenfrage zu beantworten.«

»Warum?«

Sie versetzt mir einen Stoß gegen die Schulter, und ich lache leise.

»Was du gestern für mich getan hast ...«, wechselt sie abrupt das Thema.

Ich ziehe die Schultern hoch. »Keine große Sache.«

»Doch«, fällt sie mir fast ins Wort. »Das war es. Zumindest für mich. Nicht nur, dass du da warst und dich um mich gekümmert hast, sondern auch, dass du ...«

Dich erinnert hast.

Sie spricht die Worte zwar nicht aus, aber ich kann sie in ihrem Blick lesen. In der Mischung aus Ungläubigkeit, Sehnsucht und Verwunderung in ihren grünbraunen Augen. Ember hat auf die harte Tour gelernt, mir nicht mehr zu vertrauen, aber diesmal konnte ich für sie da sein, genau wie bei dem Unfall ihrer Grandma. Und ich werde auch in Zukunft für sie da sein und ihr beweisen, dass sie sich auf mich verlassen kann.

Also nicke ich, statt erneut zu widersprechen. »Jederzeit, Em.«

Fast rechne ich damit, dass sie mich wegen des Spitznamens korrigiert, aber sie überrascht mich. Und das kleine Lächeln, das sich nun auf ihrem Gesicht ausbreitet, haut mich fast um.

»Also dann …« Sie steht schwungvoll auf. »Ich schaue mal, was die anderen treiben.«

»Hey, Em?«, rufe ich, bevor sie außer Hörweite ist. Meine Mundwinkel zucken, weil diese Verabschiedung so ähnlich zu der vor dem Haus ihrer Großmutter ist, nur mit vertauschten Rollen. Und diesmal liegt etwas völlig anderes zwischen uns in der Luft. Etwas, an das ich kaum zu denken wage. *Hoffnung.*

»Ja?« Sie dreht sich zu mir um und mustert mich fragend.

»Waren der ganze Süßkram und die Getränke tatsächlich die richtigen? Oder hast du in Wahrheit die Hälfte davon wegschmeißen oder verschenken müssen?«

Ein überraschtes Lachen verlässt ihre Lippen. »Das meiste war richtig.«

»Und was nicht?«

Sie zögert einen Herzschlag lang, als müsste sie überlegen, ob sie mir diese Informationen anvertrauen möchte oder nicht. »Diese Brause trinke ich schon seit Jahren nicht mehr. Und an Caramilk habe ich mich mal überfressen und mag es seither nicht mehr. Warum willst du das wissen?«

»Damit ich nächstes Mal besser vorbereitet bin.«

Sie hält meinen Blick fest, ohne sofort darauf zu reagieren. Vielleicht denkt sie darüber nach, mir zu sagen, dass sie meine Hilfe in Zukunft weder will noch braucht. Das könnte ich ihr nicht verdenken. Nicht nach dem, was sie in jener Nacht durchmachen musste – und wovon ich bis vor Kurzem nicht mal etwas geahnt habe.

Kurz sieht sie zur Seite, an mir vorbei, als wollte sie mir ausweichen, doch dann überrascht sie mich ein weiteres Mal. »Eis.«

Fragend hebe ich die Brauen. »Eis?«

»Pistazie. Esse ich sonst nie, aber zu dieser Zeit des Monats kriege ich nicht genug davon.«

»Pistazieneis. Ist notiert.«

»Holden …?« Embers Lippen zucken verdächtig.

»Ja?«

Platsch!

Etwas Kaltes knallt auf meinen Kopf, und ich springe auf. Innerhalb von Sekunden bin ich klatschnass. Wassertropfen laufen mir über das Gesicht, fallen auf meine Schultern und saugen sich in den Stoff meines T-Shirts. Doch der Schock ist am größten.

»Was. Zur. Hölle?!«

12. Kapitel

Ich werde wohl nie erfahren, ob Ember mich warnen wollte oder nicht. So oder so hat sie die Attacke kommen sehen, denn jetzt klatscht sie eine ziemlich zufrieden aussehende Shae ab.

Dieses kleine Biest. Sie hat sich von hinten an mich rangeschlichen, während ich mit Ember geredet habe. Allerdings bezweifle ich, dass die unschuldig ist. Ich bezweifle es sogar sehr.

»Wollten wir nicht eine Wasserschlacht machen?« Shae läuft zum Planschbecken zurück.

Und als wäre das eine Art Schlachtruf, sprinten auch alle anderen darauf zu.

»Na wartet!«, rufe ich und renne ebenfalls los.

Kreischen, Lachen und das unverkennbare Platschen von Wasser erfüllen die Luft. Zuerst heißt es jeder gegen jeden, und die Wasserballons fliegen nur so in alle Richtungen, doch dann kristallisieren sich schnell zwei Teams heraus: Die Frauen gegen die Männer – außer Jayden, der sich plötzlich zu den Mädels schlägt, der miese Verräter.

»Das ist unfair!«, ruft Will und schnappt sich einen weiteren Ballon. »Ihr habt die Feuerwehrfrau und den Polizisten in eurem Team.«

Shae grinst. »Selbst schuld, wenn du auf der falschen Seite stehst, Will.«

»Hey!«, rufen Beck, Zion und ich beinahe gleichzeitig.

Und dann entbrennt der Kampf von Neuem.

Vor lauter Wasser in den Augen kann ich kaum etwas sehen, aber die rotblonden Haare am Rande meines Sichtfelds würde ich überall wiedererkennen. Ohne zu zögern, drehe ich mich um und wetze Ember hinterher.

Sie hat sich ein Stück von ihrem Team entfernt, um Nachschub am Planschbecken zu holen – aber ich kriege sie vorher zu fassen. Ohne Vorwarnung schlinge ich von hinten einen Arm um ihre Taille und ziehe sie mit einem Ruck an meine Brust. Eine Sekunde später zerplatzt mein Wasserballon auf ihrem Kopf, und sie ist genauso klatschnass wie ich.

»Du Arsch!«, ruft sie lachend und stößt ihren Ellbogen in meinen Magen.

Ich ächze, lasse sie aber nicht los. Noch nicht. Und für einen Moment stehen wir einfach nur da, ich hinter ihr, sie eng an mich gepresst. Unsere Körper reagieren fast gleichzeitig darauf. Mir stockt der Atem, und einiges an Hitze wandert gen Süden, während Ember in meinen Armen erschauert – und das nicht vor Kälte, da bin ich mir sicher.

Meine Hand liegt auf ihrem nackten Bauch, und ich weiß einfach, dass wir beide an diesen viel zu kurzen, viel zu intensiven Moment am Strand denken müssen. Als wir beide allein waren, gar nicht allzu weit entfernt von den anderen. Als ich ihren Hals geküsst und meine Hand in ihr Bikinihöschen habe wandern lassen, um ...

Ember reißt sich als Erstes aus der Erinnerung und macht sich hastig von mir los, ich dagegen brauche noch ein paar Sekunden, um wieder klar denken zu können. Doch gerade, als ich mir Nachschub besorgen möchte, zieht ein Kreischen meine Aufmerksamkeit auf sich.

Camille ist angekommen – und ihre Freundinnen begrüßen sie mit mehreren Wasserballons, jeder Menge Lachen und nassen Umarmungen.

»Yo! Holden!« Zion winkt mich hektisch zu sich.

Die anderen gesellen sich ebenfalls zu ihm. Wir stehen etwas abseits bei den Bäumen, an denen wir vorhin hochgeklettert sind.

Zion blickt in die Runde. »Ich brauche eure Hilfe.«

Ich runzle die Stirn. So ernst habe ich ihn nie zuvor erlebt. »Was ist los?«

»Was hast du angestellt?«, bohrt Jayden, ganz der Polizist, nach. »Wenn es etwas Illegales ist, solltest du mir besser nichts davon erzählen.«

»Es ist nichts – hey, was denkst du eigentlich von mir, Mann?« Zion zeigt ihm den Mittelfinger.

»Wahrscheinlich, dass du bei deinem Job ziemlich viel mit Messern herumhantierst und dir eins davon ausgerutscht sein könnte«, schlägt Will grinsend vor.

»Ich bin Koch, kein Serienkiller.« Zion zeigt ihm ebenfalls den Mittelfinger und wendet sich dann an Beck und mich. »Wollt ihr zwei auch noch was loswerden?«

»Mir fallen da einige Dinge ein, aber ich will lieber hören, was du zu sagen hast«, erwidere ich trocken, während Beck nur die Arme vor der Brust verschränkt.

Zion wirft einen prüfenden Blick zu den Frauen hinüber, die noch immer durch Camilles Ankunft abgelenkt sind. Dann atmet er tief durch. »Ich will Taleisha fragen, ob sie mich heiraten möchte.«

Ich starre ihn mit offenem Mund an. »Ernsthaft?«

»Wow«, kommt es von Will. »Glückwunsch, Mann!«

Auch Beck gratuliert, während Jayden ihm kameradschaftlich auf die Schulter klopft. »Wurde aber auch Zeit.«

»Und wofür brauchst du unsere Hilfe?«, hake ich nach.

»Beim Antrag. Er soll etwas Besonderes werden. Etwas, das sie nie vergisst. Ember werde ich auch noch um ihre Mithilfe bitten.«

»Was ist mit Camille?«

»Und Shae?«

Zion verzieht das Gesicht. »So gern ich sie auch habe, Camille kann kein Geheimnis für sich behalten, selbst wenn ihr Leben davon abhängt. Und Shae würde es sofort Taleisha sagen, um sie vorzuwarnen.«

Damit hat er vermutlich recht.

»Kein Problem«, meldet sich Will. »Ich kann Ember Bescheid geben, ohne dass Taleisha es mitkriegt.«

Beck wirft mir einen Blick zu, über den ich lieber nicht genauer nachdenke, während ich Will von der Seite anstarre. Aber entweder weigert er sich, es zu bemerken, oder es ist ihm schlichtweg egal.

Ich beiße die Zähne zusammen. Für meinen Geschmack verbringt der California Sonnyboy etwas zu viel Zeit mit Ember, tut ihr zu viele Gefallen und teilt zu viele Geheimnisse mit ihr. Die Beste-Freunde-Nummer kann er sich sparen. Denn wie es aussieht, ist es nicht nur für mich ziemlich offensichtlich, dass er an mehr interessiert ist. Beck ist es auch schon aufgefallen.

»Niemand sonst darf etwas davon erfahren.« Zion sieht jedem einzelnen von uns fest in die Augen. »Kann ich auf euch zählen?«

Wir nicken alle.

Ein erleichtertes Lächeln breitet sich auf seinem Gesicht aus. »Danke. Das werde ich euch nicht vergessen. Und jetzt sollten wir zurück, bevor Taleisha und die anderen misstrauisch werden.«

13. Kapitel

Nachdem mit Camilles Ankunft die Wasserschlacht noch mal von vorne losgegangen war, lagen wir danach alle im Garten in der Sonne, um zu trocknen. Anschließend machten wir uns über das leckere Essen her, das Zion am Grill für uns zubereitet hatte. Außerdem zogen Beck, Camille, Jayden und ich noch mal los, um weitere Getränke zu holen, während die anderen Taleisha beim Aufräumen halfen.

Das nächste Ziel nach Sonnenuntergang: Autokino.

Ich habe ganz vergessen, dass es das jeden Sommer auf einem abgelegenen Feld zwischen Bayville und Lille Port gibt. Mehrere Tage lang zeigen sie die unterschiedlichsten Filme direkt nacheinander, und die Leute können kommen und gehen, wie es ihnen gefällt. Früher waren hauptsächlich Einheimische da, doch als ich den Pick-up nun in der letzten Reihe abstelle, erkenne ich jede Menge Kennzeichen, die nicht von der Insel stammen. Wir sind ein wenig spät dran, der erste Film hat schon begonnen, aber ich bin auch nicht wirklich wegen der Vorführung hier.

Ich springe aus dem Wagen und hole die Decken von der Rückbank, um sie auf der Ladefläche auszubreiten. Der Range Rover, der gleich darauf neben mir parkt, gehört Taleisha, der weiße Jeep Will. Wenige Sekunden später kommt Beck mit röhrendem Motor an und stellt seine schwarze Suzuki mit den leuchtend gelben Akzenten direkt hinter uns ab.

Wir machen es uns mit Popcorn, Nachos und Getränken gemütlich. Leider sitzt Ember nicht bei mir auf der Ladefläche des Pickups. Der einzige Trost: Sie ist auch nicht bei Will. Stattdessen hat sie sich neben Shae und Taleisha auf der Motorhaube des Range Rovers ausgestreckt.

Die Originalversion von *Grease* flackert über die große Leinwand, und die Stimmen von John Travolta und Olivia Newton John schallen über die Wiese. Die Frisuren sind lächerlich, aber das ganze Highschool-Setting kann ich durchaus nachvollziehen. Obwohl der Film uralt ist, erinnert er mich an meine eigenen Jahre auf der Bayville High, an die Zeit mit meinen Kumpels … und mit Ember.

»Uff, das sieht echt anstrengend aus«, ruft Shae und schüttelt den Kopf über die wilden Moves beim Tanzwettbewerb.

»Oh, das ist es mit Sicherheit auch«, bestätigt Ember. »Und wie nervig ist bitte dieser Typ, der Sandy von der Tanzfläche zerrt? Und Danny tut nicht mal was dagegen? Hallo?«

»Würdest du endlich mit mir auf ein Date gehen«, kommt es von Will von der Motorhaube des Jeeps neben ihr, »dann müsstest du dir über so etwas keine Sorgen machen.«

Ember lacht auf und wirft Popcorn nach ihm. »In deinen Träumen.«

Camille richtet sich ebenfalls auf und sieht zwischen Ember und mir hin und her. »Hattet ihr nicht auch eine Tanzeinlage auf Gemmas und Peters Hochzeit? Ich hab da was gehört …«

Embers und meine Blicke treffen sich. Bei der Erinnerung an unseren Tanz wird mir wärmer, aber es sind der Ausdruck in Embers Augen und die Art, wie sich ihre Lippen ganz leicht öffnen, bei denen mir die Hitze durch den ganzen Körper schießt. Ich habe nicht mal gemerkt, dass ich bei Wills überflüssigem Kommentar die Hände zu Fäusten geballt habe, doch nun löse ich sie langsam wieder.

»Hatten wir«, beantworte ich Camilles Frage, ohne den Blickkontakt zu Ember zu unterbrechen. »Aber nicht ganz so wild.«

»Wie denn …« Shaes Worte werden von einem schrillen Piepen unterbrochen.

»Oh Shit.« Taleisha zieht ihr Handy hervor. »Das ist die Feuerwache.«

Jayden runzelt die Stirn. »Ich dachte, du bist heute nicht im Dienst?«

»Bin ich auch nicht«, murmelt sie abgelenkt, während sie die Nachricht liest. »Das muss ein größeres Feuer sein – oder zu viele Einsatzkräfte werden gerade anderweitig gebraucht.« Sie rutscht von der Motorhaube. »Sorry, Leute, ich muss sofort los.«

Auf einen Schlag ist die ausgelassene Stimmung vorbei. Ember und Shae klettern ebenfalls von Taleishas Auto.

»Ich fahre dich.« Zion taucht an ihrer Seite auf und legt ihr die Hand auf den unteren Rücken. Obwohl er nicht zu den Rettungskräften gehört, duldet seine Stimme keinen Widerspruch.

»Okay. Danke.« Die beiden steigen in den Range Rover.

»Seid vorsichtig!«, ruft Shae.

»Melde dich, sobald du kannst, ja?«, fügt Ember hinzu.

»Und pass auf dich auf!«, kommt es von Camille.

Dann sind die beiden auch schon weg. Einen kurzen Moment schauen sich Ember und Shae an, ganz so, als würden sie ein stummes Gespräch führen, dann klettern sie nacheinander zu Beck und mir auf die Ladefläche des Pick-ups. Shae sucht sich den Platz, der am weitesten von meinem Mitbewohner entfernt ist, was zur Folge hat, dass Em und ich zwischen den beiden liegen und mein Oberschenkel sich auf einmal gegen ihren presst.

Keiner von uns rührt sich. Der Film geht weiter, aber ich habe keine Ahnung mehr, was dort gerade abgeht. Das Einzige, worauf ich mich konzentrieren kann, ist Ember neben mir, ihr blumiger Duft und das Gefühl ihres Beines an meinem.

Ich erinnere mich an Zeiten, in denen wir beide genau hier lagen.

Ich auf dem Rücken, Ember an mich geschmiegt in meinen Armen. Wir haben stundenlang geredet, die Sterne betrachtet, uns zwischendurch immer wieder geküsst ... gestreichelt ... liebkost. Das erste Mal, dass ich die Hände unter ihr Shirt und unter ihren Rock schieben durfte, war auf der Ladefläche dieses Pick-ups. Das erste Mal, dass ich sie zum Höhepunkt gebracht habe. Ich frage mich, ob sie ebenfalls daran denken muss.

Als sich unsere Blicke treffen, weiß ich sofort, dass sie es tut. Ihre Augen weiten sich, ihre Pupillen werden größer, und meine Mundwinkel wandern ganz von selbst nach oben.

Oh ja, sie erinnert sich. Und wie sie sich erinnert.

Plötzlich räuspert sich Shae laut und hält ihr Handy in die Höhe. »Zion hat gerade geschrieben und Entwarnung gegeben. Anscheinend war es nur ein kleines Feuer, und sie haben weitere Einsatzkräfte gebraucht.«

Ich bin mir ziemlich sicher, dass jeder von uns aufatmet. Aus dem Augenwinkel sehe ich, wie Jayden jemandem textet, wahrscheinlich seinen Polizeikollegen, um mehr herauszufinden, als Beck plötzlich mit dem Smartphone in der Hand aufspringt.

»Ich muss los.« Ohne ein weiteres Wort geht er zu seinem Motorrad und fährt davon.

Wir sehen ihm perplex nach.

»Wo muss er denn plötzlich hin?«, fragt Will verwundert. »Hat er eine Nachricht über einen Notfall bekommen oder etwas in der Art?«

Ich zucke mit den Schultern, als alle Blicke auf mir landen. »Schaut mich nicht an. Ich hab nicht die geringste Ahnung.«

»Ihr wohnt zusammen«, wendet Jayden ein.

»Erst seit Kurzem. Außerdem heißt das nicht, dass wir über alle Angelegenheiten des anderen Bescheid wissen.«

»Wahrscheinlich ist ihm eingefallen, dass er noch ein paar kleine

Kinder finden muss, um sie bei seinem wöchentlichen satanischen Ritual zu opfern«, murmelt Shae.

Ember gibt einen erstickten Laut von sich, während sich Camille die Hand vor den Mund schlägt, um ihr Lachen zu verbergen. Vergeblich.

Alle starren Shae an.

»Was denn?« Sie rümpft die Nase. »Wenn ich das jemandem zutraue, dann ihm.«

Will schüttelt amüsiert den Kopf. »Beck ist einer von den Guten, weißt du?«

»Das glaubst du nur, weil er dein Arbeitgeber und mit dir befreundet ist. Ich bin mir ziemlich sicher, dass er mich am liebsten von einer Brücke schubsen würde.«

Ich wechsle einen schnellen Blick mit Jayden, aber keiner von uns sagt ein Wort. Vielleicht ist das ein unausgesprochener Bro-Code, vielleicht will sich auch niemand einmischen. Was auch immer da zwischen den beiden läuft oder nicht – du siehst eine Frau nicht auf die Weise an, wie Beck Shae ansieht, wenn du sie nicht ausstehen kannst. Andererseits sieht man eine Frau auch nicht auf die Weise an wie Will Ember, wenn man nur an Freundschaft interessiert ist. An reiner, unschuldiger, platonischer Freundschaft. Keine Ahnung, ob sie inzwischen gemerkt hat, dass mehr dahintersteckt, aber mir fällt es immer wieder auf. Und es gefällt mir nicht. Es gefällt mir ganz und gar nicht.

»Hey.« Ember drückt ihr Knie gegen meins. »Ich bin froh, dass du heute dabei bist.«

»Wirklich?«

»Vor einem Monat hätte ich nie gedacht, dass ich das mal sagen würde, aber ... ja, wirklich.«

Ich lächle. Am liebsten würde ich den Arm um sie legen wie neulich im Pausenraum des Blumenladens, aber da waren wir allein und sie hatte Schmerzen. Heute hätte diese Geste nichts mit Trost zu tun. Oder nur mit Freundschaft.

Seit unserem Gespräch am Haus und meinem Besuch bei ihrer Grandma scheint Ember mir gegenüber ein bisschen offener oder wenigstens zugänglicher geworden zu sein. Ich bin nicht so naiv zu glauben, dass sie mir verziehen hat, aber zumindest scheint sie mich nicht mehr zu hassen. Und das ist in unserer Situation ein riesiger Fortschritt.

Nachdenklich betrachte ich sie von der Seite, während sie wieder dem Filmgeschehen folgt. Zwischen uns wird es nie unkompliziert sein, aber das ist in Ordnung, solange sie trotzdem ein Teil meines Lebens ist. In welcher Form auch immer.

Der Film geht bunt und laut und voller Musik zu Ende, und der nächste startet. Obwohl unsere Gruppe kleiner geworden ist, ist die Stimmung wieder entspannt. Bis zu diesem Zeitpunkt war mir das zwar nicht klar, aber dieser Abend und diese Leute sind genau das, was ich gebraucht habe.

In den vergangenen Wochen haben wir einen guten Rhythmus gefunden. Wir müssen alle arbeiten und jeder zieht sein eigenes Ding durch, aber immer mal wieder organisiert jemand ein Event wie heute und bringt uns alle zusammen.

Seit ich denken kann, bin ich mir wie ein Außenseiter vorgekommen, wie jemand, der nur am Rande steht und dabei zuschaut, wie alle anderen ihr Leben leben. Selbst im Eishockeyteam in der Schule war es so, obwohl ich zu den Spielern gehört habe, die regelmäßig aufs Eis durften. Auf der Ersatzbank saß ich nur, wenn ich verletzt war oder Coach DuPont mich nach einer gewissen Spielzeit ausgewechselt hat. Allerdings war ich selbst im Team mehr Zuschauer als aktiver Teilnehmer. Und von den letzten paar Jahren will ich gar nicht erst anfangen …

Doch in diesem Sommer ist alles anders. Denn in diesem Sommer beginnt sich das langsam zu ändern. Und ich weiß noch nicht genau, ob es etwas Gutes ist, weil ich es mir immer gewünscht habe – oder ob ich mich besser vorsehen sollte, weil gleich die nächste Katastrophe folgt.

Denn die folgt immer.

14. Kapitel

Acht Jahre zuvor

Im Kühlschrank standen nur eine einsame Flasche Ketchup und ein Glas Gewürzgurken – und selbst das war halb leer. Mein Magen protestierte mit einem lautstarken Knurren.

In diesem Moment betrat Mom die Küche. »Tut mir leid, Schatz.« Sie lächelte entschuldigend. »Ich hab wieder mal vergessen einzukaufen.«

Lüge. Uns beiden war klar, dass sie mich anlog, aber ich wies sie nicht darauf hin, sondern drückte die Kühlschranktür mit zusammengebissenen Zähnen zu.

»Schon gut. Ich wollte eh zu Jay und kann dort essen.«

Noch eine Lüge, aber eine, über die nur ich Bescheid wusste. Jayden war zwar mein Kumpel, aber inzwischen sahen wir uns fast nur noch in der Schule und beim Eishockeytraining. Die Leute, mit denen ich neuerdings meine Zeit verbrachte, kannte meine Mutter nicht. Was wahrscheinlich auch besser so war.

Mom nickte und wandte sich schnell ab, doch ich hatte die Tränen in ihren Augen gesehen.

Scheiße. Verfluchte, verfickte Scheiße.

Mom arbeitete praktisch rund um die Uhr, trotzdem fehlte das Geld an allen Ecken und Enden. Sämtliche Einnahmen gingen für die monatliche Ratenzahlung an die Bank, um unsere Wohnung abzube-

zahlen, das Auto und andere laufenden Kosten drauf. Als in der letzten Woche auch noch die Waschmaschine kaputt gegangen war, hatte Mom einen weiteren Kredit aufnehmen müssen. An Tagen wie heute reichte das Geld nicht mal für Lebensmittel. Inzwischen bereute ich es, überhaupt in den Kühlschrank geschaut zu haben. Hätte ich es nicht getan, wäre uns beiden diese Situation erspart geblieben.

Mein Blick fiel auf die Postkarte von Gemma, die mit einem Magneten an der Kühlschranktür befestigt war. Meine Schwester war vor einem Jahr an einer Tanzakademie aufgenommen worden und nach der Schule aufs Festland nach Québec gezogen. Die Kosten für die Ausbildung stemmte sie mithilfe von Nebenjobs größtenteils selbst, aber Mom bestand darauf, einen Teil beizusteuern, und schob dafür weitere Extraschichten.

Sie versuchte alles, um Gemma und mir so viel zu bieten, wie nur irgend möglich. Sie war für uns da, hörte sich unsere Probleme an, sprach jedoch nie über ihre eigenen. Aber vor allem ließ sie mich nie spüren, dass ich der Grund für die meisten unserer Probleme war. Denn wer sollte es sonst sein? Als es nur sie und Gemma gegeben hatte, war mein Erzeuger noch da gewesen. Hatte glückliche Familie mit ihnen gespielt. Aber kaum war ich auf der Bildfläche erschienen, ein lautes, ständig schreiendes Balg, hatte er nach wenigen Monaten den Abflug gemacht und war nie wieder aufgetaucht. Also war es sehr wohl meine Schuld, dass wir kein Geld hatten, dass Gemma ihren Dad und Mom ihren Mann verloren hatte.

Wut kochte in mir hoch. Und Hilflosigkeit. Ständig diese verdammte Hilflosigkeit.

Ich warf einen letzten Blick auf die Karte und drehte mich dann zu Mom um. Sie stand noch immer mit dem Rücken zu mir. Unbewusst ballte ich die Hände zu Fäusten. Bisher hatte ich alles abgelehnt, was Hendrick und seine Jungs mir an kleineren Jobs angeboten hatten, weil mir klar war, dass sie nicht sonderlich legal sein konn-

ten. Aber ich ertrug es nicht länger, meine Mutter so zu sehen. Und ich war egoistisch genug, nicht ständig mit knurrendem Magen ins Bett gehen zu wollen.

»Ich bin dann mal weg. Bis später, Mom.« Ohne auf ihre Antwort zu warten, ging ich aus der Küche, hob meinen Rucksack auf, den ich beim Heimkommen neben die Tür geschmissen hatte, und verließ das Haus.

Wenige Minuten später saß ich auf meinem Fahrrad und fuhr Richtung Norden, vorbei an den Feldern und Klippen, vorbei an Embers Zuhause, immer weiter, bis die grünen Ahornwälder in Sicht kamen. Statt mein Tempo zu drosseln, radelte ich noch schneller, nahm Abkürzungen und schmale Pfade durchs Dickicht, ohne mich an den vorgegebenen Wanderweg zu halten. Wieso auch nicht? Die Maple-Saison war vorbei, niemand arbeitete mehr an den Bäumen, um ihnen Ahornsaft abzuzapfen.

Als ich die Wellen wieder gegen die Klippen donnern hörte, wusste ich, dass ich die richtige Richtung eingeschlagen hatte. Ganz in der Nähe von Surrey Bay – oder Shipwreck Bay, wie die Einheimischen die Bucht nannten – befanden sich mehrere Sugar Shacks: die Zuckerhäuser, umringt von unzähligen Ahornbäumen.

Von Ende Oktober bis Ende April, manchmal auch bis Anfang Mai, war hier die Hölle los. Die Bäume wurden dann mit schmalen Röhren und Drahtseilen miteinander verbunden, sodass der Saft geradewegs zu den Sugar Shacks fließen konnte. Ein Durchkommen mit dem Fahrrad war dann nicht mehr möglich. Erst recht nicht wegen der Wachen.

Ich wurde langsamer und sprang schließlich vom Rad. Neben den fünf großen Holzhütten standen heute nur zwei von Hendricks Wachhunden, beide in Tarnkleidung, mit schwarzer Schutzweste, Sonnenbrille, Funkgerät – und Waffen. Ein Maschinengewehr in den Händen, eine Pistole an der Seite.

Jedes Mal, wenn ich sie sah, bekam ich eine Gänsehaut, versuchte mir aber nichts anmerken zu lassen und nickte ihnen so cool wie möglich zu. Ich gehörte dazu. Hendrick hatte mich vor ein paar Monaten in Bayville aufgelesen, als ich abends allein am Hafen herumgewandert war, und mich hierher eingeladen, genau wie die anderen Jungs. Die Lost Boys, wie er uns scherzhaft nannte. Manche waren jünger als ich, die meisten älter, und alle erledigten kleinere Jobs für Hendrick und seine Leute. Jobs, von denen ich wusste, dass sie eindeutig nichts mit der Produktion von Ahornsirup zu tun hatten …

Ich schob das Fahrrad bis zur nächsten Hauswand. Statt es zu den anderen zu werfen, die dort bereits im Gras lagen, lehnte ich meines an und verriegelte das Schloss. Wenn man nicht viel besaß, lernte man, auf seine Sachen aufzupassen.

Die Wachen beachteten mich nicht länger, also joggte ich zu dem offenen Platz zwischen den Hütten und sah mich suchend um. Die anderen Jungs saßen auf dem Boden und spielten Karten, nickten mir jedoch kurz zu. Ein paar Meter weiter versuchten sie sich am Axtwerfen auf eine ziemlich mitgenommene Zielscheibe. Erwachsene liefen von einem Haus ins andere, manche mit Waffen, manche ohne. Aber vielleicht trugen sie sie auch nur nicht offensichtlich zur Schau. Wieder andere holten ein paar Taschen aus einem der Zuckerhäuser und trugen sie zu einem schwarzen Jeep.

Als ich mich einigen Männern näherte, die in ein Gespräch vertieft waren, entdeckte Hendrick mich sofort und kam auf mich zu. Sein kurzes Haar war fast genauso hell wie das Grau an seinen Schläfen und in seinem akribisch gestutzten Bart. Der Mann war riesig, wirkte trotz seiner Muskeln aber schlank. Wahrscheinlich wäre er beim Eishockey auch eher schnell als stark.

»Holden, mein Junge.« Hendrick schien ehrlich erfreut zu sein, mich zu sehen, und klopfte mir lächelnd auf Schulter. »Wie geht's dir?«

Bevor ich antworten konnte, knurrte mein Magen laut genug, dass Hendrick es hörte.

Shit!

Ich lief knallrot an, aber er lachte nur.

»Als ich in deinem Alter war, hatte ich auch ständig Hunger und hab gefuttert wie ein Scheunendrescher.« Mit dem Daumen deutete er hinter sich auf das größte Haus. Das Hauptgebäude, in dem er sich meistens aufhielt und Pläne schmiedete. Für was genau, wusste ich nicht. »Na komm. Da drinnen wartet eine Pizza auf dich, die ich vorhin in den Ofen geschoben habe.«

Dankbar, dass er nicht darauf herumritt, dass ich neuerdings ständig hungrig hier aufkreuzte, folgte ich ihm mit gesenktem Kopf.

Hendrick war mir von Anfang an sympathisch gewesen. Obwohl er um die vierzig sein musste, behandelte er mich nicht wie ein Kleinkind, sondern wie jemand, der ihm ebenbürtig war. Jemand, der ihm wichtig war.

Ich hatte ihn mit den Männern erlebt, die für ihn arbeiteten. Da hatte er einen so eiskalten Ton drauf, dass sogar ich eine Gänsehaut bekam. Aber wenn die Typen Scheiße gebaut hatten, verdienten sie es wohl nicht anders. Zu mir und den Lost Boys war er immer nett. Herzlich. Wir konnten mit jedem Scheiß zu ihm kommen. Das galt für alle. Aber ich wusste, dass er mich bevorzugte. Zu den anderen war er freundlich, aber trotzdem distanziert. Mich behandelte er dagegen wie … Familie.

Ich durfte mit ihm und seinen engsten Vertrauten am Tisch in der Haupthütte sitzen, während die restlichen Jungs draußen oder in den anderen Gebäuden herumlungerten. Er erklärte mir Dinge. Lobte mich. Klopfte mir auf die Schulter. Gab mir zu essen. Von ihm hatte ich meine erste Fahrstunde bekommen, obwohl es noch fast ein Jahr dauerte, bis ich den Führerschein machen konnte. Anschließend hatte er die Motorhaube geöffnet und mir gezeigt, welches Teil wie hieß, wozu es gut war, wie man es reinigte und wartete. Inzwischen hatte ich die Hälfte davon schon wieder vergessen, aber Hendrick war ein geduldiger Lehrer. Wenn ich ihn fragte, würde er es mir immer wieder erklären.

»Hereinspaziert.« Hendrick deutete auf den langen Tisch, an dem ausnahmsweise niemand saß.

Ich ließ mich auf einen Platz in der Nähe des Kopfendes fallen und den Blick wandern. Obwohl ich in den letzten Wochen öfter da gewesen war, war es noch immer ein krasser Anblick.

Die holzgetäfelten Wände und Decken mit den gerahmten Bildern von früheren Ahornsirup-Saisons, die ältesten um die hundert Jahre alt. Die riesige Destillationsanlage mit den ganzen Edelstahltanks, Messinstrumenten, Rohren und Ventilen. Daneben der traditionelle Verdampfer, der noch mit Holz befeuert und in dem der Saft zu Sirup gekocht wurde. Ruß und Kratzer deuteten an, wie alt die Geräte waren.

In dem Moment, in dem Hendrick einen großen Teller vor mir abstellte, verlor ich jegliches Interesse an meiner Umgebung. Trotzdem wartete ich, bis er mir zunickte, dann gab es kein Halten mehr. Das erste Pizzastück rollte ich zusammen, um es möglichst schnell runterschlingen zu können. In dem Moment war mir sogar egal, was drauf war. Hauptsache Essen.

Leute kamen von draußen herein und setzten sich an den Tisch, aber ich achtete nicht auf sie. Mittlerweile war ich schon beim dritten Stück angelangt, während ich das vierte beäugte und mich fragte, ob das noch okay oder schon unhöflich war.

Nur langsam drang die Außenwelt wieder zu mir durch. Und damit auch die Gespräche der Männer am Tisch.

»Das ist ein absolut sicheres Geschäft, ich sag's euch.«

Hendrick runzelte die Stirn. »Dein absolut sicheres Geschäft hätte uns letztes Mal fast den Kopf gekostet, Barbeau.«

Remi, Hendricks rechte Hand und der Nächste in der Hierarchie – zumindest so weit ich das beurteilen konnte –, schnaubte abfällig. »Vielleicht solltest du bei dem bleiben, was du kannst, und weiter Fische fangen.«

Barbeau zerknüllte die Mütze in seinen Händen. »Ich hab eine Familie. Frau und Kinder. Ich brauch die Extra-Kohle. Diesmal ist es wirklich eine runde Sache, ich schwör's euch!«

»Wir werden sehen.« Hendrick faltete die Hände auf dem Tisch und wandte sich an Remi. »Wir gehen kein Risiko ein.«

»Ich schicke einen Späher los, um die Autos abzuchecken. Am besten einen der Jungs. Jemand Unauffälliges.« Remis Blick fiel auf mich, und alle anderen folgten seinem Beispiel. Im Gegensatz zu Remis Bärenstatur war ich klein, schmal – und deutlich unauffälliger.

Ich schluckte den Bissen in meinem Mund mit einem hörbaren Geräusch hinunter.

»Wie sieht's aus, Holden?« Provozierend zog Remi die Brauen hoch. »Übernimmst du den Job? Oder willst du weiter Hendricks Schoßhündchen spielen und dich auf seine Kosten bei uns durchfuttern?«

Ich sah von ihm zu Hendrick, der ihm einen kalten Blick zuwarf, sich jedoch nicht einmischte. Das war eine Sache unter Männern. Es war meine Angelegenheit. Meine Entscheidung. Meine Chance.

Für einen Sekundenbruchteil wanderten meine Gedanken zurück zu heute Nachmittag in der Küche. Zum leeren Kühlschrank. Zu Moms bebenden Schultern, als sie mir den Rücken zugewandt und geweint hatte, weil sie uns nichts zu essen kaufen konnte.

Ich straffte die Schultern und machte mich größer, als ich war. »Bin dabei.«

15. Kapitel

»Feierabendbier?«, ruft mir Darren von seinem Truck neben der Baustelle aus zu.

Ich halte inne, die Hand bereits an der Fahrertür. »Heute nicht.«

»Warum?« Er grinst herausfordernd. »Warten zu Hause etwa Frau und Kind auf dich?«

Ich lächle matt. »Nope. Bin einfach erledigt.«

Die Arbeit auf der Baustelle war brutal. Wenn wir gestern, als wir zusammen gegrillt und die Wasserballonschlacht gemacht haben, dachten, es wäre der heißeste Tag, haben uns die Temperaturen heute eines Besseren belehrt. Und so gerne ich den Job mache und mit meinen bloßen Händen dabei helfe, etwas Neues zu erschaffen, so beschissen anstrengend ist es, das bei schwülen vierunddreißig Grad in der prallen Sonne zu tun.

Darren schnaubt. Auch er sieht fertig und verschwitzt aus, aber das scheint ihn nicht weiter zu stören. »Als ich in deinem Alter war ...« Er schüttelt den Kopf. »Dann einen schönen Feierabend – und eine gute Nachtruhe, Kleiner.«

Ich sehe ihm amüsiert nach, bevor ich in meinen Pick-up steige, die Klimaanlage voll aufdrehe und losfahre. Mein einziges Ziel: das Bett in meinem WG-Zimmer. Und eine Dusche vorher wäre nicht schlecht, wenn ich genug Energie dafür aufbringen kann.

Rund zwanzig Minuten später stelle ich den Wagen auf einem freien Parkplatz zwischen Turner's Tavern und der Wohnung ab und steige ächzend aus. Jeder Knochen in meinem Körper tut weh. Die Sonne geht bereits unter, und dunkle Wolkenberge sammeln sich über der Insel. Die Luft ist noch immer warm und stickig, sodass ich unwillkürlich eine Grimasse ziehe.

Ich reibe mir über das Gesicht, schnappe mir den Rucksack mit meinen Sachen vom Beifahrersitz und gehe die Straße hinunter. Obwohl es noch halbwegs hell ist, findet das Leben in Bayville nicht in Seitenstraßen wie diesen statt, sondern unten an der Promenade oder im Zentrum mit den hübschen Häuschen und vielen Restaurants. Turner's Tavern markiert den Beginn des lebhaften Viertels. Südlich davon säumen hauptsächlich Wohngebäude die Straßen – von einem einzigen kleinen Supermarkt an der nächsten Kreuzung mal abgesehen.

Vielleicht liegt es an meiner Erschöpfung oder daran, dass ich nicht damit rechne, jemandem zu begegnen, dass ich die Männer erst bemerke, als es zu spät ist. Denn sie haben *mich* bereits entdeckt.

Zwei lehnen lässig neben der Eingangstür unseres Wohnhauses. Die anderen beiden stehen breitbeinig daneben.

Jeder Muskel in meinem Körper spannt sich an. Es ist nicht wie beim letzten Mal. Diesmal sind sie nicht nur da, um mich zu beobachten und Bericht zu erstatten. Und sie sind auch nicht nur zu zweit.

Meine Gedanken rasen. Kampf oder Flucht? Weglaufen oder mich ihnen stellen? Aber sie wissen inzwischen nicht nur, wo ich arbeite, sondern offensichtlich auch, wo ich wohne. Was, wenn Beck nach Hause kommt und ihnen geradewegs in die Arme läuft?

Fuck.

Es gibt kein Zurück. Keine Flucht. Sie würden mich ja doch immer wieder finden. Es war nur eine Frage der Zeit, bis es so weit kommt, nachdem ich die Nachrichten auf meinem Handy rigoros ignoriert habe.

Als mir die Typen vor ein paar Wochen das erste Mal in der Nähe des Turner's aufgelauert und mich abgefangen haben, konnte ich sie abwimmeln, allerdings hat Beck uns damals gesehen. Keine Ahnung, woher er diese Leute kennt oder was er mit ihnen zu schaffen hat, aber ich werde Beck keinen weiteren Grund liefern, Ember vor mir zu warnen. Was bedeutet, dass ich diese Kerle loswerden muss. Ein für alle Mal. Es ist mir egal, was sie wollen. Die Zeiten, in denen ich Jobs für Hendrick erledigt habe, sind endgültig vorbei. Ich bin fertig mit dem Mist.

Ohne den Blick auch nur eine Sekunde lang abzuwenden, marschiere ich auf sie zu. Einen von ihnen erkenne ich von der Baustelle wieder; es ist der Ältere mit den Muskeln und Narben an den Händen. Die anderen habe ich nie zuvor gesehen.

Drei Schritte von ihnen entfernt bleibe ich stehen, die Schlüssel fest in der Hand, auch wenn ich mir sehnlichst eine andere Waffe herbeiwünsche. Ein Messer oder einen Schraubenschlüssel aus meinem Werkzeugkasten.

»Ich hab keine Ahnung, was ihr hier wollt – und ganz ehrlich? Es interessiert mich einen Scheißdreck.«

Gedämpftes Lachen.

Die Wolkenberge über uns scheinen sich zu verschieben, zu verdichten. Ein erster Blitz zuckt über den Himmel und taucht die Straße für einen Sekundenbruchteil in gleißendes Licht.

Ich verschränke die Arme vor der Brust. Sport war schon immer ein Teil meines Lebens, anfangs durch das Eishockeyteam in der Highschool, später durch regelmäßiges Training. Diese Kerle mögen in der Überzahl sein, aber ich werde es ihnen ganz bestimmt nicht leicht machen. Doch wenn sie wirklich auf mich losgehen sollten, habe ich ein ernstes Problem.

Schließlich tritt einer der Typen vor; er trägt Baggy Pants und ein Bandana um den Kopf und ist kaum älter als ich. Wahrscheinlich haben wir eine ähnliche Karriere hinter uns. »Du weißt, warum wir hier sind. Er wird nicht länger warten.«

»Wie wär's, wenn ihr mich in Ruhe lasst?«, knurre ich. »Dann tue ich euch den gleichen Gefallen, und alle sind zufrieden.«

»Du? Du willst uns in Ruhe lassen?« Er lacht dreckig. Eine Klinge blitzt in seiner rechten Hand auf. »Seht euch nur diesen Typen an.« Er mustert mich langsam von oben bis unten und spuckt dann auf den Boden. »Ey! Denkst du, jetzt, wo du zurück bist, kannst du bei den großen Jungs mitspielen?«

»Ich spiele nirgendwo mit«, presse ich mühsam beherrscht hervor. »Ich bin raus.«

»*Raus* sagt er.« Grinsend stößt er seinen Kumpel an, wird jedoch schlagartig ernst, als er wieder mich ansieht. »Niemand ist *raus*, es sei denn H befiehlt es.«

H? So nennt er sich heutzutage also? Ich schnaube. Gleichzeitig versuche ich das Messer in seiner Hand im Auge zu behalten, ohne mir etwas von meiner Anspannung anmerken zu lassen.

»Dann sag *H*, dass ich schon lange raus bin. Vielleicht erinnert er sich dran.«

Ich hab dieses ganze verdammte Geschäft in dem Moment hinter mir gelassen, als ich in jener Nacht die Fähre betreten habe, die mich von Golden Bay weggebracht hat. Davor habe ich jahrelang den Laufburschen für den Wichser gespielt, weil ich eine Art Vaterersatz in ihm gesehen habe. Doch als es wirklich drauf ankam, hat er mich hängen lassen. Und nun, da ich zurück bin, will er wieder etwas von mir? Von wegen. Er kann mich mal. Sie können mich alle mal. Ich bin endgültig fertig mit diesem Teil meines Lebens.

Doch in dem Moment, als ich mich an ihnen vorbei zur Haustür schieben will, höre ich Schritte hinter mir – und versteife mich unwillkürlich.

»Na, wenn das mal nicht der kleine Holden Thorne ist …«, ertönt eine Stimme, die mir viel zu bekannt vorkommt.

Mit einem unterdrückten Fluchen drehe ich mich zu ihrem Besitzer um. »Remi.«

Er ist noch immer einen Kopf größer als ich, hat breite Schultern, so kurz geschorene Haare, dass sein Schädel beinahe kahl rasiert zu sein scheint, sowie Arme und Beine wie *The Rock*. Sein Grinsen lässt eine Reihe perlweißer Zähne erstrahlen. »Holden. Wie es aussieht, ist ein Mann aus dir geworden. Hat ja lange genug gedauert.«

Ich konnte diesen Typen nie leiden. Als ich auf Golden Bay gelebt habe, war er Hendricks rechte Hand. Und wenn ich mir anschaue, wie die anderen Männer vor ihm kuschen und ihn voller Furcht und Bewunderung mustern, ist er das wahrscheinlich auch heute.

Bei meiner Rückkehr habe ich insgeheim gehofft, weder ihm noch Hendrick je wieder zu begegnen. Verdammt, ich bin davon ausgegangen, dass die zwei genau wie all die anderen Kerle hinter Gittern sitzen. Was zur Hölle treibt der Polizeichef eigentlich den ganzen Tag? Schüttelt Embers Vater irgendwelchen Politikern die Hand und posiert für die Wache, statt sich um die Leute zu kümmern, die wirklich Ärger machen? Um den Abschaum der Insel? Diese Typen und alles, was mit ihnen zusammenhängt, waren einer der Gründe, aus denen ich diesen Ort verlassen und mir ein neues Leben aufbauen wollte. Mit Ember. Weit weg von dieser ganzen Scheiße. Doch dazu ist es nie gekommen. Und jetzt bin ich zurück und weigere mich, mich wieder in diesen Sumpf reinziehen zu lassen.

Nach außen hin versuche ich mir nichts von meinen Gedanken anmerken zu lassen. Wenn ich eines in den letzten Jahren gelernt habe, dann, dass Schwäche zu zeigen, böse Folgen haben kann. Die Narben auf meinem Rücken und meiner Brust sind das Ergebnis eines Fehlers, den ich nie wieder machen werde.

»Ich würde ja sagen, es freut mich, dich zu sehen, aber ganz ehrlich?« Ich mustere Remi von oben bis unten und schüttle langsam den Kopf. »Nope. Tut es nicht. Kein bisschen.«

»Gleichfalls, Arschloch.« Remi übergeht meinen Sarkasmus. »H will dich sehen.«

Sein Grinsen ist verschwunden, und sein Tonfall lässt keine Widerrede zu, genauso wenig wie die Schlägertypen hinter mir, die wortlos näher rücken und jede meiner Bewegungen genauestens verfolgen. Als würden sie insgeheim darauf hoffen, dass ich etwas anstelle und Remi sie von der Leine lässt.

Anscheinend habe ich sie unterschätzt. Ich dachte, sie wären nur Laufburschen, wie ich damals einer war. Im schlechtesten Fall hätten sie mir ein blaues Auge als Denkzettel verpasst, mehr nicht. Aber das? Diese Aktion mit Remi an der Spitze?

»Lass mich deinem Gedächtnis auf die Sprünge helfen.« Remi bleibt dicht vor mir stehen. Ich muss den Kopf heben, um ihm ins Gesicht zu sehen. In seinen braunen Augen funkelt es gefährlich. Das hier macht dem Wichser auch noch Spaß. »Du schuldest uns etwas, schon vergessen? Oder dachtest du, du könntest einfach abhauen und Jahre später zurückkehren, ohne deine Schulden zu begleichen?«

Fuck.

Meine Vergangenheit und die Fehler, die ich gemacht habe, holen mich immer wieder ein.

Und jetzt ... jetzt bin ich geliefert.

Unbewusst balle ich die Hände zu Fäusten. Obwohl ich es hasse, nachgeben zu müssen, spreche ich die nächsten Worte mit mehr Ruhe und Selbstvertrauen aus, als ich in Wahrheit empfinde. »Dann lassen wir *H* besser nicht warten.«

16. KAPITEL

Die Fahrt an der Küste entlang ist wie ein verdammter Trip in die Vergangenheit, den ich niemals unternehmen wollte. Blitze zucken über den wolkenverhangenen Himmel, und ein Donnergrollen folgt uns auf dem Weg nach Norden.

Ich sitze auf der Rückbank zwischen zwei Schlägertypen, Remi hat sich hinters Steuer geklemmt. Die ganze Zeit über wirft er prüfende Blicke in den Rückspiegel, als würde er darauf hoffen, dass ich mich zu etwas hinreißen lasse, was absolut lebensmüde ist. Wie etwa meinen Aufpassern den Ellbogen ins Gesicht zu rammen und aus dem fahrenden Auto zu springen.

Nicht, dass ich nicht darüber nachgedacht hätte. Ich habe es mir sogar in allen Details ausgemalt. Aber es hätte keinen Sinn. Mit einer solchen Aktion würde ich mir nur mehr Ärger einhandeln – und darüber hinaus ein paar gebrochene Knochen.

Ich hätte wissen müssen, dass es dazu kommt, aber es war leichter, die Augen vor der Realität zu verschließen und darauf zu hoffen, dass sie das Interesse an mir verloren haben. Und genau deshalb ist Hoffnung so verflucht gefährlich. Sie lullt dich ein, spielt mit dir und gaukelt dir etwas vor, nur damit dich die Realität umso härter trifft. Seit diesem Abend habe ich keinen Raum mehr für Hoffnung, also ziehe ich es durch – und danach muss ich diese Dreckskerle nie wiedersehen.

Während die Küste auf der linken Seite immer rauer wird, stehen die Ahornbäume auf der rechten immer dichter beisammen, bis wir auf einen wenig befahrenen Weg abbiegen, der uns geradewegs durch den Wald führt.

Nach außen hin gebe ich mich ruhig, aber ich lasse meine Blicke unentwegt wandern. Die Ahornsirup-Saison ist längst vorbei, und praktisch nichts deutet noch darauf hin, dass an diesem Ort gearbeitet wird. Nichts außer den bewaffneten Männern, die in größeren Abständen zwischen den Stämmen auf ihren Posten zu sehen sind. Einer hebt ein Funkgerät an den Mund, als wir an ihm vorbeifahren.

Früher gab es nicht so viele Wachen. Was zum Teufel ist hier passiert? Wozu braucht es diese ganzen Männer? Ich entdecke sechs, bis sich der Wald auf wundersame Weise vor uns öffnet und die fünf Sugar Shacks, die alten Zuckerhäuser, preisgibt.

»Aussteigen.« Der Typ rechts von mir versetzt mir einen Stoß.

Ich verbeiße mir jeden Kommentar und tue, was er verlangt. Er ist nur einer von vielen, und nicht derjenige, wegen dem ich hergekommen bin.

Hier draußen, mitten im Wald nahe der Shipwreck Bay im Norden der Insel, ist es warm und drückend, gleichzeitig liegt aber auch ein feuchter, modriger Geruch in der Luft, der nichts mit dem heraufziehenden Gewitter zu tun hat.

»Umdrehen. Arme ausstrecken«, befiehlt Remi.

Er tastet mich von oben bis unten ab und steckt mein Handy ein. Waffen trage ich keine bei mir. Wieso auch? Wir sind in fucking Kanada, und ich habe nicht damit gerechnet, von diesen Typen in den Wald gekarrt zu werden.

Seit meinem letzten Besuch sind zwei weitere Gebäude dazugekommen, vor denen jeweils eine bewaffnete Wache steht. Keine Fahrräder mehr an den Hauswänden, keine herumlungernden Teenager. Die Lost Boys sind erwachsen geworden.

Allem Anschein nach konnte Hendrick seine Operation in den letzten Jahren nicht nur halten, sondern sogar ausbauen. Schlafen die Cops auf der Insel den ganzen Tag? Ist es ihnen egal, solange lediglich teure Autos von Touristen gestohlen werden? Oder geht es nicht mehr nur um Autoteile wie zu meiner Zeit? Was steht heutzutage an? Drogen? Falschgeld? Diamanten? Organe? Wer weiß, womit Hendrick und seine Leute mittlerweile dealen.

»Er ist sauber«, verkündet Remi schließlich.

Ein harter Stoß trifft mich an der Schulter. Ich stolpere einen Schritt vorwärts und werfe Remi einen warnenden Blick zu. Statt all das, was mir auf der Zunge liegt, auszusprechen, schlucke ich es runter und setze mich brav in Bewegung. Ich habe auf die harte Tour gelernt, unter dem Radar zu bleiben – aber wenn er so weitermacht, kann ich für nichts garantieren. Dafür schwelen selbst heute zu viel Wut und Abneigung zwischen uns.

Remi und ich sind die Einzigen, die das Hauptgebäude betreten, die übrigen Männer warten draußen. Hier haben früher alle wichtigen Besprechungen stattgefunden. Ich erinnere mich noch genau daran, wie stolz und aufgeregt ich war, wenn ich Hendrick manchmal hineinbegleiten durfte, vor allem weil die anderen Jungs in meinem Alter keinen Zutritt hatten.

Im Inneren dieses Sugar Shacks sind die Zeichen der Zeit deutlicher zu sehen. Staub hängt an den Maschinen und den gerahmten Bildern an den Wänden. Die Edelstahltanks und Rohre der Destillationsanlage wirken alt und abgenutzt, an manchen Stellen sogar rostig. Sie sind eindeutig noch in Gebrauch, werden allem Anschein nach aber nicht mehr so akribisch gewartet wie früher. Oder mir fallen heute Details auf, die ich als naiver Teenager ausgeblendet habe.

An diesem Tisch habe ich Pizza heruntergeschlungen, während die Männer um mich herum Pläne geschmiedet und mich das erste Mal einbezogen haben. Ich hätte Nein sagen oder es zumindest versuchen sollen, aber ich habe es nicht getan. In das Geschäft einzusteigen, war ganz allein meine Entscheidung. Keiner hat mich zu etwas gezwungen. Das kann ich niemandem vorwerfen. Vielleicht setzt es mir deshalb so zu, zurück zu sein, noch mehr jedoch die Tatsache, dass ich mich plötzlich wieder wie der kleine Junge von damals fühle.

Ganz besonders, als ich *ihn* sehe.

Hendrick steht, die Hände auf das massive Holz gestützt, am Kopfende des langen Tisches und studiert etwas, das ein Plan oder eine Tabelle zu sein scheint. Als er den Kopf hebt, treffen sich unsere Blicke.

Er ist älter geworden. Sein hellblondes Haar und der Bart sind mittlerweile fast weiß, obwohl er noch keine fünfzig sein kann. Dafür strotzt er vor Lebenskraft und hat kaum Falten im Gesicht. An seiner selbstbewussten Ausstrahlung und dem entschlossenen Ausdruck in seiner Miene hat sich nichts geändert. Und als er mich ansieht, glaube ich für einen Moment echte Freude in seinen grauen Augen aufblitzen zu sehen, auch wenn sich alles in mir gegen die Erkenntnis sträubt.

»Holden, mein Junge.« Hendrick kommt um den Tisch herum. Wie früher klopft er mir auf eine geradezu väterliche Art auf die Schulter und mustert mich von oben bis unten. »Du bist erwachsen geworden.« Stolz schwingt in seiner Stimme mit, und ich könnte kotzen, als ich es höre.

Ich hasse es, dass er vorgibt, ihm würde etwas an mir liegen. Als wäre er nicht dafür verantwortlich, dass mein Leben diese beschissene Wendung genommen hat.

»Das passiert im Laufe der Zeit«, erwidere ich trocken.

In seinen Augen funkelt es amüsiert, aber ich meine es verflucht ernst.

»Es tut gut, dich zu sehen.« Hendrick klingt aufrichtig, aber ich weiß es besser, als ihm auch nur ein einziges Wort zu glauben. Er war schon immer gut darin, so zu tun, als würde er sich um mein Wohlergehen sorgen. »Schön, dass du dir die Zeit nimmst …«

Ich stoße ein hartes Lachen aus. »Ist ja nicht so, als hätte ich eine Wahl gehabt.«

Wir sind allein, nur Remi steht mit vor der Brust verschränkten Armen wie ein Bodyguard zwischen mir und dem einzigen Ausgang. Als er meinen Blick bemerkt, verziehen sich seine Lippen zu einem höhnischen Grinsen.

»Sieht ganz danach aus, als wäre es dir in den letzten Jahren ziemlich gut ergangen«, kommentiere ich und klinge dabei bitterer, als mir lieb ist.

»Die Geschäfte laufen.«

Mehr sagt Hendrick nicht, aber das überrascht mich nicht. Er hat sich nie in die Karten blicken lassen, und daran scheint sich bis heute nichts geändert zu haben. Vielleicht ist er deshalb so erfolgreich – und gefürchtet.

»Setz dich.«

»Ich stehe lieber.«

Hendrick nimmt wieder am Kopfende Platz. Wie nebenbei zieht er etwas hinter seinem Rücken hervor und legt es auf die Tischplatte. Eine Pistole. Und der Lauf ist geradewegs auf mich gerichtet. Dann faltet er die Hände und mustert mich stoisch.

»Ich wiederhole mich nur ungern. Setz dich, Holden.«

Ich starre ihn wortlos an.

Donner lässt das ganze Gebäude erzittern und bringt die Lampen zum Flackern. Der Wind pfeift um das Haus und dringt durch jede Ritze. Die alten Holzbalken knarren, und die Maschinen geben ein unheimliches Klappern von sich.

Das Letzte, was ich will, ist, es mir gemütlich zu machen, doch wie es aussieht, bleibt mir nichts anderes übrig. Zumindest für den Anfang. Also ziehe ich den nächstbesten Stuhl heran und lasse mich darauf fallen. Es kostet mich einiges an Selbstbeherrschung, nicht die Arme vor der Brust zu verschränken wie ein trotziger Teenager, aber hier zu sein, hat eine Wirkung auf mich. Es ist, als würde dieser Ort eine Schicht nach der anderen abreißen, ein Jahr nach dem nächsten, bis ich wieder der kleine Junge bin, der sich bei seinem ersten Besuch mit großen Augen fasziniert umgeschaut hat. Auch wenn ich diesen Jungen heute am liebsten schütteln würde.

Hendrick lehnt sich scheinbar entspannt zurück. »Ich habe einen Job für dich.«

»Nein, danke.«

Da ist ein kurzes Zucken zwischen seinen Brauen. Mit dieser Antwort hat er nicht gerechnet, lässt sich davon jedoch nicht aus der Ruhe bringen.

»Du hast dir mein Angebot nicht mal angehört. Es abzulehnen, bevor du weißt, worum es geht, ist ziemlich unhöflich.«

Ich schnaube. *Unhöflich*, na klar. Als ob das gerade mein größtes Problem ist. Dafür bin ich mir Hendrick, der Waffe auf dem Tisch und Remi hinter mir an der Tür überdeutlich bewusst. Eine falsche Bewegung, ein falsches Wort – und das war's.

Ich räuspere mich. »Egal, worum es geht, ich will nichts damit zu tun haben.«

Seine Mundwinkel verziehen sich zu einem belustigten Lächeln. »Das hast du schon mal gesagt. Weißt du noch?«

Oh nein, keine Chance. Ich war gerade mal vierzehn Jahre alt, als Hendrick mich aufgelesen hat. Vierzehn verfickte Jahre. Ohne einen Vater, der mich hätte warnen oder beschützen können. Natürlich bin ich auf Hendrick und den ganzen Scheiß reingefallen. Er war nett, es gab immer etwas Warmes zu essen, und mit ein paar kleinen kriminellen Jobs konnte ich mir und meiner Familie ein besseres Leben ermöglichen.

»Damals hattest du aber noch keine Schulden bei mir.« Seine Miene wird so schnell wieder ernst, als wäre das Lächeln nie da gewesen.

Reflexartig will ich protestieren, ihm widersprechen, irgendetwas tun, nur hat er leider recht.

Hendrick nickt zufrieden, als hätte ich ihm zugestimmt. »Willst du wissen, warum ich schon ewig im Geschäft bin? Warum diese ganze Organisation, die ich lange, bevor du überhaupt auf der Welt warst, von null aufgezogen habe, immer noch funktioniert?« Er hebt herausfordernd eine Braue, doch ich bin mir sicher, dass es sich um eine rein rhetorische Frage handelt. Denn wie aufs Stichwort fährt er beinahe nahtlos fort: »Weil mir niemand etwas nachweisen kann.« In gespielter Unschuld breitet er die Arme aus. »Ich habe eine weiße Weste.«

Das glaube ich ihm sogar. Hendrick ist nicht dumm. Leider. Das würde alles einfacher machen. Er benutzt die Ahornsirup-Produktion seit Jahren als die perfekte Tarnung, und mittlerweile bin ich mir ziemlich sicher, dass er zusätzlich ein paar Cops schmiert, die ordentlich dafür abkassieren, wegzusehen.

»Was ist mit deinen Jungs?«, frage ich und deute mit dem Kopf Richtung Tür. Irgendwie bezweifle ich, dass die zusätzlichen Zuckerhäuser nur zur Herstellung von Ahornsirup dienen. »Haben die auch eine weiße Weste wie du?«

Er winkt ab, als wäre das völlig irrelevant. In Hendricks Welt war er selbst schon immer die wichtigste Person. Alle anderen können untergehen, solange er im Rettungsboot sitzt.

»Für den letzten Job, den ich für dich erledigt habe, hätte ich im Knast landen können«, erinnere ich ihn.

»Bist du aber nicht.« Er hält inne. Dann zucken seine Mundwinkel erneut. »Zumindest nicht dafür. Man hört einiges über dich, Holden.«

Ich beiße die Zähne so fest zusammen, dass ein scharfer Schmerz durch meinen Kiefer schießt. Ich habe mir geschworen, nichts mehr mit diesem Mist zu tun zu haben, und trotzdem bin ich hier. Als würde ich in gottverdammtem Treibsand stecken, aus dem ich nicht mehr rauskomme. Und je verbissener ich mich zu befreien versuche, je heftiger ich mich dagegen wehre, desto tiefer versinke ich darin. Manchmal glaube ich, dass es völlig egal ist, was ich tue. Ob ich mich auf den Mist einlasse oder nicht. Das Ergebnis ist am Ende stets dasselbe.

»Was auch immer du gehört hast«, warne ich um Ruhe bemüht. »Ich bin nicht mehr dieser Mensch.«

Hendrick mustert mich nachdenklich. »Wenn es jemanden gibt, dem ich den Ausstieg gönnen würde, dann dir. Aber du weißt ja, wie es läuft. Bist du einmal drin, bleibst du es auch. Egal, ob du dich auf Golden Bay, in Toronto oder sonst wo auf der Welt rumtreibst.«

Nein, verdammt!

Alles in mir weigert sich, das zu akzeptieren. Ich habe mich verändert. Ich werde nicht dieselben Fehler machen wie der Junge von früher. Denn im Gegensatz zu ihm weiß ich es heute besser.

»Ein Job. Ich will dich nur für einen Job, mit dem du deine Schulden bei mir begleichen wirst. Mehr verlange ich nicht.«

»Na klar.« Ich schnaufe. Bei Hendrick bleibt es nie bei nur *einem* Job. Kurz darauf kommt der zweite, dann der dritte, und irgendwann brauchst du die Kohle dermaßen dringend oder steckst so tief drin, dass es kein Entrinnen mehr gibt. Ich muss es wissen, schließlich habe ich es selbst erlebt.

Aber ich habe auch erlebt, wie es läuft, wenn ich mich aus allem raushalte, wenn ich ein vorbildlicher Bürger zu sein versuche und trotzdem den Preis für meine Sünden zahlen muss. Toronto ist das beste Beispiel. Selbst wenn ich mich an alle Spielregeln halte, bleibe ich am Ende der Verlierer.

»Überleg es dir, bevor du ablehnst. Überleg es dir gut.« Als wäre die unausgesprochene Warnung in seinen Worten nicht genug, streckt er die Hand nach der Pistole auf dem Tisch aus.

Die Muskeln in meinem Nacken verspannen sich reflexartig, aber ich gebe dem Drang in mir nicht nach. Weder dem, sofort aufzuspringen und mir den Weg nach draußen freizukämpfen, noch dem, mich auf Hendrick zu stürzen und diese Sache ein für alle Mal zu beenden.

Hendrick lässt mich keine Sekunde aus den Augen. Er studiert meinen Gesichtsausdruck, als würde er darin wie in einem Buch lesen und nach einer Schwachstelle suchen, nach etwas, an dem er ansetzen und worauf er Druck ausüben kann. Aber ich weigere mich, ihm eine Angriffsfläche zu bieten. Ich weigere mich, das ...

»Die Tochter des Polizeichefs ist ein hübsches Ding.«

Alles in mir erstarrt. Meine Atmung. Mein Herzschlag. Jedes verdammte Molekül in meinem Körper.

Ein Stuhl fällt krachend zu Boden. Es dauert einen Moment, bis mir klar wird, dass es meiner war.

Ruckartig drehe ich mich zu Remi um. »Was hast du gerade gesagt?«

Grinsend reibt er sich über das Kinn. »Ich frage mich, ob sie im Bett auch so feurig ist wie ihre Haarfarbe.«

Mit einem Satz bin ich bei ihm, hole aus und ...

»Holden.« Hendricks eiserner Ton ist das Einzige, was mich stoppt. Das Einzige, was mich davon abhält, Remi die Fresse zu polieren.

»Hoppla«, sagt der und grinst noch breiter. »Hab ganz vergessen, dass sie dein Mädchen ist. Als wir uns das letzte Mal gesehen haben, hab ich mich ihr nicht richtig vorgestellt, aber das kann ich nachholen. Wahrscheinlich braucht sie nur mal einen richtigen Mann, der ihr zeigt, wo's langgeht.«

Wut explodiert in meinem Inneren. Blind vor Zorn packe ich Remi am Kragen und ramme ihn gegen die Wand neben der Tür. »Wenn du ihr einen Zentimeter zu nahe kommst ... Wenn du sie auch nur ansiehst ...«

Eine schwere Hand landet auf meiner Schulter. »Mach dir keine Sorgen«, sagt Hendrick, doch ich nehme ihn kaum wahr, weil ich mir vorstelle, wie ich Remi eine reinhaue. Wieder und wieder und wieder, bis er blutend am Boden liegt und sein beschissenes Maul nicht mehr aufreißen kann. Bis er keine Gefahr mehr für Ember darstellt. »Niemand wird ihr zu nahe kommen. Remi kann sich zurückhalten, nicht wahr, mein Freund?«

Der Wichser wagt es auch noch, dreckig zu lachen. »Aber klar doch, Boss«, behauptet er gespielt lässig und schiebt meine Hände beiseite, als wären sie nur eine lästige Fliege auf seinem Shirt.

Hendrick nickt, als würde ihn das tatsächlich überzeugen, dann dreht er mich zu sich. »Gut. Nachdem das geklärt ist: Wie sieht es aus, Holden? Können wir auf dich zählen?«

»Ich denke darüber nach«, biete ich an, obwohl sich alles in mir dagegen wehrt.

»Braver Junge.«

Wut, nackte Angst und Ekel toben in mir und fechten einen Kampf gegen meine Willenskraft aus. Meine Finger sind so fest zu Fäusten geballt, dass ich sie nicht mehr spüre. Mein Puls rast. Ich zittere. Meine Selbstbeherrschung hängt am seidenen Faden. Hendrick hat nach einem Schwachpunkt gesucht, nach etwas, das er gegen mich verwenden kann – und er hat ihn gefunden.

»Bis Ende der Woche will ich eine finale Antwort von dir.« Wieder klopft er mir auf die Schulter, als wären wir alte Kumpels. Oder als wäre ich noch immer der kleine Junge, der sich verzweifelt danach gesehnt hat, irgendwo dazuzugehören, sodass er beinahe alles dafür getan hätte. »Ich weiß, dass ich mich auf dich verlassen kann.«

Das kannst du nicht, Arschloch.

Remi macht einen Schritt zur Seite und begleitet mich nach draußen, zurück zum Wagen, doch es sind Hendricks letzte Worte, die mir einen eiskalten Schauer den Rücken hinabjagen.

»Willkommen zu Hause, Holden.«

17. Kapitel

»Willkommen zu Hause!« Meine Mutter umarmt eine braun gebrannte Gemma in einem weiß geblümten Sommerkleid, noch bevor sie am nächsten Abend richtig aus meinem Pick-up gestiegen ist.

Ich habe das glückliche Paar am Hafen abgeholt und stehe nun vor Moms Haus.

»Mom!« Lachend klopft ihr meine Schwester auf den Rücken. Ihr langes dunkelbraunes Haar ist dank der vielen Sonne um einige Nuancen heller. »Du erdrückst mich ja fast.«

»Ich hab dich vermisst! Und dich auch!« Als Nächstes zieht sie Peter an sich. Auch er ist braun gebrannt und wirkt in dem Leinenhemd, den Shorts und den Sandalen tiefenentspannt.

»Danke, Carol.«

Sie macht sich lächelnd von ihm los und tätschelt ihm die Schulter.

Die Art, wie meine Mutter mit Peter umgeht, führt mir nur allzu deutlich vor Augen, wie lange ich weg war. Und dass ich weder Mom noch Gemma in den letzten beiden Jahren gesehen habe. Von Golden Bay bis nach Toronto ist es ein weiter Weg. Zu weit für regelmäßige oder auch nur kurze Besuche. Ich mache ihnen keinen Vorwurf, denn zumindest haben wir uns oft geschrieben. Trotzdem ist es ein beschissenes Gefühl, zu realisieren, wie viel ich verpasst habe. Und dass andere meinen Platz eingenommen haben – als Sohn für meine Mutter. Als bester Freund für Ember.

Bei dem Gedanken presse ich kurz die Lippen aufeinander, versuche mir jedoch nichts anmerken zu lassen. Nicht, als ich Mom, Gemma und Peter nach oben in die Wohnung folge. Nicht, als ich dabei helfe, den Tisch zu decken.

»Wow, die fünf Wochen in Südamerika müssen unglaublich gewesen sein! Ich bin so gespannt auf die Geschichten zu den Fotos, die ihr zwischendurch geschickt habt«, sagt Mom, während sie das Essen serviert.

»Es war atemberaubend! Aber ich habe deine Kochkünste vermisst.« Meine Schwester hat sich klassische kanadische Hausmannskost für ihre Rückkehr gewünscht – und natürlich hat Mom ihr diesen Wunsch erfüllt. »Die Natur, die Leute, die Kultur …« Gemma schiebt sich einen großen Bissen Pommes mit Käsebällchen in den Mund und seufzt zufrieden.

»Wo wart ihr noch mal überall?«, frage ich und klaue ihr ein paar Pommes vom Teller, aber sie merkt es nicht einmal.

Peter löffelt seine Zwiebelsuppe. »In Kolumbien, Ecuador, Peru und zum Schluss in Brasilien.« Er erwidert Gemmas verträumtes Lächeln. »Wir haben unglaublich viel gesehen und erlebt.«

»Was war euer schönster Moment?« Meine Mutter sieht glücklich aus, während sie den beiden zuhört. Sie hat wieder mal viel zu viel gekocht, doch heute sind zum ersten Mal seit Wochen genug Leute da, um alles zu essen.

Trotz der fröhlichen Atmosphäre fällt es mir schwer, mich auf das Gespräch zu konzentrieren. Denn in Gedanken bin ich nicht an unserem Esstisch, sondern noch im Norden von Golden Bay, in der Haupthütte der Sugar Shacks, wo Hendrick mir gegenüber und Remi mir im Nacken sitzt. Ihre Worte lassen mich nicht los – genauso wenig wie ihre Drohungen.

Dieser alltägliche Abend mit meiner Familie ist schön. Nahezu perfekt. Die bloße Vorstellung, dass Hendrick und seine Leute ihnen oder Ember meinetwegen etwas antun könnten, macht mich krank.

Aber ich kann sie nicht abschütteln. Die Bilder haben sich in mein Gedächtnis eingebrannt.

Später, nachdem ich beim Aufräumen und Abspülen geholfen habe, finde ich mich in meinem alten Zimmer wieder. Dem Ort, dem ich entfliehen konnte. Doch vor meiner Vergangenheit kann ich nicht davonlaufen. Sie bleibt an mir haften wie eine zähe Schicht aus Staub und Dreck, die ich einfach nicht abwaschen kann. Ganz egal, wie oft ich es versuche.

Seufzend setze ich mich aufs Bett, stütze die Ellbogen auf die Knie und lasse den Kopf hängen. Ich brauche einen Moment allein, ein paar Minuten, um richtig durchzuatmen, auch wenn ich seit gestern Abend das Gefühl habe, keine Luft mehr zu bekommen. Ich zweifle keine Sekunde daran, dass Hendrick und Remi ihre Drohungen wahrmachen – und das kann ich auf keinen Fall zulassen.

Mit etwas Glück gelingt es mir vielleicht, sie eine Weile hinzuhalten. Aus irgendeinem Grund scheint Hendrick auch heute noch Geduld mit mir zu haben. Aber wie lange kann das gutgehen? Und was dann?

Verzweifelt fahre ich mir durchs Haar und bohre die Finger in meinen Nacken. Ich muss mir etwas überlegen. Eine Lösung. Einen Ausweg. Irgendetwas.

Sie wissen von Ember. Kennen meine Familie. Meine Mutter. Meine Schwester. Meinen Arbeitsplatz. Meine neue Adresse. Hendrick hat dieses Wissen nie gegen mich eingesetzt, aber seit gestern weiß ich zweifelsfrei, dass er es tun würde. Ohne auch nur eine Sekunde zu zögern.

Die simpelste Lösung für mich wäre abzuhauen, Golden Bay erneut zu verlassen. Diesmal endgültig. Doch das kommt nicht infrage. Nicht, solange er Ember bedroht. Nicht, nachdem ich damit angefangen habe, mir ein neues Leben aufzubauen.

Welche Optionen bleiben mir sonst? Den Job zusagen, kann ich nicht. Das würde den Druck nur kurz von mir nehmen, da Hendrick mich anschließend nicht einfach ziehen lassen würde. Mal ganz davon abgesehen, dass ich mich strafbar machen würde, wenn ich mit ihm zusammenarbeite.

Ich atme zischend aus. Was, verdammt noch mal, soll ich tun?

Zur Polizei kann ich nicht. Mir fehlen die Beweise, außerdem wird mir sowieso keiner glauben. Wie Hendrick schon meinte: Niemand kann ihm etwas nachweisen. Außerdem müsste ich dann zugeben, wie ich in der ganzen Sache mit drin hänge und woher ich diese Leute kenne. Allein bei der Vorstellung dreht sich mir der Magen um. Alle würden davon erfahren. Meine Familie. Meine Freunde. Mein Boss. Und Ember. Sie darf am allerwenigsten wissen, was ich getan habe, denn das würde sie mir niemals verzeihen. All die Lügen, lange bevor ich die Insel ohne sie verlassen habe … Nein. Niemals.

Aber wie kann ich sie und meine Familie beschützen, ohne mich erneut selbst zu verlieren?

Ich könnte jemanden um Hilfe bitten, jemanden, dem ich traue. Beck? Zion? Andererseits, was sollen sie schon ausrichten? Im schlechtesten Fall ziehe ich sie nur in diese Sache mit rein.

Und Jayden? Scheiße, will ich ihn wirklich in eine Situation bringen, in der er im schlimmsten Fall gegen seine eigenen Kollegen und Kolleginnen ermitteln müsste? Sich für eine Seite entscheiden müsste? Denn ich habe nicht die geringste Ahnung, wer von ihnen von Hendrick geschmiert wird. Falls dem überhaupt so ist, denn auch dafür habe ich keinerlei Beweise.

Nein. Das ist mein Problem. Ich muss allein damit klarkommen.

»Denkst du etwa darüber nach, wieder zu verschwinden?«

Überrascht hebe ich den Kopf und entdecke meine Schwester im Türrahmen. Ich folge ihrem Blick durch den Raum. Die Möbel sind zwar noch alle da und das Bett ist sogar bezogen, aber es befinden sich fast keine Kleidungsstücke oder persönlichen Gegenstände mehr hier. Mit den wenigen Sachen, die ich besitze und längst in die

WG gebracht habe, wäre es ein Leichtes, abzuhauen. Alles und jeden zurückzulassen.

Unwillkürlich muss ich an jene Nacht denken. Daran, was ich gesagt und getan habe. Aber vor allem, was ich *nicht* getan habe.

»Erinnerst du dich noch an damals? Als ich dir von der Fähre aus getextet habe, dass ich abhaue?«

»Natürlich.« Sie schließt die Tür hinter sich und lehnt sich an die Wand daneben. »Wie könnte ich das vergessen?«

Ich nicke bedächtig. Weder sie noch Mom haben es vergessen. Es sollte mich nicht überraschen, dass die beiden sofort davon ausgehen, dass ich bei der ersten Schwierigkeit oder sich bietenden Gelegenheit wieder das Handtuch werfen werde. Ich kann es ihnen nicht mal verübeln, aber ... scheiße, das tut weh.

»Du hast mich angelogen.« Die Worte verlassen meinen Mund, bevor ich darüber nachdenken, bevor ich sie zurückhalten kann.

»Wie bitte? Wann?« Gemma wirkt ehrlich geschockt.

Bisher habe ich es für mich behalten, weil ich ihr die Flitterwochen nicht verderben wollte. Auch jetzt sollte ich nichts sagen, aber bei diesem riesigen Chaos in mir *muss* irgendetwas aus mir herausplatzen – und es ist ausgerechnet dieses Thema.

»Als du mir von Embers Mutter erzählt hast. Ich habe Wochen später von ihrem Tod erfahren, und du hast es so klingen lassen, als wäre sie gerade erst gestorben – und nicht in derselben Nacht, in der ich weggegangen bin.«

»Holden ...« Ihre Augen werden riesig. Verwirrung und Unsicherheit zeichnen ihre Miene.

»Im Ernst, Gemma, warum hast du mich angelogen?«

»Weil ich mir Sorgen um meinen kleinen Bruder gemacht habe. Ich wusste, dass du dann sofort zurückkommen würdest. Aber als du gegangen bist ...« Sie rauft sich das braune Haar. »Du hast so fertig gewirkt ... und als wärst du in Gefahr.«

Das war ich auch.

Die Worte liegen mir auf der Zunge, aber ich spreche sie nicht aus.

»Der Herzinfarkt kam vollkommen unerwartet. Niemand hat damit gerechnet.«

Der Herzinfarkt. Richtig. Ich hatte ganz vergessen, dass das alle denken sollen. Die Lüge, die Embers Vater in die Welt gesetzt hat, um seine Familie zu schützen.

Kurz bin ich versucht, Gemma zu korrigieren und ihr die Wahrheit zu erzählen, verkneife es mir jedoch. Es ist nicht mein Geheimnis. Ich habe kein Recht, es mit anderen zu teilen. Nicht einmal mit meiner eigenen Schwester. Wenn Ember oder ihre Familie möchte, dass Gemma es erfährt, liegt es an ihnen, die Fakten richtigzustellen, nicht an mir. Aber, verdammt, ich hätte es damals trotzdem gerne gewusst.

»Du hättest es mir gleich sagen sollen, als du es erfahren hast.«

»Ich weiß.« Sie macht ein paar Schritte auf mich zu. »Und es tut mir leid. Ich wollte dich nur beschützen.«

Ich atme tief ein – und hörbar wieder aus. Wie kann ich Gemma für etwas kritisieren, das ich selbst die ganze Zeit tue? Ich enthalte Ember die Wahrheit vor, um sie zu schützen. Kann ich da meiner Schwester wirklich vorwerfen, das Gleiche für mich getan zu haben?

Shit. Wann ist alles so fucking kompliziert geworden?

Gemma beobachtet mich mit einem wachsamen Ausdruck in den Augen. »Das eben war übrigens nur ein Scherz. Du denkst doch nicht wirklich darüber nach, wieder abzuhauen, oder? Das kannst du nicht machen!«

»Gemma, ich werde nicht …« Ich halte inne. Mein Blick folgt ihrer Hand, die sie schützend auf ihren Bauch gelegt hat. Mit einem Mal hämmert mein Herz viel zu schnell, und ich springe auf.

Das kann nicht sein. Bedeutet das etwa …?

Sie scheint mir die unausgesprochene Frage vom Gesicht abzulesen, denn sie nickt mit einem winzigen Lächeln. »Du kannst nicht wieder aus unserem Leben verschwinden, denn da gibt es jemanden, der dich unbedingt bald kennenlernen will.«

Kurzzeitig habe ich das Gefühl, dass meine Knie unter mir nachgeben, aber irgendwie schaffe ich es, aufrecht stehen zu bleiben.

»Scheiße, ist das wahr?«

Falten erscheinen auf ihrer Stirn. »Ich hoffe, du kannst dir das Fluchen in den nächsten Monaten abgewöhnen.«

»Lass den Quatsch, Gem.« Mit wenigen Schritten bin ich bei ihr und lege die Hände an ihre Oberarme. Ganz behutsam, als wäre sie plötzlich aus Glas.

Ihre Miene hellt sich auf, gleichzeitig treten Freudentränen in ihre Augen. »Es ist wahr. Peter und ich bekommen ein Baby.« Sie greift nach meinen Händen und zerquetscht sie fast. »Und du bleibst gefälligst auf Golden Bay, weil dieses Kind einen Onkel und ich einen Babysitter brauche. Verstanden?«

Ich kann gar nicht anders als zu lachen, total überrumpelt und begeistert und, ja, auch erleichtert. »Verstanden.« Und damit ziehe ich sie in eine vorsichtige Umarmung. »Herzlichen Glückwunsch, Schwesterherz.«

»Danke«, nuschelt sie an meiner Schulter und boxt mich gleichzeitig so fest in die Rippen, dass ich ächze. »Aber wenn du plötzlich damit anfängst, mich zu behandeln, als wäre ich zerbrechlich, kriegst du Ärger.«

Grinsend drücke ich ihr einen Kuss aufs Haar. »Sorry, aber damit wirst du ab sofort leben müssen.«

Sie macht sich von mir los und verdreht die Augen. »Na toll. Als würde Peter nicht reichen, hab ich nun zwei von der Sorte.« Doch in ihren Worten schwingt so viel Wärme mit, dass ich nur amüsiert den Kopf schüttle.

»Weiß Mom es schon?«

»Ja. Wir haben es ihr gerade gesagt. Du bist die zweite Person, die es erfährt. Es ist noch superfrüh, und es kann echt viel schiefgehen, aber …« Sie atmet zittrig durch. »Ich möchte euch von Anfang an daran teilhaben lassen, verstehst du?«

Ich nicke sofort. Am liebsten würde ich sie noch mal in die Arme ziehen, traue mich aber nicht. Stattdessen bringe ich ein krächzendes »Danke« hervor.

Gemma wird Mutter. Meine Schwester und ihr Mann werden wirklich Eltern. Ich werde Onkel. Da wird es bald einen kleinen Menschen geben, der zu mir aufsieht und für den ich mitverantwortlich bin.

Holy Shit.

Ich habe nicht die geringste Ahnung von Babys, aber irgendetwas sagt mir, dass sich das ziemlich schnell ändern wird. Ändern *muss*. Denn wenn ich mir einer Sache absolut sicher bin, dann, dass Gemma keine Witze gemacht hat, als sie mich als zukünftigen Babysitter engagiert hat.

»Also bleibst du wirklich da?«, fragt sie leise. »Dauerhaft, meine ich.«

Ich habe nie ernsthaft darüber nachgedacht, wieder meine Sachen zu packen und abzuhauen, mir allerdings auch keine langfristigen Zukunftspläne zurechtgelegt. Noch nicht. Ich bin nur mit zwei Missionen zurückgekommen: Bei der Hochzeit meiner Schwester dabei zu sein – und Ember zurückzugewinnen. Erst ihre Freundschaft und dann ihr Vertrauen. Ursprünglich wollte ich ihr auch die Wahrheit darüber sagen, was in jener Nacht geschehen ist – aber dann konnte ich es nicht. Nicht nach allem, was ich inzwischen erfahren habe. Doch an meinem eigentlichen Ziel hat das nichts geändert: Ich will sie zurück. Ich will *uns* zurück.

Die ganze Sache mit Hendrick hat mich komplett aus der Bahn geworfen, aber nachdem Gemma diese Bombe hat platzen lassen, werde ich erst recht kämpfen. Um mein Leben hier und für all die Menschen, die mir wichtig sind.

Mein Blick wandert von Gemmas Gesicht zu ihrem flachen Bauch und wieder zurück. »Ich bleibe. Versprochen.«

Sie lächelt aufrichtig erleichtert, und meine Entschlossenheit wächst. Die nächsten Worte sprudeln förmlich aus mir heraus.

»Da draußen hatte ich nichts, Gemma. Was es auch war, die letzten Jahre waren kein Leben für mich. Hier habe ich meine Familie, alte Freunde, bald neue Pflichten als Onkel und …«

»Ember …?«, hakt sie sanft nach, als ich nicht sofort weiterspreche. »Ich hab euch auf der Hochzeit miteinander tanzen sehen. Und mal ganz davon abgesehen, dass du fast unsere Performance über den Haufen geworfen hättest und mir einen riesigen Schrecken eingejagt hast, als du für Sebastien eingesprungen bist, haben du und Ember perfekt miteinander harmoniert.«

Bei der Erinnerung daran muss ich ein wenig lächeln. Nach dem ganzen Mist, der passiert ist, habe ich trotzdem die leise Hoffnung, dass alles doch noch gut werden kann. Dass Shae unrecht hat und wir zusammengehören, komme was wolle. Aber da sind auch Zweifel. Zweifel, die ich jetzt zum vielleicht ersten Mal laut ausspreche. »Das mit Ember und mir ist … kompliziert.«

»Manchmal machen wir die Dinge komplizierter, als sie sein müssten, denkst du nicht?«

Fast hätte ich aufgelacht. Wenn das doch bloß stimmen würde. Aber so simpel ist es nicht. Embers und meine Vergangenheit ist schwierig. In ihrem Leben gab es Dinge, die sie mir erst vor Kurzem anvertraut hat, und ich habe Geheimnisse, die sie niemals erfahren darf. Ich habe nicht die geringste Ahnung, wie das mit uns beiden funktionieren soll. Das Einzige, was ich mit absoluter Sicherheit weiß, ist, dass ich nicht bereit bin, sie aufzugeben. Ich habe sie schon einmal verloren – und ich werde nicht zulassen, dass es wieder dazu kommt.

»Was auch immer zwischen euch passiert ist, mir ist nicht entgangen, wie ihr euch auf der Hochzeit angesehen habt. Sogar Peter ist es aufgefallen.« Gemma mustert mich so eindringlich, dass ich den Blick abwenden muss. »Solche Gefühle verschwinden nicht einfach.«

Ich hoffe, dass sie recht hat. Ich hoffe es wirklich sehr.

18. Kapitel

Zwei Tage ist das Treffen mit Hendrick mittlerweile her. Zwei Tage, in denen ich die Stunden gezählt und nach einer Lösung gesucht habe. Ohne jeden Erfolg.

»Achtung!«

Der Ball rast auf mich zu – und ich reagiere instinktiv. Ich springe auf und fange ihn, ohne nachzudenken.

»Nicht schlecht.« Zion grinst. »Schade, dass du im Eishockey nicht so ein Talent hattest.«

»Witzig.« Kopfschüttelnd werfe ich den Ball zurück.

Er salutiert spielerisch und läuft zum Beachvolleyball-Feld. Er hat sich mit Camille zusammengetan, die sich mit einer extradicken Schicht Sonnenschutz eingecremt hat und überraschend viel Ehrgeiz an den Tag legt.

Mein Blick folgt dem Ball nach ihrem Aufschlag, als er auf die andere Seite rast, geradewegs auf ihre neue Freundin Meghan zu, die ihn gekonnt an Zions Arbeitskollegen aus dem Restaurant abgibt. Shae läuft mit einer großen Sonnenbrille auf der Nase um sie herum, dreht Videos und macht Schnappschüsse.

Keine Ahnung, woher sie die Energie nehmen. Es ist noch immer dermaßen heiß, dass Gonzalez mir und den anderen Jungs auf dem Bau den Rest des Tages freigegeben hat. Was bei den Temperaturen auch dringend nötig ist.

Obwohl ich im Schatten eines großen Sonnenschirms liege, halte ich es keine Minute länger hier aus. Ich brauche eine Abkühlung. Und vielleicht bin ich nicht der Einzige, dem es so geht.

Suchend sehe ich mich um, doch Ember liegt nicht länger lesend auf dem Bauch wenige Meter weiter unter einem zweiten Sonnenschirm. Das Buch ist noch dort, genau wie ihr Handy, aber von ihrer Besitzerin ist weit und breit nichts zu sehen.

Automatisch wende ich mich Richtung Rettungsturm. Taleisha und Will sitzen bereits den ganzen Nachmittag dort oben, schauen in ihren Pausen aber regelmäßig bei uns vorbei. Taleisha hat sich schon um einen schreienden kleinen Jungen gekümmert, der in etwas hineingetreten ist – eine Muschel oder eine Qualle vielleicht. Und Will hat vorhin ein paar Wassersportler zusammengestaucht, die zu nah an planschenden Familien mit Kindern dran waren.

Doch trotz meiner Befürchtung, dass Ember Wills Nähe suchen könnte, scheint sie auch nicht am Rettungsturm zu sein. Aber wo …? Unvermittelt bleibt mein Blick an einer schlanken Gestalt in einem knappen roten Bikini hängen.

Ember watet ins Meer. Und als würde sie spüren, dass ich sie beobachte, dreht sie sich in diesem Moment zu mir um – und lächelt.

Wahrscheinlich sollte ich das nicht tun, aber ich kann nicht anders. Ich merke nicht mal, dass ich aufspringe, bis ich den feuchten Sand unter meinen Füßen spüre und gleich darauf die kühlen Wellen an meinen Beinen.

Shaes misstrauischer Blick folgt mir. Wenn es nach ihr ginge, hätte ich schon ein Dutzend Messer im Rücken. Trotzdem ignoriere ich sie ebenso wie ihre Warnung letzte Woche und wate ins Wasser.

Dieser Nachmittag war nicht geplant, und wahrscheinlich sollte ich besser zu Hause sitzen und meine Lebensentscheidungen infrage stellen, aber das hier ist viel besser. Mit meinen Freunden und Freundinnen am Golden Bay Beach abzuhängen, als wären wir nur ein paar Touristen. Auch wenn Jayden und Beck fehlen – Ersterer, weil er arbeiten muss, und Letzterer, weil er wieder mal spontan irgendwohin musste –, genieße ich die Zeit und vor allem die Ablenkung.

Es hat lange gedauert und ich musste erst fünf lange Jahre fort sein, damit mir klar werden konnte, dass Golden Bay mein Zuhause ist. Der Ort, an dem ich sein will. Der Ort, an dem die Menschen leben, die mir am wichtigsten sind. Die Menschen, die ich beschützen werde. Ich gebe sie, ich gebe das hier nicht noch mal auf. Koste es, was es wolle.

Sobald das Wasser tief genug ist, schwimme ich ein paar Züge. Ember ist nicht weit entfernt und paddelt auf der Stelle, den Blick unentwegt auf mich gerichtet. Sie trägt eine Sonnenbrille und hat sich das rotblonde Haar zu einem unordentlichen Knoten zusammengebunden. Ich weiß genau, was ich sehen würde, wenn ich näher käme. Eine leichte Röte auf ihren Wangen – und die feinen Sommersprossen auf ihrem Nasenrücken, die das ganze Jahr über kaum sichtbar sind, außer jetzt, in der heißesten Zeit des Jahres.

Ich kann nichts gegen die Anziehung, die sie auf mich ausübt, ausrichten, sondern mich lediglich zurückhalten, ihr ein guter Freund sein und hoffen, dass sie mir irgendwann ein Zeichen gibt. Ein Zeichen dafür, dass sie dort weitermachen will, wo wir aufgehört haben: an ihrem Geburtstag. Auf dem Tisch. Im Abstellraum dieses Geisterhauses. Meine Hand unter ihrem Rock und in ihrem Slip. Ihre in meiner Hose, um meinen harten Schwanz geschlossen.

Fuck. Allein bei der Erinnerung regt sich etwas in meiner Badehose. Viel zu viel dafür, dass wir im arschkalten Wasser schwimmen und alles da unten eigentlich schrumpfen sollte.

Um mich abzukühlen, tauche ich unter. Die Wellen brechen über mir zusammen, und die plötzliche Stille ist wie ein Schock für mein System. Aber es ist genau das Richtige, um wieder klar denken zu können.

Wenige Sekunden später tauche ich keuchend auf und wische mir über die Augen. Als ich sie blinzelnd öffne, ist Ember das Erste, was ich sehe. Sie lässt sich ein Stück von mir entfernt auf der Wasseroberfläche treiben, die Arme entspannt ausgestreckt, die Sonnenbrille auf der Nase.

Die herannahende Welle bemerkt sie nicht.

»Hey, Em?«, rufe ich.

Ruckartig hebt sie den Kopf. »Ja?«

Ein Grinsen breitet sich auf meinem Gesicht aus. »Stell dich auf eine Abkühlung ein.«

»Was …«, beginnt sie, doch ihre Antwort geht in einem Kreischen unter, als die Welle im nächsten Moment über ihr zusammenschlägt. Ein, zwei Sekunden später taucht sie wieder auf, klatschnass und mit verrutschter Sonnenbrille. »Du Arsch!«

»Ich?«, erwidere ich und kann mir das Lachen nicht verkneifen. »Ich hab gar nichts gemacht.«

»Du hättest mich früher warnen können!« Sie schiebt sich die Sonnenbrille ins nasse Haar und reibt sich über das rechte Auge. Es ist leicht gerötet.

Jetzt mache ich mir doch ein wenig Sorgen und schwimme zu ihr hinüber. Hier draußen sind wir fast allein. Die meisten Leute planschen näher am Strand, insbesondere die Touristen. Die Geräusche vom Golden Bay Beach sind nur noch ein gedämpftes Hintergrundrauschen.

»Alles in Ordnung?« Ich will die Arme nach ihr ausstrecken und sie festhalten. Wenn ich an dieser Stelle nicht mehr stehen kann, dann kann sie es mit ihren eins siebzig erst recht nicht. Aber ich unterdrücke den Impuls.

»Ja …« Sie reibt sich über das andere Auge und zieht die Nase kraus. »Aber ich hab Salzwasser an Stellen, wo es nicht hingehört.«

Diese Aussage und ihr angewiderter Gesichtsausdruck lassen mich nur noch breiter grinsen.

Sie funkelt mich empört an. »Das ist nicht witzig!«

»Doch, irgendwie schon.«

Ich rechne mit einem Konter, damit, dass sie mich ohne Vorwarnung nass spritzt oder ohne ein weiteres Wort wegschwimmt, aber stattdessen ... kommt sie mir näher?

Verwirrt runzle ich die Stirn, wehre mich jedoch nicht dagegen, als ihr Gesicht plötzlich ganz dicht vor meinem ist und ihre Finger über meine Schultern tanzen. Auf einmal sind ihre grünbraunen Augen das Einzige, was ich noch sehen kann. Zumindest, bis mein Blick auf ihre weichen, vollen Lippen fällt und ich mich unwillkürlich ein wenig nach vorne beuge, um sie zu berühren. Um sie zu küssen. Um ...

Ohne Vorwarnung stützt sie sich mit ihrem ganzen Gewicht auf meine Schultern und drückt mich nach unten.

Ein weiteres Mal schlägt kaltes Wasser über mir zusammen und reißt mich schlagartig aus meinem Tagtraum. Als ich wieder auftauche, hat sich Ember bereits in Sicherheit gebracht.

»Na warte.« Ich wische mir mit der Hand übers Gesicht. »Das wirst du bereuen.«

»Das war die Rache dafür, dass du mich nicht rechtzeitig vor der Welle gewarnt hast.« Sie wirkt völlig unbeeindruckt.

»Dann kommt nun die Rache dafür, dass du mich unter Wasser getunkt hast.« Kaum ausgesprochen, stürze ich auf sie zu.

Lachend ergreift Ember die Flucht, allerdings nicht Richtung Strand, sondern weiter aufs Meer hinaus, und ich folge ihr mit kräftigen Schwimmzügen. Ich bin auf Golden Bay aufgewachsen, und das bedeutet, dass ich schon geschwommen bin, bevor ich richtig laufen konnte. Das verlernt man nicht, ganz egal wie lange man weg war.

Leider gilt das auch für Ember. Sie schwimmt so schnell, dass ich kaum hinterherkomme, schlägt Haken, taucht unter und an anderer Stelle wieder auf. Doch am schönsten ist ihr Lachen. Dieser Moment der Leichtigkeit zwischen uns. Ich will ihn konservieren, ihn für immer festhalten, da mir nur zu bewusst ist, wie flüchtig er ist. Wie schnell er wieder vorbei sein wird.

Stattdessen packe ich Embers Fußknöchel und ziehe sie zu mir heran.

»Hey!« Sie windet sich und spritzt mir Wasser ins Gesicht, bis sie sich losreißen kann.

Grinsend hechte ich hinterher, zurück Richtung Strand, bis Ember schließlich aufgibt. Zumindest flüchtet sie nicht mehr vor mir.

Ich nähere mich ihr langsam, auf alles gefasst. Beim letzten Meter spüre ich den sandigen Boden unter mir. Ich kann hier stehen, das Wasser reicht mir aber noch bis zu den Schultern. Ember muss auf der Stelle paddeln, um nicht unterzugehen.

»Weißt du, was ich mir gerade wünsche?«, fragt sie.

»Ich bin mir ziemlich sicher, dass es etwas anderes ist als das, woran *ich* gerade denke.«

Sie lacht leise. »Einen Iced Maple Latte.« Ein verträumter Ausdruck tritt auf ihr Gesicht. »Das wäre jetzt das Größte.«

Ich schnaube belustigt. »Warum überrascht mich das nicht?«

»Weil du mich kennst?«

Ich wünschte, ich würde es. Ich kenne die alte Ember, das verzweifelte Mädchen, das allem entfliehen wollte und mir mehr Vertrauen entgegengebracht hat als irgendjemandem sonst. Mehr als ich verdient habe. Aber ich würde auch gerne die neue Ember kennenlernen, die junge Frau, die noch immer alles mit Ahornsirup liebt, Schmerz zulässt und ganz allein ihr Elternhaus renoviert.

»Wie geht's dir?«, frage ich leise. »Wirklich, meine ich.«

Seit sie mir von ihrer Mutter erzählt hat, haben wir nicht mehr darüber gesprochen. Als ihre Grandma im Bad gestürzt ist und ins Krankenhaus kam, muss das eine Menge in Ember getriggert haben. Ich kann mir nicht vorstellen, dass sie all das schon überwunden oder einfach weggesteckt hat. Und auch nicht, dass sie sich inzwischen selbst verziehen hat.

Ihr Lächeln verblasst. Falten bilden sich zwischen ihren Brauen. »Ehrlich gesagt möchte ich lieber nicht darüber reden.«

»Du kannst es aber. Mit mir. Jederzeit.«

Immerhin kenne ich inzwischen die Wahrheit, und wenn ich sie richtig verstanden habe, gibt es nicht viele Menschen, auf die das zutrifft. Nicht viele, mit denen sie offen reden könnte.

Ember nagt an ihrer Unterlippe und weicht meinem Blick aus. »Ich weiß. Trotzdem.«

»Okay.« Ich kann sie nicht dazu zwingen, sich mir anzuvertrauen – und das will ich auch nicht. Aber sie muss begreifen, dass ich für sie da sein werde, wenn sie mich braucht. Dass ich sie nie mehr so im Stich lassen werde wie damals.

Als sie mich wieder anschaut, hat sich etwas in ihrem Blick verändert. Etwas, bei dem mir unweigerlich wärmer wird. Mit einem Mal ist die Stimmung zwischen uns eine völlig andere.

Das Meer hat uns näher zusammengetrieben. Ich müsste nur die Hand ausstrecken, um sie zu berühren, um ihr das weiche Haar zurückzustreichen. Unwillkürlich sehe ich auf ihren Mund, auf die leicht geöffneten Lippen, die ich mehr als alles andere wieder auf meinen spüren will.

»Wehe, du küsst mich jetzt«, wispert sie, als könnte sie meine Gedanken lesen.

Meine Mundwinkel zucken. »Erst wenn du darum bettelst.«

Ihre Pupillen weiten sich. Ihr Atem stockt. Ihre Wangen werden rot. Es macht sie an, wenn ich auf diese Weise mit ihr rede. Völlig anders als früher, als wir noch zwei verliebte Teenies waren, die keine Ahnung von dem hatten, was sie taten.

Damals war ich der nette, arme Junge von nebenan mit einem Geheimnis, das sie niemals erfahren durfte. Heute bin ich kein netter

Junge mehr – und ich habe zu viele Geheimnisse angesammelt, um sie jemals mit einem anderen Menschen teilen zu können. Schon gar nicht mit ihr. Wenn sie auch nur eines davon erfährt, ist sie weg. Dann verliere ich sie für immer. Ihr so viel zu verschweigen, ist der Preis, den ich zahlen muss, um in ihrer Nähe zu sein. Um eines Tages vielleicht wieder mit ihr zusammen sein zu dürfen. Und ich bin mehr als bereit, diesen Preis zu zahlen.

Ohne darüber nachzudenken, hebe ich die Hand und streiche über ihre Wange. Ganz unschuldig. Freundschaftlich. Nur dass nichts an unseren Blicken noch etwas mit Freundschaft zu tun hat.

Ember holt scharf Luft. »Die Leute können uns vom Strand aus sehen ...«

»Dann sollten wir besser dafür sorgen, dass sie nichts Ungewöhnliches zu sehen bekommen, oder?«

Ich warte kurz ab, rechne mit Protest oder damit, dass sie davonschwimmt, schließlich war diese Freundschaftssache ihr Vorschlag. Doch Ember tut nichts dergleichen. Stattdessen kommt sie mir entgegen und lässt zu, dass die nächste Welle uns noch näher zusammenbringt, damit sie die Arme um meinen Hals legen kann.

Ich drehe dem Strand mit all seinen Besuchern den Rücken zu, meine ganze Aufmerksamkeit nur auf die Frau in meinen Armen gerichtet. Mit der einen Hand ziehe ich sie fester an mich, bis wir uns an genau den richtigen Stellen berühren. Ich kann es nicht nur spüren, sondern ihr auch ansehen. Die Art, wie ihre Augen größer werden und sich ihre Wangen verfärben, sagt mir alles, was ich wissen muss. Genau wie die Tatsache, dass Ember sich von selbst an mich schmiegt, ein Bein um mich schlingt und ihr Becken gegen meines drückt, bis mir der Atem stockt.

Unter Wasser lasse ich die freie Hand über ihren Körper wandern und beobachte jede ihrer Reaktionen genau. Meine Finger fahren die Konturen ihres Bikinioberteils nach, folgen den schmalen

Bändern ihren Rücken hinunter und streichen noch ein Stück weiter, jagen der Gänsehaut hinterher. Gleichzeitig beuge ich mich zu ihr hinunter.

»Ich habe nicht gebettelt«, flüstert sie an meinen Lippen, weicht aber weder vor mir zurück, noch stößt sie mich von sich.

Meine Finger zucken auf ihrer Haut und fahren wie von selbst von ihrer Hüfte an ihrer Seite hinauf.

»Ich weiß«, wispere ich zurück. Obwohl es unglaublich verlockend ist, presse ich meinen Mund nicht auf ihren, sondern auf die Stelle knapp unterhalb ihres rechten Ohrs. Die Stelle, von der ich noch ganz genau weiß, welche Wirkung sie auf Ember hat.

Sie schnappt nach Luft und schiebt die Hand in meinen Nacken, um mich festzuhalten. Ich schließe die Augen, verliere mich in dem Moment. Ihre Haut schmeckt nach Meer und Sonnencreme und ganz nach ihr. Nach Ember.

Ich kann nicht nur diese eine kleine Stelle küssen. Ich brauche mehr. Mehr von ihrem Duft, ihrem Geschmack, ihrer Wärme. Den nächsten Kuss setze ich ein Stück tiefer auf ihren Hals, den danach noch tiefer.

Ember krallt die Finger in mein Haar. »Wir können das nicht machen …«

Herausfordernd hebe ich den Kopf. »Können wir nicht?«

Denn dieser Moment hier, der an ihrem Geburtstag und der davor nachts am Strand erzählen eine völlig andere Geschichte. Selbst wenn wir es wollten, könnten wir nicht die Finger voneinander lassen. Dafür ist die Anziehung zwischen uns zu stark. Sogar in Momenten, in denen sie mich hasst. Sogar in Momenten, in denen wir versuchen, nur Freunde zu sein.

Ember antwortet nicht sofort.

Wahrscheinlich macht mich das zum Arschloch, denn ich nutze ihr Zögern aus, um mich wieder zu ihr hinunter zu beugen und weitere Küsse auf ihrem Hals zu verteilen, während meine Hände unter Wasser über ihren Körper streichen. Immer wieder sehe ich ihr prüfend ins Gesicht, um sicherzugehen, dass sie es will und ebenso sehr genießt wie ich.

Ember und ich mögen nicht mehr dieselben Menschen sein wie früher, aber ich weiß, dass sie mich problemlos aufhalten kann, wenn sie will. Was sie nicht tut. Stattdessen erwidert sie meine Blicke hitzig und protestiert nicht, als meine Finger über jede Kurve, über jedes freie Stück Haut streichen, das ich ertasten kann, bis ich sie um ihre linke Brust schließe. Der feuchte Stoff verbirgt nichts, und es ist viel zu leicht, ihn ein kleines Stück zur Seite zu schieben, um ihre Spitze mit dem Daumen zu umkreisen.

Ember keucht leise.

»Gefällt dir das?«

»Nein«, antwortet sie prompt. »Es ist schrecklich.«

Ich grinse, denn ihre Reaktion straft ihre Worte Lügen. Sobald der Satz ihre Lippen verlassen hat, bohren sich ihre Fingernägel in meine Schultern. Aber statt mich von sich wegzudrücken, zieht sie mich näher, presst sich mit mehr Nachdruck an mich und schlingt nun auch das zweite Bein um meine Hüften.

Auf einmal sind wir uns so nahe, dass uns nur der dünne Stoff unserer Schwimmsachen trennt. Ich müsste lediglich ihr Höschen beiseite und meine Shorts ein klein wenig herunterschieben, um … *Fuck*. Nur mit Mühe kann ich ein Stöhnen unterdrücken.

»Wir müssen aufhören …«, wispert sie, macht jedoch keine Anstalten, sich von mir zu lösen. Ganz so, als würde sie einen Kampf zwischen Verstand, Herz und ihrem Körper ausfechten.

»Keine Sorge«, raune ich schwer atmend. »Niemand wird davon erfahren. Das bleibt unser kleines Geheimnis.«

Ein Schauer wandert durch ihren Körper und lässt sie erzittern. Ich weiß, dass zumindest ein Teil von ihr mich will. Genau wie sie deutlich spüren kann, dass ich sie will und brauche. Doch als sie den Kopf hebt und mich anstarrt, blitzt die vertraute Sturheit in ihren Augen auf.

»Welches Geheimnis?«, wispert sie dicht vor meinen Lippen.

Da ist nur ein kurzes Streifen, eine federleichte Berührung. Dann reißt sie sich ohne Vorwarnung von mir los und schwimmt an mir vorbei Richtung Strand.

Obwohl sie keinen einzigen Blick zurückwirft, muss ich lächeln, denn ganz ehrlich? Zu sehen, wie sie auf mich reagiert, und die Bestätigung zu erhalten, dass sie mich genauso sehr begehrt wie ich sie, ist mir das verdammt noch mal wert. Außerdem bestätigt es mir eine fundamentale Wahrheit: Wir sind noch nicht fertig miteinander.

Jetzt werde ich erst recht um sie, um *uns* kämpfen.

19. KAPITEL

»Hat jemand Lust auf Billard?« Ich schaue in die Runde.

Nach dem Nachmittag am Strand hat es uns am frühen Abend ins Turner's verschlagen, wo wir uns hungrig auf das Pub-Essen gestürzt haben. Irgendwann ist Beck wieder aufgetaucht und hat seinen Platz hinter der Bar eingenommen. Jayden sitzt leider immer noch bei der Arbeit fest.

Unsere Gruppe hat einen großen Tisch belegt, sich mittlerweile aber etwas verteilt.

Ursprünglich wollten Zion und Will nur eine Partie am Kickertisch spielen, allerdings ist daraus ein lautstarkes Turnier geworden. Ich bin mir ziemlich sicher, dass sogar schon Wetten laufen.

Am anderen Ende der Bar wirft Shae einen Dartpfeil nach dem anderen auf die Scheibe, während sie sich mit Taleisha unterhält. Die beiden lachen über irgendetwas, dann wirft Shae erneut – und trifft mitten ins Schwarze.

Ich verziehe das Gesicht. Wahrscheinlich hat sie sich mein Gesicht auf der Scheibe vorgestellt. Oder das von Beck. Die Chancen stehen fifty-fifty.

Schnell wende ich mich wieder den Leuten am Tisch zu. Ember sitzt ganz in der Nähe, ihr gegenüber Camille und ihre Freundin Meghan. Zwei gegen zwei. Das würde für eine Runde locker reichen.

Doch die beiden schütteln den Kopf. »Vielleicht später«, sagt Camille und wirft Meghan einen verschwörerischen Blick zu. »Außerdem will ich unbedingt sehen, wie ... ähm ... das Kickerturnier ausgeht, genau.«

Von wegen. So wie sich die beiden anschauen, bin ich mir ziemlich sicher, dass sie nur einen Moment für sich haben möchten.

»Wie ihr wollt. Ember?«

Sie winkt ab. »Ich passe. Ich hab keine Ahnung, wie das geht.«

»Was?« Überrascht starre ich sie von der Seite an. »Du kannst immer noch nicht Billard spielen?«

Sie zuckt mit den Schultern. »Bisher hab ich, wenn überhaupt, nur zugeschaut.«

Kopfschüttelnd trinke ich mein Bier aus und stehe auf. »Komm mit.«

Skepsis zeichnet ihr Gesicht, aber sie folgt mir nach einem kurzen Zögern zu einem der beiden Billardtische nebenan.

Als ich vor ihr stehen bleibe, bemerke ich die leichte Röte auf ihren Wangen. Entweder ein Sonnenbrand oder ... Oder sie muss genau wie ich an diesen viel zu kurzen Moment im Meer zwischen uns denken.

»Was hast du vor?«, wispert sie.

»Dir beibringen, wie man Billard spielt. Dann kannst du in Zukunft entscheiden, ob du weiterhin nur dabei zuschauen oder selbst mitspielen willst.« Ohne ihre Reaktion abzuwarten, halte ich ihr einen Queue hin. »Weißt du, wie man damit umgeht?«

Ember sieht von mir zum Billardstock und wieder zurück. »Ich denke, ich weiß, wie ich mit einem langen harten Stab umgehen soll. Aber danke der Nachfrage.«

Ein lautes Lachen hinter uns.

Als ich mich umdrehe, steht Zion mit einem Glas in der Hand da und gibt Ember ein Daumen hoch. Offenbar ist das Kickerturnier beendet, auch wenn ich Will nirgendwo entdecken kann. Umso besser.

Belustigt schüttle ich den Kopf und beuge mich zu ihr hinunter. »Dir ist hoffentlich klar, dass ich einen Beweis dafür verlange.«

Sie schluckt, weicht meinem Blick aber nicht aus. Und damit hoffentlich auch nicht dieser Herausforderung.

»Wolltest du mir nicht zeigen, wie man Billard spielt?«, erinnert sie mich leise.

Bilde ich mir das nur ein, oder klingt ihre Stimme tatsächlich etwas atemlos?

Ich lächle langsam und wende mich dem Tisch zu.

»Die Regeln sind simpel. Jeder Spieler oder jedes Team hat sieben Kugeln mit den Zahlen eins bis sieben oder neun bis fünfzehn. Welche Kugeln deine sind, entscheidet sich mit dem ersten Stoß. Ziel ist es, die eigenen Kugeln möglichst schnell zu versenken. Wer anschließend die schwarze Acht einlocht, gewinnt.«

Zion hat Ember ein Stück Kreide gegeben, mit dem sie die Spitze ihres Billardstocks einreibt. »Und wenn ich die schwarze Kugel früher treffe?«

»Dann hast du sofort verloren.«

»Oh.«

»Bereit?« Ich trete hinter sie. Dicht genug, um die Rundung ihres Hinterns gefährlich nahe an meinem Schritt zu spüren. Dicht genug, um den Duft ihrer Haare einzuatmen – und das leichte Zittern zu bemerken, das in diesem Moment durch ihren Körper wandert. »Du musst dich auf den ersten Stoß konzentrieren«, raune ich an ihrem Ohr.

»Das fällt mir gerade *ein bisschen* schwer …«

Ich kann nicht anders, als zu grinsen. »Ach wirklich?«

»Ja.« In der nächsten Sekunde bohrt sich ihr spitzer Ellbogen in meine Rippen.

Ich ächze vor Schmerz, muss aber gleichzeitig lachen. »Okay, verstanden.« Ich gebe ihr etwas Raum und laufe um den Tisch herum, um mir anzusehen, was sie plant, wie sie sich positioniert hat und wie hoch die Chancen stehen, dass sie trifft. Nachdem ich den Winkel ein wenig korrigiert habe, bin ich zufrieden. »Und los.«

Ember stößt in die Kugeln – und versenkt prompt die gelbe Neun.

»Ich hab's geschafft …« Sie klingt überrascht, als sie sich aufrichtet, doch dann erhellt ein Strahlen ihr Gesicht. »Ich hab's wirklich geschafft!«

Ich nicke stolz. »Jetzt mach das Ganze noch mal, um allen zu zeigen, dass es nicht bloß Anfängerglück war.«

»Anfängerglück, pah!« Ember wählt eine andere Position.

»Denk dran, dass deine Kugeln die von neun bis fünfzehn sind. Versenkst du meine, ist es ein Foul und du hast mir auch noch geholfen«, murmle ich abgelenkt, da sie sich in diesem Moment über den Tisch beugt, wodurch sich ihr voller Hintern genau in meinem Sichtfeld befindet und ich gar nicht anders kann, als ihn anzustarren. Und mich daran zu erinnern, wie er sich anfühlt. Unter Wasser in meinen Händen. Oder vor mir, wenn ich mich von hinten an sie presse. Wenn sie sich mir entgegendrängt und …

»Yes!« Embers Jubelschrei holt mich schlagartig in die Gegenwart zurück.

»Sehr gut.«

Für einen frühen Abend mitten in der Woche ist ziemlich viel los im Pub, denn inzwischen haben sich einige Leute um uns versammelt, um zuzuschauen. Entweder stört sich Ember ausnahmsweise nicht daran, im Mittelpunkt zu stehen, oder sie ist zu sehr aufs Spiel fokussiert, um es zu bemerken.

Will stellt sich neben sie. »Wenn du so weitermachst, können sich die Stammkunden bald warm anziehen.«

»Ach was.« Ember winkt ab. »Das Konkurrenzdenken überlasse ich lieber Shae.«

»Das hab ich gehört!«, ruft die von unserem Tisch, wo sie es sich mit Taleisha, Camille und Meghan gemütlich gemacht hat.

Ember wirft ihr eine Kusshand zu. »Gegen wen spiele ich eigentlich? Wen mache ich fertig?«

»Mich«, schaltet sich Will ein, bevor ich es tun kann, und schnappt sich den zweiten Queue. »Wollen wir doch mal sehen, wer hier wen fertigmacht.«

Ember wirft ihm ein so breites Lächeln zu, dass sich etwas in meiner Brust zusammenzieht, und konzentriert sich dann wieder auf den nächsten Stoß. Mich scheint sie völlig vergessen zu haben.

Die ganze Zeit bin ich davon ausgegangen, dass es einseitig ist. Dass Will sich an sie ranschmeißt, ohne dass sie darauf reagiert. Aber was, wenn sie sich auf seine Flirts einlässt? Wenn sie Interesse an ihm entwickelt? Wenn echte Gefühle im Spiel sind?

Will versenkt drei Kugeln auf einmal in den Taschen. »Falls ich gewinne, schuldest du mir ein Date.«

»Ich kann mich nicht daran erinnern, mich auf diesen Deal eingelassen zu haben.« In Embers Stimme liegt eine Wärme, die mir nicht gefällt. Nicht *ihm* gegenüber.

Unbewusst balle ich die Hände zu Fäusten, zwinge mich aber dazu, am Rand stehen zu bleiben und mich zurückzuhalten.

»Zu spät«, kontert Will und schickt die nächste Kugel ins Loch. »Der Deal steht.«

Zion hält mir ein Bier hin, das ich kommentarlos annehme. Eine Weile beobachte ich die beiden von der Seitenlinie aus und fühle mich an die wenigen Male erinnert, als Coach DuPont mich aus dem Spiel genommen hat. Während all meine Kumpel aufs Eis gehen und spielen durften, konnte ich ihnen bloß von der Ersatzbank aus zuschauen. Nur dass das Gefühl, außen vor zu sein, in diesem Moment wesentlich schlimmer ist als damals.

Ich versuche, den widerlichen Geschmack in meinem Mund mit einem großen Schluck Bier runterzuspülen. Vergeblich. Die Bitterkeit bleibt – genauso wie das unangenehme Ziehen in meiner Brust, als Will sich zu Ember lehnt, um ihr etwas zu erklären.

Ich bin nicht naiv. Ich weiß, wie sich Eifersucht anfühlt, auch wenn ich nur selten welche empfunden habe. Früher zum Beispiel, als ich schon Gefühle für Ember hatte, sie aber noch keine Ahnung davon, und irgendwelche Typen mit ihr geflirtet haben. Das ist jedoch kein Vergleich zu heute.

Echte, richtige Eifersucht fühlt sich beschissen an. Und es wird auch nicht besser, als Ember einen flüchtigen Blick in meine Richtung wirft, nur um sich dann wieder dem Spiel zu widmen. Und damit auch Will, der eindeutig mehr draufhat, sich ihr zuliebe aber zurückhält. Gerade genug, um ihr eine Chance zu lassen, ihr allererstes Spiel zu gewinnen. Aber wir wissen beide, wer der Gewinner in diesem Match sein wird. Wer mit Ember ausgehen wird und …

»Holden?«, fragt plötzlich eine weiche Frauenstimme neben mir. »Holden Thorne, richtig?«

»Ja.« Dankbar für die Ablenkung drehe ich mich um und schaue in ein Gesicht, das mir entfernt bekannt vorkommt.

Volles dunkelblondes Haar, das ihr bis zu den Brüsten fällt, blaue Augen mit dunklen Brauen, ein gebräunter Teint, der zeigt, dass sie diesen Sommer bereits viel Zeit im Freien verbracht hat, und eine schmale, fast schon zierliche Statur runden das Gesamtbild ab.

»Du bist Darrens Schwester, oder?«

»Amelie.« Ihr Lächeln wird breiter. »Schön, dass du dich erinnerst.«

»Wie könnte ich die Frau vergessen, die uns Snacks und kalte Getränke zur Baustelle gebracht hat?«

Ihr Lachen ist hell und fröhlich. Locker. Wie diese beginnende Unterhaltung.

»Das war ein Dankeschön aus unserem Restaurant. Im Erdgeschoss der Anlage wollen wir ein weiteres Lokal eröffnen, also dachte sich meine Familie, stellen wir uns mit den Leuten gut, die das Ganze bauen. Ich war nur die Überbringerin.«

»Trotzdem danke.« Ich halte ihr meine Bierflasche hin, und sie stößt mit ihrer eigenen dagegen.

Sie im Turner's zu treffen, ist eine Überraschung, weil ich sie jünger eingeschätzt habe. Zu jung für eine Bar. Kann allerdings auch daran liegen, dass ich sie automatisch als *jüngere Schwester* abgespeichert und nicht weiter darüber nachgedacht habe.

Hinter mir höre ich Ember erneut jubeln und Wills gedämpfte Stimme. Die Muskeln in meinem Nacken und meinen Schultern verspannen sich unwillkürlich. Es kostet mich viel zu viel Selbstbeherrschung, mich jetzt *nicht* umzudrehen, aber noch mehr, nicht einfach hinüberzugehen, Will den Queue aus der Hand zu reißen und selbst mit Ember um ein Date zu spielen.

Stattdessen räuspere ich mich und versuche mich auf das Gespräch mit Amelie zu konzentrieren. »Ich hätte dich fast nicht wiedererkannt …«, gebe ich zu.

»Ich dich auch nicht ohne deine Arbeitsklamotten«, kontert sie und mustert mich anerkennend von oben bis unten.

»Du meinst, ohne die Schicht aus Staub, Dreck und Schweiß?«

Sie lacht leise und zwirbelt dabei eine lange Haarsträhne zwischen den Fingern. »So ungefähr, ja. Obwohl du mir ohne Schutzhelm und Werkzeuggürtel fast genauso gut gefällst.«

»Nur fast, hm?«

Sie grinst frech. »Das müsste ich mir näher und länger anschauen, um eine finale Entscheidung zu treffen.«

Amelie ist hübsch und hat ein tolles Lächeln. Wären wir an einem anderen Ort, zu einer anderen Zeit, würde ich auf ihren Flirt einsteigen. Es ist nicht so, dass es in den letzten Jahren keine Frauen in meinem Leben gab, aber die meisten Bekanntschaften haben nicht länger als eine Nacht, maximal ein paar Wochen angedauert. Weil ich es nicht zugelassen habe. Weil es für mich immer nur eine Person gab, ganz egal, wie weit entfernt sie war. Ganz egal, wie sehr sie mich gehasst hat.

Wie von selbst wandert mein Blick zurück zu Ember. Dass sie mich nicht mehr zu hassen scheint, grenzt an ein Wunder. Dass ich sie berühren darf, sie an ihrem Geburtstag sogar küssen durfte, ist mir noch immer unbegreiflich. Aber es zeigt mir auch, dass ich Fortschritte mache. Dass ich sie zurückgewinnen kann, selbst wenn wir momentan nur Freunde sind. Oder es zumindest versuchen.

»Ich finde, wir sollten miteinander ausgehen.«

Blitzschnell hat Amelie meine Aufmerksamkeit zurück. Hat sie gerade *miteinander ausgehen* gesagt?

Hinter uns jubeln und klatschen die Umstehenden, aber ich nehme es kaum wahr.

»Du weißt schon.« Amelie lächelt. »Damit ich abschließend beurteilen kann, ob du mir in Arbeits- oder Freizeitklamotten besser gefällst.«

»Ein Date?«, hake ich sicherheitshalber nach. Denn das kann nicht ...

»Oh, ihr zwei geht auf ein Date?« Plötzlich steht Will neben uns und sieht mit einem Ausdruck zwischen Amelie und mir hin und her, der mir nicht gefällt. Kein bisschen.

Wo zum Teufel kommt der überhaupt her? Sollte er nicht noch immer mit ...

»Ember.« Ich starre sie an, als sie an Wills Seite auftaucht.

Lässig legt er den Arm um ihre Schultern. »Ich hab eine fantastische Idee. Lasst uns ein *Double* Date daraus machen.«

20. Kapitel

Ich runzle die Stirn. »Wie bitte?«

»Ein Double Date«, wiederholt er mit einem herausfordernden Lächeln. Der Drecksack genießt das auch noch. »Ich hab die Partie gewonnen, also schuldet Ember mir eine Verabredung. Und ihr zwei habt gerade ein Date vereinbart, oder nicht? Also lasst uns doch zu viert ausgehen.«

Ich schaue zu Ember, deren Miene nicht die geringste Regung zeigt. Wann hat sie gelernt, so ein gutes Pokerface aufzusetzen? Doch ihr Blick zuckt immer wieder zwischen mir, Will und ... Amelie hin und her.

Oh, Scheiße. Gottverdammte Scheiße.

»Ein Double Date klingt super!« Amelie strahlt. »Dann wird das nicht so gezwungen, sondern ein ganz lockeres Treffen.«

Mein Blick bohrt sich förmlich in Ember hinein, aber sie sieht zur Seite. Und macht keine Anstalten, Wills Arm von ihrer Schulter zu schieben. Er hält sie mit einer Selbstverständlichkeit, die mich tierisch nervt. Aber am meisten nervt mich, dass Ember nicht das geringste Problem damit hat, sondern Will zu mögen und ihm zu vertrauen scheint – genug, um mit ihm auszugehen. Genug, um *ihn* als Erstes um Hilfe zu bitten, als ihre Grandma gestürzt ist.

Ihn. Nicht mich.

»Hab ich da gerade *Double Date* gehört?«, schaltet sich Taleisha unvermittelt ein und klatscht begeistert in die Hände. »Wir sollten ein Triple daraus machen! Was meinst du, Z?«

Oh Shit. Was passiert gerade?

Zion fängt mein verzweifeltes Starren auf, und sein anfängliches Nicken verwandelt sich in ein vehementes Kopfschütteln. »Klingt toll, Süße, aber ich kann nicht. Ich hab da ... diese Sache bei der Arbeit.«

Taleisha beäugt ihn misstrauisch. »Wir haben noch nicht mal über das Datum gesprochen.«

Ein dezentes Hüsteln unterbricht das betretene Schweigen, und ich bin mir ziemlich sicher, dass es Camille ist, die ihr Lachen zu verbergen versucht. Doch als wir uns alle zu ihr und Meghan umdrehen, wird sie sofort ernst und hebt warnend die Hand. »Oh nein. Nein, nein, nein. Denkt nicht mal dran. Wir brauchen keine Anstandsbegleitung bei unseren Dates.«

Wie um Camilles Worte zu unterstreichen, legt Meghan die Hand an ihr Gesicht, dreht es zu sich und küsst sie.

Taleisha schnaubt. »Schön. Ihr zwei seid raus. Nehmt euch ein Zimmer. Aber Z und ich sind auf jeden Fall dabei.«

Zion wirft mir einen entschuldigenden Blick zu, den ich mit einem knappen Nicken quittiere. Wenigstens hat er es versucht. Dabei fragt er sich wahrscheinlich genauso wie ich, wie er in dieser abgefuckten Situation gelandet ist. In der einen Sekunde komme ich Ember noch im Meer näher und bringe ihr Billard bei, in der nächsten finden wir uns mitten in der Planung eines Triple Dates wieder. Nur dass wir dabei mit anderen ausgehen, statt miteinander.

Das kann ihr unmöglich egal sein nach allem, was in den letzten Wochen zwischen uns passiert ist. Verdammt, es *darf* ihr nicht egal sein.

Doch ganz gleich wie intensiv, wie bittend ich sie auch anstarre, sie äußert sich nicht dazu. Zieht sich nicht aus der Affäre. Sagt nicht Nein zu dieser lächerlichen Verabredung mit Will.

»Dann wäre das ja geklärt.« Selbstzufrieden deutet Will zwischen uns hin und her. »Taleisha und Zion. Ember und ich. Holden und … Amelie?«

Die nickt begeistert. Ihre Augen leuchten, und ihre Wangen sind vor Aufregung ganz rot geworden.

In Gedanken verfluche ich mich. Ich will ihr keine falschen Hoffnungen machen. Ich hatte nie vor, auf ein Date mit ihr zu gehen. Aber ich kann auch nicht hier stehen und lautstark verkünden, dass meine Ex-Freundin lieber allein mit dem Typen ausgehen soll, der sie seit Wochen anschmachtet. Und genau das würde ich tun, wenn ich diesen Double-Triple-wasauchimmer-Quatsch jetzt absage.

Lieber quäle ich mich gemeinsam mit den anderen durch den Abend als mit dem Wissen, dass Ember und Will allein sind – und er sonst was mit ihr anstellt. Also schlucke ich die Eifersucht hinunter und nicke ebenfalls knapp.

»Das ist eine fantastische Idee!«, ruft Shae übertrieben begeistert, aber sie wollte die Welt schon immer brennen sehen. Und mitzuerleben, wie ich mich gerade winde und beherrschen muss, ist wahrscheinlich wie Weihnachten, Ostern und Geburtstag auf einmal für sie. »Ein Triple Date. Ihr werdet *so viel Spaß* haben! Nicht wahr, Em?«

»Sicher«, presst Ember hervor.

Um ehrlich zu sein, genießt Shae das ein bisschen zu sehr. Sie grinst so diabolisch, als wäre das Ganze ihr Einfall gewesen. »Das wird bestimmt lustig.«

Nur mit Mühe unterdrücke ich ein Schnauben. *Lustig.* Na klar. Das wird genauso lustig wie eine Untersuchung beim Urologen. Kann's kaum erwarten.

Schnell tausche ich Nummern mit Amelie, dann verabschiedet sie sich und kehrt zu ihren Freundinnen an einem der Tische zurück – eine recht große Gruppe, die ich bisher nicht mal bemerkt habe, weil meine gesamte Aufmerksamkeit auf meiner Ex liegt. Meiner Ex, die auf ein Date mit mir, Amelie, Will, Taleisha und Zion gehen wird.

Wie zur Hölle bin ich da nur hineingeraten?

Ich brauche dringend einen neuen Drink. Etwas, das stark genug ist, um die Bitterkeit in meinem Mund herunterzuspülen und die Wut und Eifersucht abzutöten.

Doch als ich mich in der Bar umsehe, halte ich abrupt inne. Denn dort am Tresen, nur wenige Meter entfernt, steht niemand Geringeres als Polizeichef Jackson. Embers Vater. Er unterhält sich mit Beck, der auf seine Fragen hin mehrfach den Kopf schüttelt.

Stirnrunzelnd beobachte ich die beiden aus der Ferne. Der Polizeichef wirkt nicht zufrieden. Er redet auf Beck ein, der ihm erneut eine Abfuhr erteilt und ihn dann stehen lässt. Fluchend wendet sich Embers Vater ab. Doch als er den Kopf zur Seite dreht, trifft sein Blick so zielgenau meinen, als hätte er die ganze Zeit über gewusst, dass ich hier stehe.

Meine Muskeln verkrampfen sich, und ich beiße die Zähne fest zusammen. Dieser Typ hat mich nie leiden können. Weder als kleinen Jungen, als ich ihm imponieren wollte, noch als Teenager, nachdem ich mit Ember zusammengekommen bin. Spätestens ab dem Zeitpunkt hat er mich regelrecht verabscheut. Aber wahrscheinlich würde kein Mann jemals gut genug für seine Tochter sein.

In dem Punkt stimme ich ihm sogar zu. Niemand hat sie verdient. Ich am allerwenigsten. Doch das hält mich nicht davon ab, trotzdem um sie zu kämpfen. Es hält mich nicht davon ab, zu versuchen, mich zu bessern, sie glücklich zu machen und eines Tages vielleicht doch zu verdienen.

Ein letzter warnender Blick in meine Richtung, dann verlässt er die Bar. Und ich setze mich in Bewegung.

»Was wollte er hier?«, frage ich Beck.

»Wer?«

»Santa Claus.« Ich verdrehe die Augen. »Der Chief. Ich hab gesehen, wie ihr euch unterhalten habt – und irgendwie glaube ich nicht, dass es dabei nur um eine Getränkebestellung ging.«

Beck zapft zwei Bier fertig und kassiert ab. Dann mustert er mich mit undurchdringlicher Miene. Als ich schon sicher bin, dass ich kein Wort aus ihm herauskriege, greift er nach einem Tuch und wischt über die blitzblanke Arbeitsfläche. »Er hat mich nach ein paar Typen gefragt, die sich in den letzten Monaten öfter in der Gegend herumgetrieben haben und ein paarmal in der Bar waren.«

»Was für Typen?«

»Niemand, den man sich zum Feind machen will.« Er hebt den Kopf und studiert mich genau. »Sagt dir der Name *Remi* was?«

Ich fluche innerlich. Die Wahrheit kann ich ihm nicht verraten. Nicht, wenn schon der Chief nach Remi fragt. Doch zu meiner Überraschung widerstrebt es mir, Beck etwas vorzumachen. Er hat mir das Zimmer gegeben, obwohl er mich kaum kennt und zu dem Zeitpunkt auch nicht viel von mir gehalten hat. Dennoch hat er mir genug Vertrauen entgegengebracht, seine Wohnung mit mir zu teilen. Das Mindeste, was ich tun kann, ist, ihm nicht ins Gesicht zu lügen.

Also sage ich gar nichts und erwidere lediglich stumm seinen Blick.

Beck schnaubt leise. »Das sollte er. Es waren Remis Leute, mit denen ich dich neulich nachts gesehen habe.«

Jetzt kann ich es ihm erst recht nicht übel nehmen, dass er Ember vor mir gewarnt hat. Diese Männer sind gefährlich. Und keiner, der mit ihnen zu tun hat, hat noch eine weiße Weste. Ich selbst am allerwenigsten.

Während es in mir arbeitet, kümmert Beck sich um die Bestellung von drei Gästen am anderen Ende des Tresens und kehrt dann wieder zurück.

»Wenn du weißt, wer diese Kerle sind«, beginne ich langsam. »Und der Chief schon nach ihnen fragt ... warum lässt du sie dann überhaupt hier rein?«

»Weil sie zahlende Kunden sind. Und solange sie nicht zu viel Ärger machen, behandle ich sie genauso wie alle anderen.«

»Wirklich?«

Aus irgendeinem Grund glaube ich ihm nicht. Natürlich behandelt er Remi und seine Gang wie alle anderen Gäste. Daran zweifle ich keine Sekunde. Doch die Art, wie er es formuliert hat, deutet etwas anderes an.

Beck wirft mir einen harten Blick zu. »Das bedeutet nicht, dass ich sie gerne hierhabe oder mit offenen Armen empfange. Aber ich kann sie auch nicht einfach rausschmeißen.«

Also weiß er etwas. Anscheinend genug, um sich nicht mit ihnen anlegen zu *wollen*. Klug von ihm. Doch wenn Remi und die anderen das Turner's zu ihrer neuen Stammkneipe auserkoren haben, wird es schwer für Beck, sich weiterhin aus allem herauszuhalten. Hendrick hat seine Mittel und Wege, die Menschen dazu zu kriegen, exakt das zu tun, was er will. Eine Weile kann ich ihn vielleicht hinhalten, aber sein Ultimatum läuft bald ab. Und ich habe weder einen Plan noch eine Lösung gefunden.

Beck sieht über meine Schulter nach hinten, wo Ember, Shae und die anderen sich wieder an unserem Tisch versammelt haben. Dann wendet er sich mir zu. »Tu dir selbst einen Gefallen und halt dich von diesen Leuten fern.«

Genau das war der Plan. Dummerweise halten *sie* sich nicht *von mir* fern.

Ich lächle bitter. »Dafür ist es ein bisschen zu spät.«

21. Kapitel

Sechs Jahre zuvor

»Weißt du, warum ich dir vertraue, Holden? Warum ich dich damals am Hafen angesprochen habe?« Hendrick zog an seiner Zigarre und stieß den Rauch bedächtig wieder aus. Der süßliche Geruch verteilte sich in der Holzhütte und vermischte sich mit dem Duft nach Ahornsirup, den seine Leute bis vor Kurzem noch gekocht hatten. Die Sugar Shacks waren der perfekte Deckmantel für all die anderen, weniger legalen Dinge, die hier abliefen.

»Nein, das weiß ich nicht«, gab ich zu und näherte mich dem Tisch langsam. Vorsichtig. Ich hatte keine Ahnung, in welcher Stimmung Hendrick gerade war, und das Letzte, was ich wollte, war, ihn gegen mich aufzubringen. Den letzten Typen, der das gewagt hatte, hatte er rausgekickt und ihm gedroht, ja nie wieder herzukommen oder etwas von seinen Geschäften zu erzählen. Zwar hatte Hendrick dabei nicht mit einer Pistole auf ihn gezielt, aber das musste er auch nicht, um seinen Standpunkt deutlich zu machen. Die beiden maskierten Wachmänner, die den armen Kerl weggeführt hatten, hatten den Rest erledigt.

Heute Abend war ich allein mit dem Boss in der Haupthütte, nachdem ich einen weiteren Job für ihn erledigt hatte. Anfangs hatte ich nur Orte oder Personen für ihn ausgekundschaftet und ihm Bericht erstattet, doch die Bezahlung war mies, also hatte ich mich ziem-

lich schnell hochgearbeitet. Spätestens seit ich meinen Führerschein hatte, gehörte ich zur festen Crew. Und die gestohlenen Autoteile in meinem Pick-up, der gerade von Hendricks Leuten entladen wurde, waren der Beweis dafür.

Die Mission war gut gelaufen. Keine Zwischenfälle. Deswegen verstand ich nicht, warum Hendrick in dieser seltsam nachdenklichen Stimmung war. Oder weshalb er fragte, ob ich wusste, warum er mir überhaupt vertraute.

»Darum.« Mit der freien Hand zog er seine Brieftasche hervor, klappte sie auf und warf sie vor mir auf den Tisch. In der durchsichtigen Seitentasche steckte ein Foto, das Hendrick mit einem blonden Jungen in meinem Alter zeigte. Einem Jungen, der ihm ähnlich sah.

Ich runzelte die Stirn. »Wer ist das?«

»Mein Sohn. Sein Name war Mika.«

War. Nicht ist.

»Was ist mit ihm passiert?«

»Ein Bootsunfall. Genau heute vor vier Jahren.« Wieder nahm Hendrick einen langen Zug von seiner Zigarre. »Er war so alt wie du, als er wieder mal allein rausgefahren ist. Ein Sturm kam auf, und das Boot ist gekentert. Die Polizei hat viel zu lange an der falschen Stelle nach ihm gesucht, was jede Überlebenschance, die er vielleicht noch hatte, zunichtegemacht hat. Als sie ihn schließlich gefunden haben, war es zu spät.«

Davon hatte ich nichts gewusst. Hendrick hatte nie ein Wort über Mika verloren. Auch Remi oder die anderen hatten ihn nicht erwähnt.

»Das tut mir leid«, brachte ich hervor. Selbst wenn niemand aus meiner Familie gestorben war, wusste ich nur zu gut, wie es sich anfühlte, verlassen zu werden. Nur dass Mika im Gegensatz zu meinem Erzeuger nicht freiwillig gegangen war.

»Du erinnerst mich an ihn, weißt du?« Ein seltenes Lächeln zog an seinen Mundwinkeln. »Ihr seht völlig unterschiedlich aus, aber du

hast etwas an dir, das mich an Mika denken lässt. Den gleichen Ehrgeiz, den gleichen Hunger nach mehr im Leben.«

Ein merkwürdiges Gefühl von Stolz erfüllte mich.

»Danke. Ich meine … ich …«

Doch Hendrick winkte ab und legte die Zigarre in den Aschenbecher. Dann griff er in eine schwarze Reisetasche auf dem Boden und warf zwei Bündel Geldscheine auf den Tisch. »Dein Anteil. Gut gemacht, Holden.«

»Danke.« Ich schnappte mir die Kohle und verstaute sie in meiner Lederjacke. »Wann kann ich …«

»Morgen Abend. Stell dich darauf ein.«

»Ich bin bereit.«

»Wo bist du gewesen?«, begrüßte mich meine Mutter im Morgenmantel.

Ich drückte die Wohnungstür hinter mir zu, wich ihrem Blick aus und zog die Sneakers aus. Mom durfte niemals erfahren, wo ich mich nachts herumtrieb und woher das Geld kam, das in regelmäßigen Abständen in der Haushaltskasse auftauchte. Es war ein stummes Einverständnis zwischen uns dreien, da auch Gemma ihr immer mal wieder ein paar Dollar schickte. Mom fragte nicht nach, woher das Geld im Glas und auf ihrem Konto stammte, und wir gaben ihr, so viel wir konnten. Manchmal war es mehr, manchmal weniger. Aber wir kamen über die Runden. Das war das Einzige, was zählte.

»Bin nur rumgefahren«, brummte ich und hob meinen Rucksack vom Boden auf.

Sie schnüffelte kurz und verzog das Gesicht. »Du riechst nach Zigarren.«

Mist.

»Ich … war mit den Jungs vom Team unterwegs und …«

Wortlos hob sie eine Hand und brachte mich damit zum Schwei-

gen. Die Sorge stand ihr deutlich ins Gesicht geschrieben und ließ sie noch blasser, noch älter wirken.

»Lüg mich nicht an, Holden. Es ist in Ordnung, wenn du mir nicht alles erzählen willst, aber lüg mich nicht an.«

Ich starrte auf meine Füße hinab. Am linken kleinen Zeh war ein Loch in der Socke. »Tut mir leid, Mom.«

»Versprich mir nur, dass du dich nicht in Gefahr bringst, ja? Das ist alles, was ich wissen muss.«

Wie hoch auf der Gefahrenskala stand, fremde Autos zu knacken und Teile daraus zu stehlen, damit Hendrick und seine Leute sie teuer weiterverkaufen konnten? Es war bestimmt nicht so zahm, wie mit Hunden Gassi zu gehen oder den Rasen für die Nachbarn zu mähen, aber besser als Glücksspiel oder Raubüberfälle. Eigentlich war es gar nicht riskant, schließlich war nie etwas passiert und ich auch nicht so todessehnsüchtig, mich unnötig in Gefahr zu begeben.

Diese Rolle übernahm Shae seit Neuestem. Innerhalb kürzester Zeit hatte sie sich von der braven Vorzeigetochter zur Rebellin gewandelt und bescherte ihren Eltern graue Haare.

Als ich diesmal antwortete, konnte ich meiner Mom fest in die Augen sehen. »Ich bin nicht in Gefahr, okay? Es geht mir gut.«

Sie erwiderte meinen Blick zwei, drei Sekunden lang, dann sanken ihre Schultern herab und sie atmete erleichtert aus. »Danke. Bitte pass trotzdem auf dich auf, ja?«

»Natürlich, Mom.« Ich legte einen Arm um sie und drückte sie an mich. Mittlerweile überragte ich sie, sodass ich ihr problemlos einen Kuss auf den Kopf geben konnte, wie sie es früher bei mir gemacht hatte. »Ich geh schlafen. Gute Nacht.«

»Gute Nacht, Holden.«

Doch als ich endlich im Bett lag, wollte sich der Schlaf nicht einstellen. Nicht, nachdem ich Ember getextet hatte, und auch nicht, als es immer später und später wurde. Die Erinnerung an den letzten Job *und Hendricks Erwähnung seines Sohns spukten mir zusammen mit Moms Bitte im Kopf herum. Als es draußen schließlich hell wurde, hatte ich kein Auge zugemacht und stand noch vor dem Weckerklingeln auf.*

Anderthalb Stunden später stellte ich den Pick-up auf dem Parkplatz hinter der Highschool ab, griff nach meinem To-go-Becher und stieg aus.

»Hey, Bro.« Jayden schlug fast im selben Moment die Tür seines Wagens zu. »Du siehst beschissen aus.«

»Schlecht geschlafen«, murmelte ich und nippte an meinem Kaffee. Bei dem bitteren Geschmack verzog ich unwillkürlich das Gesicht. Wie konnte die halbe Menschheit das Zeug freiwillig trinken? Ich tat es nur aus blanker Verzweiflung – und weil ich mich weigerte, mir andere Sachen reinzujagen, um wach zu bleiben. Einer von Hendricks Lost Boys, Wyatt, hatte mir selbst zusammengepanschte Pillen andrehen wollen, aber ich hatte abgelehnt. Lieber trank ich Millionen Liter widerlichen Kaffee, als Drogen zu nehmen.

»Scheint in letzter Zeit öfter vorzukommen«, erwiderte Jayden locker und warf mir einen neugierigen Blick zu. »Hat das zufällig was mit einer gewissen Rothaarigen zu tun …?«

»Jay …«, warnte ich ihn leise, doch er lachte.

»Schon gut, schon gut. Aber wenn Ember genauso fertig aussieht wie du, hab ich meine Antwort, Kumpel.«

Ich schüttelte nur den Kopf und zwang noch mehr Kaffee in mich hinein.

Als wir den Eingang erreichten, riss Jayden schwungvoll die Tür auf. »Ein paar aus dem Team wollen sich heute Abend bei mir treffen und die Spielzüge für das nächste Game durchgehen. Bist du dabei?«

Ich schnitt eine Grimasse. Shit. »Ich kann nicht. Hab schon was vor.«

Jayden blieb abrupt stehen und starrte mich aus riesigen braunen Augen an. »Was kann wichtiger sein als Eishockey?«

»Geld verdienen. Wir sehen uns beim Training, ja? Ich muss los.« Mit diesen Worten ließ ich ihn stehen, bevor er genauer nachhaken konnte, und lief durch den Flur zu Ember hinüber, die gerade ihren Spind öffnete.

»Oh, hey.« Sie lächelte überrascht und stellte sich auf die Zehenspitzen, um mir einen viel zu flüchtigen Kuss auf den Mund zu hauchen.

»Hey.« Ich legte die Hand an ihre weiche Wange und zog sie näher.

Diese schnelle Begrüßung war nicht genug. Nicht nach letzter Nacht. Nicht nach dem Adrenalin, das noch immer durch meine Adern pumpte und mich trotz Schlafmangels wach hielt.

Sanft strich ich mit den Lippen über ihre, knabberte leicht daran und wartete auf den mittlerweile vertrauten leisen Seufzer, mit dem Ember gegen mich sank.

Irgendetwas landete neben uns auf dem Boden, vermutlich ihre Schultasche oder ihre Bücher. Wen interessierte das schon, wenn ich sie so küssen konnte wie an diesem Morgen. Als gäbe es nur uns beide, auch wenn ich selbst nach fast einem halben Jahr noch immer nicht fassen konnte, dass wir tatsächlich ein Paar waren. Dass sie zu mir und ich zu ihr gehörte.

Ein schriller Pfiff ließ uns auseinanderfahren.

»Shae!«, beschwerte sich Ember lachend. Ihre Lippen waren feucht und leicht geschwollen.

Verflucht. Ich wollte sie gleich noch mal küssen.

»Besser ich als einer der Lehrer«, konterte Shae ungeniert und schnippte mir im Vorbeigehen gegen den Bizeps. »Es sei denn, ihr wollt eine Pornoshow für die ganze Schule aufführen, dann nur zu. Ich halte euch bestimmt nicht auf.«

Ich grinste, während Ember knallrot anlief.

»Das ist nicht witzig, Shae!« Sie folgte ihrer besten Freundin, da sie gleich einen gemeinsamen Kurs hatten, drehte sich aber im Gehen noch mal zu mir um. »Sehen wir uns nach deinem Training?«

Die Hoffnung in ihren Augen bohrte sich wie ein Messer in meine Brust – weil ich sie gleich zerstören würde …

»Ich kann nicht«, rief ich und hob entschuldigend die Hände. »Hab schon was vor.«

Ihre Mundwinkel sanken herab, aber sie nickte verständnisvoll. Und ich konnte nur hilflos dabei zusehen, wie Shae sie endgültig mit sich zog.

Es gefiel mir nicht, etwas vor meinen Freunden und meiner Familie, sogar vor Ember, zu verheimlichen. Aber es war besser, wenn sie nichts von dem erfuhren, was ich tat.

Außerdem waren Hendricks Aufträge nur Mittel zum Zweck. Mit einem Teil des Geldes unterstützte ich Mom, den anderen sparte ich eisern in einem Schuhkarton unter meinem Bett, um Golden Bay eines Tages verlassen zu können und etwas aus mir zu machen. Ohne Kohle funktionierte das nicht. Und wenn ich dafür ein paar nicht ganz legale Sachen erledigen musste, war das eben so.

Was war schon dabei? Waren doch nur Autos. Ihre Besitzer und die Firmen, die sie verliehen, waren versichert und bekamen den Schaden erstattet. Niemand wurde verletzt. Hendrick machte Kohle, und ich hatte nicht nur was zu essen auf dem Tisch, sondern auch eine Zukunft. Es war leicht verdientes Geld. Win-win für alle.

Hendrick hatte sich etwas Erfolgreiches aufgebaut, etwas, das ihm ganz allein gehörte – und er war bereit, ein Stück davon mit mir zu teilen. Er vertraute mir, sonst hätte er mir nicht die Jobs gegeben. Und es tat verdammt gut, jemanden zu haben, der an mich und meine Zukunft glaubte. Also würde ich auch nicht damit aufhören, zumin-

dest nicht, bis ich genug angespart hatte, um endlich von hier weg zu können.

Selbst wenn das bedeutete, dass ich alle um mich herum anlügen musste.

22. Kapitel

Ein Triple Date?! Wie zum Teufel konnte es dazu kommen?

Ich kann es nach wie vor nicht fassen, als ich mich wenig später als Erster von unserer Clique verabschiede.

Es ist noch nicht ganz dunkel, aber ich muss um vier Uhr morgens auf der Baustelle sein. Gonzalez hat uns zwar heute Nachmittag freigegeben, dafür fangen wir morgen sehr viel früher an, um den gnadenlosen Temperaturen zu entgehen. Die Sommerhitze hängt schwer und feucht in der Luft, als ich vor die Tür trete und nach meinem Handy greife.

Seit Gemma mir von ihrer Schwangerschaft erzählt hat, frage ich sie ständig, wie es ihnen geht, ob sie irgendetwas braucht, ich etwas vorbeibringen oder für sie tun kann. Es ist keine dreißig Stunden her, seit sie mir davon berichtet hat, doch sie ist bereits so genervt, dass sie mir nur mit Emojis antwortet. Als ich die Masse an augenverdrehenden gelben Smileys sehe, muss ich grinsen. Typisch Gemma. Aber selbst wenn ich sie mit meiner Fürsorge nerve, möchte ich sie wissen lassen, dass ich für sie da bin. In den letzten Jahren konnte ich das nicht sein, daher bemühe ich mich jetzt umso mehr.

Mein Grinsen verblasst, als ich jemanden auf der gegenüberliegenden Straßenseite entdecke. Genau dort, nur wenige Meter von mir entfernt, steht niemand Geringeres als Jeffrey Jackson. Embers Vater. Der Polizeichef der Insel.

Scheiße. Hat er etwa die ganze Zeit auf mich gewartet?

Auch wenn ich geahnt habe, dass dieser Moment kommen würde, bin ich nicht darauf vorbereitet. Bisher konnte ich ein Aufeinandertreffen hinauszögern, indem ich Embers Vater so gut ich konnte aus dem Weg gegangen bin, aber wie es aussieht, kann ich es nicht länger vermeiden.

Ich verlangsame meine Schritte, bleibe aber erst stehen, als wir auf einer Höhe sind.

Er lehnt mit vor der Brust verschränkten Armen an seinem Streifenwagen und taxiert mich kurz von oben bis unten.

Here we go.

Na los doch. Spuck es aus, alter Mann. Lass alles raus. Wir wissen beide, dass du mich nie ausstehen konntest, und ich bezweifle, dass sich in den letzten Jahren etwas daran geändert hat. Aber wenn du denkst, ich bin noch der schlaksige Teenager, der sich vom großen bösen Cop einschüchtern lässt, hast du dich geschnitten. Ich hatte mit Cops zu tun, die viel größer und böser waren als du.

»Holden.«

Selbst mein Name klingt aus seinem Mund wie eine Beleidigung.

Mein Nacken verspannt sich unwillkürlich. »Mr. Jackson. Wie schön, Sie zu ...«

»Spar dir die Höflichkeiten«, unterbricht er mich barsch, stößt sich von seinem Wagen ab und baut sich breitbeinig vor mir auf. »Wir wissen beide, warum ich hier bin.«

Fragend lege ich den Kopf schief. Natürlich ahne ich es, aber ich will, dass er es ausspricht. Ich will die Worte hören. Genau hier, auf offener Straße.

»Halt dich von meiner Tochter fern«, befiehlt er mit der ganzen Autorität eines Polizisten, der diesen Job seit Jahrzehnten ausübt. Dennoch senkt er nun die Stimme. Er hat kein Interesse daran, dass neugierige Umstehende etwas von unserem Gespräch mitbekommen. Natürlich nicht. »Sie ist endlich über dich hinweg und braucht dich nicht mehr. Das hat sie nie. Du warst schon früher nicht gut genug für sie und bist es heute erst recht nicht. Wenn du ehrlich mit dir bist, dann weißt du genau, dass sie etwas Besseres verdient hat als dich.«

Ich beiße die Zähne zusammen. Wut tobt wie ein Orkan durch mich hindurch, verstärkt durch jedes Wort, das aus dem Mund dieses Mannes kommt. Ich muss mich zurückhalten, um nichts zu sagen, um keine Reaktion zu zeigen. Denn eine Reaktion bedeutet, dass dich dein Gegenüber treffen kann. Und das wiederum bedeutet Schwäche. Ein wunder Punkt. Etwas, das man ausnutzen kann.

Also schweige ich. Erwidere lediglich stoisch seinen Blick. Ich schätze, diese Explosion war schon lange überfällig.

»Hast du gar nichts dazu zu sagen?«, fährt er mich an.

Ich hebe die Brauen. Für jemanden in seiner Position lässt er sich ganz schön von seinen Emotionen und Vorurteilen leiten, aber das ist nichts Neues. Das Einzige, was sich geändert hat, ist, dass ich nicht länger versuche, ihm zu gefallen.

Es hat eine Zeit gegeben, in der ich Mr. Jackson bewundert habe und werden wollte wie er. Ein Polizist, der für Recht und Ordnung sorgt, den die Menschen mögen und respektieren. Bei der Erinnerung daran muss ich beinahe lachen. Tja, dummerweise hat es mich in die entgegengesetzte Richtung verschlagen. Aber wahrscheinlich hat er das schon lange vorausgeahnt, weil er immer nur das Schlechteste von mir gedacht hat.

»Nope.« Langsam schüttle ich den Kopf. »Ich denke, Sie haben Ihren Standpunkt ziemlich deutlich gemacht.«

Seine Augen werden schmal.

Hoppla. Falsche Antwort. Als Polizeichef von Golden Bay ist er es gewohnt, dass die Leute vor ihm zu Kreuze kriechen und alles tun, was er sagt. Wenn er jemanden nicht auf seiner Insel haben will, ist diese Person nicht mehr lange hier. Seltsam nur, dass Hendrick und seine Leute noch immer ihr Ding durchziehen können, obwohl wir doch einen so vorbildlichen, gesetzestreuen Chief haben. Aber was weiß ich denn?

»Ich hab dich schon mal gewarnt, Junge.«

Schnaubend sehe ich zur Seite. Als ob ich das jemals vergessen könnte. »Keine Sorge. Die Warnung ist angekommen.«

Die Falten auf seiner Stirn vertiefen sich. Offensichtlich glaubt er mir nicht. »Heißt das, du wirst dich ab jetzt von meiner Tochter fernhalten?«

»Nein.« Ich fixiere ihn. »Das heißt nur, dass ich die Warnung klar und deutlich gehört habe.«

Und dass sie mir völlig gleichgültig ist. Damals hatte ich nicht den Mumm, ihm die Stirn zu bieten. Wie sehr sich die Zeiten doch geändert haben.

»Wenn Sie mich also entschuldigen.« Ohne ein weiteres Wort schiebe ich mich an ihm vorbei.

»Ich weiß Dinge über dich, von denen du nicht willst, dass andere sie erfahren, Holden.«

Ich bleibe abrupt stehen. Kälte rinnt mein Rückgrat hinab.

Langsam drehe ich mich zu ihm um. Die Straße ist völlig leer, aber es könnte jederzeit jemand aus der Bar kommen und uns hören. Seine ruhig ausgesprochenen Worte sind keine Warnung mehr, sondern eine offene Drohung.

Er macht einen Schritt auf mich zu. »Hast du mich verstanden?«

Ich erwidere seinen Blick, diesmal muss ich mich jedoch hart zusammenreißen, um weiterhin keine Regung zu zeigen. So will er das Ganze also angehen?

Meinetwegen. Game on.

»Drohungen stehen Ihnen nicht, Chief.«

»Was fällt dir ...«

»Sie kennen mich nicht«, falle ich ihm ins Wort. »Das haben Sie damals nicht, und das tun sie heute erst recht nicht.«

»Ich weiß, dass du ein verdammter Krimineller bist, und ich erlaube nicht, dass du einen schlechten Einfluss auf meine Tochter hast – oder noch schlimmer: sie in Gefahr bringst.« Mit einem Mal wird seine Miene weicher, fast schon bittend. »Solltest du einmal selbst Vater sein, wirst du es verstehen. Sie ist mein einziges Kind. Ich kann und werde nicht zulassen, dass ihr etwas zustößt.«

»Das will ich auch nicht«, gebe ich zu, aber ... verdammt! Ich bin hier nicht der Feind – ganz egal, was er mir einreden will. Ich möchte genauso wenig mit diesen Leuten zu tun haben wie Mr. Jackson selbst. Nur dass ich nicht die Augen davor verschließen kann, was auf der Insel passiert.

Ember zuliebe will ich mich nicht mit ihm anlegen, aber ich habe es satt, es allen anderen recht machen zu wollen. Ich bin fertig damit, nach einem Vaterersatz zu suchen, wo keiner ist. Wo nie einer war. Nie einer sein wird. Wenn mich die letzten fünf Jahre etwas gelehrt haben, dann, dass es niemanden gibt, der mir zur Hilfe kommen oder mich retten wird. Am Ende des Tages kann ich mich nur auf mich selbst verlassen.

»Wie gesagt: Warnung angekommen – das bedeutet allerdings nicht, dass ich mich von Ember fernhalte. Wenn sie das möchte, tue ich es. Aber nur dann. Und es ist mir scheißegal, was Sie oder andere dazu zu sagen haben.«

Und dann mache ich etwas, das ich früher niemals gewagt hätte: Ich drehe mich um und lasse ihn stehen.

23. Kapitel

Freitagabend sitze ich auf einer Restaurantterrasse an der Promenade im Westen von Bayville mit einer Frau an meiner Seite, die ich kaum kenne, warte auf meine Ex-Freundin mit ihrem Date und frage mich, wie zur Hölle ich hier gelandet bin.

Zion hat es irgendwie geschafft, sich aus der Affäre zu ziehen, der glückliche Mistkerl. Leider hat sich diese ganze dämliche Idee dadurch nicht einfach in Luft aufgelöst.

Amelie und ich sind erst seit zwei Minuten da und konnten ein paar höfliche Floskeln über den schönen Ausblick aufs Meer tauschen, als die Tür zur Terrasse erneut aufgeht.

Ember sieht unglaublich aus. Das tannengrüne Kleid umschmeichelt jede einzelne ihrer Kurven und betont ihre grünbraunen Augen und das rotblonde Haar. Es fällt ihr in sommerlichen Wellen auf die Schultern, als hätte sie es gerade erst aus dem Knoten auf ihrem Kopf befreit, den sie während eines langen Tags am Strand getragen hat. Wenn ich meine Nase an ihrem Hals vergraben würde, bin ich mir sicher, dass sie nach Sonnencreme, Sand und Meer duften würde.

Aber es ist Will, der ihr folgt und sie kurz aufhält, um ihr eine Strähne hinters Ohr zu schieben und ihr einen kleinen Kuss auf die Wange zu hauchen. Will, der ihr blumiges Parfum riecht und dem sie ein Lächeln schenkt. Will, der sie mit einer Hand auf ihrem unteren Rücken zu unserem Tisch führt.

Ich stehe auf, genau wie Amelie, die sich für dieses Date ebenfalls hübsch gemacht hat. Das schwarze Kleid steht ihr gut. Sie hat eine tolle Figur, ein Hammerlächeln … und trotzdem kann ich den Blick kaum von Ember losreißen. Erst recht nicht, als sie sich ausgerechnet mir gegenübersetzt.

»Ich habe nur Gutes über dieses Restaurant gehört, und gleich mehrere Leute haben es empfohlen.« Amelie strahlt in die Runde. »Wie schön, dass es geklappt hat.«

»Ja.« Ember sieht zwischen mir und Amelie hin und her, dann starrt sie mich an, als würde sie mir am liebsten ihre Gabel in die Hand rammen. »So schön.«

Meine Mundwinkel verziehen sich zu einem Lächeln. Ursprünglich bin ich nur mitgekommen, um diese zwei nicht allein auf ein Date gehen zu lassen. Selbst wenn das bedeutet, dass ich das Geplänkel und Flirten zwischen ihnen in den nächsten Stunden ertragen muss. Doch Embers steifes Lächeln und die lodernde Wut in ihren Augen sind ein gutes Zeichen. Denn das bedeutet, dass ich ihr nicht ganz egal bin.

»Die Auswahl ist echt toll«, stellt Will fest, während wir kurz darauf die Speise- und Getränkekarten studieren.

Amelie lehnt sich über den Tisch zu Ember. »Ich hab keinen großen Hunger. Wollen wir uns die Meeresfrüchteplatte als Vorspeise teilen?«

»Sie ist Vegetarierin«, murmle ich, ohne von der Karte aufzusehen.

Stille.

Als ich den Kopf hebe, schauen mich alle an. Ember verblüfft, Will mit einem Stirnrunzeln und Amelie ziemlich verwirrt.

Ember räuspert sich. »Stimmt. Also … ähm, danke, aber lieber nicht.«

»Oh, sorry.« Mit einem kurzen Kopfschütteln reißt sich Amelie aus ihrer Starre. »Das wusste ich nicht, als ich das Restaurant vorgeschlagen habe. Findest du überhaupt etwas auf der Karte?«

»Ich werde schon nicht verhungern, keine Sorge.«

»Wir können auch woanders hingehen«, bietet Will, der ewige Retter, sofort an.

Nur mit Mühe verkneife ich mir ein Schnaufen. Anfangs war mir der Kerl gar nicht mal unsympathisch, aber jedes Mal, wenn er den Mund aufmacht, kann ich ihn weniger leiden. Vor allem, wenn er so an Ember klebt wie jetzt.

»Alles gut.« Sie lächelt dankbar. »Das Restaurant ist neu, und ich bin froh, es ausprobieren zu können.«

»So neu ist es gar nicht, oder?«, überlegt Will laut. »Hat es nicht vor ein, zwei Jahren aufgemacht?«

»Du hast recht.« Amelie nickt eifrig. »Ich war mit meinen Schwestern hier, kurz nach der Eröffnung.«

Ich sehe zu Ember, die meinen Blick erwidert. Die unausgesprochenen Worte zwischen uns hängen überdeutlich in der Luft. Vor ein, zwei Jahren war ich nicht mal in der Nähe von Golden Bay – vermutlich genauso wenig wie sie. Ich weiß, dass sie in Montréal studiert, und ich saß damals in Toronto fest. Wenn ich zu jener Zeit schon gewusst hätte, dass sie so nahe ist ...

Entschieden schiebe ich den Gedanken beiseite.

»Was kann ich euch bringen?« Die Kellnerin ist die Rettung. Zumindest solange wir damit beschäftigt sind, unsere Bestellungen aufzugeben. Danach senkt sich wieder Schweigen über unseren Tisch.

Was bezweckt Ember mit diesem Date? Versucht sie mir zu beweisen, dass es endgültig aus zwischen uns ist? Dass sie nichts mehr für mich empfindet? Oder fühlt sie sich tatsächlich zu Will hingezogen?

Unter dem Tisch kralle ich die Finger in meine Oberschenkel. Mein ganzer Körper ist so verflucht angespannt wie seit Jahren nicht mehr. Seit jener Nacht in Toronto ... Nur dass ich gerade nicht um mein Leben fürchten muss, sondern um die Frau, die ich liebe. Denn das tue ich noch immer. Ich liebe sie. Und deshalb bin ich hier – nicht, um ihre Verabredung zu sabotieren, sondern um herauszufinden, was Sache ist.

Na gut. Ein kleines bisschen auch, um dieses verdammte Date zu sabotieren.

»Also …« Amelie sieht in die Runde. »Woher kennt ihr euch alle?«

Erneut tritt eine kurze, peinlich berührte Stille ein. Dann räuspert sich Ember. »Holden und ich sind früher auf dieselbe Schule gegangen und …«

»Und wir waren ein Paar«, ergänze ich, ohne den Blick von ihr zu nehmen.

»Oh … wirklich?« Amelie schaut mit großen Augen zwischen uns hin und her.

»Wirklich.« Ich starre Ember so lange an, bis sie zur Seite sieht und damit unser kleines Duell verliert. Allerdings fühle ich mich nicht als Sieger.

Erst recht nicht, als Will Ember ein Lächeln zuwirft, das sie sofort erwidert. »Ich bin vor drei Jahren hergekommen, hab mich in die Insel verliebt und beschlossen, hier zu bleiben«, erzählt er.

Auch wenn es mir nicht passt, muss ich ihm zugutehalten, dass er wenigstens versucht, die angespannte Stimmung aufzulockern, und sich weder von meiner Anwesenheit noch von meinen Kommentaren aus der Ruhe bringen lässt. Ich weiß nicht, ob ich ihn für Letzteres bewundern oder verfluchen soll. In einem anderen Leben, in dem wir nicht dieselbe Frau wollen würden, wären Will ich und wahrscheinlich Freunde geworden. Hier und heute dagegen? Keine Chance.

Amelie lächelt ihn an. »Wo kommst du ursprünglich her?«

»Kalifornien«, antwortet Ember und wirft Will ein breites Lächeln zu. »Ich wollte schon immer mal dorthin.«

Ach ja? Seit wann?

Ich beiße mir auf die Zunge, bevor die Worte meinen Mund verlassen können.

Doch Will winkt ab und knipst seinen Charme wieder an. »Hier ist es viel schöner.«

»Ich bin auf Golden Bay aufgewachsen und in Lille Port zur Schule gegangen.« Amelie verschränkt die Finger auf dem Tisch. »Ich könnte mir nicht vorstellen, irgendwo anders zu leben. Schon gar nicht dermaßen weit weg von zu Hause.«

»Ja, das geht vielen so.« Embers bohrender Blick kehrt zu mir zurück. »Andere konnten es dagegen gar nicht erwarten, endlich wegzukommen.«

Ich gönne ihr nicht die Genugtuung, unter diesem Seitenhieb zusammenzuzucken. Stattdessen strecke ich mich und lege den Arm hinter Amelie auf die Stuhllehne. »Wusstet ihr, dass Amelie ein Restaurant gehört?«

Sie blinzelt verdutzt. »Also, das ist nicht ganz ...«

»Will rettet jeden Tag Leben.«

»Amelies großer Bruder Darren arbeitet mit mir auf der Baustelle. Er ist ein echt guter Freund geworden.«

Und kann mich im Gegensatz zu gewissen strengen Vätern leiden.

»Er mag dich sehr«, bestätigt meine Begleitung lächelnd und legt die Hand auf mein Bein. Gut sichtbar für alle anderen.

»Das ist so schön.« Embers Lächeln erinnert mich ein bisschen an das von Shae. Als würde sie insgeheim meinen Mord planen. »Will und ich sind schon ewig befreundet. Nicht wahr? Seit du hergezogen bist und ich in die Bar spaziert bin.«

Ich huste gespielt. »*Ewig* würde ich das nicht nennen.«

Wills Blick wandert zwischen uns dreien hin und her. »Wie habt ihr zwei euch eigentlich kennengelernt? Durch deinen Bruder?«

Amelie nickt sofort. »Ich war ein paarmal auf der Baustelle außerhalb von Bayville und hab Essen und Getränke aus dem Restaurant für die Jungs vorbeigebracht. Das übrigens nicht mir allein gehört. Meinen beiden Schwestern, unsere Mom und ich halten jeweils fünfundzwanzig Prozent der Anteile.«

Dieses Detail ist mir neu. Ich drehe mich zu ihr. »Ein richtiges Familienunternehmen also.«

»Du meinst: Ein richtiges *Frauen*unternehmen«, korrigiert Ember mich. Ein herausfordernder Tonfall untermalt ihre Worte, was mir unweigerlich ein Schmunzeln entlockt. Weil sie nicht Amelie, sondern *mich* herausfordert.

Ich proste ihr mit meinem Canada Dry zu. »Genau das meinte ich.«

»Ja!«, bestätigt Amelie begeistert. »Meine Urgroßmutter hat es gegründet, als sie auf der Insel ankam, und seither ist es in Familienbesitz.«

»Beeindruckend.« Will lächelt knapp. »Mit der Verwandtschaft zusammenzuarbeiten, ist nicht immer leicht.«

Bilde ich mir das ein oder klingt er ... anders? Bevor ich es genau festmachen kann, spricht Amelie weiter.

»Das stimmt. Manchmal zoffen wir uns ziemlich heftig, aber wir versöhnen uns genauso schnell wieder. So ist Familie eben.« Sie trinkt einen Schluck von ihrem Weißwein. »Wie ist das bei euch? Arbeitet ihr? Studiert ihr? Bei Holden weiß ich ja, dass er einer der Besten auf dem Bau ist.« Wieder tätschelt sie mein Bein.

Ember presst die Lippen zusammen, als sie es bemerkt, sagt jedoch nichts dazu. Weder zu der Berührung noch zur Frage nach ihrem Studium.

Der Job auf dem Bau ist nicht das, was ich mir für meine Zukunft vorgestellt oder gewünscht habe, aber er bezahlt meine Rechnungen, und im Moment ist nur das wichtig. Außerdem ist es nicht so, als hätte ich – trotz nachgeholtem Schulabschluss – viel Auswahl, also halte ich mich bei diesem Thema lieber zurück.

Auch Ember sieht angesichts der Frage nicht sonderlich glücklich aus, muss jedoch antworten, als sich alle Blicke auf sie richten, nachdem Will von seinen beiden Jobs als Rettungsschwimmer und Kellner im Turner's Tavern erzählt hat.

»Ich studiere noch. In Montréal.« Sie räuspert sich und nippt schnell an ihrer Cola.

»In Montréal?«, wiederholt Amelie überrascht. »Wow. Ist das nicht unglaublich teuer? Ich war noch nie woanders als hier, erst recht nicht in einer Großstadt. Und du ziehst so weit weg?«

»Es ist ja nicht, als wäre es am anderen Ende der Welt mit einer Kultur, die ich nicht kenne, und einer Sprache, die ich nicht verstehe und erst noch lernen muss«, wendet Ember trocken ein. »Wir reden immer noch von Kanada.«

»Und du bekommst deinen Maple Latte«, füge ich hinzu.

Ihre Miene wird etwas weicher. »Genau.«

Will betrachtet sie von der Seite. »Und nach dem Sommer gehst du schon wieder zurück an die Uni.«

Ich blinzle überrascht. Darüber habe ich noch gar nicht nachgedacht. Ich wollte erst mal ankommen, bei Gemmas Hochzeit dabei sein und Ember wiedersehen. Sie zurückgewinnen. Über alles danach habe ich mir keine Gedanken gemacht. Vielleicht, weil ich lange Zeit keine Zukunft hatte. Aber wenn Ember im Herbst zurück nach Montréal fährt, liegen eintausend Kilometer zwischen uns. Gemma hat mir mal erzählt, dass Ember nicht oft zu Besuch kommt – und seit sie mir die Wahrheit über den Tod ihrer Mutter erzählt hat, verstehe ich auch, warum.

Golden Bay hält unglaublich viele Erinnerungen für uns bereit. Gute wie schlechte. Und manchmal können einen selbst die schönen Momente der Vergangenheit ersticken. Das weiß ich nur zu gut, aus diesem Grund bin ich schließlich zu Beck in die WG gezogen.

Nachdenklich rührt Ember mit dem Strohhalm in ihrem Glas. »Das ist der Plan. Aber ich will lieber im Hier und Jetzt leben, als an das nächste Semester zu denken.«

Ich runzle die Stirn, doch außer mir scheint sich niemand über die vage Antwort zu wundern, und Ember erwidert meinen fragenden Blick nicht.

Auch wenn wir uns in den letzten Wochen nähergekommen sind, wird mir erst in diesem Moment bewusst, wie wenig ich eigentlich über sie weiß. Über ihre Pläne, ihre Wünsche, Ziele und Hoffnungen. Sie renoviert ihr altes Elternhaus, weil es ihr im Blut liegt, ihrer Familie zu helfen, und weil ihr Grandpa ihr alles beigebracht hat, was sie dafür wissen muss. Doch davon abgesehen?

Verdammt.

Bevor ich nachhaken kann, kommt unser Essen und Will verwickelt sie in ein Gespräch. Ich höre nur mit halbem Ohr zu, während ich in meinen Fish & Chips herumstochere, doch ihr helles Lachen bohrt sich wie ein brennender Pfeil in meine Brust. Sie fühlt sich wohl in Wills Gegenwart. Ganz egal, wie sehr ich es hasse, das ist nicht zu übersehen.

Das könnte der schlimmste Abend meines Lebens werden – und ich hatte schon einige beschissene Tage. Aber Ember dabei zuschauen zu müssen, wie sie mit einem anderen Kerl flirtet, wie sie lacht und er sie scheinbar zufällig berührt oder den Arm um sie legt, rangiert ziemlich weit oben auf meiner Liste der beschissensten Situationen.

Amelie tätschelt mich an der Schulter. »Du hast mir noch gar nicht erzählt, was du für Hobbys hast.«

»Nichts Besonderes«, erwidere ich, insgeheim froh über die Ablenkung. Das gibt mir einen kurzen Moment, um tief durchzuatmen, bevor ich mich wieder damit befassen muss, wie sich Will an Ember ranschmeißt. »Ich gehe joggen, mag Autos und schraube gern an meinem Pick-up herum.«

Amelie lächelt breit. »Dann hast du also nicht nur auf dem Bau geschickte Finger.«

Oh, Kacke. Sie ist im Flirtmodus.

»Ich … ähm …« Ich räuspere mich. Was auch immer ich gerade sagen wollte, verschwindet aus meinem Kopf, als das Gespräch zwischen Ember und Will wieder in meinen Fokus rückt.

»Möchtest du ein Dessert?«, fragt er, ganz der perfekte Gentleman beim ersten Rendezvous.

Nur mit Mühe kann ich mich davon abhalten, mit den Augen zu rollen. Wenn die zwei sich gleich einen Milchshake teilen wie ein frisch verliebtes Pärchen, kotze ich.

Zu meiner Erleichterung schüttelt Ember den Kopf. »Ich bin satt. Aber danke.«

Vielleicht wäre es klüger, sich zurückzuziehen. Vielleicht wäre es besser für uns beide. Aber ich kann nicht. Ich kann sie nicht einfach aufgeben. Ich kann das, was wir früher hatten und heute haben könnten, nicht wegwerfen. Nicht, so lange sie mir nicht deutlich sagt, dass es absolut keine Chance mehr für uns gibt.

Wenn mich das zu einem selbstsüchtigen Arschloch macht, kann ich gut damit leben. Aber nicht damit, es nicht wenigstens versucht zu haben.

Als ich mich diesmal strecke, tue ich es nicht, um meinen Arm um Amelies Schulter zu legen – sondern um mit meinem Bein Embers zu berühren.

Sofort fliegt ihr Blick zu mir, kollidiert mit meinem, aber sie sagt nichts. Und sie bewegt sich nicht.

Ich sehe ihr fest in die Augen, erhöhe den Druck etwas und reibe mit dem rauen Jeansstoff über ihre nackte Haut. Spätestens jetzt kann sie sich nicht mehr einreden, dass die Berührung zufällig war. Spätestens jetzt müsste sie sich zurückziehen – oder mir ihre Cola ins Gesicht schütten.

Aber Ember tut nichts dergleichen. Stattdessen legt sie die Hand auf Wills Arm und wendet sich ihm zu. »Ich hab's mir anders überlegt. Ich möchte doch ein Dessert. Wir könnten uns eins teilen.«

Er lächelt überrascht. »Gute Idee.«

Sie nickt und schiebt den Stuhl zurück. »Entschuldigt mich kurz.«

Das kurze Kleid weht um ihre Beine, als sie mit schnellen Schritten im Restaurant verschwindet.

Ich warte kurz. »Mist«, murmle ich dann und ziehe mein Handy hervor. »Da muss ich rangehen. Bin gleich zurück.«

Zur Sicherheit entferne ich mich in die andere Richtung, bis ich nicht mehr in Amelies und Wills Sichtfeld bin. Dann schlage ich einen Bogen und betrete das Restaurant durch eine zweite Terrassentür von der Seite. Ein kurzer Rundumblick, schon steuere ich den Gang an, der zu den Toiletten führt.

Ember ist gerade auf dem Rückweg und läuft fast in mich hinein. »Holden.« Sie bremst ab. Die Überraschung in ihrem Gesicht weicht Misstrauen. »Was soll das?«

»Das könnte ich dich genauso fragen, Miss Wir-könnten-uns-ein-Dessert-teilen.«

Sie schnaubt. »Was ich esse oder nicht, sollte echt nicht deine Sorge sein.«

»Denkst du, ich weiß nicht, was du tust?«

Provozierend hebt sie eine Augenbraue. »Was tue ich denn?«

Ich trete einen Schritt nach vorne, zwinge sie praktisch zum Zurückweichen, aber Ember rührt sich nicht von der Stelle. Sie legt den Kopf in den Nacken und funkelt mich wütend an. Mittlerweile stehen wir so dicht voreinander, dass ich jede Sekunde damit rechne, ihren warmen Atem auf meinen Lippen zu spüren.

»Du flirtest mit ihm.«

»Und du flirtest mit ihr«, kontert sie sofort.

»Stört dich das?«, frage ich und kann dem Drang nicht widerstehen, mit dem Daumen ihren Kiefer entlangzufahren.

»Warum sollte es?« In einer fließenden Bewegung schiebt sie meine Hand beiseite, weicht jedoch noch immer nicht zurück.

Wir sind uns zu nahe für zwei Menschen, die mit anderen auf einem Date sind. Viel zu nahe für zwei Menschen, die behaupten, nur Freunde zu sein.

»Also hatte deine Entscheidung, dir plötzlich einen Nachtisch mit Will teilen zu wollen, nicht das Geringste mit mir zu tun? Damit, dass du eifersüchtig bist? Oder vielleicht damit, dass ich mein Bein gegen deins gepresst habe, während du ihn angelächelt hast?«

Ihre Pupillen weiten sich. Ihre Brust hebt und senkt sich zu schnell dafür, dass wir scheinbar nur hier stehen und reden.

»Was willst du?«

»Du weißt genau, was ich will.« Ein weiterer Schritt, und ihr Rücken stößt gegen die Wand. Ich bin dicht genug vor ihr, um endlich den Duft ihres Parfums wahrzunehmen – und festzustellen, dass ich recht hatte. Blumen, Sonnencreme und Meer.

»Holden …« Ember legt die Hände an meine Seiten, bohrt die Finger in den Stoff meines Shirts, hält mich fest.

Der Blick aus ihren Augen ist endlos. Ein Ozean aus unterdrückten, kaum beherrschten Emotionen, und ich will nichts lieber, als jede einzelne davon erkunden. Ich merke nicht mal, dass ich ihr näher komme, bis meine Lippen nur noch Millimeter von ihren entfernt sind, bis ich …

»Oh mein Gott!«

Wir springen auseinander wie zwei Teenager, die dabei erwischt wurden, wie sie heimlich miteinander rummachen.

Die Kellnerin, die uns vorhin das Essen serviert hat, starrt uns aus großen Augen an. Die Verwirrung darüber, dass sie Ember und mich zusammen sieht statt Ember und Will oder mich und Amelie, steht ihr deutlich ins Gesicht geschrieben.

»Entschuldigung.« Sie räuspert sich leise. »Aber ich … ich müsste mal durch.«

Hastig tritt Ember einen Schritt zur Seite, weg von der Tür, die wir versperrt haben. Die Tür, auf der PRIVAT steht.

»Em …«

Sie sieht mich nicht an, sondern eilt zurück nach draußen.

Ich fahre mir über das Gesicht und laufe ein paar Schritte hin und her, um mich zu beruhigen. Und um nicht den Anschein zu erwecken, als wären wir zusammen gewesen.

Als ich an den Tisch zurückkehre, teilen sich Ember und Will bereits eine Butter Tart und sind in ein Gespräch vertieft. Nur Amelie lächelt mir entgegen, während Ember mich nicht mal wahrzunehmen scheint.

Ich trinke mein Canada Dry aus und wünsche mir insgeheim, dass es Alkohol wäre. Damit könnte ich wenigstens den Schmerz in meiner Brust und die Wut in meinem Bauch betäuben.

Nach den zwei längsten Stunden meines Lebens verabschieden wir uns vor dem Restaurant voneinander, und das ist nicht weniger awkward als dieses ganze lächerliche Date. Wir tauschen irgendwelche Floskeln aus, dann gehen Ember und Will. Zusammen.

»Wärst du so lieb, mich nach Hause zu fahren?«, fragt Amelie.

»Klar«, erwidere ich, ohne den Blick von Ember loszureißen. Erst recht nicht, als Will den Arm um ihre Taille legt und sie sich wie selbstverständlich an ihn lehnt.

Fuck.

24. Kapitel

»Mein Wagen steht bei mir daheim. Ich bin zum Restaurant gelaufen«, erkläre ich Amelie, während wir durch die abendlichen Straßen von Bayville gehen. Mittlerweile ist es dunkel geworden, und ich begleite sie nicht über die Promenade, die noch mit Leben gefüllt sein dürfte, sondern auf direktem Weg durch die schmalen Gassen zu Becks und meiner WG.

»Kein Problem.« Sie lächelt entspannt. Trotz der hohen Schuhe hält sie problemlos mit mir Schritt und hakt sich bei mir unter. »Das war ja mal ein … interessantes erstes Date.«

Ich verziehe das Gesicht. Am liebsten würde ich mich bei ihr dafür entschuldigen, aber das Ganze war nicht meine Idee. Um ehrlich zu sein, bin ich noch immer nicht sicher, wie ich da hineingeraten bin. Wie *wir beide* da hineingeraten sind.

»Das war so nicht geplant«, sage ich stattdessen und überlege, wie ich ihren Arm am besten wegschieben könnte, ohne allzu unhöflich zu sein.

Sie nickt verstehend, während wir in die richtige Seitenstraße einbiegen und ich den Schlüsselbund hervorziehe.

»Hier wohnst du?« Sie lächelt herausfordernd. »Warum zeigst du mir nicht deine Wohnung, hm? Oder gleich dein Zimmer?«

Ich erstarre. Hat sie gerade wirklich gesagt, was ich denke, dass sie gesagt hat? Mein Blick zuckt zu meinem Pick-up ein paar Meter weiter die Straße runter. Ich habe Amelie versprochen, sie nach Hause zu fahren. *Nur* nach Hause zu fahren.

»Ähm … also …« Ich räuspere mich, weil mir auf einmal die Worte fehlen.

»Nein?« Fragend legt sie den Kopf schief, scheint sich meine fehlende Zustimmung – und Begeisterung – aber nicht weiter zu Herzen zu nehmen. »Na gut. Darf ich dann wenigstens kurz deine Toilette benutzen, bevor wir fahren? Es ist dringend.«

Ich fluche innerlich, nicke jedoch, weil mir nichts anderes übrig bleibt. »Klar.«

Es ist merkwürdig, die Tür aufzuschließen und die Wohnung im ersten Stock in Begleitung einer Frau zu betreten. Einer Fremden. Einer Frau, die nicht Ember ist.

Wieder muss ich mich räuspern. »Hinten links, durch die Wohnküche.« Ich schalte das Licht ein und deute in die entsprechende Richtung. »Aber geh nicht aus Versehen in das Zimmer meines Mitbewohners.«

Wobei der wieder mal nicht da zu sein scheint. Beck arbeitet praktisch jeden Tag im Pub und ist anschließend oft die ganze Nacht unterwegs. Da ich mir ziemlich sicher bin, dass er keine feste Freundin hat, vermute ich, dass er häufiger mit der einen oder anderen Bekanntschaft aus dem Turner's nach Hause geht.

Während ich auf Amelie warte, sehe ich auf mein Handy. Keine Nachricht von Ember. Kein Lebenszeichen. Nichts.

»Ihr habt eine schöne WG«, stellt Amelie fest, als sie in die offene Wohnküche zurückkehrt. Bewundernd lässt sie den Blick über das Sofa wandern, das Regal daneben, den Fernseher wandern. »Vor allem für zwei Junggesellen.«

»Danke«, bringe ich hervor und muss mich dazu zwingen, nicht zurückzuweichen, als sie lächelnd näher kommt. »Ich sollte dich jetzt wirklich besser heim…«

»Warum trinken wir nicht noch was?«, unterbricht sie mich und läuft zur Küchenzeile hinüber.

Shit. Verdammt. Shit, Shit, Shit!

Widerstrebend folge ich ihr. »Amelie …«

Ich weiß nicht mal, was wir dahaben, weil ich nur zum Schlafen und für den Tee am Morgen hier bin. Den Rest des Tages verbringe ich außerhalb dieser vier Wände. Sei es bei der Arbeit oder unterwegs mit Ember und unseren Freunden.

»Holden.« Amelie bleibt so abrupt stehen, dass ich fast in sie reinlaufe.

Abwehrend hebe ich die Hände.

Sie grinst frech. »Entspann dich. Es ist nur ein Drink. Ich hab nicht vor, gleich einzuziehen.«

Ich atme tief durch. Nach den letzten zwei Jahren bin ich wirklich nicht gut darin. Mir fehlt die Übung. Nicht, dass ich es vermisst hätte, mit jemandem auszugehen oder eine Frau mit nach Hause zu nehmen, aber dann wäre die Situation mit Amelie vielleicht um einiges weniger seltsam.

»Außer natürlich, du willst, dass ich noch eine Weile bleibe.«

Das unterschwellige Angebot ist nicht zu überhören. Und wenn ich noch Zweifel gehabt hätte, dann hätte sie spätestens die warme Hand auf meinem Arm ausgelöscht.

Ihre Finger gleiten über meine Haut, von meinem Handrücken aufwärts bis zu meinem Bizeps, wo der Ärmel meines T-Shirts beginnt. Und es fühlt sich … gar nicht mal übel an. Falsch, ja, aber nicht schlecht.

In diesem Moment klopft es.

»Entschuldige mich kurz.« Erleichtert marschiere ich zur Wohnungstür.

Hat Beck seinen Schlüssel vergessen? Oder was ist …

»Ember.« Ich kann nicht anders, als sie anzustarren, nachdem ich die Tür geöffnet habe. Kann nicht anders, als sie von oben bis unten mit meinen Blicken abzutasten, um sicherzustellen, dass es ihr gut geht, dass ihr nichts passiert ist. Denn welchen anderen Grund hätte sie sonst, kurz nachdem sie mit Will weggegangen ist, unangekündigt hier aufzukreuzen?

»Hi …«, erwidert sie und knetet ihre Finger.

Auch wenn sie körperlich unversehrt zu sein scheint, wirkt sie … nervös. Angespannt. Eine dunkle Vorahnung breitet sich in mir aus.

Ich mache einen halben Schritt nach draußen und kann mich nur mit Mühe davon abhalten, sie in die Arme zu ziehen. »Ist alles okay? Hat er dir wehgetan?«

»Was?« Ihre Augen werden riesig. »Nein, natürlich nicht. Ich wollte nur …« Sie verstummt, als sie an mir vorbei in die Wohnung schaut.

Ich drehe mich um und folge ihrem Blick zu Amelie, die mit einem vollen Glas in der Hand im Wohnzimmer steht und Ember ein Lächeln schenkt.

»Oh.« Ember blinzelt schnell. »Ich dachte … Ich wusste nicht … Ich wollte nicht stören«, stammelt sie und weicht zurück.

»Tust du nicht«, widerspreche ich sofort. »Was wolltest …«

»Schon gut.« Sie setzt ein Lächeln auf, das zu strahlend ist, um echt zu sein, und geht langsam rückwärts Richtung Treppe. »Ich wünsche euch viel Spaß. Sorry für die Störung. Einen schönen Abend!«

»Warte!«

In wenigen Schritten habe ich sie eingeholt und laufe neben ihr den Flur hinunter. »Warum bist du hergekommen?«

»Spielt keine Rolle.«

»Ember!« Ohne Vorwarnung greife ich nach ihrem Arm und drehe sie zu mir herum. Zwinge uns beide dazu, kurz vor der Treppe stehen zu bleiben.

Sofort reißt sie sich los. »Es ist nicht wichtig!«

Sekundenlang starren wir uns an, während keiner von uns ein Wort sagt.

»Bullshit«, stoße ich schließlich hervor. »Du wärst nicht hier, wenn es nicht wichtig wäre.«

»Und wenn schon.« Sie macht eine wegwerfende Handbewegung. »Na los, geh zurück zu deinem Date. Sie wartet sicher schon auf dich.«

»Ist das dein verdammter Ernst?«

»Ja!« Und damit lässt sie mich ein zweites Mal stehen.

»Ember!«

Doch sie hört mich nicht mehr, als sie die Treppe hinunter stürmt. Vielleicht will sie mich auch nicht hören.

Frustriert fahre ich mir mit den Fingern durchs Haar. Was zum Teufel war das? Soll ich ihr nachlaufen und einen Erklärungsversuch starten? Oder sie besser in Ruhe lassen? Soll ich zurück zu Amelie in die WG gehen, auch wenn sie mit Sicherheit jedes einzelne Wort gehört hat?

Ich weiß es nicht. Plötzlich weiß ich gar nichts mehr. Zum ersten Mal bin ich unsicher, was ich wegen Ember tun soll. Dieses Double Date war eine beschissene Idee, aber Ember hat sich trotz unseres kurzen Moments im Flur in Wills Gegenwart wohlgefühlt. Trotz allem hat sie mit ihm geflirtet und das Restaurant danach Arm in Arm mit ihm verlassen. Mit *ihm*. Nicht mit mir.

Und auf einmal steht sie vor meiner Wohnungstür? Nachdem sie neulich am Strand, als wir uns nähergekommen sind, noch behauptet hat, dass wir so nicht weitermachen können? Nachdem sie vor wenigen Stunden praktisch vor mir geflüchtet und an den Tisch zu *ihm* zurückgekehrt ist?

Verflucht.

Widerstrebend gehe ich in die WG. Amelie steht neben dem Sofa, das Glas, von dem ich keine Ahnung habe, wo sie es überhaupt herhat, hat sie mittlerweile ausgetrunken.

Nachdenklich betrachtet sie mich mit schief gelegtem Kopf. »Sie ist es also immer noch, hm? Die Frau, die sich in deine Gedanken und dein Herz geschlichen hat. Bei unserem Date war ich mir nicht zu hundert Prozent sicher, aber ...«

Ich bleibe ein paar Schritte von ihr entfernt stehen. »Jetzt schon?«

Sie nickt und stellt das Glas ab. »Es ist die Art, wie du sie ansiehst.«

»Wie denn?«, frage ich rau, unsicher, ob ich die Antwort überhaupt hören will.

»Als ob sie dein fehlendes Puzzlestück wäre. Der Teil deiner Seele, den du dein Leben lang gesucht und endlich gefunden hast. Du siehst sie auf eine Weise an, von der sich jede Frau wünscht, jemand würde sie so anschauen.«

Ich schlucke schwer. Finde keine Worte. Wahrscheinlich, weil ihre so treffend sind.

»Du hättest mir ruhig vorher sagen können, dass sie deine Ex ist.«

»Tut mir leid. Das mit Em und mir ist …«

»Kompliziert?«

Ich seufze tief. »Das kannst du laut sagen.«

Ein Lächeln umspielt ihre Mundwinkel. »Fährst du mich trotzdem heim?«

»Natürlich.«

Kurz darauf sitzen wir in meinem Pick-up und lassen Bayville hinter uns. Es ist noch nicht allzu spät. Die Sonne ist erst vor Kurzem untergegangen, und die Scheinwerfer schneiden durch die hereinbrechende Dunkelheit.

»Ich hätte diesem ganzen Double-Date-Quatsch niemals zustimmen sollen«, murmle ich und werfe ihr einen schnellen Seitenblick zu. »Tut mir leid.«

Sie schüttelt den Kopf. »Schon gut. Immerhin bin ich nun um eine Erfahrung reicher.«

»Damit du nie wieder bei so etwas mitmachst?«

»Ganz genau.«

Wir schmunzeln beide. Schweigen breitet sich zwischen uns aus, abgesehen von den kurzen Richtungsanweisungen, die sie mir hin und wieder gibt, bis ich vor einem zweistöckigen Haus am Rande von Lille Port anhalte.

Den Motor lasse ich laufen, und ich steige auch nicht aus.

Amelie versteht den Wink. »Mach dir keine Gedanken.« Sie schnallt sich ab und wendet sich mir mit dem Oberkörper zu. »Du hast mir keine falschen Hoffnungen gemacht. Du bist ein netter Kerl, Holden.«

Ich schnaube, komme aber nicht gegen das schiefe Lächeln an. »Es gibt eine Menge Leute, die dir da widersprechen würden.«

»Mir egal. Ich bilde mir lieber meine eigene Meinung. Ember kann sich glücklich schätzen, dich zu haben. Ich hoffe, sie weiß das.«

»Das bezweifle ich. Aber danke, Amelie. Wirklich.«

Sie lacht leise. »Darren wird total enttäuscht sein. Er hat mir vorgeschlagen, dass ich dich ansprechen soll, wusstest du das?«

»Im Ernst?«

»Oh ja. Dafür werde ich mir noch eine passende Rache überlegen.« Einen Moment lang betrachtet sie mich stumm. »Kriege ich eine rein freundschaftliche Umarmung zum Abschied, oder wäre das komisch?«

Wieder muss ich lächeln, auch wenn die Situation etwas Bittersüßes hat. Würde es Ember nicht geben und wäre die Sache zwischen uns nicht so verflucht kompliziert, wäre Amelie mit ziemlicher Sicherheit die ideale Frau für mich. Aber in meinem Herzen ist schon lange kein Platz mehr für eine andere.

Trotzdem lehne ich mich zu ihr rüber und lege die Arme um sie. Kurz. Freundschaftlich.

Nachdem sie ausgestiegen ist, warte ich, bis sie sicher im Haus verschwunden ist. Erst dann trete ich aufs Gas und mache mich auf die Suche nach Ember.

25. Kapitel

Fünfeinhalb Jahre zuvor

Ein lautes Vibrieren riss mich aus dem Schlaf.

Mit geschlossenen Augen tastete ich nach dem Handy neben mir auf dem Bett. Ein kurzer Blick aufs Display genügte. Ember. Um kurz nach ein Uhr nachts.

»Em ...?«, fragte ich und klang dabei so müde, wie ich mich gerade fühlte. Aber für sie wäre ich zu jeder Tages- und Nachtzeit rangegangen, einfach weil sie es war. Und weil ich wusste, dass nächtliche Anrufe nie etwas Gutes zu bedeuten hatten. Vor allem nicht von Ember, die sonst nur textete. »Was ist los? Was ist passiert?«

»Ich ...«, begann sie krächzend. »Tut mir leid, ich wollte nur ...« Ihre Stimme brach.

Shit, shit, shit.

Ich ahnte, was das zu bedeuten hatte.

Mit einem Mal hellwach stieß ich die Decke beiseite und sprang aus dem Bett. »Ich fahre sofort los.«

»Was? Nein!«, rief sie. Nur um etwas leiser hinzuzufügen: »Du ... Du kannst nicht vorbeikommen. Dad rastet aus.«

»Fuck ...« Frustriert fuhr ich mir durch das verstrubbelte Haar.

Sie hatte recht. Ihr Vater hatte mich nie sonderlich gut leiden können, aber seit aus Ember und mir ein Paar geworden war, hatten sich seine Abneigung und seine Vorurteile mir gegenüber noch ver-

schlimmert. Keine Ahnung, was sein Problem war. Als Polizist mit einer Lehrerin als Ehefrau gehörte er zur oberen Mittelschicht auf der Insel – im Gegensatz zu meiner Familie, die jeden Cent zusammenkratzen musste. Vielleicht lag es daran. Allerdings war es auch gut möglich, dass er jeden Kerl hassen würde, der seiner einzigen Tochter zu nahe kam, ganz unabhängig von dessen Herkunft und Vermögen.

Mir war es egal. Ich wollte nur für Ember da sein, vor allem in Nächten wie diesen.

»Em …«

»Ich weiß«, wisperte sie. »Ich wollte nur deine Stimme hören.«

Das war nicht genug. Nicht für mich und erst recht nicht für sie, wenn sich ihre Eltern wieder mal stritten.

»Wenn du dich nicht rausschleichen willst, komme ich zu dir. Ich kann in dein Zimmer klettern und bei dir bleiben. Sie werden nichts mitkriegen«, behauptete ich, auch wenn ich mir da nicht sicher sein konnte. Trotzdem zog ich mir die Jeans über die Hüften, hatte gleich darauf meine Sneakers an und schnappte mir Jacke und Schlüssel.

Ich rechnete damit, dass sie erneut ablehnen, dass sie mich bitten würde, daheim zu bleiben, damit keiner von uns Ärger bekam. Womit ich nicht gerechnet hatte, war das leise Wimmern, das ich plötzlich hörte und das mich von Kopf bis Fuß mitten im Flur erstarren ließ.

»Ich halte das nicht mehr aus …«

Ich atmete scharf ein. In Gedanken stieß ich die wildesten Verwünschungen aus.

Um mich zu beherrschen, schloss ich die Augen für einen winzigen Moment, nur um sie gleich darauf wieder aufzureißen und loszulaufen. Embers leise Worte brachten mich nicht um. Die Tränen in ihrer Stimme taten es.

»Das reicht. Bin gleich da.« Ich riss die Haustür auf und ließ sie

hinter mir ins Schloss fallen. Dann rannte ich die Außentreppe nach unten. »Wir treffen uns an der Auffahrt.«

»Okay. Ich schleiche mich raus.«

»Sei vorsichtig«, erwiderte ich gepresst und startete den Motor des Pick-ups. Mein Atem kondensierte in der kalten Luft. »Ich bin unterwegs.«

»Bis gleich«, sagte sie und legte auf.

Moms Wagen stand nicht in der Straße vor dem Haus, das wir uns mit den Seyfrieds, einem älteren Ehepaar im Erdgeschoss, teilten, also war sie noch bei ihrer Nachtschicht. Ich hatte keinen blassen Schimmer, wie ihre Arbeitszeiten heute aussahen, weil sie sich ständig änderten, aber wenigstens übernahm sie nicht mehr so viele Schichten wie früher, seit Gemma und ich ihr etwas unter die Arme griffen. Jede Woche, wenn ich ein paar Scheine in das Glas auf dem Küchenschrank stopfte, arbeitete Mom ein bisschen weniger, sah nicht mehr ganz so erschöpft aus und lächelte mehr. Das war mir jede Lüge und jedes Geheimnis wert.

Die Strecke von unserer Wohnung am Rande von Bayville zu Embers Elternhaus war mir mittlerweile auch nachts vertraut, weil es nicht das erste Mal war, dass ich sie abholte. Meistens meldete sie sich bei mir, manchmal war auch ich derjenige, der ihr mitten in der Nacht textete, weil ich nicht schlafen konnte oder spät von einem Job heimgekommen war.

Als ich mich der sauber geräumten Einfahrt näherte, wartete sie bereits auf mich, warm eingepackt in Jacke und Schal. Auch wenn die Sneakers nicht gerade zum Winter passten. Als sich Ember auf den Sitz neben mir fallen ließ, brachte sie ein paar Schneeflocken und einen Schwung frostiger Nachtluft mit.

Ich sah zu ihr hinüber, während sie sich anschnallte. Ein Blick in ihr Gesicht reichte aus, um all meine Befürchtungen zu bestätigen. Es waren wieder ihre verdammten Eltern.

Ich presste die Lippen aufeinander und fluchte innerlich. Ohne eine Sekunde zu verschwenden, trat ich aufs Gas und fuhr los, das Lenkrad fest umklammert.

Ember sagte nichts, lehnte den Kopf erschöpft zurück und starrte aus dem Fenster. Im Hintergrund lief irgendein Lied im Radio, das die Stille zwischen uns füllte. Es war keine angenehme, sondern eine angespannte, eine bedrückende Stille. Ich wollte ihr so gerne helfen, aber ich wusste nicht, wie. Und sie in diesem Zustand zu erleben, mitten in der Nacht, zu wissen, wie sehr sie litt, machte es nur noch schlimmer. Seit Shae weg war, hatte ich Ember kaum noch lächeln gesehen. Die Streitereien ihrer Eltern waren das Letzte, was sie gebrauchen konnte.

Wortlos griff ich nach ihrer Hand und drückte sie leicht. Ein stummer Trost, wenn ich schon sonst nichts für sie tun konnte.

Wir fuhren ohne Ziel über die Insel, folgten Straßen und holprigen Wegen. Erst als die schneebedeckten Klippen des Sunrise Point im Licht der Scheinwerfer auftauchten, wurde mir klar, wo wir gelandet waren. Irgendwann im Laufe der letzten Jahre war dieser Ort zu unserem *Ort geworden. Ich schaltete den Motor aus, ließ das Licht jedoch an. Der frisch gefallene Schnee glitzerte wie tausend Kristalle.*

Als ich den Kopf zur Seite drehte, lächelte Ember in der schwachen Beleuchtung des Armaturenbretts kaum merklich. Und dieses Lächeln war alles, was ich sehen wollte. Alles, was ich brauchte. Ich hätte jeden Cent dafür gegeben, dass sie in Zukunft eine Million Gründe zum Lächeln und keinen einzigen zum Weinen hatte.

Zu dieser Jahreszeit war es sicherer, im Wagen sitzen zu bleiben, und das nicht nur, weil es draußen verflucht kalt war. Am Rande der Klippe war es viel zu gefährlich, vor allem nachts. Gut möglich, dass ich bisher ein paar dumme Entscheidungen in meinem Leben getroffen hatte, aber von einer Windböe ins Meer gerissen zu werden, würde nicht dazugehören.

Ganz selbstverständlich verflocht ich meine Finger mit denen von Ember und strich mit dem Daumen über ihren Handrücken. »Es ist schlimmer geworden, nicht wahr?«

Sie antwortete nicht.

»Shit, Baby …« Kopfschüttelnd starrte ich wieder geradeaus und rieb mir mit der freien Hand über das Gesicht.

So konnte es nicht weitergehen. Die wievielte Nacht war das schon, in der Ember sich bei mir gemeldet hatte, weil ihre Eltern wieder mal das ganze Haus zusammenbrüllten und vergaßen, dass sie eine Tochter hatten, die oben schlief? Oder war es ihnen einfach scheißegal?

»Warum lassen sie sich nicht scheiden? Wenn sie es doch offensichtlich nicht mehr miteinander aushalten.«

»Keine Ahnung.« Sie atmete tief aus. »Wegen mir? Oder aus Gewohnheit? Wegen ihres guten Rufs? Oder den Tuscheleien der anderen? Ich meine, was sollen die Leute denken?«

Ich betrachtete sie erneut nachdenklich von der Seite. »Was ist mit Liebe?«

Ember stieß ein bitteres, zynisches Lachen aus, das man von niemandem in ihrem Alter hören sollte. Sie war erst fünfzehn, verdammt noch mal. »Sie sind jung zusammengekommen. Damals war für sie alles rosarot, und sie waren total ineinander verliebt. Mittlerweile hoffe ich allerdings, dass sie sich nicht mehr lieben. Denn wenn das Liebe ist, wenn Liebe bedeutet, einander ständig wehzutun, dann will ich sie nicht.«

»Em …«

»Im Ernst.« Sie ließ meine Hand los, um sich hektisch über die Augenwinkel zu wischen. Ich kannte niemanden, der es so sehr hasste zu weinen wie dieses Mädchen. Shae vielleicht, aber die war leider nicht mehr auf Golden Bay, sonst hätte sie Ember jetzt trösten und aufmuntern können. »Das hat nichts mit dir zu tun. Es ist nur … Ich weiß echt nicht, wie sie das ertragen. Ich tue es nämlich nicht. Ich

ertrage es nicht mehr. Keinen weiteren Tag. Und ich hab nicht die geringste Ahnung, wie ich das bis zu meinem Abschluss durchstehen soll.«

Jedes Wort aus ihrem Mund war wie ein Dolchstoß ins Herz. Wenn ich schon alles an dieser Situation hasste, wie musste es ihr da erst gehen?

Fuck. Es musste einen Weg geben, es irgendwie leichter für sie zu machen. Wenn ich es sogar geschafft hatte, Mom unter die Arme zu greifen, dann musste es auch möglich sein, Ember zu helfen. Ich konnte nicht hier sitzen und dabei zuschauen, wie sie zugrunde ging. Und genau das passierte gerade. Mit jedem Tag, mit jeder Nacht ein bisschen mehr. Sie war blasser und ruhiger geworden, suchte immer öfter Gründe, um nicht nach Hause gehen zu müssen. Mit Sicherheit wäre sie liebend gern über Nacht bei mir geblieben, aber ihre Eltern erlaubten es ihr nicht. Sahen sie denn nicht, was sie ihr antaten? War es ihnen tatsächlich egal? Würden sie überhaupt merken, wenn Em nicht mehr da wäre?

Moment mal. Wenn sie nicht mehr da wäre … Wenn wir beide einfach …

Plötzlich raste mein Puls. Das war es. Das war die Antwort auf all unsere Probleme.

Aufgeregt wandte ich mich Ember mit dem ganzen Oberkörper zu. »Lass uns verschwinden.«

Sie blinzelte verdutzt und drehte den Kopf zu mir. »Was?«

»Du hast gesagt, du hältst es nicht mehr aus. Also hauen wir ab, lassen alles zurück und fangen irgendwo anders neu an. Nur wir beide.«

Je länger ich darüber nachdachte, desto besser klang die Idee. Ich hatte mich nie wirklich wohl auf Golden Bay gefühlt. Nie richtig zugehörig. Ein Psychologe würde das wahrscheinlich darauf zurückführen, dass mein Erzeuger kurz nach meiner Geburt das Weite gesucht hatte, weil es ihm mit mir zu viel geworden war, und vielleicht stimmte das sogar. Doch das änderte nichts an den Tatsachen. Ich hatte immer weggewollt. Weg von der Insel. Weg von den ganzen Leuten, die meine Geschichte und meine Familie kannten und hinter unserem Rücken über uns urteilten. Weg von den ganzen kriminellen Jobs, die ich mittlerweile für Hendrick erledigte. Mom konnte ich auch dann noch unterstützen, wenn ich woanders wohnte und einem neuen, möglichst legalen Job nachging.

Golden Bay zu verlassen, wäre die perfekte Lösung für Ember – und für mich.

»Was ist mit ... mit deiner Mom und Gemma?«

Schon traurig, dass sie zuerst an meine Familie dachte und nicht an ihre eigene.

»Wir können zurückkommen. Zu Besuch«, beruhigte ich sie. »Sobald wir uns irgendwo anders ein neues Leben aufgebaut haben.«

»Aber ... die Highschool. Und was ist mit dem Eishockeyteam? Mit deinem Stipendium?«

Mist, das hatte ich total vergessen. Obwohl Coach DuPont es liebte, seine Spieler anzubrüllen, hatte er mehrmals deutlich gemacht, dass ich gute Chancen auf ein Stipendium hatte. Bei unseren Spielen gegen andere kanadische Teams hatten schon Scouts verschiedener Universitäten zugeschaut. Im Grunde war es nur eine Frage der Zeit, bis wir eine Rückmeldung erhielten. Eine Rückmeldung, die durchaus positiv ausfallen und über meine ganze Zukunft entscheiden könnte. Wenn ich jedoch alles hinschmiss und mit Ember abhaute, hatte sich diese Chance für mich erledigt. Dann war's das mit dem Stipendium und der potenziellen Eishockeykarriere.

Ich atmete tief durch. Im Grunde gab es gar keine Entscheidung zu treffen, sie lag auf der Hand. »Du bist mir wichtiger als das Team und alles andere«, sagte ich und meinte jedes einzelne Wort ernst.

Scheiß auf das Team. Scheiß auf Eishockey und eine Zukunft, die womöglich sowieso nie eintreten würde. Das hier war wichtiger. Wir waren wichtiger.

Ember starrte mich mit einem Ausdruck im Gesicht an, den ich nur zu gut kannte. Sie dachte darüber nach, setzte sich mit dieser Möglichkeit – und den Konsequenzen – auseinander. Für mich war schon alles klar und entschieden, aber Ember musste es ebenfalls wollen. Ich würde nicht ohne sie gehen.

»Was ist …«, begann sie und befeuchtete sich die Lippen. »Jetzt nur mal rein hypothetisch, aber was ist, wenn wir das Land verlassen und in die USA fahren?«

Ich konnte gar nicht anders, als zu grinsen, weil sie in Gedanken schon zehn Schritte weiter war. Das war das Mädchen, das ich kannte und liebte.

Ich nickte, ohne zu zögern. Wir könnten nach New York oder sogar an die Westküste fahren. Dann würden eine Landesgrenze und mehrere Bundesstaaten zwischen uns und Golden Bay liegen, und niemand könnte uns allzu schnell aufspüren. Aber im Grunde war es mir egal, wohin wir gingen, solange wir es gemeinsam taten.

»Willst du das wirklich?« Ich griff erneut nach ihrer Hand und drückte sie. »Willst du zusammen mit mir abhauen?«

»Ja«, sagte sie. Und dann noch eine Spur lauter: »Ja, das will ich.«

Lächelnd beugte ich mich zu ihr hinüber und küsste sie. Stürmisch. Leidenschaftlich. Begeistert. Aufgeregt. Wir würden das wirklich durchziehen.

»Dann lass es uns tun«, raunte ich und lehnte meine Stirn an ihre. Unsere Atemzüge vermischten sich, und ich versank in ihren schönen Augen. »Lass uns von hier verschwinden.«

26. Kapitel

Ich war mir sicher, Ember bei ihrem alten Elternhaus zu finden, doch dort waren die Fenster dunkel, die Tür abgeschlossen und von ihrem Auto war weit und breit nichts zu sehen. Sie hat auch auf keine meiner Nachrichten reagiert, und jeder Anruf ging ins Leere. Aber als ich mich nun dem Sunrise Point nähere, streifen die Scheinwerfer den dunkelroten Truck, und ich atme auf. Ember ist hier. Sie ist ausgerechnet an den Ort auf der Insel geflüchtet, zu dem wir früher ständig gefahren sind.

An den Ort, an dem wir beschlossen haben, zusammen von Golden Bay abzuhauen.

Heute wieder da zu sein, nicht in einer verzweifelten Winternacht, sondern an einem warmen Sommerabend fünf Jahre später, löst etwas Seltsames in mir aus. Etwas, das ich lieber nicht näher beleuchten will.

Ich stelle den Pick-up neben ihrem Wagen vor der Klippe ab und steige aus. Die Scheinwerfer lasse ich an, um wenigstens ein bisschen Licht zu haben. Auch wenn der Himmel noch nicht völlig schwarz ist, funkeln bereits die ersten Sterne über uns.

Ember sitzt nicht auf der Bank, die die Verwaltung von Golden Bay irgendwann in den letzten Jahren hier platziert hat, sondern steht mit verschränkten Armen davor und starrt aufs Meer hinaus. Der Wind spielt mit ihren Haarsträhnen und drückt das Kleid gegen ihren Körper. Es ist dasselbe, das sie beim Date getragen hat.

Ich atme tief durch und gehe zu ihr hinüber.

Als wir das letzte Mal zusammen hier waren, hatten wir einen riesigen Streit – und wie es aussieht, wird es heute nicht viel anders laufen. Aber wenn mir eine Sache durch dieses dämliche Double Date klar geworden ist, dann, dass wir nicht einfach weitermachen können wie bisher. Als wäre seit unserer Rückkehr auf die Insel nichts zwischen uns gewesen. Wir müssen das klären und einen Weg finden, miteinander umzugehen, auch wenn ich ihr niemals die ganze Wahrheit verraten kann. Zu erfahren, was damals wirklich geschehen ist, würde sie nicht erlösen – es würde sie zerstören. Und damit auch mich, wenn ich noch einmal dafür verantwortlich bin, ihr so unglaublich wehzutun.

»Du hast meine Nachrichten ignoriert«, sage ich statt einer Begrüßung und bleibe neben ihr stehen. »Du meidest mich und tauchst einfach unter?«

Sie starrt weiter auf den endlosen Ozean hinaus, ohne sich zu rühren. »Dann weißt du ja jetzt, wie sich das anfühlt.«

Einen Moment lang beiße ich die Zähne zusammen.

»Ich musste die halbe Insel absuchen, um dich zu finden«, werfe ich ihr vor, nur um ihr eine Reaktion zu entlocken. Um sie dazu zu bringen, mich verdammt noch mal anzusehen.

Wütend wirbelt sie zu mir herum. »Ich hab dich nicht darum gebeten, nach mir zu suchen!«

»Was hätte ich sonst tun sollen, hm?«

»Den Abend mit deinem Date verbringen«, erwidert sie schnippisch und funkelt mich an.

Ich schnaube. »So wie du, ja?«

»Ich war nicht bei Will. Ich bin nicht mit ihm nach Hause gegangen.«

»Das weiß ich. Sonst wärst du nicht bei mir aufgekreuzt.«

»Das war eine bescheuerte Idee.« Kopfschüttelnd lässt sie mich stehen und stapft zu ihrem Truck zurück. »Ich hätte das nicht tun sollen.«

»Und warum nicht?«, rufe ich ihr nach. »Weil ich nicht allein war?

Oder weil du nicht den Mumm hast auszusprechen, was du wirklich denkst? Warum du zu mir gekommen bist?«

Ember erstarrt. Allem Anschein nach habe ich einen Nerv getroffen.

Langsam dreht sie sich wieder zu mir um. »Dass du nicht allein warst, hat mir nur bestätigt, was ich schon lange weiß: Ich kann mich nicht auf dich verlassen.«

»Du hast es ja nicht mal versucht!«

»Das ist nicht wahr!«, schreit sie. In wenigen Schritten steht sie wieder so dicht vor mir, dass sich unsere Körper beinahe mit jedem Atemzug berühren. »Damals hätte ich dich gebraucht. Ich habe dir geschrieben, dir getextet, dich *angebettelt*, mir zu antworten!« Unvermittelt wird sie ganz ruhig und ihre Stimme so leise, dass der Wind sie beinahe davonträgt. »Du warst nicht da. Du hast mich im Stich gelassen.«

Ihre Worte sind wie ein Schlag in die Magengrube. Seit meiner Rückkehr machen wir ständig einen Schritt vor und zwei zurück.

»Damals habe ich einen Fehler gemacht.«

Sie nickt langsam. »Genau wie ich, als ich an deine Tür geklopft habe.«

»Em …«

»Warum bist du abgehauen?«, wechselt sie abrupt das Thema. »Wann erzählst du mir endlich, was in dieser Nacht passiert ist?«

Ich blinzle überrumpelt – und seufze schwer. »Du weißt, dass ich es dir nicht sagen kann. Aber ich …«

»Ich glaube dir nicht«, unterbricht sie mich und verschränkt die Arme vor der Brust. Der Wind peitscht ihr eine Haarsträhne ins Gesicht, aber ich traue mich nicht, sie ihr hinters Ohr zu streichen. Eine Sekunde später tut sie es selbst. »Wie soll ich dir wieder vertrauen, solange du mir nicht endlich die Wahrheit sagst?«

»Verdammt, Em …«

Doch sie lässt nicht locker.

»Was war damals los? Was verheimlichst du mir?«

Verärgert wende ich mich ab und reibe mir über das Gesicht. »Es hatte nichts mit dir zu tun«, presse ich hervor, auch wenn das nur ein Teil der Wahrheit ist. »Das weißt du. Und es lag auch nicht an einer anderen Frau. Ich hab dich nie betrogen. Das musst du mir glauben!«

»Warum dann?«, bohrt sie unnachgiebig nach.

»Ich musste es tun, okay? Ich hatte keine andere Wahl!«

Falten erscheinen auf ihrer Stirn. Mit einem Mal wirkt sie besorgt. »Was soll das heißen?«

In Gedanken verfluche ich mich dafür, dass mir das rausgerutscht ist. Ich hätte die Klappe halten sollen. Denn Ember stürzt sich auf jedes winzige Detail, das ich ihr gebe, statt es endlich gut sein zu lassen.

»Warum hattest du keine andere Wahl, Holden?«

»Ich musste jemanden beschützen und bin deshalb gegangen. Wenn ich gewusst hätte, was in der Nacht bei dir zu Hause los war ... Wenn ich nur die geringste Ahnung gehabt hätte ... Scheiße, Em, ich hätte dich niemals damit allein gelassen. Niemals, hörst du?«

Sie glaubt mir nicht. Ich sehe es in ihren Augen, in ihrem Blick, der mich fast schon verzweifelt abtastet, um herauszufinden, ob ich ehrlich bin. Ob sie mir trauen kann.

In diesem Moment erkenne ich, dass es egal ist, was ich sage. Sie wird mir nie glauben können, solange sie mir nicht wieder vertraut. Solange sie sich nicht dazu entscheidet, es wenigstens zu versuchen.

»Es hätte nie dazu kommen dürfen«, murmle ich und hebe nun doch die Hand, um ihr ein paar Haarsträhnen hinters Ohr zu streichen. Sie weicht mir aus. Fluchend lasse ich die Hand sinken. »Ich kann dir nur versprechen, dass das nie wieder passieren wird. Du kannst dich auf mich verlassen, Ember. Immer.«

Noch während ich rede, schüttelt sie den Kopf. Entweder sie kann mir nicht glauben, oder sie will es nicht.

»Wir haben uns darauf geeinigt, Freunde zu sein«, erinnere ich uns beide. In Wahrheit klammere ich mich jedoch nur verzweifelt an etwas, das Bestand hat. An etwas, das uns außer Schmerz, Lügen und Geheimnissen miteinander verbindet.

»Freunde …« Sie schnaubt leise und starrt wieder gen Horizont. »Wir sind keine Freunde. Nicht wirklich.«

Inzwischen ist es dunkel geworden. Der Mond strahlt auf uns herab und wirft sein silbernes Licht auf den weiten Ozean. Doch alles, was ich sehe, ist sie.

»Ich wollte nie auf dieses dämliche Double Date gehen«, platze ich heraus, weil es das Einzige ist, was wir heute Abend irgendwie klären können. Klären *müssen.* »Und ich glaube, du auch nicht.«

Eine Weile lang antwortet Ember nicht, und ich befürchte schon, dass sie es gar nicht mehr tun wird. Oder wenn, dann nur, um mir an den Kopf zu werfen, wie gern sie sich mit Will treffen wollte – und dass meine Anwesenheit die beiden bloß gestört hat.

»Warum hast du überhaupt mitgemacht?«, fragt sie stattdessen leise.

»Weil ich nicht zulassen konnte, dass du dich allein mit Will verabredest.« Sie verspannt sich, und ich beeile mich, etwas Wichtiges hinzuzufügen: »Mir ist klar, dass ich dir nichts verbieten oder vorschreiben kann. Aber ich hab die Vorstellung von ihm und dir einfach nicht ertragen.«

Sekundenlang starrt sie mich an, dann wendet sie sich abrupt ab und fängt an, vor der Bank hin und her zu laufen.

»Ember?«

Keine Reaktion.

Als sie kurz darauf ihren Autoschlüssel hervorkramt, runzle ich die Stirn. Ernsthaft? Erst macht sie mir Vorwürfe, und jetzt will sie abhauen?

Bevor ich mich eines Besseren besinnen kann, folge ich ihr bis zu unseren Autos und stelle mich ihr in letzter Sekunde in den Weg. »Warum hast du dich auf das Date mit ihm eingelassen?«

Sie sieht mich an, als wäre die Antwort darauf völlig selbsterklärend. »Er hat beim Billard gewonnen.«

Ich würde lachen, wenn die Situation nicht so beschissen ernst wäre. »Ach wirklich? Heißt das, du gehst neuerdings mit jedem aus, der dich bei einer Runde Billard schlägt?«

Sie verdreht die Augen. »So ist das nicht gewesen ...«

»Nein? Wie dann? Ich bin nicht bescheuert, Ember. Er hat dich schon früher nach einem Date gefragt – mehr als einmal. Aber bisher hast du ihm immer einen Korb gegeben.«

Sie schiebt sich an mir vorbei, um nach der Fahrertür zu greifen. »Und wenn schon ...«

Oh nein, so leicht kommt sie mir nicht davon. Ich drücke die Tür zu, stütze mich mit den Händen am Autodach ab und kessle sie ein. »Warum hast du diesmal zugesagt, Ember?«

Wütend schiebt sie mich zurück. »Weil ich es wollte! Okay? Ich. Wollte. Es!«

»Warum?«, wiederhole ich und komme trotzdem wieder einen halben Schritt näher, sodass sich unsere Körper beinahe streifen.

»Weil ich die Ablenkung gebraucht habe. Weil ich wissen wollte, wie es ist, wenn ich *nicht* die ganze Zeit an dich denken muss.« Sie funkelt mich aus riesigen, vor Wut sprühenden Augen an. Ihre Stimme bricht, trotzdem spricht sie weiter, leiser diesmal. Eindringlicher. »Weil ich nur an einem einzigen Abend an jemand anderen denken wollte als an dich.«

Mein Puls rast. Das Herz schlägt mir bis zum Hals. Ich lasse sie keine Sekunde aus den Augen. »Hat es funktioniert?«

27. Kapitel

Ember starrt mich an. Sekundenlang erwidert sie nichts, und wir fechten ein stummes Duell aus, genau hier, an den Klippen, die so viele unserer Erinnerungen in sich tragen.

Dann presst sie doch etwas hervor: »Du kennst die Antwort darauf.«

»Hat es funktioniert?«, wiederhole ich unnachgiebig und drücke mich leicht gegen sie. »Ich will wissen, ob es funktioniert hat, Ember.«

»Ich war bei dir!« Sie legt die Hände flach auf meine Brust, als wollte sie mich wegschieben – aber sie tut es nicht. »Du warst nicht allein.«

»Und du bist vorher mit Will abgehauen.«

»Ach, und das bedeutet im Umkehrschluss für dich, dass du dein Date abschleppst?« Ihre Stimme überschlägt sich fast.

»Ich hab sie nicht … Verdammt, Ember.« Gefrustet fahre ich mir durchs Haar. »Ich wollte sie nach Hause fahren. Sie ist nur kurz mit hochgekommen, um auf die Toilette zu gehen, und hat dann noch etwas getrunken. Das ist alles.«

»Ach? Auf die Toilette? Und für einen Drink?« Schnaubend wendet sie den Blick ab. »Oh, bitte. Das glaubst du doch selbst nicht.«

Ich greife nach ihrem Kinn und drehe ihr Gesicht sanft, aber bestimmt wieder zu mir. »Es ist die Wahrheit. Zwischen Amelie und mir ist nichts gelaufen. Frag sie, wenn du mir nicht glaubst. Und wärst du nicht mit Will gegangen, hätte ich *dich* mit nach Hause genommen.«

Wut funkelt in ihren Augen. »Wer sagt, dass ich das überhaupt gewollt hätte?« Entschieden schiebt sie meine Hand beiseite.

»Du.«

Sie sagt es zwar nicht mit Worten, aber mit Momenten wie diesem. Indem sie zulässt, dass ich ihr näher komme, sie berühre, sie küsse, meinen Mund über ihren Hals gleiten lasse.

Ihre Augen werden größer. Ihre Lippen teilen sich, als sie langsam ausatmet.

»Du verrätst mir das«, beharre ich.

Und weil sie mich noch immer trotzig anfunkelt, beweise ich es ihr.

Mit dem Daumen fahre ich ihre Unterlippe entlang, wie schon einmal nachts am Strand. Diesmal warte ich allerdings nicht ihre Reaktion ab, sondern senke den Kopf. Doch statt sie zu küssen, streiche ich mit den Lippen über ihren Hals – und beiße zu. Kurz und fest. Strafend. Ember stöhnt leise auf und lässt sich gegen den Truck in ihrem Rücken sinken. Kurz lecke ich über die Stelle und beginne dann, heiße Küsse auf ihrer Haut zu verteilen, von dem sensiblen Punkt unter ihrem Ohr bis hinunter zu ihrem Schlüsselbein. Ihr blumiger Duft dringt mir in die Nase und steigt mir sofort zu Kopf.

Embers Hände liegen noch immer flach auf meinem Oberkörper, aber sie stößt mich auch jetzt nicht von sich. Im Gegenteil. Sie krallt die Finger in den Stoff meines T-Shirts und hält mich fest. Vielleicht muss sie aber auch sich selbst festhalten. Oder uns beide, weil wir uns mit jedem dieser Momente einem Abgrund nähern. Einem Abgrund, von dem es kein Zurück gibt.

Doch hier und jetzt ist mir das egal. Ich nehme nur noch sie wahr, will nur noch sie.

»Sag es«, raune ich ihr ins Ohr. Auch wenn mir ihr Körper zustimmt, will ich hören, wie sie die Worte ausspricht.

Zentimeter für Zentimeter küsse ich mich auf der anderen Seite an ihrem Hals entlang, schiebe die Finger in ihr weiches Haar und ziehe ihren Kopf ein Stück zurück. Als sich unsere Blicke diesmal treffen, entdecke ich nichts als Lust und Verlangen in ihren Augen. Und Wut. Aber mit Embers Wut kann ich es aufnehmen.

»Sag. Es.« Meine eigene Stimme gleicht einem Knurren dicht vor ihren Lippen. »Sag es, Ember. Ich muss es hören.«

Sie schließt die Finger um mein Handgelenk, als wollte sie mich stoppen. Unter die Leidenschaft und den Zorn in ihren Augen hat sich Verzweiflung gemischt. Eine Empfindung, die mir nur zu vertraut ist, aber im Gegensatz zu ihr wehre ich mich nicht dagegen. Gegen *uns*. Ich brauche es so sehr, dass ich nicht mehr richtig atmen, nicht mehr denken kann. Ich brauche *sie* so sehr, dass es wehtut.

Trotzdem warte ich auf ihre Entscheidung.

Sekundenlang kämpft sie mit sich, aber ich erkenne den genauen Moment, in dem sie nachgibt. In dem sie die Waffen streckt und die Gefühle, dieses heftige Knistern zwischen uns, endlich zulässt.

»Küss mich«, wispert sie. Ihr Blick zuckt von meinen Augen zu meinem Mund und wieder zurück. »Bitte.«

Ohne zu zögern, ohne noch mehr kostbare Zeit zu verschwenden, senke ich den Kopf und drücke meine Lippen auf ihre.

Erlösung. *Endlich.*

Sofort schlingt Ember die Arme um meinen Hals und presst sich mit dem ganzen Körper an mich. Sie erwidert den Kuss mit demselben Hunger und derselben Verzweiflung, die auch in mir toben.

Der Wind zerrt an uns. Die Wellen brechen sich an den Felsen. Nichts davon könnte mir gleichgültiger sein.

Ich merke nicht mal, wie wir uns bewegen, bis wir auf der Rückbank meines Wagens landen und ich die Tür zuziehe. Der pfeifende

Wind und das tosende Meer sind nur noch gedämpft zu hören. Hier drinnen sind wir allein in unserem eigenen kleinen Kosmos. Nur sie und ich. Die Außenwelt kann uns mal.

Schwer atmend unterbricht Ember den Kuss und hebt den Kopf. Ihre Augen glänzen beinahe fiebrig, und ihre Lippen sind von unseren wilden Küssen geschwollen. Am liebsten würde ich meinen Mund sofort wieder auf ihren pressen, aber sie stoppt mich.

»Ich vertraue dir nicht mehr.«

Es kostet mich mehr Mühe, als ich je für möglich gehalten hätte, die letzten Gehirnzellen anzuschmeißen und darauf zu antworten. Vor allem, wenn das meiste Blut ein paar Etagen tiefer gewandert ist.

»Ich weiß«, bringe ich nach kurzem Zögern hervor. Es gefällt mir nicht, aber ich mache mir auch nichts vor. Mir ist absolut bewusst, dass ich ihr Vertrauen verloren habe. Das heißt aber nicht, dass ich nicht weiterhin alles daransetzen werde, es zurückzugewinnen. *Sie* zurückzugewinnen.

»Und ich bin immer noch wütend auf dich wegen heute Abend«, fügt sie hinzu.

Ich könnte genauso wütend auf sie sein, weil sie mit Will ausgegangen ist. Weil sie zugelassen hat, dass er sie zum Lachen bringt. Sie auf die Wange küsst. Sie berührt. Allein die Erinnerung daran reicht, um mich schier den Verstand verlieren zu lassen ...

»Glaub mir, das hast du ziemlich deutlich gemacht«, knurre ich stattdessen und schiebe die Finger wieder in ihr Haar.

»Gut.«

Einen atemlosen Moment lang starren wir einander an. Ich weiß nicht, ob ich sie an mich ziehe oder sie sich nach vorne beugt, aber es spielt keine Rolle. In der Sekunde, in der sich unsere Lippen erneut berühren, ist alles andere vergessen.

Kurz darauf sitzt Ember auf meinem Schoß und presst ihr Becken gegen mich, was Schockwellen durch meinen Körper sendet. Meine

Hände haben ein Eigenleben entwickelt, streichen über ihren Rücken, packen ihren Hintern, drücken sie fester an mich, bis auch das nicht mehr genug ist. Es wird niemals genug sein, solange wir nicht beide nackt sind und ich endlich in ihr sein kann.

Doch egal, wie sehr sich jede verdammte Zelle in mir danach sehnt, in diesem Moment brauche ich etwas anderes noch viel dringender. Etwas, das sicherstellt, dass sie nur noch an mich denkt – und nie wieder versucht, etwas daran zu ändern.

Schwer atmend unterbreche ich unseren Kuss. »Leg dich hin.«

Sie runzelt die Stirn. »Warum?« Trotz der Frage klettert sie von meinem Schoß, während ich bereits nach dem Türöffner taste und aussteige. »Was hast du vor?«

Der Wind zerrt an mir, aber das ist mir egal. Ich stemme mich dagegen und stütze mich mit einem Arm am Türrahmen ab. »Das siehst du, wenn du dich hinlegst.«

Sie zögert ein, zwei Herzschläge lang, während sie meinen Blick festhält, als würden wir einen stummen Kampf ausfechten. Dann, ohne mich aus den Augen zu lassen, kommt Bewegung in sie und sie lässt sich der Länge nach auf die Rückbank sinken.

Mit einem Mal schlägt mir das Herz bis zum Hals. Sie so zu sehen, löst etwas in mir aus. Etwas, das nichts mit Lust und der intensiven Anziehungskraft zwischen uns zu tun hat. Denn in diesem Moment wird mir eine Sache bewusst: Selbst wenn Ember behauptet, mir nicht mehr zu vertrauen – ein Teil von ihr tut es. Zumindest mit ihrem Körper scheint sie mir zu vertrauen, und für heute Abend ist das genug.

Ich lehne mich ins Innere, umfasse ihre nackten Unterschenkel und ziehe sie mit einem Ruck näher zu mir. Sie gibt einen überraschten Laut von sich und verspannt sich unter meinen Händen, macht aber keine Anstalten, aufzustehen oder mich wegzudrücken. Nicht, als ich sie noch näher ziehe, sodass sie nur noch bis zu den Oberschenkeln auf dem Polster liegt. Nicht, als ich ihr Kleid langsam nach oben schiebe. Und ganz bestimmt nicht, als ich erst das eine, dann das andere Knie küsse und ihre Beine langsam auseinander drücke. Ohne sie aus den Augen zu lassen, streiche ich mit den Lippen über die weiche Haut knapp oberhalb ihres Knies. Dann noch etwas höher ... und noch höher ... Zentimeter für Zentimeter an ihrem Bein hinauf, bis ich ihren Slip erreiche. Er hat dieselbe Farbe wie ihr dunkelgrünes Kleid und ist so knapp geschnitten, dass ich hart schlucken muss.

Ein letztes Mal sehe ich prüfend in Embers Gesicht – und es haut mich fast um. Denn statt brav dort zu liegen, die Augen zu schließen und das Ganze zu genießen, hat sie sich auf den Unterarmen aufgerichtet und verfolgt jede meiner Bewegungen. Ihre Lippen sind feucht und leicht geöffnet, die Augen dunkel vor Verlangen.

Fuck, das ist heiß.

Ohne ihren Blick loszulassen, schiebe ich die Finger unter den Stoff und ziehe ihn etwas zur Seite. Dann senke ich den Kopf und presse meinen Mund auf ihre intimste Stelle.

Ember zuckt zusammen und keucht auf. Kurz glaube ich, dass es ihr zu viel ist und sie sich mir entzieht, schließlich haben wir noch nicht mal ansatzweise alles zwischen uns geklärt – aber sie überrascht mich erneut. Schwer atmend spreizt sie die Beine weiter für mich und beobachtet mich dabei, wie ich es ihr mit dem Mund besorge. Wie ich an ihr sauge und lecke, ihre Klit mit der Zunge massiere und anschließend tiefer gleite ...

Ihr Stöhnen hallt durch den Wagen und wird vom Wind davongetragen. Frühmorgens sind ständig Leute an diesem Aussichtspunkt, doch jetzt, spät am Abend, gehört er nur uns. Wir sind völlig abgeschieden.

Niemand kann uns hören oder sehen.

Nur sie und ich und diese unbändige Lust zwischen uns.

»Holden ...« Suchend tastet ihre Hand über das Polster.

In diesem Moment könnte sie mich um alles bitten, ich würde ihr jeden einzelnen Wunsch erfüllen.

Ohne mit den Liebkosungen aufzuhören, greife ich nach ihrer suchenden Hand und verschränke meine Finger mit ihren. Halte sie, damit sie sich völlig fallen lassen kann.

Ihr Stöhnen wird lauter. Ihre Hüften zucken unkontrolliert. Ich muss sie mit der freien Hand ruhighalten, aber ich höre nicht auf. Keine Sekunde. Nicht, so lange sie es genießt. Nicht, so lange ich das für sie tun, ihr das geben kann.

Ember hat den Kopf in den Nacken fallen lassen. Ihre Brust hebt und senkt sich schnell unter ihren hektischen Atemzügen. Ihre Finger drücken meine ganz fest, während ich sie weiter küsse, lecke, sauge, bis sie mit einem erstickten Schrei zum Höhepunkt kommt.

Abschließend setze ich ein paar sanfte Küsse auf ihren unteren Bauch und ihre Hüftknochen, dann richte ich mich wieder auf. Jede Zelle in meinem Körper ist so heiß gelaufen, dass ich vor lauter Anspannung zittere. Ich kann kaum noch klar denken. Sämtliches Blut scheint von meinem Gehirn in meinen Schwanz geschossen zu sein. Ich weiß nur, dass ich alles von ihr will. Alles, was sie zu geben bereit ist.

Keine Ahnung, ob ich mich von allein wieder in die Polster gesetzt habe oder ob Ember mich hineingezogen hat, aber plötzlich umgibt uns ein weiteres Mal die Stille im Auto. Die Tür ist zu und Ember ... Ember kniet neben mir auf der Rückbank, öffnet Gürtel und Knopf meiner Hose und zieht den Reißverschluss herunter.

Diese verdammte Hose ist sowieso schon viel zu eng geworden und ... *oh Scheiße, ja*!

Vielleicht spreche ich es aus, vielleicht fluche ich auch nur in Gedanken, als Ember die Finger um meine Erektion legt.

Shit, fühlt sich das gut an.

Ich lasse den Kopf etwas zu schwungvoll zurückfallen und pralle gegen etwas, nehme den Schmerz jedoch kaum wahr. Dafür ist das Gefühl von Embers Hand an meinem Schwanz viel zu präsent. Viel zu gut. Und als sie sich dann auch noch nach vorne beugt und ... *Fuuuck.*

Warme Lippen schließen sich um meine Spitze, gleich darauf gleite ich in Embers heißen, feuchten Mund.

Das ist der Himmel. So muss sich der gottverdammte Himmel anfühlen.

Unbewusst kralle ich die Finger in den Sicherheitsgurt und wickle ihn um meine Hand, weil ich mich irgendwo festhalten muss. Die freie Hand schiebe ich in Embers Haar und unterdrücke den Impuls, fester zuzupacken oder ihren Kopf näher zu ziehen. Stattdessen lasse ich sie das Tempo bestimmen und massiere ihre Kopfhaut, während Ember mir den Blowjob des Jahrhunderts gibt.

Keine Ahnung, was ich erwartet habe, als ich heute Abend hergefahren bin, um mit ihr zu reden. *Das* war es jedenfalls nicht – aber ich werde mich sicher nicht beschweren. Erst recht nicht, als sie wieder ihre Hand zur Hilfe nimmt.

Ich will zusehen, will keine Sekunde verpassen, weil *sie* es ist, aber meine Augen fallen ganz von allein zu. Ich kann nur noch atmen, existieren, mich auf dieses Gefühl konzentrieren, auf Embers Mund und die leisen Geräusche, die sie ausstößt.

Keuchend hebt sie den Kopf, hört jedoch nicht auf damit, mich mit ihren Fingern ins Nirwana zu befördern.

»Lass dich gehen, Holden«, wispert sie mir ins Ohr. Ihr warmer Atem streicht über meinen Hals und löst eine prickelnde Gänsehaut aus. Das kurze Knabbern an meinem Ohrläppchen schießt geradewegs in meinen Schwanz.

»Fuuuck ...«

Ich kann es nicht aufhalten. Ein paar letzte Bewegungen ihrer Hand und ihre warmen Lippen auf meinem Hals reichen aus – und ich komme. Härter und besser als in den ganzen letzten Jahren. Vielleicht sogar als jemals zuvor.

Unsere schnellen Atemzüge sind das einzige Geräusch neben dem Rauschen in meinen Ohren. Nur langsam dringt etwas anderes zu mir durch: ein gleichmäßiges Tröpfeln auf das Autodach.

Ohne nachzudenken, ziehe ich Ember an mich, hebe ihr Kinn an und presse meine Lippen für einen vorerst letzten atemlosen Kuss auf ihre. In der Mittelkonsole finde ich eine Packung Taschentücher und mache uns beide schnell sauber; dann lasse ich mich wieder zurücksinken, während sie sich an mich lehnt, den Kopf an meiner Schulter, einen Arm um meine Mitte geschlungen.

Diese Frau ist unglaublich. Wenn ich mich noch bewegen könnte, würde ich es ihr gleich noch mal mit dem Mund besorgen, aber ich bin so platt, dass ich keinen Finger mehr rühren kann. Mein Puls rast, während meine Muskeln völlig entspannt sind. Und auch mein Verstand ist es. Zumindest für eine Weile.

Schon bald übertönt der leichte Regen alle anderen Geräusche im Wagen. Diese ganze Situation könnte romantisch sein, könnte uns an früher erinnern, doch sobald der Nebel der Lust verflogen ist, holt uns die kalte, harte Realität wieder ein.

Und die sieht so aus, dass ich mit heruntergelassener Hose und schlaffem Schwanz im Auto sitze, während Ember mir auf einmal nicht mehr ins Gesicht sehen kann, als sie sich von mir losmacht.

Ich setze an, etwas zu sagen, auch wenn ich keine Ahnung habe, was.

Ember ist schneller. Sie steigt auf der anderen Seite aus, und ich muss mich beeilen, um hinterherzukommen. Schnell ziehe ich Boxerbriefs und Jeans richtig an und den Reißverschluss hoch, dann folge ich ihr nach draußen.

Zu meiner Überraschung fühlt sich der Regen auf meinem Gesicht warm an und erinnert mehr an Sprühnebel als an ein Sommergewitter.

»Em …«

Sie steht mit dem Rücken zu mir. Eine Gänsehaut hat sich auf ihren nackten Armen gebildet, aber ich unterdrücke den Impuls, die Hände nach ihr auszustrecken und sie zu berühren. Ihre abgewandte Haltung und die hochgezogenen Schultern sagen mehr aus, als jedes Wort es könnte.

»Danke«, sagt sie schließlich, ohne mich anzusehen. »Das … Ich glaube, das habe ich gebraucht. Das haben wir beide.«

»Hast du wirklich mich gebraucht? Oder nur *jemanden*?« Ich schiebe den Gürtel zurück in die Schlaufe und mustere sie mit gerunzelter Stirn. »Wäre es Will oder ein anderer Kerl gewesen, wenn ich nicht hergekommen wäre?«

Sie zuckt zusammen.

Im nächsten Moment hasse ich mich für meine Worte, aber ich nehme sie nicht zurück. So fucking heiß das, was wir eben getan haben, auch war, hinterlässt es nun einen bitteren Nachgeschmack.

»Das ist nicht fair«, murmelt sie.

»Nein, ist es nicht.«

Nichts an dieser Situation ist fair. Nicht ihr, aber auch nicht mir gegenüber.

Und sie widerspricht nicht. Sie lügt mich nicht an und behauptet, mich und keinen anderen so dringend gebraucht zu haben. Was sie gebraucht hat, war ein Ventil für all die aufgestauten Emotionen.

Ich lächle ernüchtert.

Ember hat recht. Wir sind keine Freunde. Denn Freunde tun nicht das, was wir gerade getan haben.

28. Kapitel

In Turner's Tavern ist es brechend voll und laut, als ich mich wenig später auf den erstbesten freien Hocker an der Bar fallen lasse. Das Stimmengewirr, die Musik, das Klirren von Gläsern zerrt an meinen Nerven, aber es ist auch eine willkommene Ablenkung zum Tosen in meinem Kopf.

Trotzdem kreisen meine Gedanken die ganze Zeit um Ember. Um das, was vorhin am Sunrise Point zwischen uns passiert ist. Um die Frage, was zur Hölle das für uns bedeutet – und wie es weitergehen soll.

»Thorne.« Beck sieht kurz in meine Richtung, während er gleichzeitig ein Bier und einen Whisky einschenkt, den wartenden Gästen hinstellt und anschließend sofort abkassiert. »Das Übliche?«

Ich nicke dankbar.

In den letzten Wochen war ich öfter hier, um nach der Arbeit runterzukommen. Auch wenn ich in der Nähe wohne und problemlos zur WG laufen kann, verzichte ich meist auf Alkohol. In den letzten Jahren habe ich mehr als genug davon in mich reingeschüttet, und es hat mich kein Stück weitergebracht. Im Gegenteil. Es hätte mich beinahe zerstört.

»Hier.« Beck stellt eine Dose Canada Dry und ein Glas mit Eiswürfeln vor mich auf den Tresen. »Deine Schwester sitzt übrigens dort hinten.«

Ich blinzle verdutzt. »Gemma?«

»Es sei denn, du hast mehr als eine Schwester mit dem Namen«, kontert er trocken und nimmt die nächste Bestellung entgegen.

Stirnrunzelnd drehe ich mich auf dem Hocker um. Was macht Gemma hier? Ich kann die wenigen Male, die sie in einer Bar war, an einer Hand abzählen. Das ist nicht gerade der erste Ort, an dem ich sie vermutet hätte. Andererseits war ich lange fort. Wer weiß, was sich in der Zwischenzeit noch alles geändert hat.

Es dauert einen Moment, bis ich zwischen all den Leuten tatsächlich meine Schwester entdecke. Sie sitzt zusammen mit ihrem Mann und zwei Freunden in einer Ecke beim Kamin. Peter hat den Arm hinter ihr auf die Lehne gelegt und lacht über etwas, das das Pärchen ihnen gegenüber gesagt hat. Gemma strahlt übers ganze Gesicht und schüttelt amüsiert den Kopf. Vor ihr steht ein Glas Wasser mit Zitrone.

Ich schnappe mir mein Canada Dry und stehe auf, um zu ihnen zu gehen und kurz Hallo zu sagen. Doch ich komme gerade mal zwei Schritte weit, als mich jemand an der Schulter anrempelt und ich mein Getränk verschütte.

»Ernsthaft, Mann?« Seufzend drehe ich mich zu dem Typen um – und mir wird schlagartig eiskalt.

Groß, bullig, mit einer Motorradjacke und einem Bier in der Hand. Remi.

Was zum Teufel macht der hier?

»Hallo, Holden.« Sein süffisantes Grinsen ist wieder mal zum Reinschlagen. »Du solltest echt besser aufpassen, wo du hingehst. Oder wen du zu lange warten lässt. Mit so viel Freizeit könnte man glatt auf dumme Gedanken kommen.« Betont sieht er an mir vorbei.

Ich folge seinem Blick – und erstarre.

»Deine Schwester ist ein hübsches Ding. Nicht ganz mein Typ, ich stehe ja mehr auf feurige Rothaarige, aber ...« Er taxiert sie. »Nette Titten.«

Wut explodiert in mir. Ich umklammere mein Glas so fest, dass es erneut überschwappt. »Du mieses Arschloch. Wenn du auch nur daran denkst ...«

»Oh, ich denke daran.« Er leckt sich über die Lippen. »Und wie ich daran denke.«

Das reicht.

Mein Glas zerbricht klirrend auf dem Boden, als ich Remi am Kragen seiner Jacke packe und ihm einen kräftigen Stoß gegen die Brust verpasse.

Leute weichen aus, protestieren, schreien auf. All das nehme ich nur am Rande wahr. Bevor ich darüber nachdenken, bevor ich die bewusste Entscheidung treffen kann, baue ich mich dicht vor ihm auf. »Wag es ja nicht, Ember oder Gemma anzufassen. Du näherst dich ihnen nicht. Du siehst sie nicht mal an. Kapiert?«

Mit jedem Wort, das meine Lippen verlässt, wandern seine Mundwinkel ein bisschen höher.

Und ich bemerke meinen Fehler. Das war ein Test. Eine Falle. Und ich bin geradewegs hineingetappt.

Fuck!

»Ich wette, ich kann sie beide haben.« Grinsend trinkt er sein Bier aus und stellt die Flasche auf dem nächstbesten Tisch ab. »Erst ficke ich deine Schwester, dann besorge ich es deiner Ex. Ich wette, die Kleine ist eine Granate im Bett.«

Blind vor Zorn stürze ich mich erneut auf ihn, hole aus und ...

»Heh!« Wie aus dem Nichts taucht Beck auf und zerrt mich zurück, bevor ich zuschlagen kann. »Was soll der Scheiß?! Wenn ihr ein Problem habt, klärt das gefälligst draußen, verstanden?«

Remi mustert ihn herausfordernd. Einen Moment lang glaube ich, dass er auf Beck losgehen wird, doch dann hebt er nur die Hände, als würde er sich ergeben. Mittlerweile ist uns die Aufmerksamkeit sämtlicher Gäste in der Bar sicher.

»Ich hab kein Problem.« Remi wendet sich wieder mir zu. »Im Gegensatz zu diesem Typen.«

Ein Grollen verlässt meine Kehle. Ich will mich wieder auf ihn stürzen, aber Beck hält mich fest.

»Ihr beruhigt euch jetzt beide, klar?« Warnend sieht er zwischen uns hin und her.

»Ich bin ruhig.« Remi wirkt so lässig und entspannt, dass ich ihm allein dafür eine verpassen will. Er genießt das richtiggehend. Er genießt jede einzelne Sekunde.

»Holden?«, fragt Beck.

Ich nicke mit zusammengebissenen Zähnen. Erst dann lässt Beck mich los und tritt einen Schritt zurück.

Remi lächelt langsam. Er setzt sich in Bewegung, bleibt aber auf gleicher Höhe neben mir stehen. Seine nächsten Worte sind nur für mich bestimmt.

»Wusstest du, dass ich Ember schon vor ein paar Wochen getroffen habe? Ich war ihr Retter, als ihr Handy gestohlen wurde. Bestimmt würde sie sich gerne ordentlich bei mir dafür bedanken. Auf den Knien. Mit meiner Hand in ihrem Haar und meinem Schwanz in ihrem ...«

Meine Faust kracht in sein Gesicht. Ich stürze mich schneller auf ihn, als mich irgendjemand aufhalten könnte. In der einen Sekunde stehe ich noch da, in der nächsten knie ich über Remi und schlage auf ihn ein. Wieder und wieder, bis mein Kopf zurückfliegt und beißender Schmerz in meinem Nasenbein explodiert.

Kräftige Hände packen mich an den Armen und reißen mich von ihm herunter.

Mehrere Sekunden lang bin ich blind vor Schmerz und Wut – dann ist die Außenwelt plötzlich wieder da.

Schreie und Stimmen. Die stickige Luft in der Bar. Der harte Boden unter mir. Etwas Warmes, das mir aus der Nase sickert.

Remi setzt sich fluchend auf, mit Blut im Gesicht und an der rechten Hand. Mir dröhnt der Schädel, aber er sieht nicht viel besser aus. Ich habe ihn ordentlich erwischt.

Aus dem Augenwinkel bemerke ich Gemmas geschockten Gesichtsausdruck. Sie ist aufgesprungen, als wollte sie zu mir laufen, aber Peter hat schützend den Arm vor ihr ausgestreckt. Auf Höhe ihres Bauches.

»Alles okay«, rufe ich in ihre Richtung, obwohl nichts weiter von der Wahrheit entfernt sein könnte.

Ächzend lasse ich mir von Fremden auf die Beine helfen, während sich Beck mit wutverzerrter Miene vor Remi aufbaut.

»Raus hier«, knurrt er. »Ich will keine Schlägereien in meinem Laden.«

»In *deinem* Laden?« Mit einem hämischen Grinsen wischt sich Remi das Blut von Mund und Nase und steht auf. »Was sagt dein Chef dazu? Oder hat er etwa vergessen, wem er Geld schuldet?«

Becks Körper bebt vor unterdrückter Wut, aber irgendwie gelingt es ihm, sich zu beherrschen. Er macht einen drohenden Schritt auf Remi zu. »Raus. Hier.«

Der kneift die Augen zusammen und hält Becks Blick mehrere Sekunden lang stand, wendet sich dann jedoch betont gelangweilt ab. »Wir sind noch nicht fertig miteinander.« Mit dieser indirekten Drohung verlässt er die Bar so lässig, als hätte er nicht gerade eins auf die Fresse bekommen.

Am liebsten würde ich ihm nachgehen und dafür sorgen, dass er nicht mal mehr daran *denken* kann, sich Ember oder Gemma zu nähern, aber eine schwere Hand auf meiner Schulter hält mich davon ab.

»Mitkommen.« Ohne meine Antwort abzuwarten, schiebt Beck mich in einen Gang, von dem mehrere Türen abgehen. Er wählt die zweite rechts, auf der *Nur Personal* steht, und öffnet sie, dann geht er kurz in den Schankraum zurück. Als er wiederkommt, hält er mir eine in ein Küchentuch gewickelte Packung Eis hin. »Was zum Teufel sollte das gerade?«

»Hast du nicht mitgekriegt, was er gesagt hat?« Ich drücke das improvisierte Kühlpack vorsichtig auf Nase und Auge und zische leise. Im ersten Moment ist die Kälte wie ein Schock, doch dann setzt die angenehm betäubende Wirkung ein. »Er hat über Ember und Gemma geredet. Er weiß, wer sie sind.«

Er weiß, wie wichtig sie mir sind und dass ich alles für sie tun würde. Doch den Teil spreche ich nicht aus. Muss ich auch nicht. Beck sieht es mir an.

Fluchend beginnt er, in dem kleinen Büro auf und ab zu laufen.

»Was hat er damit gemeint, als er deinen Chef erwähnt hat? Erzähl mir nicht, dass ihr mit diesem Typen zusammenarbeitet.«

»Scheiße, nein!« Beck bleibt vor dem abgenutzten Schreibtisch stehen und starrt mit finsterer Miene darauf. »Mein Boss schuldet ihnen Geld. Eine Menge Geld.«

»Dein Boss?« Ich überlege kurz. »Warum hab ich den eigentlich noch nie hier gesehen?«

Beck schnaubt abfällig. »Weil er abgehauen ist, kurz nachdem ich im Turner's angefangen habe. Was meinst du, warum ich nach einem Mitbewohner gesucht habe? Nicht nur, weil dein Vorgänger weggezogen ist oder weil ich mir unbedingt das Bad mit jemandem teilen möchte, sondern weil ich die Kohle brauche. Das letzte Mal, das ich von ihm gehört habe, war vor ein paar Monaten. Da hatte er sich schon nach Mexiko abgesetzt – und nicht vor, je zurückzukommen.«

Also hat er Beck auf der Bar mitsamt den Schulden sitzen lassen. Ganz toller Kerl. Er mag aus dem Schneider sein, aber Beck nicht. Leuten wie Remi, und vermutlich auch Hendrick, ist es egal, woher sie ihre Kohle bekommen.

»Vor Ewigkeiten hat er sich eine ziemlich hohe Summe geliehen, um den Pub zu renovieren und neu aufzubauen«, erzählt Beck und setzt sich auf die Tischkante. »Einen Teil konnte er zurückzahlen, aber dann hat er aus irgendeinem Grund das Handtuch geworfen. Ich hatte kurz vorher hier angefangen. Eigentlich sollte ich nur hinter der Theke stehen und Getränke ausschenken.«

»Und seitdem schmeißt du den ganzen Laden?«

Denn von dem, was ich bisher gesehen habe, ist Beck sowohl Barkeeper als auch Kellner, Türsteher und für alles andere verantwortlich.

Er presst die Lippen zu einer schmalen Linie zusammen und nickt.

»Also lässt du Typen wie Remi nicht nur aus reiner Nächstenliebe hier ihr Bier trinken.«

Beck wirft mir einen harten Blick zu. »Glaub mir, wenn ich die Wahl hätte, würde keiner von denen auch nur einen Fuß in die Tür setzen. Dieser Pub gehört mir vielleicht nicht offiziell, aber ich hab alles reingesteckt und ihn am Leben erhalten, nachdem sich der Drecksack von Besitzer aus dem Staub gemacht hat.«

»Shit.«

»Das kannst du laut sagen.« Beck mustert mich eindringlich. »Hör mal, ich hab keine Ahnung, was du mit ihnen zu tun hast oder was da gerade zwischen euch abgegangen ist, aber das sind keine Leute, mit denen du dich anlegen willst. Glaub mir.«

Zu spät.

»Ich weiß«, erwidere ich trotzdem und nehme das Eis herunter. »Schlimm genug, dass sie nach wie vor aktiv sind und ihre Geschäfte sogar ganz öffentlich am Maple Port machen ...«

Die Nacht vor ein paar Wochen, in der ich Ember dort gesehen habe, war ein Schock. Ich wollte herausfinden, wie viele von Hendricks Geschäften noch aktiv sind, und bin ein paar Typen bis zum Hafen gefolgt. Remi war dabei, die anderen kannte ich nicht. Genauso wenig die Fischer, die die Ware auf ihre Kutter geladen haben. Und dann habe ich Ember in der Nähe des Ticketschalters für die Fähre entdeckt – und etwas hat in mir ausgesetzt.

Wenn Remi oder einer der anderen sie gesehen hätte … Sie hatte keine Ahnung, in welcher Gefahr sie sich befand. Und ich konnte es ihr nicht sagen. Nicht, ohne mich nicht selbst zu verraten. Also habe ich sie gewarnt und weggeschickt; und ich kann nur hoffen, dass sie sich von nun an von dieser Ecke Bayvilles fernhält. Zumindest nachts.

Beck runzelt die Stirn. »Woher weißt du eigentlich so viel über sie? Und woher kennst du Remi?«

Ich zögere einen Moment lang, doch am Ende gibt es nur eine Antwort auf diese Frage: die Wahrheit.

»Ich war mal einer von ihnen.«

29. Kapitel

Fünf Jahre zuvor

Ember, 22:01 Uhr
Wir ziehen das wirklich durch, oder?

Holden, 22:02 Uhr
Wir ziehen es durch. Bereit?

Statt ihre Antwort abzuwarten, steckte ich das Handy ein, nachdem ich meine Nachricht abgeschickt hatte, und startete den Motor. Ich brauchte meine volle Konzentration. Ein allerletzter Job für Hendrick und seine Jungs, dann war ich raus.

In den letzten Monaten hatte ich alles dafür getan, dass sie nichts von Embers und meinen Plänen erfuhren. Irgendetwas sagte mir, dass Hendrick nicht begeistert davon wäre, dass ich abhauen wollte, und bevor er sich einmischen konnte, sorgte ich lieber dafür, dass er nichts davon mitbekam. Zumindest nicht, bis Ember und ich weit genug von Golden Bay entfernt waren.

Die Scheinwerfer schnitten durch die Nacht, während ich der kurvigen Straße Richtung Süden folgte.

Ember leistete ihren Beitrag, indem sie ihr Erspartes für unsere Zukunft ausgab. Das war meiner. Dank der vielen kleinen Jobs, mit denen Hendrick mich in den letzten Jahren beauftragt hatte, hatte ich nicht nur meiner Mom helfen, sondern auch etwas für mich zur Seite legen können. Nicht genug für ein komplett neues Leben. Aber nach heute Abend würde das anders aussehen.

Dieser Auftrag war besonders gut bezahlt, einschließlich versprochenem Bonus, wenn ich extra schnell war. Und ich würde schnell sein. Die Zeit saß mir im Nacken. Ich musste nicht nur die Sachen abliefern, sondern Ember am Nationalpark abholen und gemeinsam mit ihr die letzte Fähre erreichen, die Golden Bay um Punkt Mitternacht verließ. Und das alles innerhalb von zwei Stunden. Aber ich musste es schaffen, nein, ich würde es schaffen. Sobald wir auf der Fähre waren, konnte uns nichts und niemand mehr aufhalten.

Mittlerweile nervte es mich, ständig den Laufburschen spielen und Autos knacken zu müssen, aber ich hatte keine andere Wahl. Ohne diese kleinen Jobs hätte ich Mom nicht unterstützen können, was ich auch in Zukunft vorhatte, nur dann vom Festland aus.

Trotzdem war ich nicht dumm. Hendrick und seine Jungs waren kriminell – und es schien immer schlimmer zu werden. Hendrick plante etwas Großes, das wusste ich, auch wenn ich bisher keinen Schimmer hatte, um was es dabei ging. So oder so war ich Teil der Operation. Ein kleines Rädchen im Getriebe, jedoch alles andere als ideal, wenn der Vater der eigenen Freundin ein Cop war. Bisher war das zum Glück zu keinem Problem geworden, und Hendrick hatte auch nie versucht, meine Verbindung zu Ember auszunutzen, was ich anfangs befürchtet hatte. Fragte sich nur, wie lange das noch gutgehen würde, wenn ich nicht endlich von hier verschwand.

Ich setzte den Blinker und bog auf eine unbefestigte Straße ab, die zu einem schlecht beleuchteten Parkplatz mitten im Nirgendwo führte. Immer wieder sah ich mich nervös um, konnte aber bis auf zwei schwarze Autos mit fremden Kennzeichen niemanden entdecken. Keine Menschen. Keine Überwachungskameras.

»Nur noch dieses eine Mal«, sprach ich mir Mut zu, zog die Handschuhe an und stieg aus.

So leise wie möglich drückte ich die Tür zu und schaute mich erneut um. Nichts. Trotzdem wurde ich das Gefühl nicht los, beobachtet zu werden. Versteckte sich Remi hinter einem der Bäume und passte auf, dass ich meinen Job richtig machte? Oder wollte er dafür sorgen, dass ich es vermasselte? Das hätte zu dem Arschloch gepasst. Hätte ich ihm die Gelegenheit dazu gegeben, hätte er mich längst von einer Klippe geschubst.

Entschlossen lief ich zu den geparkten Wagen hinüber. Es waren ältere Modelle, nichts, was sich unter der Motorhaube oder in ihrem Inneren befand, konnte von großem Wert sein. Aber diesmal ging es auch nicht um irgendwelche Autoteile. Meine Aufgabe war simpel: die Reisetaschen, die sich in den Autos befanden, mitzunehmen und zum Hafen von Bayville zu bringen, wo mich bereits jemand erwartete. Wahrscheinlich war es sicherer für Hendrick und Remi, einem achtzehnjährigen Schüler aus Bayville diesen Job zu übertragen, weil mich niemand anhalten oder auch nur verdächtigen würde. Und weil ich keine Fragen stellte, sondern verflucht dankbar für das viele Geld war, das ich an einem einzigen Abend verdienen konnte.

Sobald das erledigt war, konnte ich Ember abholen und dieser Albtraum würde endlich ein Ende haben.

Mit meinem Werkzeug und dank jahrelanger Übung brauchte ich nur wenige Sekunden, um das erste Auto zu knacken. Und tatsächlich. Im Kofferraum befanden sich zwei schwarze Reisetaschen.

Na also.

Ich hievte mir die erste über die Schulter, überrascht davon, wie schwer sie war, und legte sie auf die Ladefläche meines Pick-ups. Die zweite folgte keine Minute später. Ich warf einen schnellen Blick auf mein Handy. Mir blieb noch genug Zeit, trotzdem beeilte ich mich damit, das andere Auto zu knacken. Je schneller ich fertig wurde, desto schneller konnte ich zu Ember.

Im zweiten Wagen lag nur eine Tasche. Umso besser. Wieder warf ich sie mir über die Schulter – oder versuchte es zumindest. Ein Teil des Inhalts landete mit einem dumpfen Geräusch auf dem Boden. Offensichtlich war sie nicht richtig verschlossen gewesen.

Ein weißes kristallartiges Pulver bedeckte den in der Nacht fast schwarz wirkenden Asphalt. Direkt daneben lag ein in Plastik eingeschweißtes rechteckiges Päckchen, das ungefähr die Größe eines Ziegelsteins hatte.

»Was zur Hölle …?«

Das war also Hendricks neues großes Ding? Fucking Drogen, die er über die Insel und dann vermutlich aufs Festland transportierte?

Nein, *wurde mir im selben Moment klar,* die ich für ihn transportiere. Scheiße!

Kein Wunder, dass Remi so selbstzufrieden ausgesehen hatte, als ich diesen Job übereifrig angenommen hatte. Im Gegensatz zu mir war er garantiert von Anfang an eingeweiht gewesen, um was für einen Deal es sich diesmal handelte. Remi schien immer alles zu wissen, manchmal sogar mehr als Hendrick selbst. Gott, wie ich den Wichser hasste. Wie ich sie beide gerade verabscheute.

Mein Verstand brüllte mich an, das Zeug liegen zu lassen, die Taschen wieder in den beiden Autos zu verstauen und so schnell wie möglich zu verschwinden, aber das war unmöglich. Wenn ich die Ware nicht zum Hafen brachte, würden die Kerle Ember und mich dort abfangen, sobald wir versuchten, auf die Fähre zu kommen.

Wut und Übelkeit peitschten durch mich hindurch. Ich hatte keine Wahl. Ich musste den Auftrag zu Ende bringen. Ein allerletztes Mal.

Meine Hände zitterten, als ich das offene Päckchen in die Tasche stopfte, diese zu den anderen auf die Ladefläche legte und hastig Abdeckung und Heckklappe schloss. Gegen das kristalline Pulver auf dem Boden konnte ich auf die Schnelle nichts ausrichten – und das war auch nicht mein Problem. In wenigen Stunden würde ich nicht mehr auf Golden Bay, sondern weit, weit weg sein.

Hendrick war immer gut zu mir gewesen – trotzdem war ich alles andere als glücklich darüber, den verdammten Drogenkurier für ihn zu spielen. Und wäre eine der Taschen nicht aufgegangen, hätte ich es nicht mal geahnt. Ich hätte das ganze Zeug, ohne es zu wissen, über die halbe Insel gekarrt. Doch als ich hinters Steuer glitt, wünschte ich mir beinahe, dass das der Fall wäre. Dass ich es nie herausgefunden hätte.

Egal. Es musste mir egal sein. In wenigen Stunden war dieser Teil meines Lebens endgültig Geschichte. Dann war ich frei und mit Ember zusammen. Das war das Einzige, was im Moment für mich zählte.

Statt sofort loszufahren, zog ich mein Handy hervor.

Ember, 22:26 Uhr
*Bereit! Dad ist vorhin weggefahren, und Mom hat sich hingelegt. Ich warte noch ein paar Minuten, dann schleiche ich mich raus. Bis gleich :**

Holden, 22:34 Uhr
Hab noch schnell was erledigt. Bin gleich da!

Sie würde es nie erfahren. Niemand *musste es erfahren. Und vielleicht, nur vielleicht, konnte ich eines Tages vergessen, was ich getan, wozu ich beigetragen hatte.*

Ich sah zur Rückbank. Die Tickets für die Fähre, die ich bereits heute Vormittag gekauft hatte, lagen auf meiner vollgepackten Reisetasche. Im Fußraum standen eine Einkaufstasche mit Snacks, Gummibärchen und anderem Süßkram sowie ein Karton mit Getränken.

In den letzten Monaten hatten Ember und ich alles ganz genau durchgeplant: Wir würden uns um Punkt elf Uhr abends am Nationalpark auf der Westseite treffen, nachdem Ember sich aus dem Haus geschlichen hatte. Danach würden wir gemeinsam zum Hafen fahren, die letzte Fähre um Mitternacht nehmen und aufs Festland übersetzen, von wo es mit dem Auto in die USA weiterging. Die vielen Dosen mit Kaffee, Eistee und Energy Drinks würden dafür sorgen, dass ich lange genug hinterm Steuer durchhielt, da Ember noch keinen Führerschein hatte.

Sobald wir weit genug entfernt waren, um uns sicher sein zu können, nicht sofort entdeckt zu werden, würden wir uns nach einer Unterkunft umsehen, in der ich ein paar Stunden pennen konnte. Ember wollte an die Westküste, aber dafür reichte unser Geld nicht. Wahrscheinlich würde es also die Ostküste bleiben. Und da wir beide das Leben am Meer gewöhnt waren, würden wir früher oder später vermutlich wieder dort landen, da war ich mir sicher. Mit der zusätzlichen Kohle, die ich heute Nacht durch diesen beschissenen Job verdiente, konnte ich uns gefälschte Ausweise besorgen und einen Führerschein für Ember. Die Infos und Kontaktdaten hatte ich von einem der anderen Lost Boys – und hatte eine Menge dafür hinblättern müssen, damit er den Mund hielt. Egal. Das war es mir wert. Mit den neuen Dokumenten konnten Ember und ich ganz easy untertauchen. Niemand würde uns finden, es sei denn, wir wollten es.

Alles würde gut werden. Jetzt konnte uns nichts mehr aufhalten.

Entschlossen startete ich den Motor und machte mich auf den Weg.

Zu Ember. In unser neues Leben. In die Freiheit.

30. Kapitel

»Was soll das heißen, du warst mal einer von ihnen?« Beck starrt mich an, als hätte ich den Verstand verloren.

Vielleicht habe ich das tatsächlich. Vielleicht ist das die einzige logische Erklärung dafür, dass ich das gerade gesagt habe. Dass ich meine Gedanken, die ich sonst immer für mich behalte, laut ausgesprochen habe. Womöglich habe ich es aber auch einfach satt, den Mund zu halten und die Menschen um mich herum zu belügen.

Allerdings hätte ich nicht damit gerechnet, dass ausgerechnet Beck die Person sein würde, der ich davon erzähle. Aber ... scheiß drauf. Nach dem, was gerade in der Bar geschehen ist, kann ich es nicht länger für mich behalten.

Doch in dem Moment, in dem ich Luft hole, klopft es einmal kurz und fest an der Tür.

»Beck?«, fragt Annie von der anderen Seite. Sie hat heute Abend Schicht. »Bist du fertig da drinnen? Wir brauchen dich vorne an der Bar.«

Beck flucht leise und fährt sich mit den Fingern durch das Haar. »Ich bin sofort da.«

Bevor er geht, dreht er sich jedoch noch mal zu mir um. »Wir schließen bald, also bleib, wenn du willst. Deine Drinks gehen aufs Haus. Im Gegenzug will ich die Wahrheit von dir hören.«

Ich nicke mechanisch. Er müsste mir nichts ausgeben, auch wenn ich sein Angebot durchaus zu schätzen weiß.

Ich sehe Beck nach, als er das kleine Büro verlässt. In ihm habe ich jemanden gefunden, der weiß, wie gefährlich Hendrick, Remi und ihre Leute sind. Jemanden, der mir vielleicht sogar weiterhelfen kann. Jemanden, der ebenfalls daran interessiert sein sollte, diese Leute loszuwerden.

Womöglich können wir uns sogar gegenseitig helfen ...

Aber zuerst muss ich mit Gemma reden. Sie hat mit angesehen, wie ich auf den Typen losgegangen bin. Ich bin ihr wenigstens eine Erklärung schuldig.

»Holden!« Sie kommt sofort auf mich zugelaufen, als ich in den Hauptraum zurückkehre.

Peter und das befreundete Paar sitzen wieder an ihrem Tisch beim Kamin, lassen Gemma jedoch keine Sekunde aus den Augen. Beck hat seinen Platz hinter dem Tresen eingenommen. Sonst scheint mich niemand groß zu bemerken oder mir besondere Aufmerksamkeit zu schenken, was mich nach der Aktion von eben nicht gewundert hätte. Wahrscheinlich brodelt die Gerüchteküche sowieso schon, aber ich bin froh, dass die Leute zumindest im Moment Besseres zu tun haben. Könnte aber auch daran liegen, dass fast alle auf das Eishockeygame konzentriert sind, das auf einmal mit Ton über die Fernseher im Pub flimmert.

Ich werfe Beck einen dankbaren Blick zu.

»Geht's dir gut?« Gemma greift nach meinem Kinn, um sich mein Gesicht von allen Seiten genau anzuschauen. »Das sieht übel aus. Du musst zu einem Arzt.«

»Alles okay«, behaupte ich und deute auf mein Gesicht, ohne einen Blick in den Spiegel geworfen zu haben. Vielleicht hätte ich das vorher tun und das Blut wegwischen sollen, aber ich hab es total vergessen. »Mach dir keine Sorgen. Die Nase ist nicht gebrochen.«

Denn ich weiß nur zu genau, wie sich das anfühlt. Trotzdem will ich nicht, dass sich meine Schwester Sorgen machen muss.

»Du solltest das trotzdem behandeln lassen«, beharrt sie mit tief gerunzelter Stirn.

Ich nicke brav, auch wenn wir beide wissen, dass das nicht geschehen wird. Das Letzte, was ich brauche, sind Fragen zu dem Vorfall – oder teure Arztrechnungen.

»Was ist überhaupt passiert? Ich hab dich gar nicht reinkommen sehen, und plötzlich steckst du mitten in einer Prügelei. Was zur Hölle sollte das, Holden?!«

»Nur ein Missverständnis«, behaupte ich und starre an ihr vorbei Richtung Tür, um sicherzugehen, dass der Drecksack nicht doch noch mal zurückkommt. »Der Kerl war total durch. Keine Ahnung, was mit ihm los war. Beck hat ihn rausgeworfen.«

Wenigstens entspricht der letzte Teil der Wahrheit.

Gemma mustert mich genau. »Sicher, dass nicht mehr dahintersteckt? Du kannst mit mir reden. Das weißt du hoffentlich.«

Ihr Vertrauen und die Hoffnung in ihrem Gesicht zerreißen mich innerlich. Ich bin nicht der gute Kerl, für den sie mich hält. Ich lüge sie ganz bewusst an, um ihr die Wahrheit zu ersparen. Denn die wäre schwerer zu ertragen als mein schlechtes Gewissen. Wenn sie wüsste, was ich früher getan, mit was für Leuten ich mich abgegeben habe und worum es in der Auseinandersetzung vorhin wirklich ging … Nein. Das kann ich ihr nicht antun. Sie würde mich nie mehr mit denselben Augen sehen.

Also gebe ich mir alle Mühe, ein ehrliches Lächeln aufzusetzen. »Ich weiß, Schwesterherz. Danke. Mit dir alles in Ordnung?«

Einen Moment lang befürchte ich, dass sie meine Scharade durchschauen könnte, weil sie so verflucht skeptisch wirkt. Doch dann nickt sie und deutet hinter sich Richtung Tisch. »Mir geht's gut. Es war nur ein ziemlicher Schock. Willst du dich kurz zu uns setzen, bevor wir gehen?«

Ich zögere einen Herzschlag lang. »Klar. Ich hole mir nur schnell was zu trinken.«

Zwei Stunden später sind Beck und ich allein in der mittlerweile geschlossenen Bar. Annie und die anderen Mitarbeitenden sind nach Hause gegangen, nachdem sie aufgeräumt, alle Oberflächen abgewischt und desinfiziert haben. Beck und ich sitzen mitten im Raum einander gegenüber auf zwei Stühlen, die wir vom Tisch genommen haben. Draußen ist es dunkel, und ich habe keine Ahnung, wie spät oder früh es ist, aber von Müdigkeit keine Spur. Dafür sind meine Muskeln zu angespannt, und das Adrenalin in meinen Adern ebbt nur langsam ab.

In der vergangenen Stunde habe ich Beck alles erzählt. Von dem gigantischen Mist, den ich gebaut habe. Damals wie heute. Jedes verdammte Detail. Die ganze Zeit über hat er kein Wort gesagt, sondern mir stumm zugehört, bis ich fertig war.

Seufzend fährt er sich mit der Hand durch das schwarze Haar und atmet so tief durch, als hätte er gerade den Trip seines Lebens hinter sich und müsste sich erst wieder daran erinnern, wer und wo er ist. »Scheiße, Mann.«

»Jepp.«

Ich habe noch immer nicht die geringste Ahnung, warum ich mich ausgerechnet ihm anvertraue, schließlich kann man uns nicht gerade als beste Freunde bezeichnen. Aber wir sind Mitbewohner, und er hat ebenfalls Probleme mit Remi. Außerdem haben wir in den letzten Wochen einen gewissen Respekt füreinander entwickelt. Abgesehen davon tut es gut, all die Scheiße endlich rauszulassen. Selbst wenn ich damit das Risiko eingehe, dass Ember davon erfährt.

Ein Blick in Becks Miene genügt, um mir zumindest halbwegs sicher zu sein, dass er den Mund halten wird. Dieser Mann scheint zu wissen, was es heißt, Geheimnisse zu haben, und er wird meine hoffentlich nicht ausplaudern. Trotzdem gefällt mir der Ausdruck nicht, der jetzt auf sein Gesicht tritt.

»Du solltest es Ember sagen. Vor allem, warum du damals weggegangen bist.«

»Ja, klar.« Schnaubend lehne ich mich zurück. Das Holz im Kamin ist mittlerweile heruntergebrannt. »Ob du es glaubst, oder nicht, aber genau das war der Plan, als ich zurückgekommen bin. Ich hatte nur zwei Ziele: Ich wollte zur Hochzeit meiner Schwester und Ember zurückgewinnen, indem ich ihr die Wahrheit sage.«

»Aber du hast es nicht getan.« Beck studiert mich aufmerksam. »Warum?«

»Ich will nicht derjenige sein, der ihr Leben zerstört.«

Einmal ist schon schlimm genug – aber ihr das ein zweites Mal antun? Nein, auf keinen Fall. Ich muss eine andere Lösung finden. Einen Weg, bei dem wir diese verfluchte Nacht, die alles zwischen uns verändert hat, endlich hinter uns lassen können. Und zwar, ohne dass ich Embers gesamte Welt noch mal auf den Kopf stelle. Denn wenn ich das tue, wird sie mich hassen. Und diesmal wird es kein Zurück mehr geben.

Mr. Jackson will mich sowieso nicht in der Nähe seiner Tochter wissen, und auch Shae wäre es lieber, wenn ich mich für immer von Ember fernhalte. Doch trotz allem, was zwischen uns vorgefallen ist, hat sie mich bisher nicht zum Teufel gejagt. Nicht einmal nach dem, was vor ein paar Stunden am Sunrise Point zwischen uns passiert ist.

Beck runzelt die Stirn. »Solltest du sie das nicht lieber selbst beurteilen lassen?«

Ich atme hörbar aus.

Doch Beck ist noch nicht fertig. »Ember braucht alle Infos, um eine Entscheidung darüber treffen zu können, was sie tun will und wie es weitergeht. Aber im Moment enthältst du ihr wichtige Informationen vor.«

»Glaubst du ernsthaft, wenn sie alle Details kennt, macht das ihr Leben leichter? Schöner? Besser?«

Er presst die Lippen zu einer harten Linie zusammen. Natürlich weiß er genau, worauf ich anspiele. Manchmal ist die Wahrheit weder befreiend noch bringt sie einem den erhofften Seelenfrieden. Manchmal ist sie einfach nur beschissen.

Deshalb habe ich jahrelang geschwiegen. Denn wenn ich die Wahrheit sage, verliere ich Ember.

Vor fünf Jahren habe ich bereits alles verloren, was mir wichtig ist, und ich werde nicht zulassen, dass das noch mal passiert. Nie wieder. Selbst wenn das bedeutet, die Menschen um mich herum, meine Freunde, meine Familie, und ausgerechnet Ember belügen zu müssen. Das ist immer noch besser, als sie daran teilhaben zu lassen, was damals wirklich geschehen ist – und welche Fehler ich begangen habe. Fehler, die ich nicht mehr rückgängig machen kann, ganz egal, wie sehr ich es mir wünsche.

Seufzend steht Beck auf und kehrt zum Tresen zurück.

»Wirst du es ihr sagen?«, frage ich. Auch wenn ich nicht glaube, dass er es tun wird, kann ich mir nicht sicher sein. Schließlich kennt er Ember länger als mich und ist länger mit ihr befreundet. Ich bin nur der Typ, der plötzlich hier aufgekreuzt ist und mit dem er sich neuerdings eine Wohnung teilt.

»Nein.« Beck nimmt eine Flasche aus dem Regal an der Wand und gießt eine ordentliche Menge Scotch in zwei Gläser. »Das ist deine Aufgabe. Ich werde mich da nicht einmischen.«

Ich nicke dankbar. Trotz allem hat er mir zugehört, ohne mich zu verurteilen.

Wortlos kehrt er mit den Drinks zurück und reicht mir einen.

Ich stoße mit ihm an und trinke einen großen Schluck. Der Alkohol brennt in meiner Kehle und breitet sich anschließend wie ein wärmendes Feuer in meinem Magen aus.

»Danke, Mann.« Und dann, weil ich nicht ohne Grund so viel aus meinem Leben preisgegeben habe: »Vielleicht können wir einander helfen. Du willst diese Typen schließlich genauso loswerden wie ich.«

Beck lächelt freudlos. »Wenn das so einfach wäre, hätten die Cops sie schon längst geschnappt und ihr ganzes Imperium hochgehen lassen.«

»Vermutlich«, bestätige ich. »Aber wir haben etwas, das die Cops nie hatten.«

Er hält mit dem Glas auf dem Weg zum Mund inne. »Und das wäre?«

»Jemanden, der kommen und gehen kann, wie es ihm passt. Einen Insider. Jemanden, dem sie vertrauen.«

»Glaubst du wirklich, dass sie dir trauen?«

»Noch nicht«, gebe ich widerwillig zu. »Aber ich bin mir sicher, dass ich Hendrick dazu kriege, es wieder zu tun. Remi wollte mich schon immer lieber tot sehen, daran wird sich nichts mehr ändern.«

»Beruhigend.« Beck trinkt einen Schluck und lässt sich mit einem Seufzen auf dem Stuhl zurücksinken. »Aber selbst mit deinen Insiderinfos kriegen wir das niemals allein hin. Es hat einen Grund, warum diese Leute so lange auf der Insel tun und lassen konnten, was sie wollen.«

»Weil man ihnen nichts nachweisen kann«, wiederhole ich leise Hendricks Worte. »Wenn ich den Job erledige, den ich für sie machen soll, könnte ich das ändern. Ich könnte Foto- und Videomaterial besorgen, dann hätten wir handfeste Beweise.«

Zumindest solange ich nicht erwischt und an Ort und Stelle erschossen werde.

Beck sieht nicht überzeugt aus. »Das ist Wahnsinn. Und scheißgefährlich. Wir sollten …«

»Vergiss es«, unterbreche ich ihn, da ich bereits ahne, was er als Nächstes sagen will. »Wir können nicht zu den Cops.«

Embers Vater wird mir sicher nicht plötzlich helfen, nachdem er mich vor Kurzem noch davor gewarnt hat, seiner Tochter zu nahe zu kommen. Wahrscheinlich lässt er lieber Hendrick und seinen Leuten freie Hand, als ausgerechnet mit mir zusammenzuarbeiten. Da bin ich mir ziemlich sicher.

Abgesehen davon traue ich der Polizei nicht. Dafür habe ich zu viele schlechte Erfahrungen gemacht. Und falls Hendrick einen Großteil von ihnen sowieso in der Tasche hat, wäre es Selbstmord, zu den Cops zu rennen.

Mit einem frustrierten Seufzen steht Beck auf und räumt die leeren Gläser weg. »Es muss einen Weg geben, der uns beiden hilft und bei dem du kein so großes Risiko eingehst.«

»Sag Bescheid, wenn du ihn gefunden hast«, murmle ich trocken.

Ein Deal mit Hendrick ist das Letzte, was ich will, aber mir rennt die Zeit davon. Dass Remi heute im Turner's aufgetaucht ist, war kein Zufall. Mir bleiben nur noch zwei Tage, um Hendrick eine Antwort zu geben. Um eine Lösung zu finden – oder wieder in diesem Sumpf zu versinken. Diesmal ohne Ausweg.

Beck stellt seinen Stuhl umgedreht zurück auf einen der Tische. »Du siehst beschissen aus.«

Ich schnaube nur, als er auf mein linkes Auge deutet, das ebenfalls Bekanntschaft mit Remis Faust gemacht hat.

»Lass uns nach Hause gehen und eine Nacht drüber schlafen.«

Nach Hause.

Seltsam, wie schnell die WG mit Beck zu einem Zuhause geworden ist, genauso wie Golden Bay, obwohl ich früher unbedingt wegwollte. Damals kannte ich nur das Leben auf der Insel und wollte die Welt entdecken, wollte mich austoben und mir etwas aufbauen. Im Grunde war ich auf der Suche nach einem Ort, an dem ich mich nicht wie ein Versager, nicht wie ein Außenseiter fühle. Heute weiß ich, dass es nicht auf den Ort ankommt, sondern auf die Menschen, die dir das Gefühl geben, zu Hause zu sein. So kitschig und abgedroschen das klingen mag. Und von diesen Menschen gibt es inzwischen eine Menge auf Golden Bay.

»Auch wenn du es nicht hören willst«, sagt Beck, als er die Tür zum Pub hinter uns abschließt. »Aber du solltest ernsthaft darüber nachdenken, Ember einzuweihen. Das hat sie verdient. Außerdem hat die Wahrheit die nervige Eigenschaft, früher oder später ans Licht zu kommen.«

Damit hat er leider recht. Ich kann nur hoffen, dass es sehr viel später als früher passieren wird.

Remi, 03:56

Tick tack, Arschloch. Tick tack.

31. Kapitel

»Viel Erfolg, Zion.« Ich klopfe ihm auf die Schulter.

»Danke, Mann.« Er atmet tief durch und sieht sich um.

Alles ist vorbereitet. Der Picknickkorb steht auf der Decke am Ufer des Maple Lake. Umringt von Zuckerahorn, Tannen, Kiefern, Eichen und Fichten liegt der See eingebettet im Norden des Nationalparks. Er ist so klar, dass sich der strahlend blaue Himmel darin spiegelt.

Für meinen Geschmack sind wir etwas zu nahe an den Sugar Shacks, in denen Hendrick und Remi ihre Geschäfte treiben, aber ich halte den Mund. Wenn das Zion zufolge der perfekte Ort ist, dann muss ich damit leben. Das Einzige, was ich tun kann, ist, mich aufmerksam umzusehen und dafür zu sorgen, dass wir in Sicherheit sind. Vor bewaffneten Drogendealern ebenso wie vor Kojoten und Schwarzbären.

»Verrätst du mir endlich, was mit deinem Gesicht passiert ist?« Zion mustert mich mit gerunzelter Stirn. In den letzten beiden Tagen war er so in die Vorbereitungen vertieft, dass er über nichts anderes gesprochen hat. Jetzt scheint er die Außenwelt zum ersten Mal wieder wahrzunehmen und etwas zur Ruhe zu kommen.

»Ach, das?« Ich deute auf mein Auge, das mittlerweile in schillerndem Lila, Rot und Gelbgrün leuchtet. »Nur ein kleiner Streit im Pub. Du solltest mal den anderen Kerl sehen.«

Zion wirkt nicht überzeugt. Glücklicherweise entscheidet sich Beck, genau in diesem Augenblick mit einer Flasche Champagner und zwei Gläsern in den Händen zu uns rüberzukommen.

»Was?« Zions Augen werden riesig, als er das Etikett liest. »Der kostet mich ein ganzes Monatsgehalt, Mann.«

Becks Mundwinkel zucken. »Darum ist er ja auch ein Geschenk zur Verlobung. Geht aufs Haus.«

»Scheiße, ehrlich?«

Beck nickt – und versteift sich, als er sich gleich darauf in einer von Zions berühmt-berüchtigten Bärenumarmungen wiederfindet.

»Danke!« Zion klopft ihm auf den Rücken. »Ernsthaft. Das werde ich dir nicht vergessen.« Er sieht von Beck zu mir und dann zu Will ein Stück weiter. »Keinem von euch.«

»Hey! Psst!« Jayden taucht zwischen den Bäumen auf und winkt hektisch. »Sie sind fast da! Versteckt euch!«

Das ist unser Stichwort. Hastig verteilen wir uns hinter den Bäumen. Mein Pick-up, mit dem wir – außer Zion – zusammen hergefahren sind, steht in einiger Entfernung auf einem schmalen Pfad, den kaum jemand benutzt. Definitiv nicht Ember, Camille und Shae, die Taleisha vorgeblich für einen Mädelsnachmittag hergebracht haben.

Letzten Endes hat Zion nicht nur Ember, sondern auch die anderen eingeweiht, damit sie Taleisha ablenken, während wir alles vorbereiten. Shae musste hoch und heilig schwören, ihr nichts zu verraten, genau wie Camille, sich nicht zu verplappern und die Überraschung dadurch zu verderben. Zion hat für das Picknick gekocht und gebacken, wir haben uns verschiedene Orte angeschaut, das Für und Wider abgewogen und sind schließlich hier gelandet.

»Ich weiß echt nicht, warum wir nicht an den Strand gefahren sind«, ertönt Taleishas Stimme zwischen den Bäumen.

»Weil du ständig dort bist«, antwortet Ember geduldig.

»Ja, um zu arbeiten«, fügt Shae trocken hinzu und schiebt ein paar Zweige beiseite. Jetzt kommen sie ins Sichtfeld.

Camille trottet hinter ihnen her, ein riesengroßes Grinsen im Gesicht. Hoffentlich dreht sich Taleisha nicht zu ihr um und wird misstrauisch. Doch die scheint zu sehr darauf konzentriert zu sein, durch das Unterholz zu stapfen und dabei über keine Wurzel zu stolpern.

»Und deshalb müssen wir in den Wald? Ich bin froh, wenn ich nicht wegen irgendwelchen Bränden hergerufen werde, weil der nächste Trottel seine ...« Sie erstarrt, als sie Zion und die Picknickdecke am Ufer des Sees bemerkt. »Was ... Was wird das?«

Zion hält einen großen Strauß mit Taleishas Lieblingsblumen in den Händen – ein Geschenk von Camille aus dem Rose & Bloom.

»Ich glaube, wir sollten ...« Lächelnd deutet Camille hinter sich.

Ember nickt sofort und folgt ihr. »Ja, wir sollten.«

Shae zückt zunächst ihre Kamera, zieht sich dann jedoch ebenfalls respektvoll zurück, damit Zion und Taleisha das Gefühl haben, allein zu sein. Aber ihre Aufgabe ist es, dafür zu sorgen, dass die beiden schöne Erinnerungsfotos und -videos von diesem Moment haben.

Es raschelt ganz in der Nähe. Kurz darauf tauchen Camille und Ember ebenfalls hinter den Bäumen auf. Jayden winkt kurz und deutet ihnen an, leise zu sein. Shae ist als Einzige noch in der Nähe, die Kamera fest in den Händen.

Ember lehnt sich gegen einen Baumstamm nur wenige Schritte von mir entfernt. Als ich ihren Blick auffange, weiten sich ihre Augen. Shit. Ich hab das Veilchen ganz vergessen. So ungern ich sie damit erschrecke, ich komme nicht gegen die Genugtuung an, die sich in mir ausbreitet, als ich die Sorge in ihrem Gesicht lese.

Wir haben uns seit Freitagabend am Sunrise Point nicht mehr gesehen, und wüsste ich nicht, dass sie viel mit der Renovierung zu tun hat, würde ich glauben, dass sie mir wieder aus dem Weg geht. Es mag zwar nur zwei Tage her sein, aber sie fehlt mir trotzdem. Ihre Nähe. Ihre Stimme. Ihre Berührungen. Ihr Lächeln. Ihr warmer Körper.

Schnell lenke ich meine Aufmerksamkeit zurück auf Zion und Taleisha. Gerade richtig, als er vor ihr auf ein Knie sinkt und den Ring herausholt.

»Oh mein Gott.« Taleisha drückt sich die Hand gegen die Brust. Kurz irrt ihr Blick umher, als würde sie ahnen, dass wir alle zuschauen und diesen besonderen Moment mit ihnen teilen, dann sieht sie wieder zu Zion.

»Hier hatten wir unser allererstes Date«, sagt er.

»Ich erinnere mich.« Lächelnd wischt sie sich über die Augenwinkel. »Du wolltest mich beeindrucken und mir zeigen, dass mehr in dir steckt als nur der arrogante Eishockeyspieler.«

»Ich hab ewig gesucht, bis ich ihn wiedergefunden habe. *Unseren* Platz, Taleisha. Und ich möchte noch ganz oft mit dir herkommen. Morgen, übermorgen und in sechzig Jahren, wenn wir alt und tatterig sind.«

Tränen laufen ihr über die Wangen. »Fragst du mich jetzt endlich?«

Zion lacht leise. »Hab ein bisschen Geduld, Frau.« Er atmet tief durch. »Ich liebe dich. Ich hab dich schon als Teenager geliebt, als ich keine Ahnung hatte, was ich vom Leben will, ich liebe dich heute mehr als je zuvor, und ich werde dich auch noch lieben, wenn ein ganzes Leben hinter uns liegt. Ein Leben, das wir gemeinsam verbringen. Du bist meine beste Freundin, meine Seelenverwandte, meine zweite Hälfte. Wir haben es ohneeinander probiert, und es war absolut beschissen.«

Ich suche Embers Blick und halte ihn fest. Keine Ahnung, ob sie gerade dasselbe denkt wie ich, aber ... das hätten wir sein können. Wenn jene Nacht nie passiert wäre. Wenn ich andere Entscheidungen getroffen hätte. Wenn wir andere Menschen wären.

Aber wir sind keine anderen Menschen – und wir sind auch nicht diejenigen, die sich heute Abend verloben. Und im Moment deutet alles darauf hin, dass wir das auch nie sein werden.

Ember sieht als Erste weg, und ich tue es ihr nach, beobachte wieder das glückliche Paar. Ein großer Teil von mir freut sich unglaublich für die beiden. Taleisha und Zion waren schon immer das perfekte Team, und ich wünsche ihnen alles Glück der Welt.

Doch da ist auch ein anderer, winzig kleiner Teil von mir, der einen Funken Neid verspürt. Der sich das Gleiche für sich wünscht. Aber ich fürchte, dass ich meine Chance vertan habe und Ember mir keine zweite geben wird.

»Ich möchte den Rest meines Lebens mit dir verbringen, Taleisha. Willst du mich heiraten?«

»Da fragst du noch?« Sie lacht und weint gleichzeitig, dann fällt sie ebenfalls auf die Knie. »Ja! Natürlich möchte ich das!«

Zion steckt ihr den Ring an den Finger, legt die Hände an ihre Wangen und küsst sie leidenschaftlich.

Jubel bricht aus. Irgendjemand fängt an zu klatschen, und alle anderen fallen ein. Dann treten wir hinter Bäumen und Büschen hervor.

»Ich hatte ein bisschen Hilfe«, gesteht Zion mit einem glücklichen Grinsen. »Und ich wollte, dass unsere besten Freunde dabei sind.«

Statt einer Antwort fällt Taleisha ihm um den Hals. Dann sind alle anderen an der Reihe. Wir umarmen die beiden, klopfen Zion auf die Schulter und gratulieren dem glücklichen Paar.

»Darauf müssen wir anstoßen!«, ruft Zion und hält die teure Champagnerflasche in die Höhe.

Taleisha lacht. »Und zusammen feiern! Ich hoffe, ihr habt heute Abend noch nichts vor.«

32. Kapitel

Irgendwie sind wir in diesem Club gelandet, in dem ich noch nie war und dessen Namen ich schon wieder vergessen habe, nachdem wir bereits in zwei anderen waren. Jayden gibt gerade die dritte Flasche Sekt aus.

Er reißt sein Glas in die Höhe. »Auf euch!«

»Auf Taleisha und Zion!«, rufen wir alle.

Gläser klirren, als wir wie wild miteinander anstoßen, lachen und trinken.

Will ist der Einzige, der nüchtern bleibt, weil er angeboten hat, diejenigen zu fahren, die weiter weg wohnen. Ich merke den Alkohol inzwischen auf angenehme Weise. Mir ist warm, ich bin entspannt und gut drauf.

Der Club ist schummrig, hat viele Sitzecken und eine große Tanzfläche in der Mitte. Oben auf der Empore tummeln sich jeden Menge Feierwütige, aber wir sind bisher unten in unserer Sitzecke mit Tisch geblieben.

Ehe ich mich versehe, greift Taleisha nach meinen Händen und zieht mich mit einem Ruck hoch. »Genug ausgeruht, Thorne. Zeig mir lieber, was du draufhast.«

Zion sieht mir mit einem amüsierten Gesichtsausdruck nach, als mich seine Verlobte zur Tanzfläche schleppt und die Hände locker auf meine Schultern legt.

Die Musik ist laut, hat einen schnellen Rhythmus und so viel Bass, dass es in meinem Brustkorb wummert. Ich wirble Taleisha herum und ziehe sie wieder zu mir.

Sie strahlt. »Dir ist hoffentlich klar, dass du trotz deiner fünfjährigen Abwesenheit zur Hochzeit eingeladen bist, oder?«

Ich grinse. »Das will ich doch hoffen.«

»Du wirst einen Smoking tragen müssen.« Sie formuliert es wie eine Warnung und bohrt mir einen Zeigefinger mit langem kunstvoll manikürtem Nagel in die Brust. »Z, Jayden und die anderen Jungs auch.«

»Keine Sorge, mein Smoking hängt seit Gemmas und Peters Hochzeit im Schrank.«

»Sehr gut.« Sie nickt zufrieden. »Und ich will Geschenke! Aber wehe, ihr besorgt uns etwas Dämliches wie einen Toaster oder Entsafter. Ich muss unbedingt eine Liste anlegen, bevor jemand auf die Idee kommt, etwas zu kaufen, das ...«

»Taleisha.«

»Ja?« Sie reißt den Kopf hoch. »Was ist? Was hab ich vergessen?«

»Entspann dich. Ihr habt euch gerade erst verlobt. Genieß den Abend.«

Sie schneidet eine Grimasse. »Ich versuche es ja, aber in Gedanken bin ich immer zehn, zwanzig Schritte weiter.«

»Vielleicht solltest du einfach mehr Zeit mit deinem Verlobten verbringen.« Ich werfe einen Blick an ihr vorbei und wirble sie herum, bevor sie antworten kann. Statt sie zu mir zurückzuziehen, lasse ich ihre Hand ohne Vorwarnung los – und sie landet sicher in Zions Armen.

Als Nächstes tanze ich zwei Songs mit Camille, bis Meghan im Club auftaucht und die beiden sich stürmisch um den Hals fallen.

»Du bist auch zur Hochzeit eingeladen!«, ruft Taleisha, bevor Zion ihren Mund mit einem innigen Kuss verschließt.

Die Musik dröhnt aus den Boxen, und es ist gerammelt voll, trotzdem bleibt mein Blick an einer einzigen Person am Rande der Tanzfläche hängen.

Ich gehe zu ihr hinüber und strecke ihr gespielt förmlich die Hand hin. »Darf ich um diesen Tanz bitten?«

Ein Funkeln tritt in Embers Augen, und für einen winzigen Moment befürchte ich, dass sie ablehnen wird, weil die Dinge zwischen uns so verflucht kompliziert sind. Doch sie überrascht mich, indem sie ihre Hand in meine legt.

»Was ist mit deinem Auge passiert?«, fragt sie, sobald wir eine freie Stelle auf der Tanzfläche gefunden haben.

Ich tue es mit einem Schulterzucken ab. »Nur eine kleine Meinungsverschiedenheit im Turner's. Sieht schlimmer aus, als es ist, ehrlich.«

Bevor sie antworten kann, ziehe ich sie mit einem Ruck an mich. Zu dicht für den schnellen Song, aber das ist mir egal. Wärme strömt durch mich hindurch, als ihre Brüste meinen Oberkörper streifen und ihre Lippen sich vor Überraschung teilen.

Ohne ein weiteres Wort zu sagen, ohne den Blick voneinander zu lassen, bewegen wir uns zur Musik. Erst relativ schnell, als wollten wir beide den Anschein erwecken, wir würden wirklich auf den Song hören, dann immer langsamer, immer inniger, während die Menge um uns herum weitertobt.

»Holden ...«

Meine Finger wandern über ihren Rücken. Obwohl sie wunderschön in dem lilafarbenen Kleid aussieht, wünsche ich mir, sie würde ein Top tragen. Dann könnte ich die Finger darunter schieben und ihre weiche Haut ertasteten. Stattdessen balle ich den Stoff in meiner Hand zusammen.

Ember schiebt die Finger in mein Haar. »Wir sollten das nicht tun ...«

Ich lese die Worte mehr von ihren Lippen ab, als sie tatsächlich zu hören, und beuge mich zu ihrem Ohr herunter. »Es ist nur ein Tanz.«

Sie atmet so tief durch, dass sich ihre Brüste für einen Moment fester gegen mich pressen und ihr warmer Atem meinen Hals streift. »Ist es das?« Damit lehnt sie den Kopf ein Stück zurück, um mir ins Gesicht zu sehen.

Mein Blick fällt automatisch auf ihren Mund. Ihre Lippen sind leicht geöffnet. Ich will nichts lieber, als sie zu küssen. Genau hier. Vor allen anderen, genau wie sich Camille und Meghan, Zion und Taleisha geküsst haben. Ich möchte allen zeigen, dass wir zusammengehören.

Aber wie soll ich das tun, wenn ich nicht mal weiß, ob das der Wahrheit entspricht? Ob es je wieder unsere Wahrheit sein wird?

Wir sind stehen geblieben. Ember kommt mir nicht entgegen, aber sie weicht auch nicht zurück oder schiebt mich weg. Wir starren einander an, als würden wir versuchen, mit unseren Augen das auszudrücken, was wir nicht mit Worten sagen können.

»Ember …«, wispere ich, und meine Stimme klingt so verflucht heiser, dass ich sie selbst nicht wiedererkenne.

Ihre Finger graben sich in mein T-Shirt. »Ich will das nicht. Ich will *dich* nicht.«

Sie spricht die Worte zwar aus, hält mich aber weiter fest, drückt sich nach wie vor an mich. Es ist, als würde sie nicht nur gegen mich, gegen *uns*, sondern vor allem gegen sich selbst kämpfen.

Szenen von unserem letzten Zusammentreffen blitzen in meinen Gedanken auf. Ember vor mir auf dem Rücksitz, stöhnend und sich windend. Ihr heißer Mund. Ihre leise Stimme dicht an meinem Ohr.

Lass dich gehen, Holden.

Ich versuche an etwas anderes zu denken, bevor die Erinnerungen noch zu einem echten Problem weiter südwärts werden, und zwinge mich dazu, tief durchzuatmen.

Ein Teil von Ember will mich trotz allem. Das weiß ich. Und dieser Teil vertraut mir noch immer.

»Wirklich nicht?« Ich suche ihren Blick, versuche darin zu lesen, versuche sie stumm dazu zu bringen, es zuzugeben. Es laut auszusprechen.

Wir bewegen uns sowieso nicht mehr zur Musik, also lasse ich sie los. Ich berühre sie nicht länger, mache aber auch keinen Schritt zurück. Die Entscheidung liegt ganz allein bei ihr. Wenn sie Abstand möchte, muss sie selbst zurückweichen.

»Ich will dich nicht«, wiederholt sie eine Spur lauter. Wütender. Als wollte sie nicht nur mich, sondern auch sich selbst davon überzeugen.

Ich verenge die Augen. Doch bevor ich etwas sagen, bevor ich sie herausfordern kann, vibriert es kurz in meiner Hosentasche. Einmal. Zweimal. Dreimal.

Verdammt. Das ist das schlechteste Timing ever. Aber ich muss nachschauen, wer es ist. Wenn die Nachricht von Gemma kommt, wenn ihr oder dem Baby irgendetwas zugestoßen ist … Ich würde es mir nie verzeihen, das ignoriert zu haben. Ich habe schon einmal eine Frau, die mir alles bedeutet, im Stich gelassen, als sie mich gebraucht hat. Diesen Fehler werde ich nicht noch mal machen.

Bevor ich Ember aufhalten oder es ihr erklären kann, macht sie einen Schritt zurück. Dann noch einen, ohne meinen Blick loszulassen.

Ich will dich nicht.

Der Satz schwebt zwischen uns, füllt die stickige Luft im Club wie ein Gift.

Ich weigere mich, das zu glauben, solange ihr Körper, ihre Augen, einfach alles an ihr etwas völlig anderes sagen. Aber ich kann und werde sie zu nichts zwingen.

Wut und Frustration kochen in mir hoch, als sie in der Menge untertaucht und mich mit diesen Worten stehen lässt.

Ich will dich nicht.

Fluchend ziehe ich mein Handy hervor und überfliege die neuen Nachrichten. Sie sind nicht von Gemma, was mich erleichtert aufatmen lässt. Zumindest kurz. Zwei sind von Remi, der mich auf seine charmante Art daran erinnert, dass ich dem Boss noch eine Antwort schuldig bin. Die letzte ist von Hendrick selbst.

Hendrick, 02:31 Uhr
Letzte Chance. Wie lautet deine Entscheidung?

Fuck.

Es ist Sonntagnacht. Ich war so abgelenkt von Ember, von Zions Vorbereitungen und der Verlobung, dass ich nicht mehr an Hendricks Ultimatum gedacht habe.

Lügner, straft mich die fiese, leise Stimme in meinem Kopf sofort. *Du hast es absichtlich ignoriert.*

Ich packe das Handy fester. Auch wenn ich diese Stimme hasse – sie hat recht. Ich habe die Augen vor der Gefahr verschlossen und gehofft, dass sich das Ganze von allein löst. Was nicht passiert ist. Natürlich nicht. Mein blaues Auge ist der beste Beweis dafür, genau wie Hendricks Nachricht.

Ich werfe einen kurzen, prüfenden Blick dorthin, wo Ember verschwunden ist, um sicherzugehen, dass sie mich nicht beobachtet, und entdecke sie in unserer Sitzecke, wo sie in ein Gespräch mit Shae vertieft ist. Genauer gesagt redet Shae auf sie ein und gestikuliert dabei wild herum.

Das Letzte, was ich will, ist, dass Ember etwas von dieser Sache mitbekommt. Schlimm genug, dass sie vor ein paar Wochen zufällig am Hafen war, als Remi und seine Leute gerade einen Deal abgewickelt haben.

Unwillkürlich muss ich an die Worte ihres Vaters denken. *Ich erlaube nicht, dass du einen schlechten Einfluss auf meine Tochter hast – oder noch schlimmer: sie in Gefahr bringst. Du weißt genau, dass sie etwas Besseres verdient hat als dich.*

Ich balle die Hände zu Fäusten. Ich hasse es, das zugeben zu müssen, aber er hat recht. Ich bin eine Gefahr für sie, und sie hat etwas Besseres verdient. Jemanden, der keine Geheimnisse vor ihr hat, der ihr keine Lügen und Ausflüchte auftischt. Jemanden, der ehrlich zu ihr sein kann und nicht in diese kriminelle Scheiße verwickelt ist, aus der er einfach nicht herauskommt. Sie hat all das und noch viel mehr verdient, was ich ihr nicht geben kann.

Wild entschlossen steuere ich die Bar auf der anderen Seite des Clubs an, weit weg von ihr. Als würde ich allein durch meine Anwesenheit und die verfluchten Nachrichten in meinem Handy eine Bedrohung für sie darstellen.

Sekunden später steht ein Shotglas vor mir. Ich kann mich nicht mal dran erinnern, es bestellt zu haben, aber das ist mir egal.

Ich dachte, ich würde einen Ausweg finden, wenn ich nur genug Zeit hätte. Doch meine Zeit ist abgelaufen, ohne dass mir eine Lösung eingefallen ist. Abhauen kann ich nicht. Nicht, solange diese Typen Gemma und Ember bedrohen. Zur Polizei kann ich auch nicht. Niemand würde mir glauben, erst recht nicht, wenn sie einen Blick in meine Akte werfen. Und wenn Hendrick davon Wind bekommen sollte, bin ich so gut wie tot. Diesen Verrat würde er nicht mal mir durchgehen lassen, ganz egal, wie sehr ich ihn an seinen Sohn erinnere.

Ich stürze den Drink hinunter und knalle das Glas auf die Theke, doch trotz des Alkohols will sich keine Entspannung einstellen. Nicht, wenn alles in mir auf Kampf oder Flucht eingestellt ist.

Wie von selbst sucht und findet mein Blick Ember, die mit einer kleinen Gruppe bei den Sitzecken steht, und mir wird klar, dass Hendrick mir nie eine Wahl gelassen hat. Das Ultimatum war nur ein Mittel zum Zweck. Vielleicht wollte er mir das Gefühl vermitteln, noch einen Rest von Kontrolle über die Situation zu haben, aber wir wissen beide, dass das nicht der Fall ist. Es gibt nur eine Sache, die ich tun kann. Nur eine Sache, um Schadensbegrenzung zu betreiben. Selbst wenn das bedeutet, wieder ein Teil dieser Welt zu werden.

In diesem Moment lacht Ember über etwas, das Will gesagt hat. Sekundenlang kann ich sie nur anstarren, so schön ist sie. So entspannt. Gut möglich, dass der Alkohol dazu beiträgt, aber sie wirkt, als hätte sie nicht die geringsten Sorgen. Zumindest wenn ich nicht in ihrer Nähe bin, denn diesen Ausdruck auf ihrem Gesicht habe ich nie zuvor an ihr wahrgenommen. Und jetzt sieht sie ausgerechnet Will auf diese Weise an.

William Harrold, den Vorzeigetyp, der in seinem Job sogar Menschenleben rettet. Der perfekte Schwiegersohn in spe, der keinen Dreck am Stecken und keine dunkle Vergangenheit hat, die ihm immer wieder in die Fresse schlägt. Der ein guter Freund für Ember geworden ist und schon länger mit ihr flirtet, als ich wieder zurück bin.

Wäre ich ein anständiger Mensch, würde ich sie spätestens jetzt in Ruhe und ihr Glück mit jemand anderem finden lassen. Mit jemandem wie Will. Aber ich bin kein anständiger Kerl. Ich bin ein egoistisches Arschloch und will sie für mich. Ich will derjenige sein, der sie Tag für Tag, Nacht für Nacht glücklich macht, der sie zum Lachen, Schreien und Stöhnen bringt. Ich will derjenige sein, an den sie sich wendet, wenn sie traurig ist oder es einen Notfall in der Familie gibt. Ich will diese Person für sie sein.

»Hey, Bro.« Zion boxt mir gegen die Schulter und lässt sich auf den Hocker neben mir fallen. »Wenn du noch länger so griesgrämig dreinschaust, nehme ich es persönlich. Wir feiern schließlich meine Verlobung.«

Mühsam reiße ich den Blick von Ember los. »Sorry, Mann.«

Etwas, das wie Verständnis aussieht, zuckt über sein Gesicht. »Taleisha und ich waren auch mal getrennt, weißt du?«

»Wie war das für dich?«

Er schnauft hörbar. »Die beschissenste Zeit meines Lebens. Aber wir haben diese Pause beide gebraucht – genau wie andere Partner in unserem Leben. Ich hasse es zu wissen, dass sie mit diesen Typen zusammen war, dass sie sie geküsst und angefasst haben.« Er ballt die Hand zur Faust und löst die Finger nacheinander wieder. »Taleisha geht es mit mir genauso. Sie ist fast durchgedreht, als sie mich bei einem Date mit einer Frau gesehen hat. Letzten Endes haben wir daraus gelernt, was wir aneinander haben. Und dass wir zwar ohne den anderen leben können, es aber nicht wollen.«

»Das freut mich für dich, Z, ganz ehrlich, aber das lässt sich nicht mit Ember und mir vergleichen. Du hast nicht mal ansatzweise so viel Mist gebaut wie ich.«

Er nickt bedächtig. »Also war's das? Du gibst einfach auf?«

»Ich weiß nicht, was ich noch tun soll.«

Davon, was richtig und was falsch ist, ganz zu schweigen. Falls ich je einen inneren Kompass hatte, ist der schon vor langer Zeit kaputt gegangen.

Zion grinst langsam. »Also, ich hätte da eine Idee.« Mit dem Kinn deutet er an mir vorbei.

Stirnrunzelnd drehe ich mich um – und finde mich einer hübschen jungen Frau mit kurzem dunkelbraunem Haar gegenüber.

Sie lächelt erst mich, dann ihn an. »Hi, Z. Willst du uns nicht vorstellen?«

»Klar doch. Holden, das ist Samira. Sie arbeitet mit mir im Restaurant. Samira, das ist mein Kumpel Holden.«

»Was soll das?«, zische ich ihm zu, zwinge mich aber dazu, ihr ein knappes Lächeln zu schenken.

»Du kannst mir später danken«, murmelt er und klopft mir zum Abschied auf die Schulter, dann verschwindet er zwischen den anderen Clubbesuchern.

Was zum Teufel soll das? Erst redet er mir wegen Ember gut zu, dann verkuppelt er mich mit einer anderen? Nicht zum ersten Mal in meinem Leben frage ich mich, was in seinem Kopf vorgeht. Beim Eishockey hatte er früher immer ein Ass im Ärmel, aber heute …?

»Du bist also ein Freund von Z?« Samira lehnt sich neben mich gegen den Tresen.

Ich nicke. »Wir kennen uns seit der Highschool.«

»Nice. Ich bin erst vor Kurzem hergezogen und habe meine Ausbildung zur Köchin angefangen.«

»Ganz allein?«

Ein amüsiertes Funkeln tritt in ihre braunen Augen. »Die Ausbildung? Oder der Umzug hierher?«, kontert sie frech.

Ich kann nicht anders, als zu schmunzeln. »Ich meinte den Umzug.«

»Du entpuppst dich aber nicht plötzlich als Serienkiller, der wissen will, ob ich allein wohne, damit er mitten in der Nacht zuschlagen und mich umbringen kann, oder?«

Ich grinse. »Keine Sorge, das würde ich schon bei helllichtem Tag machen.«

Sie wirft den Kopf in den Nacken und lacht laut auf. Dann deutet sie mit dem Finger auf mich. »Ich glaube, ich mag dich, Holden.«

Ich will dich nicht.

Embers Worte geistern durch meinen Kopf und fachen das Gefühlschaos aus Zorn, Frustration und Dutzenden anderen Emotionen in mir an. Sie belügt nicht nur mich, sondern auch sich selbst. Aber bitte. Wenn sie denkt, dass sie mich nicht will, dann eben nicht.

»Und ich bin echt froh, dich kennengelernt zu haben, Samira.«

»Wirklich?« Sie lächelt breit, dann gibt sie dem Barkeeper ein Zeichen und bestellt uns zwei Shots, die kurz darauf vor uns stehen. »Na dann. Auf neue Leute und neue Chancen.«

Ich stoße mit ihr an und stürze den Drink hinunter. Diesmal spüre ich die Wärme des Alkohols kaum noch, dafür umso mehr das kalte

Prickeln im Nacken. Als ich den Kopf zur Seite drehe, bemerke ich, dass Ember uns beobachtet.

Taleisha ist fast durchgedreht, als sie mich bei einem Date mit einer Frau gesehen hat.

Das ist also Zions Ziel? Ember eifersüchtig machen? Dieser durchtriebene Mistkerl. Als sie mich das letzte Mal mit einer anderen Frau zusammen gesehen hat, war sie rasend vor Wut und Eifersucht, auch wenn sie sich das nicht eingestehen wollte.

Mal sehen, was diesmal passiert. Denn so, wie Ember mich gerade mit ihren Blicken erdolcht, könnte der Plan sogar aufgehen. Erst recht, als meine neue Freundin ihre Hand auf meinen nackten Arm legt und ...

Meine Gedanken kommen zu einem abrupten Halt.

Ember löst sich aus der Gruppe. Allerdings kommt sie nicht an die Bar, um mir ordentlich die Meinung zu sagen, sondern marschiert geradewegs auf den nächsten Ausgang zu.

Nein, verdammt.

»Sorry.« Ich werfe Samira einen entschuldigenden Blick zu. »Es gibt da jemanden ... Ich muss ...«

»Ich weiß.« Sie zwinkert mir zu und nippt seelenruhig an ihrem neuen Drink. »Geh schon.«

Ich bin zu besorgt wegen Ember, um mir weiter den Kopf über Samira oder Zion zu zerbrechen, also laufe ich los, schiebe mich an den anderen Leuten vorbei und erreiche den Ausgang kurz nach ihr. Doch gerade, als ich die Tür aufreißen und ihr nach draußen folgen will, tritt mir jemand in den Weg.

33. Kapitel

»Holden.«

Ich bleibe reflexartig stehen. Jeder Muskel in meinem Körper spannt sich automatisch an, auch wenn ich mich für diese Reaktion verfluche – denn ich hatte mit genug dubiosen Leuten zu tun, um zu wissen, dass von diesem Kerl keine Gefahr ausgeht. Aber manche Gewohnheiten wird man nicht so leicht los.

»Will.« Ich nicke ihm kurz zu und schiebe mich dann an ihm vorbei.

»Lass Ember in Ruhe.«

Ich halte inne. Drehe mich langsam zu ihm um. »Was hast du gerade gesagt?«, frage ich gefährlich leise. Ich kann nur für ihn hoffen, dass ich mich verhört habe.

Will verzieht keine Miene. »Du hast mich schon richtig verstanden. Mach dich nicht an sie ran, nur weil du sie nicht haben kannst. Sie hat schon genug durchgemacht.«

Misstrauisch verenge ich die Augen. »Woher willst du das wissen?«

Hat sie ihm etwa von jener Nacht erzählt? Sich ihm anvertraut? Hat sie mit ihm geteilt, was sie all die Zeit vor mir geheim gehalten hat?

»Ich weiß es einfach.« Er macht einen drohenden Schritt auf mich zu. »Außerdem hat sie mehr verdient als einen Typen, der sie nur flachlegen will.«

Unbewusst balle ich die Hände zu Fäusten. Der Drecksack hat keine Ahnung. Ich kann Beck dafür respektieren, dass er Ember beschützen möchte – aber nicht Will. Nicht, wenn ich genau weiß, dass er ihr am liebsten selbst an die Wäsche gehen würde.

»Wir sind nur Freunde«, stoße ich hervor, doch Wills Miene zeigt deutlich, dass er mir genauso wenig glaubt wie ich mir selbst. Ember und ich mögen vieles sein – aber *nur Freunde* gehört schon lange nicht mehr dazu, ganz egal, was wir uns einreden. »Außerdem geht dich das einen Scheißdreck an.«

Ich habe es so satt, dass andere Leute mir ständig vorschreiben wollen, was ich zu tun und zu lassen habe. Dass sie denken, es besser zu wissen. Klar meinen sie es nur gut – zumindest was Ember angeht –, aber sie haben nicht die geringste Ahnung von mir oder meinem Leben. Sie haben keine Ahnung, was ich durchgemacht habe und welches Risiko ich mit meiner Rückkehr nach Golden Bay eingegangen bin.

Der Rückkehr zu meiner Familie.

Und zu Ember.

Will verschränkt die Arme vor der Brust. »*Sie* geht mich sehr viel an, ob es dir gefällt oder nicht.«

Ich bleibe so dicht vor Will stehen, dass er trotz der Geräuschkulisse jede einzelne Silbe deutlich hören kann. »Es gefällt mir nicht. Tu dir selbst einen Gefallen und misch dich nicht in meine Angelegenheiten ein. Glaub mir, das ist für uns beide besser.«

Und damit meine ich nicht nur Ember, sondern auch den Rest meines chaotischen, gefährlichen Lebens.

»Ich bin kein guter Mensch. Ich mache Fehler. Fehler, die mich seit Jahren verfolgen. Aber ich versuche mich zu bessern. Für Ember. Für meine Familie. Und auch für mich selbst.«

Will starrt mich finster an. Was auch immer er mir gerade an den Kopf werfen will, er entscheidet sich dagegen – und schweigt. Gut so.

In manchen Situationen bin ich vielleicht ein Arschloch, aber ich werde nicht auf Will losgehen. Das hat er trotz allem nicht verdient.

Also werfe ich ihm nur einen letzten, warnenden Blick zu und lasse ihn stehen, bevor einer von uns doch noch etwas sagt oder tut, das er bereuen wird.

Als ich nach draußen trete, trifft es mich wie ein Schlag ins Gesicht. Es ist schwül, die Luft ist schwer und viel zu warm dafür, dass es bereits kurz nach drei Uhr nachts ist.

Schnell wandert mein Blick über die Leute. Die meisten von ihnen rauchen und stehen in Grüppchen zusammen, aber ein paar Meter entfernt entdecke ich sie. Ember. Sie lehnt mit dem Rücken an der Hauswand und hat die Arme um sich geschlungen.

»Geh zurück zu deiner neuen Freundin«, sagt sie, als ich näher komme, sieht dabei jedoch nicht mal in meine Richtung. »Ich will nicht reden.«

Trotzdem lehne ich mich mit der Schulter neben sie gegen die Mauer. »Pech, denn wir *müssen* darüber reden.«

Sie schnaubt und dreht den Kopf zu mir. Selbst in der miserablen Beleuchtung hier draußen vor dem Club sehe ich, dass ihr Make-up unter den Augen verschmiert ist. »Du und ich *müssen* gar nichts, Holden. Wir sind schon lange fertig miteinander. Also geh wieder rein und hab deinen Spaß.«

»Ich hab keinen *Spaß* ohne dich. Wann geht das endlich in deinen Dickschädel rein?«

»Oh, ich weiß nicht, vielleicht wenn du damit aufhörst, bei jeder sich bietenden Gelegenheit mit irgendwelchen Frauen zu flirten?«

Ich blinzle langsam. Und dann, weil ich offensichtlich nicht sonderlich an meinem Leben hänge, muss ich lächeln.

Embers Augen werden zu schmalen Schlitzen. »Was ist daran so lustig?«

»Du bist eifersüchtig.«

Es ist beinahe komisch, wie sie die Augen aufreißt und mich mit offenem Mund anstarrt. »Was? Das bin ich nicht!«

»Oh doch. Du warst eifersüchtig auf Amelie und bist es auch jetzt. Es macht dich rasend, mich mit einer anderen zu sehen. Warum gibst du es nicht endlich zu?«

»Weil es nicht stimmt, du Arschloch! Wie alt sind wir? Zwölf? Außerdem würde Eifersucht bedeuten, dass mir etwas an dir liegt, und das tut es nicht. Das Letzte, was ich möchte, ist ausgerechnet *dich* zu wollen!«

»Tja, dumm gelaufen, Baby.« Ich schnalze mit der Zunge. »Wir kriegen nicht immer das, was wir uns wünschen.«

Sie zittert vor unterdrücktem Zorn, und ich kann es ihr nicht mal verübeln. Für den Spruch hätte sie mir eine reinhauen können – auch wenn es die Wahrheit ist. Wenn wir alles bekämen, was wir wollen, würden Ember und ich in diesem Augenblick nicht hier draußen vor dem Club stehen und uns streiten, sondern nackt in meinem Bett liegen.

»Du kannst mich mal!«, faucht sie und stößt sich von der Hauswand ab.

Bevor sie wieder vor mir flüchten kann, greife ich nach ihrem Handgelenk und halte sie fest.

Sie wirbelt zu mir herum. Etwas flackert in ihren Augen auf, etwas Dunkles, Verlangendes, wird jedoch einen Herzschlag später von blanker Wut ersetzt.

Okay, das reicht.

34. Kapitel

Die Wohnung ist dunkel und still, als ich die Tür aufschließe und das Licht einschalte. Beck scheint nicht da zu sein, also ist er noch mit den anderen im Club oder bei seiner mysteriösen Freundin, die er nachts besucht. Mir kann es nur recht sein, denn so sind Ember und ich allein und können das in Ruhe ausdiskutieren.

Der kurze Spaziergang vom Club hierher hat nicht dazu beigetragen, das Feuer zu löschen, das nach wie vor zwischen uns brennt, angefacht durch Wut, Eifersucht, Frustration und Missverständnisse. Und Sehnsucht. Seit ich sie vor sechs Wochen in Gemmas Hochzeits-Hotelsuite wiedergesehen habe, sie berührt und ihre Stimme nach all der Zeit wieder gehört habe, geht mir diese Frau erst recht nicht mehr aus dem Kopf. Seit der ersten Berührung, dem ersten Tanz, dem ersten Kuss wollte ich all das immer wieder tun.

»Nur damit eins klar ist.« Ember wirft ihre Handtasche auf die Kommode neben der Tür und verschränkt die Arme vor der Brust. »Ich bin nicht hergekommen, um mit dir in die Kiste zu springen.«

Überrascht hebe ich die Brauen. »Interessant, dass es trotzdem das Erste ist, woran du denkst.«

»Du Mistkerl.« Sie bebt vor kaum verhohlenem Zorn. »Könntest du endlich mal damit aufhören, alles was ich sage, gegen mich zu verwenden?«

»Witzig. Ich könnte dich um das Gleiche bitten. Aber ich habe eine andere, viel wichtigere Frage.« Ich stelle mich vor sie, suche ihren

Blick und halte ihn fest. »Wann gibst du endlich zu, dass du eifersüchtig bist?«

Ember löst die verschränkten Arme und reckt provozierend das Kinn. »Wenn die Hölle zufriert, denn das bin ich nicht! Du kannst reden und rummachen mit wem auch immer du willst. Amelie und diese Frau heute interessieren mich nicht.«

»Ach ja?«

»Ja!«

Langsam stütze ich mich mit der Hand neben ihrem Kopf an die Tür. »Warum bist du dann in dem Moment rausgestürmt, als du uns zusammen gesehen hast?«

Sie zögert eine halbe Sekunde zu lang. »Weil ich frische Luft gebraucht habe. Ist das etwa verboten?«

Ich versuche in ihren Augen die Wahrheit zu erkennen, aber sie macht es mir echt nicht leicht. »Und warum bist du dann mit zu mir gekommen? Wenn du mich angeblich nicht willst?«, frage ich eine Spur leiser. Eindringlicher. Sie soll es zugeben. Das ist alles, was ich verlange. Denn wenn sie das nicht tut, wenn sie ihre Gefühle noch länger leugnet, kommen wir nicht weiter. Wir werden uns immer nur im Kreis drehen.

»Weil ich es hasse, eine öffentliche Szene zu machen.«

»Dann hätten wir die Diskussion auch beenden und in den Club zurückgehen können.«

Wenn Blicke töten könnten …

»Du möchtest zurück?« Ember wirbelt herum und schließt die Finger um die Klinke. »Schön. Dann gehen wir eben zurück.«

Sie schnappt nach Luft, als ich meine Hand auf ihre lege, um sie davon abzuhalten, die Tür aufzureißen. Dann beuge ich mich zu ihr hinunter, damit sie jedes einzelne meiner Worte klar und deutlich hört. »Ich will niemanden außer dir, Em.«

Ein Schauer wandert durch ihren Körper.

»Wie oft muss ich dir das eigentlich noch sagen?«

Sie atmet erstickt aus und starrt auf einen unsichtbaren Punkt an der Tür. »Bis ich es dir abkaufe. Oder ich glaube, dass du damals nicht wegen einer anderen gegangen bist.«

»Das bin ich nicht«, stoße ich hervor. »Das würde ich dir niemals antun.«

»Du hast mir Schlimmeres angetan.«

Ich habe sie verletzt – mehr, als mir damals bewusst war. Das weiß ich mittlerweile. Von all den falschen Entscheidungen, die ich getroffen habe, bereue ich die aus jener Nacht am allermeisten. Ich würde sie um jeden Preis der Welt rückgängig machen. Aber das kann ich nicht, ganz gleich, wie sehr ich mich bemühe.

Das Einzige, was ich tun kann, ist, Ember immer wieder zu versichern, dass ich für sie da bin, auch wenn sie es nicht wahrhaben will. Wobei ... das ist nicht ganz richtig. Ich kann ihr auch zeigen, wie viel sie mir bedeutet. Auf eine Weise, die sie bereits zugelassen hat, weil sie sich genauso sehr nach mir sehnt wie ich mich nach ihr – obwohl sie sich noch immer weigert, es zuzugeben.

Langsam streiche ich mit den Lippen über die weiche Haut an ihrem Hals und setze einen Kuss auf die Stelle knapp unter ihrem Ohr.

Ember keucht auf, und wir verharren beide einen Moment lang völlig reglos. Mein Herz hämmert viel zu schnell, und ich muss mich dazu zwingen, nichts weiter zu tun. Diesen winzigen Kuss wie eine stumme Frage zwischen uns schwelen zu lassen.

Ich weiß nicht, was ich erwarte oder befürchte. Dass sich Ember von mir losreißt? Mir ihren Ellbogen in die Rippen rammt, herumwirbelt und mir mit dem Handballen die Nase bricht, wie sie es in ihren Selbstverteidigungskursen gelernt hat? Möglicherweise. Aber sie tut nichts davon. Stattdessen rutscht ihre Hand von der Türklinke und landet auf meinem Oberschenkel. Auch wenn sie sich gegen die Anziehung zwischen uns wehrt, sie ist genauso machtlos dagegen wie ich. Nur dass ich mich nicht dagegen wehre. Ich will es. Ich will sie. Ich will alles, was sie zu geben bereit ist.

Wieder und wieder setze ich heiße Küsse auf ihren Hals und atme tief ein. Ihr blumiger Duft ist mir schmerzhaft vertraut. Wie alles an Ember. Ihre weichen Haare zwischen meinen Fingern. Ihr warmer Körper, der an meinem lehnt. Die Kurven ihrer Hüften und Brüste unter meinen Händen. Ihre Lippen auf meinen, als ich den Daumen unter ihr Kinn lege und ihren Kopf ein Stück zu mir drehe.

Wir verschwenden keine Zeit mit sanftem Herantasten oder keuschen Küsschen. Unsere Zungen treffen im selben Moment aufeinander wie unsere Münder und tragen einen Kampf aus. Einen Kampf, bei dem es ausnahmsweise keine Verlierer geben kann. Nur Gewinner.

Sie seufzt gedämpft, und ich gebe ihr etwas Raum, damit sie sich zu mir umdrehen kann, wenn sie das möchte, aber sie bleibt mit dem Rücken zu mir stehen. Hitze schießt durch meinen Körper. Ich unterbreche unseren Kuss nur, um nach Luft zu schnappen. Ohne ihren Blick loszulassen, streiche ich an ihren Armen hinauf, schiebe die Finger unter die dünnen Träger ihres Kleids und ziehe sie ihr über die Schultern. Erst links, dann rechts.

Sie trägt nur einen cremefarbenen, trägerlosen BH darunter, und auch der muss weichen. Ein kurzes Ziehen am Verschluss, schon landet das schöne Stück vor ihr auf dem Boden und ich schließe die Hände um ihre nackten Brüste.

»Das ist ein Fehler«, murmelt Ember und lehnt dennoch den Kopf gegen meine Schulter.

»Es ist kein Fehler«, entgegne ich. »Es ist das einzig Richtige. *Wir* sind richtig.«

Ihre Reaktion besteht aus einem leisen Stöhnen, als ich ihre Brustwarzen sanft zwischen zwei Fingern reibe und wieder ihren Hals küsse.

»Holden …« Ember greift nach meiner rechten Hand und führt sie zwischen ihre Schenkel.

Ich ziehe an ihrem Kleid, bis der Stoff über ihre Hüften gleitet und sich zu ihren Füßen bauscht. Dann fahre ich mit den Fingerkuppen über ihre Mitte. »Fuck, Em …«

Sie ist warm und feucht. Selbst durch den dünnen Slip hindurch kann ich es fühlen. Und als ich das Material zur Seite schiebe, stöhnen wir beide leise auf. Sie ist erregt und mehr als bereit für mich.

Meine Hose ist gerade deutlich enger geworden …

»Bist du sicher, dass du das möchtest?«, raune ich und beiße in ihr Ohrläppchen.

Ember schnappt nach Luft und drängt ihren Po fest an mich, wodurch ich das Gefühl habe, gleich zu platzen. »Ja … ich will es.«

Wie lange habe ich darauf gewartet, sie das sagen zu hören? Eine ganze Ewigkeit. Zumindest hat es sich so angefühlt, vor allem in den langen, einsamen Nächten der vergangenen zwei Jahre, als ich nichts hatte außer meinen Erinnerungen.

Doch obwohl ich kaum noch klar denken kann, scheint ein kleines bisschen von meinem Verstand intakt zu sein. Sie hat *es* gesagt. *Ich will es.* Und nicht: *Ich will dich.* Ein winziger und doch bedeutender Unterschied. Und während ich mit den Fingern über ihre Klit reibe und gleichzeitig versuche, die letzten Reste Willenskraft zusammenzukratzen, fasse ich einen Entschluss.

»Ich werde dich nicht vögeln«, keuche ich. »Nicht, wenn wir beide getrunken haben und wütend aufeinander sind.«

Nicht, wenn sie nur *das hier* will – die Berührungen, den Sex, den Orgasmus – und nicht mich.

»Aber …«

»Schhh«, mache ich und setze einen Kuss auf die Stelle, an der ihr Puls heftig pocht. »Vertrau mir.«

Ich weiß, dass ich viel von ihr verlange, denn ihr Vertrauen ist das Letzte, was sie mir schenken will. Und dennoch tut sie es. Sie mag mir zwar nicht mehr ihr Herz anvertrauen, aber zumindest ihren Körper.

Ohne ein weiteres Wort, ohne das geringste Zögern, stützt sie sich mit den Händen an der Tür ab und wartet darauf, was ich als Nächstes mit ihr vorhabe.

Bevor ich darüber nachdenken kann, was genau dieses kurze Abenteuer für uns bedeutet, ziehe ich ihr den Slip aus und dränge ihre Beine mit meinem Knie auseinander. Ember steht völlig nackt vor mir, während ich noch alle Klamotten anhabe.

Verflucht heiß.

Zu einer anderen Zeit, an einem anderen Ort würde ich das auskosten und es in die Länge ziehen, aber uns bleibt nicht viel Zeit. Mein Mitbewohner könnte jede Sekunde nach Hause kommen, und ich will diesen Moment mit Ember unter keinen Umständen verlieren.

»Ist es das, was du brauchst?« Mit dem Handballen massiere ich ihren sensibelsten Punkt, während ich erst einen Finger in sie eintauche, dann einen zweiten. Mit der freien Hand umfasse ich ihre Brust und setze gleichzeitig heiße Küsse auf ihren Hals.

»Holden … ich …«

»Ich weiß«, raune ich in ihr Ohr und knabbere daran.

Ich höre nicht auf. Mache weiter, massiere und stoße mit den Fingern in sie, wieder und wieder, bis sie so laut stöhnt, dass man es mit Sicherheit bis in den Hausflur hören kann.

»Komm für mich.«

Einen Sekundenbruchteil später verkrampfen sich ihre Muskeln um meine Finger, und Ember gibt einen hellen Laut von sich, den ich nie zuvor von ihr gehört habe. Als ihre Knie nachzugeben drohen, schlinge ich den Arm um sie und halte sie aufrecht, während ich meinen Kopf gegen ihren lehne.

Unsere Atemzüge kommen schnell und unregelmäßig, vermischen sich und werden eins. Ich kann nicht mehr klar denken, ich weiß nur, dass ich gleich explodiere, wenn ich mich auch nur einen Zentimeter bewege. Also tue ich es nicht. Ich rühre mich nicht. Bleibe einfach stehen und halte sie fest an mich gedrückt.

»Was ist mit dir?«, fragt sie nach einem Moment. »Du bist nicht …«

Ich packe ihre Hand, bevor sie sie auf meinen Oberschenkel legen kann, und führe sie an meine Lippen, um einen kleinen Kuss auf ihre Finger zu setzen. »Schon gut. Gib mir nur zwei, drei Minuten. Vielleicht auch ein paar Stunden …«

»Holden.«

Diesmal halte ich sie nicht auf, als sie hinter sich tastet. Ich beiße die Kiefer aufeinander, als ihre Finger meine Jeans streifen, und atme zischend aus, sobald sie auf der Wölbung liegen.

»Tu es.« Sie reibt einmal über meine Erektion. Kurz und fest. »Was auch immer du gerade tun willst – tu es.«

Ich habe versucht, mich zurückzuhalten. Ich habe versucht, ein Gentleman zu sein. Aber ihre Worte und diese Berührung sprengen auch den letzten Rest meiner Selbstbeherrschung.

»Beug dich etwas nach vorne.«

Mit der einen Hand öffne ich Knopf und Reißverschluss meiner Jeans, mit der anderen halte ich Ember an der Hüfte fest. Ich habe nicht gelogen, als ich behauptet habe, dass ich nicht mit ihr schlafen werde. Nicht hier und jetzt. Aber ich brauche sie so sehr, dass ich nicht mehr klar denken kann.

Ember tut, was ich von ihr verlange, stützt sich mit den Unterarmen an der Tür ab und streckt sich mir instinktiv entgegen. Allein bei diesem Anblick, sie in dieser Position nackt vor mir zu haben, könnte ich kommen.

Ich mache einen halben Schritt nach vorne und reibe meinen Schwanz zwischen ihren Pobacken. Es ist nicht dasselbe, wie in ihr zu sein, aber … verdammt, fühlt sich das gut an!

»Em …« Meine Stimme klingt nicht mehr nach mir. Mein Körper hat die Kontrolle übernommen. Mein Becken zuckt nach vorne, schneller, immer schneller, bis …

»*Fuck!*«

Ich komme auf ihrer warmen, weichen Haut. Ich komme geradewegs auf ihrem Hintern.

35. Kapitel

Es fällt mir schwer, einen klaren Gedanken zu fassen, während ich auf meinem Höhenflug schwebe, doch nach und nach kehren andere Sinneseindrücke als Embers erhitzter Körper zurück. Die Tatsache, dass wir noch immer im Flur an der Tür stehen zum Beispiel. Oder dass ich sie nach wie vor festhalte und am liebsten gar nicht mehr loslassen würde. Ember macht ebenso wenig Anstalten, sich aus meiner Umarmung zu lösen, und es fällt mir verflucht schwer, derjenige zu sein, der den Zauber bricht.

»Bleib so.« Widerwillig mache ich mich von ihr los.

Im Bad kümmere ich mich rasch um mich selbst und ziehe mich wieder an. Unter dem Waschbecken finde ich ein frisches Handtuch und halte es in den warmen Wasserstrahl, bevor ich damit zu Ember zurückkehre. Überrascht dreht sie den Kopf in meine Richtung, seufzt jedoch leise und genießerisch, als ich mit dem Handtuch über ihren Hintern und zwischen ihre Beine fahre und sie säubere. Sobald ich fertig bin, bringe ich das Handtuch zurück ins Bad.

Als ich in den Flur komme, hat Ember sich gerade wieder angezogen und schiebt sich die Träger ihres Kleids über die Schultern.

Ihre Wangen sind gerötet, ihre Lippen ein wenig geschwollen, das Haar etwas zerzaust, obwohl ich mich nicht daran erinnern kann, mit den Fingern darin herumgewühlt zu haben. Als mein Blick auf das Mal an ihrem Hals fällt, breitet sich eine seltsame Mischung aus Stolz und Zufriedenheit in mir aus, dabei ist ein Knutschfleck mit ziemlicher

Sicherheit das Letzte, was sie von mir haben will. Trotzdem kann ich nicht anders, als mich darüber zu freuen, denn das wird jedem anderen Kerl da draußen zeigen, dass dieses Mädchen vergeben ist. Ganz egal, wie archaisch und sexistisch das sein mag. Wenn Ember mir aus denselben Gründen einen Knutschfleck verpassen will – immer her damit.

Aber sie bleibt an der Tür stehen und betrachtet mich mit einem Ausdruck in den Augen, der mir nicht gefällt. »Wird das immer so weitergehen zwischen uns?«, fragt sie leise. »Einer ist eifersüchtig, wir streiten, machen rum, bereuen es hinterher?«

»Ich bereue nichts.«

Sie weicht meinem Blick aus. Und ich erinnere mich an das, was sie am Sunrise Point zu mir gesagt hat: *Wir sind keine Freunde. Nicht wirklich.*

Doch wenn wir es nicht mal schaffen, so etwas wie Freunde zu sein, was sind wir dann? Was bleibt von uns außer unserer schmerzhaften Vergangenheit und der heftigen Anziehung?

»Hey …« Ich mache einen Schritt auf sie zu. »Ember. Sieh mich an.« Mit zwei Fingern hebe ich ihr Kinn an, bis sie meinem Blick begegnet. »Ich bereue nichts von heute Nacht. Ich will dich. Damals, heute und in Zukunft. Ich will nur dich. Und ich werde auf dich warten, bis du bereit für uns bist.«

Ihre Augen weiten sich. Zum ersten Mal habe ich das Gefühl, dass meine Worte zu ihr durchdringen. Dass sie all die Zweifel und das Misstrauen beiseiteschiebt und endlich realisiert, dass ich die Wahrheit sage. Es gab immer nur sie. Der Gedanke, sie wiederzusehen, ihr alles zu erklären, hat mich angetrieben, hat mich die schlimmsten Situationen durchstehen lassen und auf diese Insel zurückgebracht. Ja, Gemmas Hochzeit war der Anlass, aber vor fünf Jahren hätte ich meine Schwester, meine Mom und mein ganzes Leben hier zurückgelassen, nur um mit Ember zusammen zu sein.

Um mit ihr woanders neu anzufangen. Das muss sie sehen. Das muss sie verstehen.

Doch sie schüttelt den Kopf, erst langsam, dann nachdrücklicher, und weicht vor mir zurück.

Verwirrt lasse ich die Hand sinken. »Ember …?«

»Ich … Ich kann das nicht. Das hätte nicht passieren dürfen.« Damit schnappt sie sich ihre Handtasche und reißt die Wohnungstür auf.

Im ersten Moment bin ich wie versteinert. Dann laufe ich los, durch das Treppenhaus nach unten, bis ich sie draußen auf der Straße einhole. »Em. Lass uns darüber reden.«

Sie sieht mich nicht an, bleibt nicht mal stehen. »Es gibt nichts zu bereden.«

Ich bin nicht dämlich. Ich weiß, dass sie mich auf körperlicher Ebene will. Aber irgendetwas hält sie selbst jetzt, nach all den Wochen, davon ab, sich auch emotional wieder auf mich einzulassen. Liegt es wirklich an damals? An dieser einen Nacht und der beschissenen Entscheidung, die ich getroffen habe? Wird das für den Rest unseres Lebens zwischen uns stehen?

»Was hast du vor?«, wechsle ich das Thema. »Willst du etwa bis nach Hause laufen?«

Dann wäre sie eine ganze Weile unterwegs, noch dazu mitten in der Nacht. Allein. Ich weiß zu viel über die Dinge, die nachts auf dieser Insel passieren, um das zuzulassen.

»Nicht nach Hause, sondern zurück zum Club. Will ist unser Fahrer heute Abend, schon vergessen? Er hat als Einziger nichts getrunken.«

»Will. Natürlich. Wer auch sonst?« Ich kann nichts dagegen tun, dass meine Stimme einen bitteren Tonfall annimmt. Mittlerweile geht mir der Typ richtig auf den Sack.

Ember bleibt so abrupt stehen und wirbelt zu mir herum, dass ich beinahe in sie hineinrenne. »Dafür, dass du gerade auf mir gekommen bist, bist du erstaunlich eifersüchtig.«

Ich blinzle, weil ich solche direkten Worte nicht von ihr gewohnt bin. Nicht von dem Mädchen, das ich zurückgelassen habe. Aber wie es aussieht, haben wir uns beide verändert.

»Wärst du das an meiner Stelle nicht?«, knurre ich und überbrücke die Distanz zwischen uns, bis ich direkt vor ihr stehe.

Sie verengt die Augen. »Du und ich sind nicht zusammen, Holden. Wir sind kein Paar.«

Wir sind ja nicht mal Freunde …

»Das hast du vorhin sehr deutlich gemacht, vielen Dank. Aber das bedeutet nicht, dass ich dich mitten in der Nacht allein durch die Gegend rennen lasse.«

Sie schnaubt. »Ich habe drei Jahre lang in einer Großstadt gewohnt und war mehr als nur einmal nachts allein unterwegs. Ich kann auf mich aufpassen und mich verteidigen. Dafür brauche ich dich nicht.«

»Nein, aber vielleicht brauche *ich* es für meinen Seelenfrieden, zu wissen, dass du heil ankommst.«

Selbst wenn das bedeutet, dass ausgerechnet Will sie heimfährt. Das ist immer noch besser, als Angst haben zu müssen, dass ihr etwas zustößt.

Ember schüttelt den Kopf und setzt sich wieder in Bewegung, hält mich jedoch nicht auf, als ich neben ihr her laufe.

Meine Gedanken überschlagen sich – was keine gute Kombination mit dem Alkohol in meinem Blut ist.

»Wenn du möchtest, kann ich dir morgen deinen Wagen vorbeibrin…«

»Musst du nicht«, fällt sie mir ins Wort. »Ich fahre mit Dad oder lasse mich von jemand anderem nach Bayville mitnehmen.«

»Ember.«

»Was?«

»Warum fällt es dir so schwer, dir von mir helfen zu lassen?«

»Weil ich deine Hilfe nicht will! Du bist kein Ritter in strahlender

Rüstung, also hör auf, dich wie einer zu verhalten! Ich komme sehr gut ohne dich klar.«

»Das habe ich auch nie bestritten. Aber gut allein klarzukommen, heißt nicht, dass man nie Unterstützung braucht.«

Noch während ich die Worte ausspreche, würde ich mir am liebsten auf die Zunge beißen, da sie auf mich genauso zutreffen. In meinem bisherigen Leben habe ich mich stets mit Händen und Füßen dagegen gewehrt, Hilfe anzunehmen. Beck habe ich nur deshalb alles erzählt, weil es nach Remis Aktion in der Bar praktisch aus mir herausgeplatzt ist. Aber zugeben, dass ich es nicht alleine schaffe? Dass ich keinen Rat weiß? Das ist verdammt schwer.

Plötzlich kann ich Ember viel zu gut verstehen. Von einem Moment auf den anderen waren sowohl ihre Mom als auch ich einfach weg, und sie musste einen Weg finden, allein mit allem zurechtzukommen. Sie hat ihre Emotionen runtergeschluckt, sie verdrängt, so getan, als wäre alles in Ordnung. Bis vor Kurzem wusste ich nicht mal, dass ihre Mutter sich umgebracht und Ember sie gefunden hat. Niemand auf der Insel weiß davon. Bis heute denken alle, sie wäre an einem Herzinfarkt gestorben. Keiner hat auch nur die geringste Ahnung, was Ember durchgemacht hat. Von ihrer Familie und Shae einmal abgesehen.

»Em …«

Sie bleibt erneut stehen und dreht sich zu mir um. Der wütende Ausdruck ist aus ihrem Gesicht verschwunden, stattdessen erkenne ich darin nichts als Entschlossenheit. »Was ist vor fünf Jahren passiert? Warum bist du ohne mich gegangen?«

Mit der Frage überrumpelt sie mich komplett. Reflexartig presse ich die Lippen aufeinander.

Ember nickt nach einem Moment, als hätte sie mit keiner anderen Reaktion gerechnet. »Und genau deshalb können wir nicht zusammen sein.«

»Du wirst mir also erst verzeihen können, wenn ich dir alles bis ins kleinste Detail erzähle?«

Denn das wird sie nicht, sobald sie die ganze Wahrheit kennt. Sie wird mich nur noch mehr hassen, weil ich ihr Leben zerstört habe. Zum zweiten Mal.

»Es geht nicht darum, dir zu verzeihen. Es geht darum, dir wieder zu vertrauen. Und das kann ich nicht. Nicht so.«

Auch wenn mir eine Million Worte auf der Zunge liegen, sage ich nichts mehr dazu und begleite sie schweigend zurück zum Club, wo ich dabei zusehen muss, wie sie zu Will in den Jeep steigt. Wie sich ein anderer Kerl um sie kümmert und sie nach Hause fährt. Ein besserer Kerl, als ich es je sein werde.

36. Kapitel

Zurück in der WG halte ich mich nicht damit auf, das Licht einzuschalten, sondern lasse mich direkt aufs Sofa sinken. Minutenlang starre ich auf den letzten verpassten Anruf, der reinkam, während ich Ember in Wills Jeep nachgesehen habe. Die Nachrichten von Remi kann ich getrost ignorieren. Hendricks Anruf hingegen? Darauf muss ich reagieren.

Ich schlucke hart. Das Handydisplay ist mittlerweile dunkel geworden, also erwecke ich es mit einer Fingerbewegung wieder zum Leben – zögere jedoch weiterhin.

Mittlerweile frage ich mich nicht mehr, woher sie meine neue Nummer haben. Spielt auch keine Rolle. Wenn ich Hendrick keine Antwort auf sein Ultimatum gebe, wird Remis Auftauchen im Turner's mein geringstes Problem sein. Denn Hendrick zu ignorieren, könnte das Letzte sein, was ich je tue.

»Komm schon, Thorne! Reiß dich zusammen.« Verärgert fahre ich mir mit den Fingern durchs Haar.

Den Alkohol im Blut spüre ich mittlerweile kaum noch. Meine Hand zittert, ich bin erschreckend nüchtern.

Während mein Daumen über dem Anrufen-Button schwebt, kommt mir das nächtliche Gespräch mit Beck in den Sinn. Mir bleibt nur, auf Hendricks Vorschlag einzugehen. Ihm etwas zu geben, das er will, und zu hoffen, dass ich nach dieser Geschichte endgültig aussteigen kann. Auch wenn wir beide wissen, wie naiv und unrealistisch dieser Wunsch ist.

Niemand steigt aus. Nur wenn er tot ist.

Ich hasse alles daran. An meiner Vergangenheit. Den Fehlern, die ich gemacht habe und die mich bis heute verfolgen. Aber wenn ich wirklich auf Golden Bay bleiben will, habe ich keine andere Wahl, als mich auf Hendricks Spielchen einzulassen.

Ein letztes Mal atme ich tief durch, dann drücke ich auf den Telefon-Button und halte mir das Handy ans Ohr.

Es klingelt einige Male, bis ein leises Klicken ertönt. »Holden.«

Hendrick klingt völlig entspannt, als würde er seelenruhig am Tisch sitzen und eine Zigarre rauchen. Kein Anzeichen dafür, dass er ungeduldig, genervt oder erfreut ist. Würde dieser Mann Poker spielen, würde er alle anderen gnadenlos ausnehmen – und das, ohne auch nur eine Sekunde lang ins Schwitzen zu geraten.

»Du wolltest mich sprechen?«, frage ich und lasse mich gegen die Lehne zurücksinken, obwohl ich am liebsten aufspringen und ziellos herumlaufen würde.

»Deine Frist ist abgelaufen. Du schuldest mir eine Antwort.« Auch bei diesem Satz schwingen keine Emotionen in seinem Tonfall mit, aber wir wissen beide, dass es keine Bitte, sondern ein Befehl war. Genauso wie mir klar ist, dass ein Nein inakzeptabel ist – und Folgen für mich und die Menschen hätte, die mir wichtig sind.

»Ich war raus«, erinnere ich ihn trotzdem und klinge dabei verbitterter, als mir lieb ist. »Ich wollte nie wieder einsteigen.«

Gespielt enttäuscht schnalzt Hendrick mit der Zunge. »Dann hättest du nicht zurückkommen dürfen. Was dachtest du denn, wird passieren, wenn du dich wieder hier blicken lässt?« Er fährt fort, bevor ich antworten kann. »Von seiner Vergangenheit kann man sich nicht befreien. Denk daran, was du früher alles getan hast ...«

Ich kralle die Finger in das Polster neben mir. Als ob ich das je vergessen könnte. Vor allem nicht meinen letzten Job auf der Insel ...

»Du bist verschwunden«, erinnert er mich gnadenlos. »Genau

wie mehrere Taschen von meinem Stoff. Weißt du, wie viel mich das gekostet hat? Jeden anderen hätte ich dafür umgelegt. Doch du? Du warst immer wie ein Sohn für mich, Holden.«

Aber du bist nicht mein Vater!, will ich ihn anbrüllen, stattdessen presse ich die Lippen aufeinander und zwinge sie mit aller Macht zurück. Das Letzte, was ich gebrauchen kann, ist, Hendrick gegen mich aufzubringen. Ganz egal, wie krank die Beziehung zwischen uns auch sein mag.

Selbst wenn Hendrick mich unter seine Fittiche genommen, mir Dinge beigebracht und mir eine Sonderbehandlung zukommen lassen hat, ist er nicht mein Vater. Für Hendrick bin ich nur ein weiterer seiner Lost Boys, auch wenn ich ihn an seinen verstorbenen Sohn erinnere. Ein weiterer verlorener Junge, der verzweifelt nach einem Vorbild, nach einem Vaterersatz sucht, dem er nacheifern kann. Und als das für mich nicht mit Embers Dad, mit dem Eishockey-Coach oder meinen Lehrern geklappt hat, habe ich mich von Hendrick einlullen lassen. Ich habe ihm vertraut – bis es beinahe zu spät war.

»Deswegen habe ich dir die Woche Zeit gegeben.« Meine Gedanken rasen, aber Hendrick spricht bereits weiter. »Ich wollte, dass du *freiwillig* zu mir kommst.«

Freiwillig. Beinahe hätte ich aufgelacht, doch das Lachen bleibt mir im Hals stecken.

»Und da ich nicht sofort Ja zu deinem Angebot gesagt habe, hast du ein bisschen nachgeholfen.«

»Remi wollte nur Hallo sagen.« Das amüsierte Grinsen in seiner Stimme ist nicht zu überhören.

Na klar. Remi und ich. Best Fucking Friends for Life.

Ich hätte damals zur Polizei gehen und alles gestehen sollen. Doch die Wahrheit ist, dass mir diese Möglichkeit zunächst nicht mal in den Sinn gekommen ist, weil ich von anderen Dingen abgelenkt war. Und später wurde mir klar, dass dieses Wissen mein einziges Ass im

Ärmel ist, sollte ich je zurückkehren. Damals dachte ich, die Aussage eines Teenagers, der sich selbst strafbar gemacht hat, würde jemanden wie Hendrick nicht zu Fall bringen. Ich würde nur mir selbst schaden – und mir einen mächtigen Feind schaffen. Also habe ich den Mund gehalten.

Jetzt muss ich die Konsequenzen dafür tragen.

»Wie sieht es aus, Holden? Ich will dir wirklich nicht drohen müssen.«

»Warum tust du es dann?« Ich packe das Handy fester, und es kostet mich alles an Willenskraft, ruhig zu bleiben, obwohl ich all den Frust, die Wut, Verzweiflung und Angst rausschreien will. »Remi war in derselben Bar wie meine Schwester«, zische ich. »Er hat ziemlich deutlich gemacht, was er mit ihr vorhat, wenn ich nicht mitspiele.«

Und mit Ember. Doch sie halte ich aus diesem Gespräch bewusst heraus.

»Ach, du kennst doch Remi. Er ist ungeduldig und lässt gerne die Muskeln spielen. Ich dagegen? Ich war schon immer mehr ein Schachspieler als jemand, der sich in einen Straßenkampf stürzt. Ich drohe dir nicht, Holden. Du weißt, dass ich das nie getan habe.«

Es wäre leichter, ihn zu dafür zu verurteilen und zu verabscheuen, wenn er es getan hätte. Wenn er mich bedroht, mich gewaltsam in diese Welt gezogen und mir ein Messer an die Kehle oder eine Knarre an den Kopf gehalten hätte, den Finger bereits am Abzug. Dann könnte ich ihn für alles verantwortlich machen und meine Hände in Unschuld waschen. Leider ist das so weit von der Wahrheit entfernt wie ich es von einem ganz normalen Leben bin.

»Ich erinnere dich lediglich an die Vorteile, die es für dich hat, mit mir zusammenzuarbeiten«, fährt Hendrick in seiner ruhigen, sachlichen Art fort.

Ich schnaube. Na klar. Am Leben zu bleiben, ist ein großer Vorteil. Genauso wie das Wissen, dass sie Ember und meine Familie in Ruhe lassen werden. Dafür muss ich nur meine Freiheit und meine Seele verkaufen.

»Aber selbst meine Geduld hat Grenzen. Ich habe dir Zeit gegeben, Holden, und die ist inzwischen abgelaufen. Du hast Schulden, und du wirst sie begleichen – auf die eine oder andere Weise. Die Entscheidung liegt bei dir, aber du musst sie *jetzt* treffen.«

Ich balle die freie Hand zur Faust. Ich bin nicht zurückgekommen, um wieder in diesen Sumpf abzurutschen. Ich wollte frei sein. Nichts mehr damit zu tun haben. Doch Hendrick und Remi lassen mir keine andere Wahl.

»Ein Job«, ringe ich mir ab. »Nur ein einziger. Danach bin ich endgültig raus.«

»*Ich* entscheide, wann du deine Schulden abbezahlt hast.«

Ein kalter Schauder fährt mein Rückgrat hinab.

»Solange ich für dich arbeite, lassen du, Remi und all deine Leute meine Freunde und Familie in Ruhe. Das ist meine Bedingung.«

»Keine Sorge.« Hendrick lächelt. Ich kann es deutlich vor mir sehen. »Niemand wird Gemma oder Ember ein Haar krümmen.«

Ich erstarre, als ich ihre Namen aus seinem Mund höre. Aber er ist noch nicht fertig.

»Hab gehört, du wirst bald Onkel. Ich schätze, da sind Glückwünsche angebracht, auch wenn es noch früh ist. Und wir wollen ja nicht, dass etwas schiefgeht.«

Mit jedem Satz setzt er einen präzisen Schnitt wie ein Chirurg mit einem Skalpell, einen nach dem anderen, und lässt mich langsam ausbluten.

»Schwör es mir«, verlange ich und gebe mir nicht mal mehr die Mühe, meine Verzweiflung vor ihm zu verbergen. »Schwör mir, dass sie in Sicherheit sind.«

Ein leises Geräusch ist zu hören. Ein Schnauben? Ein unterdrücktes Lachen? Ich weiß es nicht. Doch als die erhoffte Antwort endlich kommt, empfinde ich nicht die geringste Erleichterung.

»Solange du deine Arbeit machst, sind sie sicher. Das schwöre ich dir.«

Ich glaube ihm kein Wort. Aber das ändert nichts an der Situation.

»Komm morgen Abend vorbei, dann besprechen wir die Details«, weist er mich an. »Ich wusste, dass du dich richtig entscheiden würdest. Ich habe Großes mit dir vor, Holden.«

Genau das befürchte ich.

37. Kapitel

Ich weiß nicht, wie lange ich reglos auf dem Sofa sitze und in die Dunkelheit starre, bis ich höre, wie ein Schlüssel in der Wohnungstür herumgedreht wird. Eine Sekunde später geht das Licht an, und ich blinzle gegen die plötzliche Helligkeit an.

»Holden?«, fragt Beck von der Tür aus und drückt sie hinter sich zu. »Was zum Teufel machst du da, Mann?«

Er klingt irritiert, was ich ihm nicht übel nehmen kann. Wahrscheinlich zeugt es nicht unbedingt von geistiger Gesundheit, nachts allein im Dunkeln zu hocken und vor sich hin zu starren. Doch das Gespräch mit Hendrick hat mich kälter erwischt, als ich befürchtet habe.

»Ich hab mit Hendrick telefoniert.« Meine Stimme klingt blechern. Weit weg, als würde ich nicht mehr in meinem Körper stecken.

Ich habe gehofft, alles unter Kontrolle zu haben – zumindest einigermaßen. Solange ich Hendrick und seine Leute hinhalten konnte, war ich in der Lage, mir vorzumachen, noch nicht wirklich wieder in dieser Sache drinzustecken. Aber jetzt? Nach dem Ende des Ultimatums? Nach meinem Einverständnis?

Ich bin geliefert. Das war's.

Hendrick hat eine sehr spezielle Art, sich Leute gefügig zu machen, ohne dass sie überhaupt merken, was er tut. Mir ist es damals genauso ergangen; und seine Methode scheint auch heute noch ausgezeichnet zu funktionieren. Wenn man sich seinem Willen nicht beugt, lässt er ein paar Namen fallen und erhöht den Druck, bis man es nicht länger aushält.

Ember. Gemma. Hab gehört, du wirst bald Onkel. Wir wollen ja nicht, dass etwas schiefgeht.

»Scheiße!« Mit einer einzigen Handbewegung wische ich jeden einzelnen Gegenstand vom Sofatisch und springe auf.

Glas klirrt und zersplittert. Papiere fliegen. Mein Handy knallt mit einem dumpfen Laut auf die Holzdielen.

»Ich hoffe, dass du das wieder aufräumst«, kommentiert Beck trocken. Er ist bei meinem kleinen Ausbruch nicht mal zusammengezuckt.

Ich schnaube nur.

»Holden.« Mit wenigen Schritten ist Beck bei mir und legt mir eine Hand auf die Schulter.

Frustriert reibe ich mir über den Nacken. »Ich weiß nicht, wie ich aus der Sache wieder rauskommen soll …«

Es gibt keinen Ausweg. Es geht nur immer tiefer hinein. Und wenn ich es doch wagen sollte, wenn ich etwas unternehmen würde, dann …

Fuck!

Dieses Eingeständnis verlangt mir mehr ab als alles andere. Ich bin immer allein zurechtgekommen, habe auf mich selbst aufgepasst, ganz egal, wo ich war und was ich dafür tun musste. Zum Teufel, ich habe schon schlimmere Situation erlebt als diese. Trotzdem hat mir die Verzweiflung nie zuvor die Kehle so sehr zugeschnürt wie in diesem Moment. Ich kriege keine verdammte Luft mehr! Und egal, was ich tue, ich mache es nur noch schlimmer.

Für mich. Für meine Familie. Für Ember.

Beck drückt mich aufs Sofa zurück, steigt über die Scherben und hockt sich auf den Couchtisch mir gegenüber. Die Ellbogen auf die Knie gestützt, mustert er mich eindringlich. »Du brauchst Hilfe.«

Ich stoße ein hartes Lachen aus. »Ein Therapeut wäre nicht schlecht. Oder ein SWAT-Team.«

Damit hätte ich wenigstens eine Chance gegen Hendrick. Aber so? Ich habe nicht die geringste Ahnung, wie er von Gemmas Schwangerschaft erfahren hat, aber der Kerl weiß alles, findet alles heraus – und setzt es gegen dich ein.

»Versuchen wir es mit etwas, das realistischer ist.« Beck hebt eine Braue.

»Soll ich etwa aufs Revier gehen und an die Bürotür des Polizeichefs klopfen?« Ich schnaube abfällig. »Ja, klar. Der wird mir *liebend gerne* helfen.«

Wenn es nach Chief Jackson geht, würde er mich geradewegs in eine Zelle stecken und den Schlüssel wegwerfen. Er ist der letzte Mensch auf Erden, an den ich mich in dieser Sache wenden kann.

Beck geht nicht auf meinen Sarkasmus ein. »Es muss nicht der Chief sein. Es gibt andere Leute, die wir fragen können.«

»Wen denn? Unsere Freunde?«

Beck schweigt – und mir dämmert, dass er genau darauf hinauswill.

»Nein«, widerspreche ich sofort. »Auf keinen Fall.«

Schlimm genug, dass ich Beck davon erzählt habe, aber ich will nicht noch jemanden in die Sache reinziehen. Ich habe mir das selbst eingebrockt, also sollte ich da auch allein wieder rauskommen, oder etwa nicht? Das hat bisher immer funktioniert.

Ich atme tief durch und straffe die Schultern. »Ich krieg das hin. Keine Ahnung, wie, aber ich bringe das wieder in Ordnung.«

Beck betrachtet mich skeptisch. »Willst du das wirklich allein durchziehen? Was, wenn sie sich nicht an das halten, was sie dir versprechen? Wenn sie Ember trotzdem etwas antun? Deiner Mutter? Oder deiner Schwester?«

Meiner Schwester, die mit meiner Nichte oder meinem Neffen schwanger ist. Meiner Mom, die keine Ahnung von den kriminellen

Machenschaften hat, in die ihr Sohn schon seit Jahren verwickelt ist. Und Ember ... ihr habe ich schon genug angetan. Wenn ihr meinetwegen auch noch etwas zustößt ...

»Scheiße!« Ich springe erneut auf. »Gottverdammte Scheiße!«

Beck steht ebenfalls auf. »Es ist kein Zeichen von Schwäche, jemanden um Hilfe zu bitten. Im Gegenteil. Es braucht verflucht viel Stärke dafür.«

»Ich weiß«, brumme ich und reibe mir über das Gesicht. »Aber ich will niemanden mit reinziehen.«

»Du vergisst, dass ich auch drinstecke. Nicht wie du«, fügt er schnell hinzu, »aber ich will diese Typen weder in meiner Bar noch auf der Insel haben. Irgendwann werden sie merken, dass beim Besitzer des Turner's nichts mehr zu holen ist, und mich ausbluten lassen.«

Er hat recht. Ich weiß, dass er recht hat. Trotzdem gefällt es mir nicht.

»Was schlägst du vor?«

Beck lässt mich nicht aus den Augen. »Es gibt da jemanden, von dem ich weiß, dass er uns auf jeden Fall helfen wird.«

Als ich den Pub am nächsten Abend betrete, fällt mein Blick als Erstes auf Ember. Sie sitzt zusammen mit Shae an einem Tisch hinten links, in der Nähe des Billardtisches, und unterhält sich angeregt. Es ist, als wären all meine Sinne darauf eingestellt, sie selbst in einer Menschenmasse ausfindig zu machen. Als wäre ich eine Kompassnadel und sie der Nordpol, auf den sich alles in mir unweigerlich ausrichtet. Doch als sich unsere Blicke begegnen, sieht sie sofort zur Seite und konzentriert sich wieder auf das Gespräch mit ihrer besten Freundin.

Keine Begrüßung. Kein Lächeln. Nicht mal ein knappes Nicken. Nichts.

Ich fluche in Gedanken. So soll es ab jetzt also zwischen uns sein?

Am liebsten würde ich zu ihr rübergehen und sie zur Rede stellen. Denn dass wir reden müssen, ist offensichtlich. Doch in diesem Moment winkt Beck von seinem Platz hinterm Tresen und deutet mit einem Kopfnicken zu der Person, wegen der ich nach dem langen Arbeitstag auf dem Bau hergekommen bin.

Ein letzter Blick in Embers Richtung, dann schiebe ich mich an den anderen Gästen vorbei.

Ich hasse es, das durchziehen zu müssen, aber ich sehe keinen anderen Ausweg. Ich muss in zwei Stunden bei den Sugar Shacks sein, und bis dahin brauche ich einen Plan. Irgendetwas. Und sei es nur ein Funken Hoffnung.

Was ich auch tue, Hendrick hat mich in der Hand. Wenn ich Schwierigkeiten mache, wird er es an Ember und meiner Familie auslassen. Wenn ich versuche, auszusteigen oder abzuhauen, werden sie den Preis dafür bezahlen. Daran besteht nicht der geringste Zweifel. Und ich würde eher sterben, als Remi auch nur in die Nähe von Ember oder Gemma zu lassen.

Aber das bedeutet nicht, dass es mir gefallen muss, wieder in Hendricks kriminelle Machenschaften verwickelt zu sein. Und erst recht bedeutet es nicht, dass ich blindlings in diese ganze Sache hineinstolpere.

Mit Beck habe ich einen Verbündeten, der diese Truppe ebenso sehr loswerden will wie ich. Nun ist es an der Zeit, noch jemanden mit ins Boot zu holen.

Trotzdem rasen meine Gedanken, während ich das andere Ende des Bartresens ansteuere.

Es ist alles andere als ungefährlich für mich, mit der ganzen Wahrheit rauszurücken. Ich könnte in den Knast wandern für die Dinge, die ich früher für Hendrick erledigt habe. Ich weiß nicht mal, wann Diebstahl und Drogenbesitz verjähren – wenn überhaupt, denn Kanada hat einige echt harte Gesetze, was Drogenhandel angeht.

Wenn ich die ganze Wahrheit preisgebe, riskiere ich damit meine

Freiheit. Mein Leben. Ember. Gleichzeitig kann ich nicht zulassen, dass ich wieder zu einer Schachfigur in Hendricks beschissenem Spiel werde. Damit riskiere ich genauso alles. Und ich werde sicher nicht tatenlos zusehen, wie er noch mehr Teenager wie mich damals auf seine Seite zieht. Nicht, wenn ich etwas dagegen unternehmen, wenn ich uns allen irgendwie helfen kann.

Es muss einen Weg geben. Es muss.

Als ich das Ende des Tresens erreiche, bleibe ich stehen und räuspere mich.

Jayden sieht von seinem Bier auf. Er hat bereits auf mich gewartet. »Was gibt's, Kumpel?«

Ich atme tief durch. Wappne mich innerlich. Setze alles auf eine Karte.

Und dann ...

»Ich brauche deine Hilfe.«

38. Kapitel

In der nächsten halben Stunde hört Jayden mir mit unbewegter Miene zu, bis ich alles losgeworden bin. Im Gegensatz zu früher beherrscht er das Pokerface mittlerweile echt gut. Ich gebe es nicht gerne zu, aber dass er praktisch keine Reaktion auf das zeigt, was ich ihm erzähle, gefällt mir nicht. Es macht mich nervös. Schließlich beichte ich nicht bloß meinem neuen Mitbewohner, dass ich Dreck am Stecken habe, sondern einem Cop. Wenn es hart auf hart kommt, könnte er mich einbuchten.

Trotzdem bin ich das Risiko eingegangen, weil ich etwas unternehmen muss. Weil ich mich nicht einfach geschlagen geben kann.

Nachdem ich geendet habe, breitet sich Schweigen zwischen uns aus, während um uns herum der übliche Trubel im Pub herrscht.

Ich habe diesen Ort mit Absicht gewählt. Hendrick beobachtet mich ohnehin schon, andernfalls hätte er nie von Gemmas Schwangerschaft erfahren können. Es ist nicht ungewöhnlich, wenn ich mich mit einem meiner Kumpels auf ein Bier treffe, erst recht nicht, nachdem ich seit meiner Rückkehr schon häufiger Zeit mit Jayden verbracht habe. Wir waren zusammen Joggen, haben mit der Clique Ausflüge an den Strand gemacht, waren gemeinsam im Club. Viel auffälliger wäre es, Jayden allein in der WG zu treffen oder ihn plötzlich komplett zu meiden.

Also spiele ich das Spiel mit – aber zu meinen Regeln.

Ich nehme einen großen Zug von meinem alkoholfreien Bier. Meine

Kehle ist staubtrocken, aber ich muss nüchtern und wachsam bleiben. Auf alles gefasst. Insbesondere, wenn ich nachher Hendrick treffe.

Jayden starrt stoisch auf die mit diversen Flaschen gefüllte Wand hinter dem Tresen. Ich kann ihm praktisch ansehen, wie es in ihm arbeitet.

Auf diesen Kerl war immer Verlass. Aber das war in der Highschool, als unsere größten Sorgen das nächste Eishockeygame, Mädchen und Noten waren. Das hier ist eine ganz andere Hausnummer.

»Wie lange steckst du da schon drin?«, hakt er schließlich nach.

Ich atme hörbar aus. »Lange. Zu lange.«

Er zieht lediglich die Brauen hoch. Ganz in Cop-Manier wartet er, bis ich mit der Wahrheit herausrücke.

»Seit der Highschool«, gebe ich widerwillig zu.

»Seit der fucking Highschool?« Er mustert mich von oben bis unten, als würde er mich zum ersten Mal sehen. Als würde er mich nicht kennen. »Wir waren Freunde, Mann. Teamkameraden. Wie konnte ich nichts davon mitkriegen?!«

Ich tue es mit einem Schulterzucken ab. »Ganz ehrlich? Niemand wusste davon, nicht mal Ember. Zuerst hatte ich keine Ahnung, wo ich da überhaupt hineingeraten bin. Hendrick war nett zu mir, da waren andere Jungs in meinem Alter, und es gab immer etwas zu essen. Als ich dann erfahren habe, dass die anderen ein paar kleinere kriminelle Dinger drehen, dachte ich mir nicht viel dabei. Sie hatten keine oder kaum Familie und erst recht kein Geld. Hendrick hat ihnen eine Chance gegeben, sich zu beweisen.«

Mir ist klar, wie absurd das klingt. Wie abgefuckt. Aber leider ist es die Wahrheit.

»Klar, weil internationaler Drogenhandel keine große Nummer ist«, wirft Jayden trocken ein. »Dafür wandert man in diesem Land mehrere Jahre in den Knast. Wenn es hart auf hart kommt und man aktives Mitglied eines Drogenhandelsrings ist, droht einem sogar lebenslang.

Das ist kein verdammtes Kavaliersdelikt, Mann.« Kopfschüttelnd nimmt er einen Schluck von seinem Bier.

»Als ich dort angefangen habe, war ich nur ein Späher und Laufbursche, später ging es darum, ein paar Autos zu knacken. Ich hatte keine Ahnung von irgendwelchen Drogen, bis ... na ja, bis zu der Nacht, in der ich gegangen bin. Scheiße, dass es inzwischen solche Ausmaße angenommen hat, wusste ich bis eben nicht mal.«

Und es ist beunruhigend, denn das bedeutet, dass Hendricks Operation weit mächtiger geworden ist, als ich angenommen habe. Internationaler Drogenhandel? Weit über die Grenzen von Golden Bay, von Kanada hinaus? Wie zum Teufel soll ich jemals aus der Sache rauskommen?

Jayden schnaubt. »Ich sage es ja nur ungern, aber dein ehemaliger Boss hat sein Geschäft in den letzten paar Jahren erweitert. Keine gestohlenen Autos oder Autoteile mehr. Sein Name steht ganz oben auf unserer Liste, aber wir können dem Drecksack nichts nachweisen. Genauso wenig wie seinen engsten Vertrauten. Hin und wieder greifen wir einen der Laufburschen auf, aber sie weigern sich hartnäckig, mit uns zu kooperieren, und für Taschendiebstahl oder unbefugtes Betreten von fremden Grundstücken landest du nicht im Knast. Also geht das Spielchen munter weiter.«

Der Frust ist ihm deutlich anzuhören, auch wenn seine Stimme kein bisschen lauter wird.

»Mir war nicht klar, dass sich das ganze Department damit befasst.«

»Nicht das ganze«, widerspricht er. »Glaub mir, ich bin immer noch ein Anfänger und darf nur an die kleinen Fälle ran. Aber selbst ich habe Augen im Kopf. Und diese Sache ist verflucht groß.«

Ich nicke nachdenklich. »Was, wenn ich euch helfen könnte?«

Jayden runzelt die Stirn. »Hast du vorhin nicht behauptet, du bräuchtest *meine* Hilfe?«

»Ja, aber ich glaube, dass wir uns gegenseitig helfen können.«

Was Becks Vorschlag war, obwohl ich mich bis vor Kurzem strikt geweigert habe, andere Leute in Gefahr zu bringen, indem ich sie in diese Sache mit reinziehe. ... Dummerweise bleibt mir keine andere Option mehr.

»Ich will nichts mit dieser Sache zu tun haben. Ich will raus. Verdammt, ich *war* schon raus, aber seit ich zurück bin ...« Ich beiße die Zähne zusammen. Ich habe Jayden bereits alles erzählt. Von den ersten Schlägertypen, die mir vor der Bar aufgelauert haben, bis hin zu Remis offener und Hendricks verschleierter Drohung meiner Familie und Ember gegenüber. Doch allein die Erinnerung daran macht mich rasend. Ich muss mich förmlich dazu zwingen, mehrmals tief durchzuatmen, um meinen Puls unter Kontrolle zu kriegen. »Ich werde erst frei sein, wenn Hendrick und seine Leute von der Bildfläche verschwunden sind. Du und ich? Beck? Wir haben das gleiche Ziel.«

Jayden nickt zwar, doch seine Augen sind zu schmalen Schlitzen geworden. »Wie sieht dein Plan aus?«

»Du hast gesagt, dass ihr ihnen bisher nichts nachweisen konntet. Was, wenn ich euch die fehlenden Beweise beschaffe?«

»Auf keinen Fall. Das ist viel zu riskant.« Entschieden schüttelt er den Kopf. »Und selbst wenn du uns Fotos oder sogar Videoaufnahmen besorgen kannst, werden die vor Gericht keinen Bestand haben. Wir müssen sie auf frischer Tat ertappen – sei es bei einem Deal oder während einer Razzia.«

Ich hole schon Luft, aber Jayden ist noch nicht fertig.

»Als ich nach der Police Academy hier angefangen habe, haben sie versucht, jemanden einzuschleusen. Scott Rivens. Er sollte genug Beweismaterial sammeln, damit wir eine Razzia oder wenigstens einen Durchsuchungsbefehl erwirken können. Weißt du, was mit ihm passiert ist?«

Ich kann es mir denken.

»Nach zehn Tagen war er spurlos verschwunden. Kein Kontakt

mehr. Nichts. Zwei Wochen später ist er wieder aufgetaucht. An den Klippen von Breakwater Bay. Oder besser gesagt das, was von ihm übrig geblieben ist.«

Ich starre Jaydens Profil an, während es mir eiskalt den Rücken hinunterläuft.

Er wirft mir einen harten Blick zu. »Ich werde nicht zulassen, dass wir dich da einschleusen, Holden. Es ist zu gefährlich. Du könntest ...«

»Ich bin doch schon drin!«, unterbreche ich ihn und kann den verzweifelten Klang meiner Stimme nicht ganz unterdrücken. »Ob ich will oder nicht. Sie kennen mich, meine Familie, meine Freunde. Sie wissen, wo ich arbeite und mit wem ich mich treffe. Was meinst du, warum ich dir das alles erzähle?«

»Weil Beck dich dazu überredet hat?«

»Das auch. Aber vor allem, weil du zu meinem Freundeskreis gehörst. Auch wenn du ein Cop bist, werden sie sich für den Fall, dass sie uns beobachten, nicht viel dabei denken, wenn wir beide ein Bier zusammen trinken.«

Jaydens Miene ist nicht zu deuten. »Du meinst das ernst, oder? Du willst das wirklich durchziehen?«

»Es ist der einzige Weg.«

Der einzige, den ich mit meinem Gewissen vereinbaren kann. Denn wenn ich nichts tue, wenn ich mich einfach wieder reinziehen und zu Hendricks Marionette machen lasse, werde ich nie frei sein. Aber vor allem werden die Menschen, die mir wichtig sind, niemals in Sicherheit sein.

»Wie gesagt: Ich bin schon drin. Was hab ich zu verlieren?«

»Dein Leben.« Jaydens Antwort kommt schnell und hart. »Deine Freunde und Familie. Nimm diese Sache nicht auf die leichte Schulter, Holden.«

Das tue ich nicht, aber im Gegensatz zu Jayden habe ich schon mal alles und jeden verloren. Mein Leben ist das Einzige, was mir geblieben ist, da hat er recht. Aber ich bin bereit, das Risiko einzugehen, wenn das bedeutet, endlich aus dieser ganzen Scheiße rauszukommen.

»Glaub mir, ich nehme es ernst«, murmle ich und trinke mein alkoholfreies Bier mit einem letzten großen Schluck aus. »Verdammt ernst.«

Jayden mustert mich von der Seite. Ich habe keinen Schimmer, was er in meinem Gesicht sieht, aber was es auch ist, es scheint ihn zu überzeugen. »In Ordnung.«

Ich nicke erleichtert. »In einer Stunde muss ich dort sein, also überlegen wir uns besser schnell einen Plan.«

Im ersten Moment starrt Jayden mich ungläubig an, dann flucht er leise und signalisiert Beck mit einem Handzeichen, ihm das Gleiche zu bringen, was ich hatte.

Ich gebe ihm alle Infos, die ich habe – was zugegebenermaßen nicht viele sind. Vor ein paar Jahren wusste ich mehr, heute nur das, was ich von den Sugar Shacks gesehen habe. Um gegen Hendrick vorzugehen, brauchen wir mehr. Mehr Informationen. Mehr Details. Mehr Beweise.

Als Jayden eine halbe Stunde später aufstehen und gehen will, halte ich ihn auf. »Eine Sache noch.«

Fragend zieht er die Brauen hoch.

Ich weiß, dass das, was jetzt kommt, nicht leicht sein wird, aber wenn wir auch nur die geringste Chance auf Erfolg haben wollen, muss es so laufen und nicht anders.

»Der Polizeichef darf nichts davon erfahren. Auch Ember und die anderen nicht. Ganz besonders nicht Ember.«

Misstrauisch verengt er die Augen. »Warum nicht?«

39. Kapitel

Fünf Jahre zuvor

Kurz bevor ich die Stadtgrenze von Bayville erreichte, leuchtete etwas Blaues hinter mir auf. Dann rot. Und wieder blau.

Ich erstarrte. Kälte rieselte mein Rückgrat hinab. Meine Finger verkrampften sich um das Lenkrad, und meine Gedanken überschlugen sich. Sollte ich aufs Gas gehen und flüchten? Würde ich das schaffen? Oder würde ich mich damit automatisch schuldig bekennen? Doch lieber rechts ranfahren? Aber wenn die Cops einen Blick auf die Ladefläche warfen, würden sie sofort sehen, was ich transportierte. Und dann war ich erledigt.

Scheiße! *Mit der Faust schlug ich gegen das Lenkrad.* Scheiße, Scheiße, Scheiße!

Die Lichter hinter mir wurden heller, greller, gleich darauf ging die Sirene los.

Mein Puls raste, als ich den Fuß vom Gas nahm, rechts ranfuhr und den Motor ausschaltete. Mit etwas Glück hielten sie mich an, weil ich zu schnell unterwegs gewesen oder ein Stoppschild übersehen hatte. Ich musste sie nur davon überzeugen, mich weiterfahren zu lassen. Im schlimmsten Fall mit einer Verwarnung oder einer Geldstrafe, aber selbst das wäre okay. Hauptsache, ich kam davon und schaffte es zum Hafen. Zu Ember.

Doch als ich in den Seitenspiegel schaute und erkannte, wer aus dem zivilen Fahrzeug ausstieg und geradewegs auf mich zukam, drehte sich mir der Magen um. Frustriert ließ ich den Kopf gegen die Lehne zurücksinken. Flucht wäre die bessere Option gewesen. Alles war besser als das hier.

»Holden Thorne.« Niemand Geringeres als Embers Vater leuchtete mir mit einer kleinen Taschenlampe ins Gesicht. »Warum überrascht es mich nicht, dich hier anzutreffen?«

Ich kniff die Augen zusammen. In Gedanken verfluchte ich ihn und mich und diese ganze beschissene Situation. »Keine Ahnung, Mr. Jackson. Vielleicht, weil ich gerne durch die Gegend fahre, um den Kopf freizubekommen?«

»Mitten in der Nacht?«

Gespielt lässig zuckte ich mit einer Schulter. »Wenig Verkehr. Keine Touris.«

Endlich nahm er den blöden Lichtstrahl aus meinem Gesicht. Ich konnte zwar wieder etwas sehen, aber dass er statt mich nun das Innere des Wagens beleuchtete, gefiel mir ganz und gar nicht.

Tief durchatmen, *versuchte ich mich zu beruhigen.* Der Kerl kann dich zwar nicht leiden, aber er kann dir auch nichts nachweisen.

Nein, nichts außer mehreren Taschen voller hübsch verpackter Drogen, vermutlich Crystal Meth, die du über die halbe Insel spazieren fährst. Shit!

Der Strahl der Taschenlampe blieb an der Rückbank hängen. »Reisepläne?«

»Ich war einkaufen. Und vorher beim Training«, fügte ich hinzu, um die große Tasche zu erklären. Für Eishockey brauchte man viel Ausrüstung.

»So spät?«

»Ein paar Scouts haben sich unsere Spiele angeschaut. Ich will in Bestform sein, damit sie mich nehmen.« Die Worte verließen meinen Mund, bevor ich sie aufhalten konnte.

Warum erzählte ich ihm das? Es entsprach zwar der Wahrheit, aber ich hatte es längst aufgegeben, diesen Mann beeindrucken zu wollen. Zumindest hatte ich das geglaubt, aber allem Anschein nach hatte ich mich geirrt, denn ich versuchte es selbst jetzt noch. Er musste mich nicht als geliebten Schwiegersohn in spe in die Arme schließen. Er musste mich nicht mal mögen. Aber wenn er mich behandelt hätte, als wäre ich mehr als Hundekacke, in die er hineingetreten war, wäre das ein großer Fortschritt gewesen.

Trotz meiner Erklärung wirkte Mr. Jackson nicht überzeugt. Gut möglich, dass er nur nach etwas suchte, das er mir anhängen konnte, um mich von seiner Tochter fernzuhalten. Wenn er gewusst hätte, was Ember und ich planten, hätte er mir sofort Handschellen angelegt und mich bis an mein Lebensende auf dem Revier in einer Zelle festgehalten.

Doch er ließ die Taschenlampe sinken und trat einen halben Schritt zurück.

Ich atmete erleichtert auf.

»Abdeckung und Heckklappe öffnen.«

Mit einem Schlag kehrte meine Anspannung zurück. Trotzdem versuchte ich, mich möglichst gleichgültig zu geben. »Warum soll ich das tun?«

»Weil ich es sage, Junge.«

»Sind Sie gerade überhaupt im Dienst?« Ich musterte ihn von oben bis unten. Keine Uniform. An diesem Abend war er in Zivil unterwegs, und das Auto hinter mir war sein Privatfahrzeug mit Blaulicht, nicht sein Dienstwagen.

Ich hatte keine Zeit für diesen Mist. Ich musste das Zeug am Hafen abliefern und dann zu Ember. Wir mussten eine verdammte Fähre erwischen.

Doch Mr. Jackson ließ nicht locker. »Lade. Fläche. Öffnen.«

Ich verdrehte die Augen. »Wenn Sie nach einer Leiche suchen, die habe ich schon über die Klippen ins Meer geworfen. Ich bin nicht so dämlich, sie spazieren zu fahren.«

Bloß mehrere Kilo Meth. Sehr gut, Holden. Wie viele Jahre im Knast macht das?

Ich hielt still, als Mr. Jackson mir erneut direkt in die Augen leuchtete.

»Du hältst dich wohl für besonders clever, was? Aber ich kenne Typen wie dich. Ich kannte deinen Vater. Es endet nie gut mit Leuten wie euch.«

Ohne es zu merken, hatte ich die Hand nach dem Autoschlüssel ausgestreckt, hielt bei der Erwähnung meines Erzeugers jedoch inne. Ich hatte ihn nie kennengelernt, zumindest hatte ich keine Erinnerung an ihn. Er war abgehauen, als ich wenige Monate alt gewesen war. Aber natürlich hatte Embers Dad ihn gekannt. Ob er deswegen etwas gegen mich hatte?

Meine Fingerspitzen kribbelten. Ich musste nur nach dem Schlüssel greifen, den Motor starten und das Gaspedal durchdrücken. Das wäre die ideale Chance zur Flucht. Die letzte Chance. Doch wenn ich das tat, hauten Ember und ich nicht bloß von zu Hause ab. Dann wäre ich ein gesuchter Mann, und ihr Vater würde Himmel und Hölle in Bewegung setzen, um seine minderjährige Tochter sicher zurück nach Hause zu bringen und mich zu verhaften. Wahrscheinlich würde er mir auch noch Kidnapping oder so einen Scheiß anhängen. Wir würden nie irgendwo sicher sein. Wenn wir es überhaupt so weit schafften und nicht schon vorher von ihrem Dad gestoppt wurden – oder von Hendricks Leuten, die auf die Ware warteten.

Ich fluchte innerlich, drückte jedoch den Knopf, der die Verriegelung der Heckklappe und die automatische Abdeckung öffnete. Mit hämmerndem Puls beobachtete ich im Rückspiegel, wie Mr. Jackson hinter den Pick-up trat. Aus dem Augenwinkel sah ich mein Handy aufleuchten. Ember schrieb mir. Inzwischen war ich mit Sicherheit zu spät dran. Sie hatte keine Ahnung, was ich trieb – und mit wem ich es zu tun bekommen hatte. Sie ahnte nicht mal, wie kurz davor unser Plan war, zu scheitern.

Warum konnte nicht ein Funkspruch hereinkommen, der mich rettete? Irgendein Unfall? Ein Taschendiebstahl? Meinetwegen auch ein Kätzchen auf einem Baum, das allein nicht mehr herunterkam und gerettet werden musste. Irgendetwas, das Mr. Jackson weglotsen würde. Aber das Glück hatte ich nicht. Das hatte ich nie.

Verzweifelt schloss ich die Augen, als er den Inhalt auf der Ladefläche zu untersuchen begann.

Ich war geliefert. Absolut geliefert.

Wieder sah ich zu meinem Handy auf dem Beifahrersitz. Blieb mir noch Zeit, um ihr zu schreiben und Bescheid zu geben? Um sie zu warnen? Aber sie hatte nichts mit Hendricks Auftrag zu tun, und das Letzte, was ich tun wollte, war, bei ihrem Vater den Anschein zu erwecken, Ember wäre irgendwie in diese Sache involviert oder hätte davon gewusst, nur weil ich ihr ausgerechnet in diesem Moment textete. Das hier war meine Angelegenheit. Mein Problem. Mein Fehler. Ich würde sie da nicht mit reinziehen.

Als Mr. Jackson nach ein paar Minuten wieder an die Fahrertür trat, wirkte er gefasst. Ich hatte mit Wut und Geschrei gerechnet. Definitiv mit Handschellen und damit, dass er mir meine Rechte vorbetete. Stattdessen hörte ich ihn lediglich tief durchatmen, ehe er sich mir wieder zuwandte und mir ein weiteres Mal ins Gesicht leuchtete.

»Aussteigen.«

Übelkeit breitete sich in mir aus. Meine Muskeln zitterten, aber ich tat, was er verlangte. Spätestens jetzt waren Handschellen und Rechte verlesen fällig. Ich hatte es verkackt. Ich hatte alles kaputtgemacht, weil ich diesen letzten Job angenommen hatte. Für ein paar Scheine hatte ich riskiert, was mir am wichtigsten war – Ember, unsere gemeinsame Zukunft, mein ganzes verdammtes Leben.

»Du tust jetzt genau das, was ich dir sage, verstanden?« Mr. Jackson musterte mich eindringlich, als ich neben dem Wagen stand. »Du verlässt Golden Bay und kehrst nie mehr zurück.«

40. Kapitel

»Hände hoch und Beine auseinander, Thorne.«

Ein widerliches Gefühl von Déjà-vu keimt in mir auf, aber ich ignoriere es und tue, was man mir befiehlt, kaum dass ich aus dem Pick-up gestiegen bin.

Zwei dunkel gekleidete Männer mit Funkgeräten und Waffen nähern sich. Sie haben mich im Wald, noch vor den Sugar Shacks, abgefangen und zum Anhalten gezwungen. Der Größere zielt mit dem Lauf eines Maschinengewehrs auf meinen Kopf, der andere tastet mich fachmännisch von oben bis unten ab. Ich bin nicht so lebensmüde, bewaffnet hierherzukommen, aber damit, dass sie mir mein Handy wegnehmen, habe ich nicht gerechnet.

»Keine Sorge.« Remi tritt in den Lichtschein der zwei Autoscheinwerfer hinter ihm und lässt sich mein Smartphone aushändigen. Trotz der beschissenen Beleuchtung sind das blaue Auge und die aufgeplatzte Lippe deutlich zu erkennen. »Ich passe gut drauf auf. Und falls sich deine heiße Freundin oder deine Schwester melden, weiß ich genau, was ich ihnen erzählen werde.«

Ich weiß, dass ich besser den Mund halten sollte, aber ... scheiße, ich kann nicht anders.

»Große Worte von jemandem, dem ich fast die Nase gebrochen habe.«

Er hält inne. Starrt mich finster an. »Du hattest Glück, dass wir unterbrochen wurden. Sonst hätte ich dir gezeigt, wie sich das anfühlt, wenn dir jemand so richtig die Fresse poliert.«

Das weiß ich schon, Arschloch. Und du hattest nicht das Geringste damit zu tun.

Aber statt diesen Gedanken laut auszusprechen, beiße ich die Zähne fest zusammen. Noch mal werde ich mich nicht von diesem Drecksack provozieren lassen. Dafür steht zu viel auf dem Spiel.

Wortlos beobachte ich, wie mein Handy in Remis Jackentasche verschwindet.

»Er ist sauber«, sagt der Typ, der mich abgetastet hat, und greift wieder nach seiner Waffe. »Vorwärts.«

Ich lasse die Hände sinken. »Was ist mit meinem Wagen?«

»Kannst du später abholen«, antwortet Remi und stolziert an uns vorbei. »Wenn wir mit dir fertig sind.«

Mein Nacken prickelt vor Anspannung, trotzdem setze ich einen Fuß vor den anderen und folge ihm durch den dichten Wald. Remi scheint sich bestens auszukennen, denn der ausgetretene Pfad vor uns ist kaum zu erkennen. Trotzdem führt er uns zielsicher zu den Sugar Shacks.

Nur die Fenster von zwei Hütten sind erhellt, die restlichen Gebäude erheben sich wie finstere Ungeheuer in der Nacht. Es stehen kaum Autos davor, und wie bei meinem letzten Besuch sind hier auch keine Fahrräder, keine Lost Boys. Trotzdem spüre ich die Blicke aus der Dunkelheit, die mich mustern, mich studieren, verurteilen und sich wie Messer in meinen Rücken bohren.

Ich wollte nie wieder an diesen verfluchten Ort zurückkehren – und nun bin ich innerhalb kürzester Zeit zum zweiten Mal hier.

Ich muss niemanden fragen, um herauszufinden, wo Hendrick steckt. Ich weiß es. Weil er immer dort ist. Immer war. Und ich hasse es, das zu wissen, genauso wie ich es hasse, wie vertraut noch immer alles ist. Die Gesichter der Männer haben sich in den letzten Jahren verändert, und es sind zwei Hütten dazugekommen, doch der Rest ist gleich geblieben.

Du gehörst hierher.

Ich ignoriere die Stimme in meinem Kopf und betrete das Hauptgebäude, nachdem der Wachposten Remi und mir einen kurzen Blick zugeworfen und dann Platz gemacht hat. Ganz selbstverständlich. Ohne dass einer von uns ein Wort sagen muss.

Ja, weil du einer von ihnen bist. Eine Gefahr für andere. Für Ember. Du bist nicht gut genug für sie.

Keine Ahnung, ob es meine eigenen Worte oder die von Embers Vater sind, aber sie hallen wie ein verdammtes Echo in meinem Kopf wider. Am liebsten würde ich auf etwas einschlagen, stattdessen balle ich die Hände zu Fäusten und versuche diesen Mist auszublenden.

»Holden.« Hendricks Gesicht hellt sich auf, als würde er sich tatsächlich freuen, mich zu sehen. Er richtet sich auf. Vor ihm auf dem Tisch liegen Unterlagen. Listen und Karten mit eingezeichneten Routen. Mehr kann ich auf den ersten Blick nicht erkennen. »Willkommen zurück.«

Remi schnaubt neben mir. »Der Goldjunge ist endgültig nach Hause zurückgekehrt.«

Ich runzle die Stirn, aber Hendrick ignoriert ihn, also tue ich es auch. »Du wolltest mich sehen.«

Er lächelt. »Wie geht's Ember? Und Gemma?«

Es kostet mich sämtliche Selbstbeherrschung, mich nicht auf ihn zu stürzen. Und noch mehr, keine Reaktion zu zeigen.

»Gut«, presse ich hervor.

»Sehr schön. Und wir wollen doch alle, dass es so bleibt.« Langsam, geradezu bedächtig krempelt Hendrick die Ärmel seines Hemds hoch. Es sieht teuer aus. Unter dem Stoff kommen Tattoos zum Vorschein, die mir genauso neu sind wie die Narben an seinen Unterarmen.

Schnitte. Abwehrverletzungen. Irgendjemand hat ihn angegriffen oder sich gegen ihn aufgelehnt. Die Tatsache, dass er heute trotzdem hier steht, groß und imposant und mächtig, führt mir nur noch deutlicher vor Augen, wie unbesiegbar er ist. Und dass er mir genau das mit dieser scheinbar unbedeutenden Geste zeigen will. Denn in einem Punkt hat Hendrick recht: Er ist ein Schachspieler. Er geht nicht mit roher Gewalt vor, weil er das gar nicht nötig hat. Und genau das macht ihn umso gefährlicher.

»Ich will dich bei der nächsten Übergabe dabeihaben«, fährt er fort, als wäre nichts gewesen.

»Und wann …«

»Das erfährst du kurz vorher«, unterbricht er mich. Sein Tonfall ist kalt und geschäftsmäßig.

»Soll ich wieder Fahrzeuge für dich knacken? Autoteile stehlen? Oder ein paar Taschen mit Stoff durch die Gegend kutschieren?«

Wahrscheinlich wäre es klüger, ihn nicht mit meinen Fragen zu provozieren, aber ich brauche die Infos. Nicht nur für mich und meine eigene Sicherheit, sondern auch, damit der Plan, den ich mit Jayden und Beck schmiede, eine Chance hat. Damit *ich* eine Chance habe, lebend aus der ganzen Nummer rauszukommen.

Hendricks Mundwinkel zucken belustigt. »Seit du weggegangen bist, hat sich eine Menge verändert.«

Ich erwidere seinen Blick ausdruckslos.

Früher hätte ich beinahe alles dafür getan, um ihm zu imponieren, damit er mich wahrnimmt und lobt. Um ihn stolz zu machen. Er war derjenige, der mir meine erste Fahrstunde gegeben hat. Nur seinetwegen habe ich schnell dazugelernt, sodass mir alles, was mit Autos zu tun hat, selbst heute leichtfällt. Ganz egal, ob es darum geht, ein Auto zu knacken, zu tunen oder zu reparieren.

Doch im Gegensatz zu damals weiß ich heute – einige Jahre und Therapiestunden später –, dass Hendrick nicht bloß nett zu mir war, weil ich ihn an seinen verstorbenen Sohn erinnert habe. Er hat mich vorbereitet. Vielleicht hat er damals tatsächlich etwas Besonderes in mir gesehen und wollte mich für eine wichtige Position einsetzen. Zum Teufel, wenn ich hiergeblieben wäre, hätte ich irgendwann vielleicht sogar Remi als seine rechte Hand ersetzt.

Egal, wie die Dinge heute zwischen uns stehen: Ich war mal wichtig für ihn. Ich kann nur hoffen, dass das noch der Fall ist – und dass ich unsere gemeinsame Vergangenheit gegen ihn einsetzen kann.

Mit einem Nicken deutet er neben mich. »Remi wird dich hinausbegleiten und dich einweisen.«

Dann wendet er sich ab und widmet sich wieder seinen Unterlagen. Kein Abschied, keine letzten Worte. Ich darf gehen.

Nach einem letzten Blick auf den Mann, der mein Leben maßgeblich beeinflusst hat, folge ich Remi nach draußen. Der wirkt genauso wenig begeistert davon, dass er den Guide für mich spielen muss, wie ich davon, Zeit mit ihm zu verbringen.

»Du kommst, wenn du gerufen wirst, und tust, was dir gesagt wird, verstanden? Ganz besonders, wenn du mit mir und den anderen zusammenarbeitest.«

Wir treten nach draußen in die warme Nachtluft. »Keine Einzelaufträge mehr wie früher?«

Remi schnaubt und setzt sich in Bewegung. »Nur, wenn du wieder zu den Laufburschen gehören willst, die Sachen auskundschaften oder Infos beschaffen.«

Nein, das ist nicht mein Ziel. Vor allem ist es nicht das, was mir genug Beweismaterial besorgt, damit Jayden und seine Kollegen von der Polizei aktiv werden können. Kollegen, die er nicht einweiht, solange wir nicht Handfestes vorzuweisen haben. Das hat er mir versprochen.

»Gut möglich, dass wir dich vor der großen Übergabe noch mal hier brauchen«, fährt er fort, ohne meine Antwort abzuwarten, während wir an den Sugar Shacks vorbeilaufen und dabei nur zwei, drei Leute passieren, die uns allesamt den Weg freimachen. Oder eher ihm. »Gut möglich, dass nicht. Wenn wir anrufen, gehst du ran. Wenn wir texten, antwortest du gefälligst sofort oder kommst her.«

Ich hab mich geirrt. Hendrick will keine Marionette, die er nach seinem Willen lenken kann, sondern einen Soldaten. Jemanden, der Befehle befolgt und Missionen ausführt, ohne Fragen zu stellen.

Mit einem knappen Kopfnicken deutet Remi nach rechts. »Die beiden Hütten da hinten sind für dich tabu, kapiert?«

Ich bleibe stehen. Runzle irritiert die Stirn. »Was ist das für ein Geruch?«

Es liegt etwas widerlich Süßes in der Luft, aber nur unterschwellig. Der Gestank nach Schwefel und ätzenden Reinigungsmitteln ist viel stärker.

Bei meinem letzten Besuch ist mir das nicht aufgefallen, diesmal ist er so penetrant, dass er in meinen Augen brennt und ich unwillkürlich das Gesicht verziehe.

Remi ist ebenfalls stehen geblieben und grinst hämisch. »Was dachtest du denn, wo das Zeug herkommt, das wir verticken?«

Das ist der Moment, auf den ich gewartet habe. Die Chance, mehr herauszufinden und Beweise zu sammeln. Und ich … zögere.

Mein Verstand schreit mich an, den Mund aufzumachen, aber die Angst vor den Konsequenzen bohrt ihre Krallen in mich. Denn sobald ich mehr weiß, sobald ich eingeweiht bin und in diese Sache einsteige, haben Remi und Hendrick etwas gegen mich in der Hand. Etwas, das nicht ein Teenager vor ein paar Jahren getan hat, der es nicht besser wusste und mit etwas Glück noch unter das Jugendstrafrecht fällt. Heute bin ich erwachsen und weiß genau, worauf ich mich einlasse. Und ich weiß auch, dass sie diese Karte gegen mich einsetzen werden. Ein Job wird zum nächsten führen, bis ich so tief drinstecke, dass es keinen Ausweg mehr gibt.

Und dann habe ich wirklich alles verloren.

Ich räuspere mich. Zwinge mich dazu, mit dem Plan weiterzumachen. »Ihr kocht das Zeug? Hier?!«

Remi zuckt mit den Schultern. »Ist lukrativer, als es von Übersee liefern zu lassen und über Golden Bay aufs Festland zu transportieren wie früher.«

Heilige Scheiße. Der Geruch. Die neuen, schwer bewaffneten Männer. Die ganze Geheimhaltung. Sie haben ein verdammtes Crystal Meth Labor auf der Insel aufgebaut.

»Warum ausgerechnet Meth?«

Remi setzt sich wieder in Bewegung und steuert den Pfad an, über den wir hergekommen sind. »Weil es leicht zu produzieren und zu transportieren ist. Falls du das mit der Pandemie nicht mitbekommen hast, zu der Zeit haben die Leute dringend ein bisschen Spaß und Ablenkung gebraucht. Nachfrage und Konsum sind enorm gestiegen, insbesondere in den Staaten. H hat eine Chance gesehen und sie ergriffen.«

»Also nutzt ihr die Insel nicht mehr nur als Umschlagplatz wie vor ein paar Jahren, sondern kocht es selbst – unter dem Deckmantel der Ahornsirup-Produktion.«

Es ist mehr eine Feststellung als eine Frage, trotzdem nickt Remi knapp. »Wir sind eine große, glückliche und erfolgreiche Drogendealerfamilie.«

Ich runzle die Stirn. »Du klingst nicht begeistert.«

Er zögert einen Herzschlag lang, während er seine Taschenlampe hervorzieht und sie einschaltet. Ohne die Beleuchtung der Häuser herrscht im Wald undurchdringliche Dunkelheit. »Autos sind easy, und die Teile lassen sich einfach von A nach B schaffen. Niemand stellt Fragen, niemand sitzt dir im Nacken. Und wenn dich doch jemand erwischt, ist es halb so wild.«

Ja, das habe ich mir während der Highschool ebenfalls eingeredet. Mir wäre es auch lieber, Hendrick und seine Leute würden weiter mit

Autoteilen dealen, statt mit Substanzen, die süchtig machen und – im schlimmsten Fall – sogar tödlich sein können.

Ich kannte mal einen Typen, der auf Meth war. Sah furchtbar aus. Eingefallenes Gesicht, kaputte Zähne, komplett verängstigt, einen fiebrigen Glanz in den Augen. Er hat den Entzug nicht überlebt. Hat sich lieber erhängt, als länger zu leiden, als weiter auf seinen Stoff verzichten zu müssen.

Ich schlucke hart, doch der bittere Geschmack in meinem Mund bleibt. Am liebsten würde ich Remi mit mehr Fragen löchern, aber ich will nicht, dass er misstrauisch wird.

Nach einer Weile kommt tatsächlich mein graublauer Pick-up in Sicht. Unversehrt. Von den beiden bewaffneten Männern, die mich angehalten haben, ist nichts zu sehen, aber ich bin sicher, dass sie sich in der Nähe aufhalten und alles und jeden beobachten. Vor allem mich.

»Dein Handy.« Remi holt es aus seiner Jacke und hält es mir hin.

Das Display ist dunkel. Es ist per Fingerabdruck und PIN gesichert, und Remi kommt mir nicht wie ein verkapptes Hackergenie vor, also gehe ich nicht davon aus, dass er daran herumgespielt hat, während ich von Hendrick abgelenkt war. Aber falls in der letzten halben Stunde neue Nachrichten oder Anrufe reingekommen sind, die er gesehen haben könnte …

»Danke.« Ich schnappe es mir, bevor er es sich anders überlegen kann.

»H oder ich melden uns. Das Einzige, was du tun musst, ist, dich bereitzuhalten und loszufahren, wenn wir *Jetzt* sagen. Denkst du, du kriegst wenigstens das hin, Thorne?«

»Ja«, brumme ich.

Für dieses herablassende Grinsen, das praktisch eine offene Einladung ist, würde ich meine Faust am liebsten noch mal in seiner Fresse versenken. Aber ich kann es nicht riskieren, seinen oder Hendricks

Zorn auf mich zu ziehen, also zwinge ich mich, zu schweigen und meine Hände bei mir zu behalten.

»Wird sich rausstellen. Keine Ahnung, was H in dir sieht.« Kurz mustert er mich von oben bis unten. »Für mich bist du immer noch ein kleiner Schwächling, aber was weiß ich schon?« Er winkt zum Abschied. »Grüß deine heiße Ex von mir.«

Ich mache einen Schritt auf ihn zu, ehe ich mich eines Besseren besinne. Ehe sich mein Verstand wieder einschaltet. Meine Arme zittern vor unterdrückter Wut, und der Hass liegt schwer wie Blei in meinem Magen. Trotzdem tue ich nichts, sondern sehe ihm nur nach.

Erst als ich sicher sein kann, dass er weg ist, steige ich in meinen Pick-up und starte den Motor.

Dieses Treffen hat mir wichtige neue Infos geliefert, aber ich habe keine Aufnahmen machen, keine Beweise sammeln können. Außer dem, was ich mit eigenen Augen gesehen und gehört habe.

Jetzt muss ich abwarten, bis Hendrick oder Remi sich wieder bei mir melden. Und obwohl ich mir sicher bin, dass ich mich auf Jayden verlassen kann, fühlt es sich trotzdem an, als würde ich nur darauf warten, dass sich die Schlinge um meinen Hals immer fester zuzieht.

So fest, bis es irgendwann zu spät ist.

41. Kapitel

Graue Wolkenberge haben sich über dem Meer aufgetürmt und schieben sich Richtung Insel, als ich nach der Arbeit zu Embers Elternhaus fahre. Der Geruch nach Regen liegt in der Luft, obwohl noch kein Tropfen gefallen ist, aber es ist nur eine Frage der Zeit, bis sich das Gewitter über uns entlädt.

Seit dem Clubbesuch meidet Ember mich. Sie ignoriert meine Nachrichten und auch mich, wenn wir uns zufällig über den Weg laufen. Dabei sollte ihr doch genauso klar sein wie mir, dass wir reden *müssen.*

Wind zerrt an mir, als ich den Pick-up in der Auffahrt abstelle und aussteige.

Sie muss mich gehört haben, denn sie kommt in diesem Moment aus dem Haus, barfuß, in abgetragenen Shorts und einem Top, das einmal weiß gewesen sein muss, mittlerweile aber voller grüner, blauer und grauer Farbsprenkel ist. An ihrem rechten Knie und ihrem linken Oberarm prangen leuchtend gelbe Flecken.

Als sie mich entdeckt, verschließt sich ihre Miene. »Was machst du hier?«

Eigentlich wollte ich direkt zur Sache kommen, stattdessen sage ich etwas ganz anderes. »Ich wollte sehen, ob die Sonnenblumen noch leben.«

Die Sonnenblumen, die ich an ihrem Geburtstag hergebracht und vor dem Haus eingepflanzt habe, weil Ember sie liebt. Zumindest hat sie das früher getan …

Ihre Augen werden ganz schmal. »Sie leben. Aber wer weiß, wie lange noch.«

Ein einziger Blick auf die Pflanzen, genauer gesagt auf die Erde um sie herum, genügt. »Du gibst ihnen zu viel Wasser.«

»Sagt wer?«

»Meine Mom.« Ich mache einen Schritt auf sie zu. Dann noch einen. »Ist ein Tipp von ihrer Kollegin aus der Gartenabteilung. Sie brauchen viel Wasser, sollen aber nicht ertränkt werden. Dafür ist eigentlich das Bewässerungssystem gedacht.«

Ihre Augen blitzen. »Ich ertränke sie nicht.«

»Du ertränkst oder trocknest deine Pflanzen immer aus.«

»Schön. Meinetwegen. Deswegen habe ich normalerweise auch keine.«

Ohne den Blick von ihrem Gesicht abzuwenden, murmle ich: »Am besten ist es, wenn sie schön feucht sind. Das mögen sie am liebsten.«

Ich kann förmlich sehen, wie ihr der Atem stockt. »Reden wir noch von den Sonnenblumen?«

»Willst du denn, dass wir über etwas anderes reden?«

Eine Windböe löst eine rotblonde Strähne aus ihrem Zopf und peitscht sie ihr ins Gesicht. Meine Finger zucken. Ich muss dem Drang widerstehen, die Hand zu heben und sie ihr hinters Ohr zu schieben. Bevor ich den Kampf gegen mich selbst verliere, streicht sie sich das Haar selbst zurück.

»Bist du etwa extra hergefahren, um mir Tipps zur Sonnenblumenpflege zu geben?«

»Nein. Ich bin hier, weil du mir aus dem Weg gehst.«

Kein Vorwurf. Nur eine simple Feststellung.

Ember öffnet den Mund, aber es kommt kein Ton heraus. Sie widerspricht mir nicht. Warum auch? Wir wissen beide, dass es die Wahrheit ist.

Kurz presse ich die Lippen aufeinander. »Neulich Nacht … Habe ich da … Habe ich dir wehgetan? Oder etwas gemacht, was du nicht wolltest? Du weißt schon, als wir …«

»Was?« Mit einem Mal werden ihre Augen riesig. »Nein, hast du nicht.« Sie kommt die Verandastufen herunter, streckt die Hand nach mir aus – und lässt sie wieder sinken. »Hast du das etwa die ganze Zeit gedacht?«

»Ich wusste nicht, was ich denken sollte«, gebe ich zu.

»Holden, das … Du hast nichts falsch gemacht und mich auch nicht verletzt. Nicht in dieser Nacht.«

Aber in einer anderen. Der Vorwurf hängt so scharf wie eine Rasierklinge zwischen uns in der Luft, ohne dass einer von uns ihn aussprechen muss.

»Warum hast du mich dann geghostet?«

»Du weißt, warum.« Sie seufzt tief und sieht zur Seite. »Du und ich … das kann niemals funktionieren. Dafür ist zu viel passiert.«

Ich lasse sie nicht aus den Augen. Nicht einmal, als irgendwo am Haus ein Fensterladen zuschlägt, weil der Wind von Minute zu Minute stärker wird. Ein entferntes Grollen ist zu hören.

»Willst du, dass ich gehe?«, frage ich leise. Leise und nachdrücklich. »Ein Wort von dir, und ich komme nie wieder her. Ich lasse dich für immer in Ruhe. Aber du musst es sagen, Ember.«

Ihr Blick zuckt zu mir zurück. Bohrt sich in mich hinein.

»Na los. Sprich es aus. Sag, dass ich verschwinden soll.«

Die dunkle Wolkenfront, die vorhin noch tief über dem Meer hing, ist auf einmal ganz nahe. Kein verheerender Sturm, aber ein Sommergewitter. Donner kracht direkt über uns, Blitze erhellen den Abendhimmel. Wir zucken beide zusammen, aber keiner von uns rührt sich. Wir sind wie festgefroren in diesem Moment, gefangen in diesem Gespräch, gefangen in den Emotionen, die wie ein Tornado in uns toben.

»Du kannst es nicht, oder? Du hast mich bisher nicht weggeschickt und kannst es auch heute nicht, weil du das gar nicht möchtest. Weil es nicht das ist, was du dir wirklich wünschst.«

Ember schüttelt den Kopf.

»Du willst mich. Uns. Du ...«

»Ich will dich nicht wollen! Und ich will auch nicht mit dir zusammen sein!«

Sekundenlang kann ich sie nur anstarren. »Du lügst.«

»Ich ...«

»Du belügst dich selbst.«

Auf einmal prasseln dicke Regentropfen auf uns herab, saugen sich in meine Haare und Kleidung, aber ich ignoriere es. In diesem Moment gibt es nur Ember für mich.

»Denn wenn das, was du da sagst, stimmen würde, hättest du mich längst weggeschickt. Aber das hast du nicht. Du tust es nicht. Und die Entscheidung lag immer bei dir.«

Ein Zittern wandert durch ihren Körper. Sie presst die Lippen fest aufeinander.

Ich betrachte ihr Gesicht. Sie ist ungeschminkt, aber ich habe sie schon oft so gesehen. Ich kenne sie in allen möglichen Situationen – lachend, stöhnend, freudestrahlend, weinend, verzweifelt. Und plötzlich glaube ich zu wissen, warum sie zögert. Warum sie behauptet, mich nicht zu wollen, mir aber auch nicht sagen kann, dass ich sie in Ruhe lassen soll.

»Nur weil die Ehe deiner Eltern beschissen war, heißt das nicht, dass du dazu verurteilt bist, das Gleiche zu erleben.« Die Worte sind schärfer als beabsichtigt, aber das macht sie nicht weniger wahr. Und ich glaube, Ember muss sie hören.

Sie schnappt nach Luft und zuckt so heftig zusammen, als hätte ich einen Eimer Eiswasser über ihr ausgekippt. »Ach nein? Und was ist dann das hier?« Fahrig deutet sie zwischen uns hin und her. »Wir tun einander weh, Holden. Das Einzige, was wir erreichen, ist, uns gegenseitig zu verletzen.«

»Das ist nicht wahr. Wir haben nicht das Geringste mit deinen Eltern gemeinsam, Em. Und das Letzte, was ich will, ist, dir wehzutun.«

»Aber das hast du getan!«, schreit sie. »Vor fünf Jahren hast du es getan.«

»Ich weiß. Und es gibt nichts auf der Welt, was ich mehr bereue.«

Sie starrt mich an, Regentropfen laufen über ihr Gesicht und ihren Hals, und sie schüttelt langsam den Kopf. Entweder glaubt sie mir tatsächlich nicht – oder sie will es nicht wahrhaben.

Mit wenigen Schritten überbrücke ich die Distanz zwischen uns. »Lass es mich dir beweisen. Lass es mich wiedergutmachen.«

Sie wendet sich ab. »Das ist keine gute Idee.«

Ich lege ihr eine Hand auf den Arm. »Ember ...«

»Nein!« Sie reißt sich los – und mit einem Mal kann ich alles, was sie bisher für sich behalten, was sie unterdrückt und versteckt hat, klar und deutlich in ihrem Gesicht lesen. Die ganze Wut und den Schmerz. Die Vorwürfe. Die Verzweiflung. Das zerstörte Vertrauen.

»Em ...«

Entschieden schüttelt sie den Kopf. »Denkst du wirklich, du kannst nach all der Zeit hier aufkreuzen und so tun, als wäre nichts passiert? Denkst du ernsthaft, das lässt sich einfach wiedergutmachen? Wie einen Fehler, den man mal eben ausbügelt? Newsflash! Das funktioniert nicht. Also hör endlich auf, es zu versuchen!«

»Ich werde es immer versuchen.«

Wütend wirft sie die Hände in die Luft. »Warum bist du so verflucht hartnäckig?«

»Weil ich dich liebe, verdammt!«

Sekundenlang starren wir uns an, schwer atmend und geschockt, während Donner grollt und der Regen hart auf uns herabprasselt.

Ember fasst sich als Erste wieder. »Liebe allein reicht nicht. Das hat sie nie.« Langsam weicht sie vor mir zurück. »Was du zu lieben glaubst, ist eine Illusion. Nichts weiter. Du liebst eine Erinnerung, aber ich bin nicht mehr dieser Mensch. Genauso wenig wie du noch derselbe bist.«

Nein, nein, nein! Sie entgleitet mir.

»Denkst du wirklich, ich wüsste nicht, was ich empfinde?«

Sie stößt ein ungläubiges Lachen aus. »Du kennst mich nicht mal! Du hast keine Ahnung, wie mein Leben in den letzten Jahren war. Du kennst nur das Mädchen von damals.«

»Ja, weil du nicht zulässt, dass jemand die wahre Ember kennenlernt. Weil du nicht zulässt, dass *ich* dich neu kennenlerne.«

Sie funkelt mich an. »Du lässt es doch genauso wenig zu. Du hast so viele Geheimnisse, dass du fast daran erstickst, aber von mir erwartest du, dass ich ehrlich zu dir bin? Dass ich dir wieder traue? Ernsthaft?!«

Ich will etwas sagen, will das zwischen uns retten, aber Ember ist schneller. Mit einem Mal steht sie dicht vor mir, so zornig wie das Gewitter, das über uns tobt.

»Du warst nicht da! Du hast alles verpasst, was wir gemeinsam erleben wollten. Die ganzen ersten Male ... Du hast verpasst, wie ich meinen Führerschein und Schulabschluss gemacht habe. Selbst nach all der Zeit warst du der erste Mensch, dem ich erzählen wollte, dass ich an der McGill in Montréal angenommen wurde, aber du warst nicht da! Nicht, als ich meine Sachen gepackt und Zukunftspläne geschmiedet habe, nicht, als ich von zu Hause ausgezogen bin, nicht, als ich meinen ersten Tag am College hatte. Nicht, als ich mein erstes Mal hatte. Du hättest es sein sollen. Aber. Du. Warst. Nicht. Da!«

Ich will sie in den Arm nehmen, sie trösten, doch sie lässt es nicht zu. Zornig stößt sie meine Hände weg und trommelt stattdessen mit den Fäusten gegen meine Brust. Mit jedem Erlebnis, das sie ohne mich gemacht hat, noch ein bisschen stärker. Ein bisschen verzweifelter.

»In dem einen Moment warst du bei mir und hast mir getextet, im nächsten warst du weg! Ohne ein Wort. Ohne Vorwarnung. Du bist gegangen, aber für mich hat es sich angefühlt, als wärst du in dieser Nacht ebenfalls gestorben.« Die letzten Worte kommen ihr mit einem Schluchzen über die Lippen, und sie wendet sich abrupt ab.

Ich bin sofort bei ihr und nehme ihr Gesicht zwischen die Hände. »Ich bin da«, versichere ich ihr. Mit den Daumen wische ich ihr die Tränen, die sich mit den Regentropfen vermischt haben, von den Wangen. »Ich weiß, dass ich Mist gebaut habe, und du glaubst gar nicht, wie sehr ich das bereue. Wenn ich alles ändern, wenn ich zurückgehen und andere Entscheidungen treffen könnte, dann würde ich es tun. Das musst du mir glauben! Ich würde alles dafür geben. Aber, Em ... Ich bin *jetzt* da. Ich bin bei dir und will gemeinsam all die ersten Male erleben, die wir noch vor uns haben.«

Sie starrt mich aus tränennassen Augen an, die Finger um meine Handgelenke geschlossen. Wir atmen beide so schnell, als wären wir stundenlang gerannt.

»Holden ...«

Ohne ein weiteres Wort, ohne noch mehr Zeit zu verschwenden, beuge ich mich zu ihr hinunter und presse meinen Mund auf ihren.

42. Kapitel

Sofort legt sie die Arme um meinen Hals und drängt sich an mich. Unsere Zungen treffen aufeinander und führen den Kampf weiter – diesmal jedoch nicht mehr mit Worten. Der Kuss ist verzweifelt, verschlingend, wütend. Nur Ember kann das in mir auslösen. Nur sie hat diese Wirkung auf mich.

Keuchend lösen wir uns voneinander, um nach Luft zu schnappen. Um uns herum geht die Welt unter, doch das interessiert mich nicht länger. Ich greife nach Embers Handgelenk. Sie versteht sofort und rennt mit mir durch den Regen zurück zum Haus. Die Veranda ist überdacht, trotzdem ist der Boden rutschig vom Regen.

Mein Verstand hat sich längst verabschiedet, als ich sie zurückschiebe, bis sie mit dem Rücken gegen die Wand neben der Haustür stößt und ich mich mit dem ganzen Körper gegen sie pressen kann. Unser Kuss ist genauso wild wie der zuvor. Ich knabbere an ihrer Unterlippe, fahre an ihren Seiten entlang und ziehe sie dann weiter. Hinein ins Haus. Hinein ins Trockene.

Wir sind völlig durchnässt und hinterlassen Tropfen und feuchte Fußspuren auf den Holzdielen. Unsere Kleidung klebt an unseren Körpern, trotzdem ist da noch immer zu viel Stoff zwischen uns. Ich will sie ganz – und ich will sie nackt. Ich will, dass sie sich unter, über und vor mir vor Lust windet, während ich mich in ihr bewege. Ich will, dass sie an nichts anderes mehr denken kann, außer an meinen Mund, meine Hände auf ihrer Haut und an meinen Schwanz. Ich will, dass sie alles andere vergisst – weil es mir so mit ihr geht. Wenn wir zusammen sind, wenn ich sie berühren und küssen darf, gibt es nur noch uns. Dann existiert die ganze verdammte Welt da draußen nicht mehr.

Noch im Flur ziehe und zerre ich an ihrem Top, bis ich es ihr endlich abstreifen kann. Dann gehe ich vor ihr in die Hocke und verteile heiße Küsse auf ihrem weichen Bauch, während meine Finger den Knopf ihrer Shorts öffnen. Ich sehe nach oben und suche ihren Blick, als ich den Reißverschluss herunterziehe. Ember atmet schwer, hilft mir aber, indem sie die Daumen unter den Bund schiebt und die Hose mit meiner Hilfe abstreift.

Als sie nur noch in Unterwäsche vor mir steht, ist selbst das zu viel. Ich muss alles von ihr sehen. Ich brauche alles von ihr.

Ich drücke meinen Mund auf ihren Oberschenkel, beiße kurz zu, richte mich wieder auf und greife nach hinten, um mir das nasse T-Shirt über den Kopf zu ziehen. Eine Sekunde später landet es neben Embers Sachen auf dem Boden.

Ihr Blick gleitet an meinem nackten Oberkörper auf und ab, über die Tattoos und Narben, nur um wieder bei meinen Augen zu landen. »Hast du nicht gesagt, dass du das nicht tun willst, wenn wir beide wütend sind?«

Ich halte inne. »Soll ich aufhören?«

Alles in mir wehrt sich gegen die bloße Vorstellung, es beenden zu müssen, aber ein Wort von ihr und ich stoppe das hier.

Ein, zwei Herzschläge lang mustert sie mich stumm, dann schüttelt sie entschieden den Kopf. »Nein. Hör nicht auf. Hör niemals auf!«

Erleichtert hebe ich ihr Kinn mit dem Zeigefinger an und drücke meine Lippen erneut auf ihre. Es tut so gut, ihre nackte Haut an meiner zu spüren, aber es ist noch immer nicht genug. Ungeduldig schiebe ich ihren BH-Träger und auch den Stoff beiseite, um ihre Brüste mit den Händen umfassen zu können. Sie haben die perfekte Größe. Alles an ihr ist perfekt für mich.

Embers Keuchen verwandelt sich in ein gedämpftes Stöhnen, als ich mich vorbeuge und ihre Spitze in den Mund nehme. Immer wieder streiche ich mit der Zunge darüber und sauge daran, bis ich den Arm um Ember schlingen und sie festhalten muss, weil sie sich so vor Lust windet. Dabei habe ich gerade erst angefangen, denn gleich darauf ist die andere Seite dran.

»Holden ...« Sie fährt mit den Fingern durch mein feuchtes Haar, drückt mich näher an sich und seufzt leise auf.

Als ich mich wieder aufrichte, sieht sie mich mit einem Ausdruck in den Augen an, den ich nie zuvor bei ihr gesehen habe. Das Verlangen darin ist überdeutlich, aber da ist noch mehr. Ein Hauch von Wut, die sich auf diese Weise zwischen uns entlädt. Erleichterung. Vertrauen. Und ... Liebe?

Mit einem Mal rast mein Herz. Ich lege die Hände an ihre Wangen, um sie zu küssen. Um mich mit dem ganzen Körper gegen sie zu pressen und alles von mir mit diesem Kuss bloßzulegen. Jeden Gedanken, jedes Gefühl, jede Wahrheit, die ich selbst jetzt noch vor ihr verberge.

Meine Hände machen sich selbstständig und ziehen ihr den BH aus, ohne dass ich bewusst darüber nachdenke. Dann packe ich ihren Hintern und hebe sie hoch. Ohne den Kuss zu unterbrechen, schlingt Ember die Beine um meine Hüften, und ich setze mich in Bewegung – auch wenn ich kein konkretes Ziel habe. Ich weiß nur, dass wir nicht im Eingangsbereich bleiben können. Nicht schon wieder.

»Wohnzimmer«, murmelt Ember an meinen Lippen.

Ich biege nach rechts ab, steuere jedoch nicht das Sofa, sondern den Teppich vor dem Kamin an. Sie muss ihn irgendwann in den letzten Wochen gekauft haben, weil er bei meinem letzten Besuch, als ich während des Sturms hier übernachtet habe, definitiv noch nicht da war. Langsam sinke ich auf die Knie und bette Ember auf den weichen Vorleger.

Spätestens jetzt gibt es kein Halten mehr. Ich küsse mich an ihr hinunter, knabbere und lecke über ihre Brüste, ihren Bauch und schiebe ungeduldig ihren Slip hinunter.

»Oh Gott«, keucht sie, hält mich aber nicht auf.

Erst recht nicht, als ich ihre Beine spreize und mich an der Innenseite entlang wieder nach oben küsse. Über ihren Knöchel … den Unterschenkel … das Knie … und dann an ihrem Oberschenkel hinauf.

»Holden …« Sie greift in mein Haar, packt so fest zu, dass es beinahe wehtut. Aber nur beinahe.

»Ich weiß«, raune ich und setze einen federleichten Kuss auf ihre Mitte, ehe ich darüber lecke.

Ember bäumt sich auf, und ich muss sie erneut festhalten, um sie weiter verwöhnen, quälen, verrückt machen zu können.

Sie krallt die freie Hand in den Teppich und drückt mich mit der anderen an sich, während sie mir gleichzeitig mit dem Becken entgegenkommt.

Ich mache weiter, höre keine Sekunde damit auf, sie zu liebkosen, bis ihr Stöhnen im ganzen Haus widerhallt. Erst dann, erst als sie sich völlig gehen lässt, schiebe ich zuerst einen und gleich darauf einen zweiten Finger in sie.

»Oh Gott!«

Ihre Muskeln ziehen sich erwartungsvoll um mich zusammen. Gleich ist sie so weit. Nur noch ein kleines bisschen. Aber statt ihr den Höhepunkt zu geben, den sie dringend will und braucht, richte ich mich schwer atmend auf und taste hektisch nach meinem Geldbeutel in der Hosentasche.

»Hey, was …?!« Sie starrt mich aus weit aufgerissenen Augen an.

»Gib mir eine Sekunde.« Grinsend beuge ich mich zu ihr hinunter und drücke ihr einen versöhnlichen Kuss auf die Lippen, teile für einen Moment ihren Geschmack mit ihr, ehe ich mich wieder aufrichte und mich ganz ausziehe.

Embers Blick wandert an mir hinunter, folgt jeder meiner Bewegungen.

Meine Finger zittern, als wäre es mein erstes Mal, während ich die Plastikpackung aufreiße und mir das Kondom überstreife. Und irgendwie ist es das auch: das erste Mal mit Ember.

Erneut nehme ich den Platz zwischen ihren Beinen ein und stütze mich mit dem Unterarm neben ihrer Schulter auf. »Bist du sicher?«

Ich muss fragen – selbst auf das Risiko hin, damit die Stimmung zu ruinieren. Aber ich möchte nicht, dass sie es hinterher bedauert. Das wäre noch schlimmer, als es niemals zu erleben. Unter keinen Umständen soll diese Nacht eine weitere Sache werden, die sie in Verbindung mit mir bereut.

»Ich will es«, wispert sie und bohrt die Finger in meine Schultern. »Ich will *dich*, Holden. Und jetzt nimm mich, küss mich, fick mich endlich.«

Sie so zu sehen, zu hören, knipst meinen Verstand endgültig aus und sendet das letzte bisschen Blut von meinem Kopf in meinen Schwanz. Ohne eine einzige weitere Sekunde zu verschwenden, presse ich meinen Mund auf ihren.

Früher hätte ich alles bis ins letzte Detail geplant, hätte es romantisch und unvergesslich für sie gemacht. Heute hingegen? Heute kann ich nicht länger warten – und sie genauso wenig. Nach allem, was zwischen uns vorgefallen ist, brauchen wir das beide. Es gibt nur noch die Gegenwart. Nur noch diesen Augenblick. Wir haben lange genug aufeinander gewartet.

Ich suche ihren Blick und ...

»Fuck, Ember ...« Ich schiebe das Becken etwas weiter vor, um tiefer in sie einzudringen. Um jeden Zentimeter von ihr zu spüren.

Sie schnappt nach Luft. »Oh Gott ... ja ...«

»Du fühlst dich ... perfekt an.«

Eng und heiß und feucht und wie … nach Hause kommen. Ich dachte, sie um einen Kuss betteln zu hören, wäre die Erlösung gewesen, aber ich habe mich geirrt. Denn sie auf diese Weise zu spüren und mit ihr zu verschmelzen – das ist die pure Erlösung.

Sie beißt sich auf die Unterlippe und stöhnt leise. Und dann, als ich ganz in ihr bin, schlingt sie die Beine um meine Hüften, und ich fange an, mich in ihr zu bewegen. Langsam zunächst, tastend, dann zunehmend schneller, je besser es sich für uns beide anfühlt.

»Hör nicht auf!« Ember gräbt die kurzen Fingernägel fest in meinen Rücken. »Wehe, du hörst auf!«

»Niemals.« Ich verlagere mein Gewicht, schiebe meine Hand zwischen uns, presse meine Finger auf ihre Klit – und kann gleich darauf spüren, wie sie explodiert.

Sie erzittert am ganzen Körper. Ihre Muskeln ziehen sich so fest um mich zusammen, dass es mich jeden Funken Willenskraft kostet, nicht ebenfalls zu kommen. Denn das war noch nicht genug. Was Ember angeht, wird es niemals genug sein. Ich will, nein, ich *muss* sie noch mal zum Höhepunkt bringen. Ich werde nicht ruhen, bis wir beide komplett den Verstand verloren haben …

Meine Arme zittern vor Anstrengung, Schweiß sammelt sich auf meiner Stirn, trotzdem schaffe ich es irgendwie, völlig still zu verharren, während sie ihr Hoch erlebt. Als sie die Augen wieder öffnet und mich anschaut, ist ihr Lächeln alles für mich. Und als sie sich mir dann auch noch entgegendrängt … oh Shit.

»Halt dich nicht zurück«, flüstert sie und streicht mit den Lippen über meinen Hals.

Mit jeder Sekunde, jeder noch so kleinen Bewegung ihres Beckens fühlt es sich immer besser, immer intensiver an.

»Em …«, knurre ich.

Ohne Vorwarnung packe ich sie an der Taille und rolle uns herum, sodass sie auf mir liegt. Sekundenlang rührt sich keiner von uns; ich spüre lediglich ihren rasenden Herzschlag, der genauso heftig ist wie meiner, während ich vor Lust beinahe platze.

»Holden …« Ihre Stimme ist eine Mischung aus Wimmern und Stöhnen.

»Nimm dir, was du brauchst, Baby.« Ich komme ihr mit den Hüften entgegen und überlasse ihr dennoch vollständig die Kontrolle. Ich bin ganz kurz davor, will aber, dass sie alles aus dieser Nacht mitnimmt, was möglich ist.

Ember sucht meine Lippen mit ihren und beginnt sich auf mir zu bewegen. Langsam erst, dann zunehmend schneller, weil wir uns beide nicht mehr zurückhalten können.

»Fuck …« Ich fasse in ihr Haar, schlinge es um meine Finger. »Genau so«, raune ich und beiße in ihre Unterlippe, was sie erneut aufstöhnen lässt.

Wir küssen uns so lange, so innig, bis wir keine Luft mehr bekommen, dann richtet sich Ember über mir auf. Die rotblonden Haare fallen ihr wild auf die Schultern. Sie hat den Kopf in den Nacken geworfen, die Lippen leicht geöffnet und atmet immer schneller, während sie mich reitet.

Sie ist unglaublich schön.

Es dauert nur Sekunden, bis ich es nicht länger aushalte und sie an den Hüften packe. Von unten stoße ich in sie, während ich den Daumen gegen ihre empfindlichste Stelle presse. Ihre Beine zittern, ihre Fingernägel hinterlassen rote Striemen auf meinem Oberkörper. Ich spüre das erste Zucken rund um meinen Schwanz, und dann schreit sie auf. Ihre Muskeln ziehen sich schnell und ruckartig um mich zusammen, als sie ihren Orgasmus erreicht.

Ein letztes Mal stoße ich tief in sie, dann explodiere ich. Und ich könnte schwören, dass ich für einen Moment Sternchen sehe, als ich mit einem langen Stöhnen endlich, endlich in ihr komme.

Nach und nach dringen wieder andere Geräusche zu mir durch. Das Donnergrollen ist verschwunden, aber der Regen prasselt noch immer aufs Dach und schneidet uns vom Rest der Welt ab.

Ich weiß nicht, wie lange wir daliegen, ich auf dem Rücken, Ember auf mir, während der Schweiß auf unserer Haut trocknet, unsere Atemzüge langsamer werden und unsere Herzschläge sich beruhigen. Wenn es nach mir ginge, würden wir nie mehr aufstehen.

Ich habe so lange darauf gewartet, davon geträumt und mir ausgemalt, wie es sein würde. Doch die Realität übertrifft die Fantasie bei Weitem – genau wie damals am Strand. Und damit meine ich nicht nur den Sex, sondern auch diese Minuten mit Ember in meinem Arm, wir beide total erledigt, glücklich, entspannt. Vereint.

Erst nach einer Weile rege ich mich, schiebe sie sanft auf den Teppichvorleger und stehe auf. Im Bad werde ich das Kondom los und wasche mir die Hände, dann kehre ich mit einer Decke aus dem Wandschrank im Flur ins Wohnzimmer zurück.

Ember hat sich nicht von der Stelle bewegt. Als sie mich näher kommen hört, streckt sie sich mit einem genießerischen Laut und lächelt.

Ich lege mich wieder zu ihr, decke uns beide zu und ziehe sie an mich, bis ihr Kopf und ihre Hand auf meiner Brust liegen und sie das Knie über meine Beine schiebt. Obwohl wir nie so zusammen waren wie in diesem Moment – zumindest nicht nackt –, fühlt es sich vertraut an. Es fühlt sich nach *Zuhause* an. Und während wir aneinandergekuschelt daliegen, wird mir wieder bewusst, dass das hier alles ist, was ich je wollte. Ember. Uns beide. Dieses Leben. Zusammen mit ihr. Das hätte ich niemals aufs Spiel setzen dürfen. Und das werde ich auch nicht mehr. Nie wieder.

Selbst wenn das bedeutet, ihr auch weiterhin einen viel zu großen Teil meiner Vergangenheit verschweigen zu müssen …

43. Kapitel

Fünf Jahre zuvor

»Du verlässt Golden Bay und kehrst nie mehr zurück.«

»Wie bitte?« Ich blinzelte. Starrte Embers Vater fassungslos an.

»Hör mir gut zu. Ich werde den ganzen Mist von deiner Ladefläche holen. Ich werde ignorieren, dass er je da war und dass du an Drogenhandel beteiligt bist. Im Gegenzug fährst du ohne Umwege zum Hafen, steigst auf die letzte Fähre, die heute Nacht ablegt, und kehrst nie wieder hierher zurück.«

Was zum Teufel passiert gerade?

»Aber …«

»Du hast doch schon alles gepackt.« Das Licht seiner Taschenlampe zuckte zur Rückbank, wo meine Reisetasche zusammen mit dem Karton Energy Drinks und der Einkaufstüte lag, dann leuchtete er mir wieder ins Gesicht. »Ich will dich nicht auf meiner Insel haben. Und vor allem will ich dich nicht in der Nähe meiner Tochter sehen. Hast du mich verstanden?«

Das hatte ich. Wort für Wort. Aber nichts davon machte Sinn. Das konnte nicht sein Ernst sein. Er konnte unmöglich von mir verlangen, dass ich Ember aufgab.

»Warum?«, stieß ich rau hervor. »Sie hatten von Anfang an etwas gegen mich. Warum?«

Mr. Jackson lachte hart auf. »Was kann jemand wie du meiner

Tochter schon bieten? Du bist nicht gut genug für sie – das warst du nie! – und außerdem ein schlechter Einfluss. Dachtest du etwa, ich hatte keine Ahnung von eurem kleinen Plan, zusammen abzuhauen? Ich bin Polizist! Ich weiß ganz genau, welche Nachrichten auf dem Handy meiner Tochter ein- und ausgehen. Ich habe jede einzelne davon gelesen, also halt dich von ihr fern!«

Meine Augen tränten von dem beschissenen Lichtstrahl, als er ihn endlich aus meinem Gesicht nahm, aber ich gab nicht klein bei. Ich würde niemals klein beigeben. Nicht, wenn es um Ember ging. Um unsere Zukunft.

»Und wenn nicht?«, fragte ich und reckte provozierend das Kinn. »Wenn ich Ember auf der Stelle anrufe und ihr sage, wozu ihr Vater, der Held der Insel, mich zwingen will?«

»Du kleines Stück Scheiße!« Grob packte er mich an meinem Shirt und stieß mich gegen den Wagen. Schmerz schoss durch meine linke Schulter, aber ich ignorierte ihn. »In diesem Land ist Drogenhandel strengstens verboten. Dank deiner Aktion heute Nacht könnte ich dafür sorgen, dass du für den Rest deines Lebens in den Knast wanderst. Stattdessen gebe ich dir eine Chance – und das nur Ember zuliebe. Du solltest mir auf den Knien dafür danken, du Bastard!«

»Dazu haben Sie kein Recht! Das Zeug ist nicht mal meins ...«

»Denkst du, das interessiert mich?«, brüllte er. »Du vertickst Drogen auf meiner Insel! Und zwar in einer Menge, die eindeutig nicht für den Privatgebrauch bestimmt ist. Du kannst froh sein, dass ich dich nur wegschicke, statt dich an Ort und Stelle festzunehmen. Also hau ab! Du kommst nicht zurück, du nimmst keinen Kontakt zu Ember auf. Nicht heute Nacht, nicht morgen, nicht in hundert Jahren. Und glaub mir, ich werde es mitkriegen, wenn ihr schreibt, telefoniert oder euch sogar trefft. Dann sorge ich dafür, dass du im Knast landest und Ember nie von hier wegkommt. Keine Universität, kein Geld, keine

Unterstützung. Nichts. All ihre Zukunftspläne kann sie begraben. Deinetwegen!« Er schüttelte mich einmal kräftig. »Willst du das?«

»Das … Das würden Sie Ember nicht antun«, presste ich hervor, obwohl ich mir nicht einmal sicher war, ob ich selbst daran glaubte. Andererseits, welcher Vater würde so weit gehen?

»Lass es drauf ankommen. Denn wie ich das sehe, rette ich meine Tochter, indem ich sie vor kriminellem Abschaum wie dir beschütze. Und glaub mir, dazu ist mir jedes Mittel recht.«

»Selbst wenn Sie sie dafür kontrollieren? Wenn Sie ihre Zukunft zerstören?!«

Langsam, fast schon bedauernd schüttelte er den Kopf. »Ich zerstöre ihre Zukunft nicht. Du tust das, wenn du hierbleibst oder je wieder Kontakt zu ihr aufnimmst.«

Das durfte nicht wahr sein. Das konnte nicht wirklich passieren.

Meine Gedanken überschlugen sich. Bis vor wenigen Minuten war es meine größte Sorge gewesen, die Taschen rechtzeitig abzuliefern und zusammen mit Ember die letzte Fähre zu erwischen. Wie hatte sich das Blatt so verflucht schnell wenden können? Und wie sollte es eine Zukunft ohne Ember geben?

Mr. Jackson ließ mir nur eine Wahl: Ember für immer verlassen oder in den Knast wandern – was gleichbedeutend damit war, sie zu verlassen. Und dann wäre ich vorbestraft, sobald ich rauskam. Mein Leben, meine Zukunft, alles wäre zu Ende. Aber ich konnte Ember auch nicht hängen lassen. Nicht, wenn wir so kurz davorstanden, von Golden Bay zu verschwinden und woanders neu anzufangen. Zusammen. Weit weg von den ständigen Streitereien ihrer Eltern, von Hendrick und all dem Mist, den ich für ihn erledigen musste. Weit weg von Golden Bay.

Ich starrte in das wutverzerrte Gesicht des Mannes, von dem ich insgeheim gehofft hatte, dass er mich eines Tages akzeptieren, dass er mein Schwiegervater werden würde. Und plötzlich ergab alles Sinn.

Wenn Mr. Jackson Zugriff auf Embers Handy hatte und unsere Nachrichten mitlas, hatte er unseren Plan im Detail gekannt. Heute Abend musste er mir gefolgt sein, ohne dass ich es gemerkt hatte – bis er mich kurz vor Bayville aufgegriffen hatte. Unsere Flucht war von Anfang an zum Scheitern verurteilt gewesen.

»Also, was darf es sein, Holden: Gefängnis und das Wissen, dass du Ember jede Chance auf eine gute Zukunft gestohlen hast? Oder Freiheit für dich – und Sicherheit für meine Tochter?«

Scheiße, ich wusste es nicht. Ich wusste nicht mehr, was richtig und was falsch war – und erst recht nicht, was ich tun sollte.

Das war keine Wahl. Es war ein Todesurteil für Ember und für mich.

Freiheit ohne sie und meine Familie war keine echte Freiheit. Aber zumindest könnte ich noch Kontakt zu meiner Mom und zu Gemma halten. Und Ember stünden alle Möglichkeiten offen, sobald sie mit der Highschool fertig war. Vielleicht konnte ich sie irgendwann wieder kontaktieren, in ein paar Jahren, wenn sie nicht mehr hier, sondern fürs Studium weggezogen war. Wenn ihr Vater keine Macht mehr über sie hatte. Falls sie dann überhaupt noch mit mir reden würde …

»Such gar nicht erst nach irgendwelchen Schlupflöchern«, knurrte er, als hätte er meine Gedanken gelesen. »Glaub mir, ich kriege es mit, solltest du je zurückkommen oder dich bei Ember melden. Und dann landest du schneller im Knast, als du Drogenhandel buchstabieren kannst.«

Wut, Verzweiflung und Machtlosigkeit tobten mit einer Heftigkeit in mir, dass ich am ganzen Körper zitterte. Ich ballte die Hände an meinen Seiten zu Fäusten.

Es hatte eine Zeit in meinem Leben gegeben, in der ich mir den Respekt von Embers Vater hatte verdienen wollen. In der ich nach Zustimmung, Stolz, Wohlwollen in seiner Miene gesucht, aber nie gefunden hatte. Also hatte ich es irgendwann aufgegeben, ihn beeindrucken zu wollen. Aber in diesem Moment? In dieser Nacht? Hier und heute hasste ich diesen Mann mehr als irgendjemanden oder irgendetwas sonst.

»Die Entscheidung liegt bei dir«, sagte er fast schon gönnerhaft. »Du hast es in der Hand. Und ich wiederhole mich gerne: Wag es ja nicht, dich je wieder bei meiner Tochter zu melden. Ruf sie nicht an. Schreib ihr nicht. Ich überprüfe ihr Handy, und wenn ich auch nur eine einzige Nachricht von dir darauf finde, war's das für dich. Dann hast du Embers Zukunft zerstört, sie wird erfahren, dass ihr Ex-Freund ein Krimineller ist, und ich verhafte dich. Hast du mich verstanden?«

Auch wenn sich alles in mir dagegen sträubte, nickte ich widerwillig. Er würde seine Drohung wahrmachen, daran bestand nicht der geringste Zweifel.

»Ich gehe«, brachte ich mühsam beherrscht hervor.

Mr. Jackson studierte mich einen Moment lang eindringlich, als wollte er sichergehen, dass ich die Wahrheit sagte. »Ich wusste, dass du das Richtige tun würdest.«

Ich schnaubte. Das Richtige. Von wegen …

Trotzdem hielt ich ihn nicht auf, als er damit begann, die Ladefläche zu leeren, und erst die eine, dann die anderen zwei Taschen mit dem Meth auf die Rückbank in seinen eigenen Wagen verfrachtete. Ich stand mit geballten Fäusten daneben, ohne mich auch nur einen Zentimeter zu rühren. Ich sah einfach nur dabei zu, wie er seinen eigenen Koffer zur Seite schob, um genug Platz für die ganze Ware zu machen.

Wenigstens bin ich diesen Teil meines Lebens endgültig los, *dachte ich bitter.* Auch wenn der Preis dafür viel zu hoch ist.

Mr. Jackson drückte die Tür zu und deutete auf meinen Wagen. »Einsteigen. Ich eskortiere dich zum Hafen.«

Natürlich tat er das. Bloß kein Risiko eingehen. Ich könnte seiner Tochter ja erzählen, was für ein Arschloch sie zum Vater hatte.

Widerwillig stieg ich ein und wartete, bis er das Gleiche getan hatte und mir mit den Scheinwerfern ein Zeichen gab. Erst dann startete ich den Motor und fuhr los.

Aus dem Augenwinkel sah ich mein Handydisplay auf dem Beifahrersitz mit jeder neu eintreffenden Nachricht aufleuchten. Ich war mir ziemlich sicher, dass sie von Ember stammten, aber statt die Hand danach auszustrecken und ihr alles zu erklären, ignorierte ich sie und umklammerte das Lenkrad dermaßen fest, als würde mein Leben davon abhängen. Und ihres.

Traurigerweise tat es das tatsächlich.

Am Hafen angekommen, sah ich mich immer wieder nach Hendricks Männern um, konnte aber keinen von ihnen entdecken. Wo zur Hölle steckten sie? Da waren nur eine Handvoll Leute, die zur Fähre wollten und zwei, drei einsame Fischerboote, die nach einem langen Tag zurückkehrten.

Die Fähre hatte bereits angelegt und wartete auf die letzten Gäste. Aber statt sofort über die Rampe auf das Autodeck zu fahren, zögerte ich. Mr. Jackson saß mir im Nacken. Hendricks Leute saßen mir im Nacken. Sogar die verdammte Zeit saß mir im Nacken. Und trotzdem …

Mein Blick fiel erneut auf das Handy auf dem Beifahrersitz. Nur eine kurze Nachricht. Ein paar Worte würden genügen, um Ember alles zu erklären. Doch dann fiel mir wieder ein, was ihr Vater gesagt, womit er gedroht hatte. Ein Text von mir, und er würde Embers Zukunft ruinieren. Ohne Geld, ohne seine Unterstützung hatte sie kaum Möglichkeiten, von hier wegzukommen und es auf ein gutes College zu schaffen. Und das wünschte ich mir für sie. Ich wünschte ihr die ganze Welt – selbst wenn das bedeutete, dass ich keinen Platz mehr darin hatte.

Verzweifelt schlug ich aufs Lenkrad und rieb mir über das Gesicht. Das war ein Albtraum. Ein einziger höllischer Albtraum, der einfach nicht enden wollte.

Hinter mir hupte es. Im Seitenspiegel sah ich Mr. Jackson das universelle Zeichen für »Jetzt mach schon!« gestikulieren.

»Tut mir leid«, murmelte ich. Dann fuhr ich aufs Autodeck und parkte den Pick-up hinter dem letzten Wagen.

Wenige Minuten später betrat ich das Deck. Die lauwarme Augustluft schlug mir entgegen, und der Geruch von Meer, Fisch und Öl drang mir in die Nase. Unter meinen Füßen vibrierte der Schiffsmotor, bereit zum Ablegen. Am Hafen stand noch immer der Wagen von Mr. Jackson. Zwar war er nicht ausgestiegen, beobachtete mich aber weiterhin, um sicherzugehen, dass ich mich an die Abmachung hielt. Dass ich endgültig aus meiner Heimat verschwand.

Obwohl ich wusste, dass es eine beschissene Idee war und keinem von uns weiterhelfen, sondern nur wehtun würde, zog ich mein Handy hervor und las die letzten Nachrichten.

Ember, 23:07 Uhr
Ich bin am Nationalpark. Wo bleibst du?

23:15 Uhr
Ich warte auf dich. Wann kommst du?
Gib mir kurz Bescheid

23:17 Uhr
Holden? Was ist los? Langsam mache ich mir Sorgen …

23:21 Uhr
Wo bist du? Wir verpassen noch die letzte Fähre

23:33 Uhr
Ich warte seit über einer halben Stunde, bilde mir eine

Million Geräusche im Wald ein und male mir lauter Horrorszenarien aus ... Wo steckst du??

23:37 Uhr
Geht's dir gut? Ist etwas passiert?

Als plötzlich ihr Bild auf dem Display erschien, hätte ich den Anruf beinahe instinktiv angenommen. Stattdessen zwang ich mich dazu, ihn wegzuwischen. Genau wie den danach, diesmal nicht von Ember, sondern von Hendrick. Einmal. Zweimal. Dreimal. Ich hätte die Ware längst abliefern müssen. Ihm gingen gerade nicht nur ein Kurier, sondern auch drei Taschen voller Meth durch die Lappen.

Ember, 23:42 Uhr
Ernsthaft?! Jetzt ignorierst du nicht nur meine Nachrichten, sondern drückst auch meine Anrufe weg? Was ist los?

Ich sollte es nicht tun, sollte das Handy besser ausschalten, trotzdem las ich in den nächsten Minuten jede ihrer Nachrichten, klammerte mich an jedes Wort, jede Silbe, auch wenn ich nicht darauf antworten konnte.

Ember, 23:55 Uhr
Wenn du mit mir Schluss machen willst, hättest du mir das auch ins Gesicht sagen können. Aber dich mitten in der Nacht mit mir zu verabreden und dann einfach nicht aufzutauchen und nicht mehr zu reagieren? Was soll das?!

Fluchend senkte ich das Telefon und schloss die Augen. Nichts hätte ich lieber getan, als Ember zu antworten. Ihr alles zu erklären. Ihr zu sagen, was für ein Mistkerl ihr Vater war. Doch abgesehen von seiner Drohung hätte das bedeutet, ihr auch davon erzählen zu müssen, was ich getan, womit ich in den letzten Jahren mein Geld verdient hatte. Womit ihr Dad mich erpresst hatte. Es hätte bedeutet, ihr zu gestehen, dass sie die ganze Zeit mit einem Kriminellen zusammen gewesen war, der sie noch dazu angelogen hatte. Und dann hätte sie mich noch mehr gehasst, als sie es jetzt ohnehin schon tat …

Ein Ruck ging durch das Schiff. Das Brummen der Motoren dröhnte in meinen Ohren. Wir legten ab.

Es gab kein Zurück mehr.

Ich riss die Augen auf, versuchte mich mit meinen Blicken, meinen Gedanken an Golden Bay zu klammern, obwohl wir uns Meter für Meter davon entfernten. Die Lichter wurden schwächer. Die Häuser verschwammen vor meinen Augen.

Unbändige Wut raste durch mich hindurch, vermengte sich mit Verzweiflung und Machtlosigkeit und wuchs zu einem gigantischen Sturm heran. Einem Sturm, den ich nicht länger in mir einsperren konnte.

»Fuck!« Ich schrie das Wort in die Nacht hinaus, aber es machte keinen Unterschied. Änderte nichts. Ich stand noch immer an der Reling auf der Fähre, mit der ich mich mit jeder Sekunde weiter von Ember entfernte. Von meiner Familie. Von meinem bisherigen Leben.

So lange hatte ich mir einen Neuanfang weit weg von hier gewünscht – aber nicht so. Niemals so.

Ember, 00:01 Uhr
Nichts? Bin ich dir nicht mal eine verdammte Antwort wert? Ich sehe doch, dass du alles liest!

00:03 Uhr
Wir wollten das zusammen durchziehen!

00:03 Uhr
Wir wollten zusammen abhauen

00:04 Uhr
Warum bist du nicht hier? Warum antwortest du nicht?

00:05 Uhr
Was ist passiert? Wo bist du??

Mein Daumen schwebte über dem Tastenfeld, aber ich antwortete nicht. Ich starrte auf ihre letzte Nachricht, während Finsternis und Nebel die letzten Lichter der Insel verschluckten – und damit auch diesen Abschnitt meines Lebens.

44. Kapitel

»Guten Morgen.«

»Morgen«, nuschelt Ember mit kleinen, müden Augen und vergräbt die Nase an meinem Hals. »Wie spät ist es?«

»Keine Ahnung.«

Und es ist mir auch egal. Draußen mag es schon hell sein, aber ich halte die Frau, die ich liebe, in meinen Armen. Das ist das Einzige, was im Moment zählt.

Ich liege auf dem Rücken auf dem Teppich vor dem Kamin, Ember an meine Seite geschmiegt, und fahre mit den Fingern an ihrer Wirbelsäule auf und ab.

Trotz allem, was aktuell in meinem Leben los ist, trotz der drohenden Gefahr, sind meine Muskeln entspannt. Zum ersten Mal seit langer Zeit kann ich endlich richtig durchatmen. Und wenn Ember den Kopf hebt und mich ansieht wie jetzt, kann ich beinahe glauben, dass sie mir verziehen hat. Dass sie bereit ist, mir wieder zu vertrauen, auch wenn ich ihr die Frage, was in jener Nacht geschehen ist, niemals beantworten kann. Aber vielleicht ist das nicht mehr von Belang. Vielleicht schaffen wir es, dass meine fatalen Entscheidungen nicht mehr zwischen uns stehen.

Ich merke nicht mal, dass sich meine Mundwinkel zu einem Lächeln verziehen, bis Ember es fragend erwidert. »Was ist …?«, fragt sie leise.

Statt meine Gedanken mit ihr zu teilen, entscheide ich mich für eine andere Richtung. »Weißt du, woran ich denken musste? Wie ich dir versprochen habe, dass ich dich dazu kriege, um einen Kuss zu betteln.«

Ember lacht laut auf und gibt mir einen kleinen Schubs. Grinsend sehe ich ihr dabei zu, wie sie aufsteht, ein paar von unseren wild verstreuten Klamotten aufhebt und nach nebenan ins Bad verschwindet.

Nach den letzten Stunden auf den harten Holzdielen sollte mir alles wehtun, auch wenn der Vorleger dick und weich ist, aber ich fühle mich großartig. Genau genommen habe ich mich seit einer Ewigkeit nicht mehr so gut gefühlt wie an diesem Morgen. Doch selbst im High nach dieser Nacht ist mir klar, dass Sex unsere Probleme nicht lösen wird. Zumindest nicht dauerhaft. Also stehe ich ebenfalls auf, steige in meine Jeans, die bis auf eine Stelle am Oberschenkel wieder ganz trocken ist, und gehe in die Küche.

Viel ist nicht zu finden, aber die kleine Kaffeemaschine zeigt mir, dass Ember anscheinend häufiger hier übernachtet. Als ich den Tee mit Erdbeer-Sahne-Geschmack in einem der Schränke entdecke, schnaube ich hörbar. Nur Shae kann dieses Zeug am frühen Morgen trinken. Aber da ich Kaffee noch immer nichts abgewinnen kann, schalte ich die Maschine nur für Ember an und setze mir – widerstrebend – einen Tee auf.

Als ich wenige Minuten später ins Wohnzimmer zurückkehre, sitzt Ember bereits auf dem Sofa, die Decke über den Beinen.

»Danke.« Sie probiert einen vorsichtigen Schluck und sieht mich dann überrascht an.

»Mehr Hafermilch als Kaffee und jede Menge Ahornsirup. Ich hab's nicht vergessen.«

Über ihr Gesicht huscht ein Ausdruck, den ich nicht recht deuten kann. Wehmut vielleicht? Traurigkeit? Erleichterung? Ich weiß es nicht, und gleich darauf ist er bereits verschwunden – und ihr Lächeln verblasst.

Sie sieht auf den Becher in ihren Händen hinunter. »Wir müssen darüber reden. Richtig, meine ich.«

»Ich weiß …« Mit einem Seufzen lasse ich mich in die Polster zurücksinken, den Arm auf der Rücklehne in ihre Richtung ausgestreckt, aber meine Finger berühren sie nicht.

»Ohne Streit und Vorwürfe.« Sie zögert einen Sekundenbruchteil und sieht dann wieder auf. »Ohne Sex.«

Ich hebe die Brauen. »Ohne Sex?«

Mein Einwand zaubert ihr das Lächeln zurück ins Gesicht. »Davor oder danach, aber nicht währenddessen.«

Gespielt nachdenklich wiege ich den Kopf hin und her, nicke dann jedoch. »Ich schätze, damit kann ich leben.«

Probehalber nippe ich an meinem Tee – und schneide eine Grimasse, als der pappsüße, künstliche Geschmack von Erdbeeren meinen Mund flutet. Shae kann das Zeug vielleicht trinken, aber ich nicht. Nein, danke.

»Okay, ich fange an.« Amüsiert beobachtet Ember mich dabei, wie ich meinen Tee angewidert wegstelle, dann atmet sie tief durch. »Ich habe dich gehasst, als ich dich auf Gemmas Hochzeit wiedergesehen habe. Ich war so wütend und verletzt … Ehrlich gesagt hab ich dir ziemlich üble Dinge an den Hals gewünscht. Wenn auch nicht so gewalttätige wie Shae«, fügt sie schnell hinzu, »aber trotzdem.«

Ich verziehe kurz das Gesicht. »Du hattest jedes Recht dazu.«

»Irgendwann ist mir klar geworden, dass wir uns fürs Erste miteinander arrangieren müssen, wenn wir beide auf Golden Bay wohnen und denselben Freundeskreis haben. Ich dachte … nein, ich habe *gehofft*, dass wir Freunde oder wenigstens etwas in der Art sein können.«

»Wir waren *nie* nur Freunde«, erinnere ich sie leise. »Damals nicht und heute erst recht nicht.«

Irgendwie rechne ich damit, dass sie mir widerspricht, stattdessen nickt sie nach einem Moment und trinkt einen Schluck von ihrem Kaffee. »Das glaube ich auch. Zumindest seit wir alt genug waren, um mehr füreinander zu empfinden.«

Ich wende mich Ember mit dem ganzen Oberkörper zu. »Ich hab dich nicht mehr aus dem Kopf bekommen, seit ich fünfzehn war. Wahrscheinlich sogar vorher, aber da habe ich es zum ersten Mal richtig begriffen.«

»Wirklich? Wann genau?«

»Als du nach dem Eishockeytraining draußen auf mich gewartet hast und Gummibärchen dabeihattest, die wir uns geteilt haben.«

Sie lächelt überrascht. »Ich hab ständig nach dem Training auf dich gewartet. Und wir haben uns zu der Zeit praktisch von Gummibärchen ernährt.«

Die Erinnerung ist bittersüß. Einerseits schön, weil wir nur zwei Teenager waren, die nicht viel Ahnung von der Welt hatten und in ihrem ganz eigenen kleinen Kosmos gelebt haben. Einem Kosmos, in dem sich alles zunehmend um uns beide gedreht hat. Andererseits ist mir nur zu deutlich bewusst, wie lange das her ist – und dass wir nicht mehr die unbeschwerten Kids von damals sind. Es nie wieder sein werden.

»Ich will, dass das mit uns funktioniert, Em. Und ich werde alles dafür tun, was in meiner Macht steht.« Ich greife nach ihrer freien Hand und lege sie mittig auf meine Brust, genau über der Stelle, an der es nun umso heftiger pocht. »Das hier gehört dir, Ember. Es hat immer dir gehört.«

Sie atmet tief ein und zittrig aus. »Ich glaube dir«, flüstert sie und reißt den Blick von ihrer Hand über meinem Herzen los, um mir wieder ins Gesicht zu sehen.

Ich bin so erleichtert, diese Worte von ihr zu hören, dass ich keinen Ton herausbringe. Sie hat nicht gesagt, dass sie mich liebt, aber sie ist hier. Sie will es versuchen. Das ist das Einzige, was zählt.

Wortlos breite ich die Arme aus, und sie schmiegt sich nach einem kurzen Zögern leise seufzend an mich. Ich halte sie einfach nur fest, streiche über ihre nackten Arme und genieße es, sie wieder auf diese Weise berühren zu dürfen. Das ist mehr, als ich mir in den letzten Jahren erhofft habe. Mehr als ich verdient habe nach allem, was ich getan habe. Was ich noch immer tue.

Ich weiß nicht, wie lange wir dasitzen, dicht aneinandergeschmiegt, ihr Herzschlag an meinem, bis ein leises Vibrieren den friedlichen Moment stört.

Instinktiv versteife ich mich, aber es ist Embers Handy, nicht meins. Fragend schaue ich sie an.

Seufzend legt sie es neben sich. »Das war Dad. Er fragt, ob alles okay ist, weil ich letzte Nacht nicht nach Hause gekommen bin und er mich telefonisch nicht erreichen konnte.« Sie verdreht die Augen, wird aber gleichzeitig rot, was irgendwie niedlich ist. »Ach ja, und ob wir später zusammen Mittagessen gehen wollen.«

»Ihr steht euch ziemlich nahe«, stelle ich, nicht zum ersten Mal seit meiner Rückkehr, fest. »Näher als früher.«

Ember nickt sofort. »Moms Tod hat ihn hart getroffen. In den ersten Wochen hat er sich völlig zurückgezogen, sich nur in der Arbeit und seinem Zimmer vergraben. Ich habe ihn gar nicht mehr zu Gesicht bekommen.«

Wut kocht in mir hoch. Ja, der Mann hat getrauert. Das verstehe ich. Aber er hat auch eine Tochter, die ihn gebraucht hätte. Eine Tochter, um die er sich hätte kümmern müssen.

»Er hat es nicht böse gemeint.« Ember greift nach meiner Hand und löst meine Finger einen nach dem anderen. Ich habe nicht mal gemerkt, dass ich sie zur Faust geballt habe. »Ich denke, hinterher hat er sich schuldig gefühlt. Er hat alles dafür getan, dass es mir gut geht. Wir haben Ausflüge in den Nationalpark unternommen und viel mehr Zeit miteinander verbracht. Außerdem hat er monatelang Extraschichten geschoben, um mir die Universität zu bezahlen, weil mein Erspartes für Montréal nicht ausgereicht hat.«

Ich schlucke schwer. Wage es nicht, sie anzusehen.

»So seltsam und schrecklich es auch ist, das zu sagen, aber Moms Tod hat uns näher zusammengebracht. Ich wüsste nicht, was ich ohne Dad und Grandma getan hätte. Oder wo und wer ich heute wäre.«

Sie weiß von nichts. Der Gedanke pulsiert in meinem Kopf. *Sie weiß nicht, was ihr Vater getan hat, um sie zu beschützen.*

Das habe ich bereits vermutet, als ich die beiden kurz nach Gemmas und Peters Hochzeit zusammen beim Mittagessen auf der Promenade in Bayville gesehen habe, doch dies ist die Bestätigung.

»Das …« Ich muss mich räuspern, weil meine Stimme auf einmal belegt klingt. »Das freut mich für dich. Es ist gut, dass du die beiden hast.«

»Shae war ebenfalls für mich da, obwohl sie nicht hier sein konnte, aber wir haben stundenlang gechattet und telefoniert. Manche Leute in der Schule waren auch okay. Camille zum Beispiel. Sie hat mir ihr Beileid ausgedrückt und mir anschließend meinen Freiraum gelassen. Aber die anderen …« Sie seufzt tief, und ihr Blick irrt durch das renovierte Zimmer.

Ich verflechte meine Finger mit ihren. Ich lasse sie das nicht wieder allein durchstehen, selbst wenn es nur eine Erinnerung ist.

»Irgendwann habe ich es nicht mehr ertragen«, erzählt sie leise weiter. »Die mitleidigen Blicke. Das Getuschel. Die Gerüchte. Es ist genau das passiert, was Dad vermeiden, wovor er mich schützen wollte. Deshalb die ganze Geschichte mit dem Herzinfarkt und dass *er* sie gefunden hat, nicht ich.«

Ich bin mir ziemlich sicher, dass er das nicht nur für seine Tochter getan hat, sondern auch für sich selbst. Für seinen guten Ruf. Seine Karriere. Aber ich halte wohlweislich den Mund.

»Er würde alles für dich tun, hm?«

Ember lächelt warm. »Er ist mein Dad. Ich würde dasselbe für ihn tun.«

Das kann ich verstehen. Familie ist wichtig. Es gibt fast nichts, was ich nicht für Mom und Gemma auf mich nehmen würde, also nicke ich, obwohl der Kloß in meinem Hals immer größer wird. Wenn ich vorher noch Zweifel gehabt hätte, ob ich Ember die ganze Wahrheit erzählen kann, sind diese spätestens jetzt zu Staub zerfallen. Ich kann es ihr nicht sagen. Niemals. Das würde nicht nur unsere Beziehung ruinieren, sondern auch die von Ember und ihrem Vater. Und ich wäre dafür verantwortlich. Das kann ich ihr nicht antun. Und genauso wenig mir selbst, so egoistisch das auch sein mag. Ich habe sie gerade erst zurückgewonnen. Ich will und werde sie nicht wieder verlieren.

Also fasse ich einen Entschluss.

»Du solltest mit deinem Dad essen gehen.«

Sie blinzelt verblüfft. »Und was ist mit dir?«

Eine rotblonde Locke fällt ihr ins Gesicht, und ich streiche sie ihr hinters Ohr zurück. »Ich werde schon nicht verhungern.«

»Das meinte ich nicht.«

»Ich weiß«, murmle ich und fange ihre Hand ab, als sie mir gegen die Schulter boxen will, um ihr einen Kuss auf die Fingerknöchel zu drücken. »Wir können uns heute Abend treffen. Hier oder bei mir oder meinetwegen auch im Turner's. Ganz egal.«

Hauptsache, wir sehen uns wieder und diese Nacht war keine einmalige Sache. Denn entgegen dem, was Leute wie Will von mir denken, bin ich Ember nicht nachgelaufen, nur um sie ins Bett zu bekommen. Ich beschwere mich sicher nicht darüber, wie die letzte Nacht gelaufen ist, aber das war nicht der Hauptgrund. Ich möchte wieder ein Teil ihres Lebens sein und sie in meinem haben.

Sie sieht mir in die Augen. »Okay.«

Hoffnung keimt in mir auf, und ich kann gar nicht anders, als ihr

Lächeln zu erwidern. Und mich vorzubeugen, um einen sanften Kuss auf ihre Lippen zu hauchen. »Okay.«

Sie streicht mir über die Wange, dann wirft sie einen schnellen Blick auf ihr Handy und seufzt. »Ich muss in den Blumenladen.«

Ich seufze. »Und ich auf die Baustelle.«

So schnell ist der intime Moment vorbei, und die Außenwelt hat einen Weg hineingefunden. Aber sie reißt uns nicht auseinander, treibt uns nicht voneinander weg. Diesmal nicht.

Während ich mich fertig anziehe, höre ich Ember mit ihrem Vater telefonieren.

»Hey, Dad. Ja, alles in Ordnung. Mittagessen geht klar. Ich bin vormittags im Rose & Bloom und kann dich beim Revier abholen, ja? Alles klar. Bis später!« Sie legt auf und steckt das Handy ein. »Ich werde noch kurz daheim unter die Dusche springen und mich umziehen.«

»Du solltest was mit Rollkragen tragen. Oder ein Halstuch«, füge ich hinzu, ohne etwas gegen die Selbstgefälligkeit ausrichten zu können, die in meiner Stimme mitschwingt.

»Du hast doch wohl nicht …?« Ember fasst sich an den Hals und dreht sich mit großen Augen zu mir um. »Ernsthaft? Schon wieder?!«

Auch wenn ich beschwichtigend die Hände hebe, kann ich mir das Lachen kaum verkneifen. »Sorry?«

»Als ob.«

Ich gehe zu ihr rüber und lege ihr die Hände an die Taille. »Der Knutschfleck steht dir – aber irgendwie bezweifle ich, dass sich dein Vater darüber freuen wird.«

»Und ich bezweifle, dass du das nicht absichtlich gemacht hast.« Sie funkelt mich an, trotzdem legt sie die Arme um meinen Hals. »Deinetwegen muss ich bei achtundzwanzig Grad einen Rollkragen tragen. Vielen Dank auch.«

»Gern geschehen.« Ich gebe ihr einen letzten Kuss und lasse sie dann widerstrebend gehen, weil ich ebenfalls losmuss. »Em?«, rufe ich, als sie bereits an der Tür ist.

Sie dreht sich zu mir um und zieht fragend die Brauen hoch. Direkt neben der Stelle, an der wir gestern noch heftig rumgeknutscht haben.

»Ich weiß, dass es dir schwerfällt, mir wieder zu vertrauen.«

Ember zögert und spielt mit den Schlüsseln in ihrer Hand herum. »Du warst da, als Grandma gestürzt ist und ich dich gebraucht habe …«, beginnt sie langsam. »Und danach auch. Im Krankenhaus. Hier. Ich glaube, ich fange wieder an, dir zu vertrauen, ob ich es will oder nicht.«

Die Erleichterung, die mich in diesem Moment überkommt, trifft mich mit einer solchen Wucht, als hätte mir jemand einen Kinnhaken verpasst. Aber statt Schmerz breitet sich etwas Leichtes, Sehnsüchtiges in mir aus, eine Empfindung, die mir völlig neu ist.

»Zumindest genug, um in der Öffentlichkeit mit dir rumzumachen, wo wir jederzeit erwischt werden könnten«, fügt Ember schmunzelnd hinzu, wird jedoch schnell wieder ernst. »Ich weiß, dass du mir nicht erzählen kannst oder willst, was genau damals passiert ist und warum du gegangen bist. Vielleicht kannst du es eines Tages. Das hoffe ich wirklich sehr. Und bis dahin …« Sie zögert, wendet den Blick kurz ab und sieht mich dann wieder aus großen grünbraunen Augen an. Ihre Stimme ist kaum hörbar. »Bitte mach es nicht kaputt.«

»Das werde ich nicht«, antworte ich sofort.

»Versprich mir, dass du nichts mehr vor mir geheim hältst.«

Einen Herzschlag lang zögere ich, nicke dann jedoch entschlossen. »Ich verspreche es.«

45. Kapitel

Abends sitze ich an einem großen Tisch im hinteren Bereich des Turner's. Der Tag auf der Baustelle war brutal anstrengend, trotzdem ging die Zeit rasend schnell vorbei und ich konnte es gar nicht erwarten heimzukommen, kurz unter die Dusche zu springen und in den Pub zu laufen.

Und das nur, weil ich Ember wiedersehen werde. Na gut, und weil ich mich auch freue, so viele aus unserer Clique zu treffen, aber Ember ist und bleibt der Hauptgrund. Das letzte Mal haben wir uns alle vergangenes Wochenende im Club gesehen, nachdem Zion und Taleisha sich verlobt hatten.

»Also, was gibt's Neues?« Zion sieht in die Runde.

Er, Taleisha und Jayden waren als Erste da, Camille kam kurz nach mir. Beck arbeitet wie immer hinter der Bar, und Shae ist gerade erst zur Tür rein.

»Neues?«, wiederhole ich, als wüsste ich nicht mal, was das Wort bedeutet.

»Ja.« Taleisha kneift die Augen zusammen und betrachtet mich von oben bis unten. »Irgendwas ist anders an dir.«

Beinahe muss ich lachen, also trinke ich lieber schnell einen Schluck von meinem Bier.

»Sie hat recht«, bestätigt Zion und legt den Kopf schief. »Du wirkst irgendwie ... relaxter.«

»Wer wirkt relaxt?« Shae lässt sich auf den nächstbesten Stuhl fallen und streckt die Beine aus. Ihre Armbänder klirren leise, als sie sich über den Tisch lehnt und nach Jaydens Glas greift.

»Hey, das ist meins!«, protestiert er.

»Das würde ich nicht tun«, warnt auch Camille.

Zu spät. Shae hat den ersten Schluck getrunken – und verzieht angewidert das Gesicht.

»Was zum Teufel *ist* das?!« Hustend schiebt sie das Glas zurück.

Jayden wirkt amüsiert. »Spezialmischung.«

»Ja, aus der Hölle.« Shae wischt sich mit dem Handrücken über den Mund, obwohl Camille ihr ein Taschentuch hinhält.

Zion lehnt sich grinsend zurück. »Selbst schuld, wenn du anderen die Getränke klaust.«

»Ich hab nichts geklaut. Ich wollte nur einen Schluck, weil ich am Verdursten war und man an diesem Ort ja nichts bekommt.« Gereizt deutet sie Richtung Bar, aber ich achte schon gar nicht mehr auf sie.

All meine Aufmerksamkeit liegt auf der Frau, die soeben das Turner's betreten hat und sich suchend umsieht. Unsere Blicke treffen sich quer durch das Lokal. Ein warmes Kribbeln breitet sich in mir aus, gepaart mit einer Zufriedenheit, die mir neu ist.

Ember bahnt sich einen Weg an den anderen Gästen vorbei. Sie trägt einen kurzen Rock und ein ärmelloses Top mit Rollkragen. Ich muss mir ein Grinsen verkneifen. Als sie es bemerkt, wirft sie mir einen vernichtenden Blick zu, setzt sich aber trotzdem neben mich. Nicht mit einem freundschaftlichen Abstand, sondern nahe genug, dass ihr nackter Oberschenkel mein Bein berührt.

»Hi«, sagt sie leise.

»Hi«, erwidere ich lächelnd und lege den Arm so selbstverständlich um sie, als wären wir nie getrennt gewesen. Und was sich neu und ungewohnt anfühlt, ist gleichermaßen erschreckend vertraut.

Natürlich ist Shae diejenige, die unseren innigen Moment unterbricht. »Bitte sagt mir, dass ich halluziniere.«

»Kommt drauf an.« Jayden lehnt sich grinsend vor. »Hast du was eingeworfen?«

»Ganz ehrlich? Jetzt gerade wünschte ich, ich hätte es, aber ich hab nur dein widerliches Gebräu probiert. Wenigstens wäre das eine Erklärung für ... *das da.*« Mit der Hand deutet sie auf Ember und mich.

»Shae ...« Leiser Tadel schwingt in Embers Stimme mit, aber auch eine gewisse Belustigung.

Die verzieht das Gesicht. »Heißt das etwa, wir hassen ihn nicht mehr? Ich darf ihm nicht mehr drohen und alle möglichen Geschlechtskrankheiten an den Hals wünschen?«

Meine Mundwinkel beben vor unterdrücktem Lachen. »Ich bin mir ziemlich sicher, du findest ein anderes Ziel.«

In diesem Moment taucht Beck an unserem Tisch auf und zieht einen freien Stuhl heran. »Was hab ich verpasst?«

»Nichts, nur dass anscheinend die Hölle zugefroren ist und das Ende der Welt bevorsteht«, kommentiert Shae trocken.

Ich bin mir ziemlich sicher, dass sie mir in Gedanken sämtliche Foltermethoden androht, die je existiert haben, sollte ich ihrer besten Freundin erneut wehtun. Aber das wird nicht passieren.

Ich habe einen Plan. Genauer gesagt haben Beck, Jayden und ich einen Plan. Sobald ich die Info für meinen ersten Job bekomme, gebe ich sie an Jayden weiter. Er wartet nur darauf, dass ich Ort und Zeit erfahre, um zusammen mit einem ausgewählten kleinen Team aus Kollegen und Kolleginnen bereitzustehen und Hendrick, Remi und ihre Leute auf frischer Tat zu ertappen. Beck wird zur Rückendeckung ebenfalls zur Stelle sein, falls etwas schiefgehen sollte. Mir ist nicht sonderlich wohl bei der Sache, aber er hat darauf bestanden.

Zusammen werden wir das Ganze zu Ende bringen. Irgendwie.

Ember wird nie davon erfahren. Spätestens in ein paar Wochen wird alles vorbei und nicht mehr als ein langer, schlechter Traum gewesen sein.

Will gesellt sich als Letzter zu uns, nachdem seine Schicht am Golden Bay Beach beendet ist. Zu meiner Überraschung scheint es ihm nichts auszumachen, Ember und mich zusammen zu sehen. Er begrüßt sie mit einer kurzen, freundschaftlichen Umarmung und nickt mir zu, als wäre nichts gewesen. Als wäre er nie mit meinem Mädchen ausgegangen.

Ember hat immer behauptet, dass Will sie nur im Spaß nach einem Date gefragt hat, aber es fällt mir schwer, das zu glauben. Vielleicht weil ich mir nicht vorstellen kann, wie ein Mann nicht mehr von ihr wollen, nicht mehr in ihr sehen könnte.

»Das bedeutet dann wohl, dass wir für euch zwei keine zusätzliche Begleitung auf der Hochzeit einrechnen müssen«, stellt Taleisha zufrieden fest.

Ember blinzelt verdutzt. »Planst du ernsthaft schon die Hochzeit? Habt ihr überhaupt einen Termin?«

Zion schüttelt den Kopf und formt ein *Nein* mit den Lippen, aber seine Verlobte ist nicht zu bremsen.

»Die Gästeliste hat oberste Priorität! Ohne die wissen wir doch gar nicht, wie groß die Location sein soll, wie viele Stühle, Getränke und Torte wir brauchen.«

Beruhigend streichelt Zion ihr über den Arm. »Um die Torte kümmere ich mich, Süße. Keine Sorge.«

»Trotzdem brauchen wir eine Gästeliste«, beharrt sie.

Er lacht lautlos, lässt sich davon aber nicht weiter beirren.

»Also, Ember und Holden, Camille und Meghan«, zählt Taleisha auf.

»Soll ich mitschreiben?«, bietet Ember halb im Spaß, halb im Ernst an und fördert ein Notizbuch und bunte Klebezettel aus ihrer Handtasche zutage.

»Nur wenn du dich damit auf den Posten der Trauzeugin bewerben willst«, kontert Taleisha grinsend und fährt dann nahtlos fort. »Will, Shae, Beck und Jayden. Bringt ihr ein Plus One mit oder nicht?«

Shae verzieht das Gesicht. »Müssen wir das sofort entscheiden?«

»Wenn du etwas von der Torte abhaben willst, ja.« Gespielt nachdenklich tippt sich Taleisha ans Kinn. »Ich könnte dir auch einen der drei als Begleitung zur Seite stellen.«

»Hey!«, protestiert Shae sofort.

»Warte mal …«, kommt es von Beck.

Nur Will und Jayden wirken belustigt.

»Oh, das ist gut.« Taleisha deutet auf Shae und Beck. »Wenn ihr zwei mich in den nächsten Monaten nervt, müsst ihr nebeneinandersitzen.«

»Nur wenn du einen Mord auf deiner Hochzeit willst«, murmelt Shae und schnappt sich Embers Cola, die wie aus dem Nichts an unserem Tisch aufgetaucht ist.

»Das Risiko ist ziemlich hoch«, bestätige ich.

»Dann kommt ihr eben allein. Problem gelöst.«

»Und wenn einer von uns doch jemanden mitbringen möchte?«, wirft Jayden ein.

»Ach?« Zion mustert ihn grinsend. »Hast du eine heiße Freundin, von der wir nichts wissen?«

»Möglicherweise.« Sekundenlang starren sich die beiden an. Keiner scheint bereit, als Erster wegzusehen.

Das Ganze erinnert mich so sehr an das Eishockeytraining früher, dass mich eine Welle an Erinnerungen und Wehmut überrollt. Zu den meisten aus dem Team habe ich den Kontakt verloren, als ich Golden Bay verlassen habe. Es tut gut, Jayden und Zion wieder in meinem Leben zu haben.

»Pfff«, macht Zion schließlich und winkt ab. »Wir wissen doch alle, dass du nur für deinen Job lebst, Bro.«

Jayden lächelt knapp und trinkt einen großen Schluck von seinem Whiskey-Gemisch.

»Warum einigt ihr euch nicht auf eine ungefähre Zahl an Gästen und arbeitet erst mal damit?«, schlägt Camille friedensstiftend vor.

Ich will schon etwas dazu sagen, als mich ein kurzes Vibrieren in meiner Hosentasche davon abhält. Meine Schultern verspannen sich unwillkürlich. Schnell schaue ich nach, aber die Nachricht ist nur von Gonzalez, der fragt, ob ich morgen zwei Stunden früher zur Baustelle kommen kann, weil sie eine Lieferung erwarten. Ich antworte ihm kurz und bestätige den Termin, froh über die Extrastunden und den damit verbundenen Lohn.

Als ich aufsehe, bemerke ich Jaydens fragenden Blick und schüttle unmerklich den Kopf. Keine Nachricht von Hendrick oder Remi.

Wir sitzen alle auf glühenden Kohlen. Dass Jayden das Ganze hinter dem Rücken seines Vorgesetzten – Embers Vater – durchzieht, gefällt ihm nicht. Aber es war meine einzige Bedingung.

Wenn Mr. Jackson Wind von unserem Plan bekommt, wird er das gegen mich verwenden. Im schlimmsten Fall macht er seine Drohungen von damals wahr und erzählt Ember von meiner kriminellen Vergangenheit. Das kann ich nicht zulassen. Nicht nach allem, was passiert ist. Nicht, nachdem wir so weit gekommen sind.

Als würde sie meine aufgewühlten Gedanken spüren, sucht Ember meinen Blick und schenkt mir ein beruhigendes Lächeln. Ihre Hand auf meinem Oberschenkel tut ihr Übriges.

Alles wird gut. Das muss es einfach.

Beck räuspert sich und steht abrupt auf. »Ich hole was aus dem Lager. Holden, Jayden, helft ihr mir kurz?«

46. Kapitel

Beck bahnt uns einen Weg nach draußen, während ich ihm folge und Jayden das Schlusslicht bildet.

»Was ist los?«, frage ich, sobald wir die kleine Gasse betreten. Anscheinend handelt es sich um einen Lieferanteneingang. Ich war noch nie hier, aber wenigstens können wir sicher sein, keine ungewollten Zuhörer zu haben. »Das waren sie nicht.«

Beck wirft nur einen kurzen Blick auf das Handy, das ich hochhalte. »Darum geht es nicht.«

»Du und Ember seid wieder zusammen.« Es ist mehr eine Feststellung von Jayden als eine Frage.

Stirnrunzelnd sehe ich zwischen den beiden hin und her. »Ja, sind wir. Danke für die Glückwünsche.«

Beck ignoriert meinen Sarkasmus. »Du solltest ihr sagen, was wir vorhaben. Bevor es zu spät ist.«

Ja, klar, weil ich ihr als Polizistentochter mal eben von meiner kriminellen Laufbahn berichten werde, die schon in der Highschool begonnen hat, lange bevor aus uns ein Paar wurde. Am besten erzähle ich ihr das bei einem romantischen Candlelight-Dinner. Ich bin sicher, dass das gut ankommen wird.

»Und sie dadurch in Gefahr bringen?«, knurre ich. »Sie womöglich sogar zur Zielscheibe machen? Keine Chance.«

Schlimm genug, dass Hendrick und Remi wissen, wie wichtig sie mir ist. Aber ich kenne Ember. Wenn sie Bescheid wüsste, würde sie mir nicht nur die Hölle heißmachen, sondern selber Nachforschungen anstellen. Sie würde sich daran erinnern, was sie vor ein paar Wochen nachts am Hafen gesehen hat, und wieder hinfahren. Außerdem würde sie ihren Vater über alles informieren, und das kann ich nicht zulassen.

Jayden fährt sich dermaßen frustriert durch das braune Haar, dass es in wilden Strähnen absteht. »Sie ist in größerer Gefahr, wenn sie nichts weiß, Mann!« Er beginnt unruhig auf und ab zu laufen. »Wenn jemand mit der Wahrheit umgehen kann, dann sie. Aber dafür muss sie Bescheid wissen.«

Die Wahrheit. Inzwischen gibt es so viele Wahrheiten, die ich verschweige, dass ich gar nicht mehr weiß, wohin mit all meinen Geheimnissen.

»Vergesst es. Ember muss nichts davon erfahren. Und ihr Vater auch nicht«, füge ich mit einem harten Seitenblick in Jaydens Richtung hinzu. Darum geht es in Wahrheit doch, oder nicht? Er will die Aktion nicht hinter dem Rücken seines Vorgesetzten durchziehen. Doch das war der Deal. Nur so komme ich hoffentlich einigermaßen unbeschadet aus der Sache raus.

Beck, der bisher größtenteils schweigend neben der Tür an der Hauswand gelehnt hat, löst die verschränkten Arme. »Wenn sie es über jemand anderen herausfindet, macht sie dich einen Kopf kürzer.«

Er sieht mich eindringlich an, und für einen Moment verfluche ich mich dafür, ihm und Jayden alles erzählt zu haben. Die beiden sind die Einzigen, die meine ganze Geschichte kennen. Die wissen, was in der Vergangenheit geschehen ist und was alles passiert ist, seit ich wieder auf der Insel bin. Ein Teil von mir hat gehofft, dass es leichter wird, wenn ich die beiden einweihe, aber sie sind hartnäckiger als Fußpilz.

»Dann hast du sie verloren«, erinnert Beck mich ruhig. »Diesmal endgültig.«

Fuck.

Ich hasse es, dass Beck es schafft, mit nur einer Handvoll Worten Zweifel zu säen. Langsam, aber sicher weiß ich nicht mehr, was richtig und was falsch ist. Wo Gesetzestreue endet und Kriminalität anfängt. Was ich jedoch mit absoluter Sicherheit weiß, ist, dass ich Ember aus alledem raushalten muss. Sie, Gemma und meine Mom müssen in Sicherheit sein. Es ist besser für sie, wenn sie nichts von der Sache erfahren.

Jayden legt mir eine Hand auf die Schulter. »Du und der Chief seid nicht gerade die besten Freunde, schon klar. Aber trotz allem, was zwischen euch vorgefallen ist, wäre es wirklich klüger, ihn einzuweihen. Und das sage ich nicht nur, weil ich meinen Job verlieren könnte, wenn der Plan schiefgeht.«

»Auf keinen Fall.« Entschieden schüttle ich den Kopf. »Wenn er herausfindet, dass ich in die Sache involviert bin, wird er mich in den Knast stecken, bevor wir auch nur versuchen können, Hendrick zu überführen. Dann seid ihr genauso weit wie vorher, und er hat gewonnen.«

Beck runzelt die Stirn. »Ich weiß ja, dass Chief Jackson kein Fan von dir ist. Aber denkst du nicht, dass das etwas übertrieben ist?«

Ich schnaube. »Sag das ihm, nicht mir.«

Denn wenn es nach Chief Jackson geht, säße ich schon längst hinter Gittern und er würde persönlich dafür sorgen, dass ich nie wieder einen Fuß auf seine Insel setzen kann. Damals hatte er etwas gegen mich in der Hand. Heute nicht. Heute bleiben ihm nur leere Drohungen. Zumindest so lange ich ihm nichts liefere, das er gegen mich verwenden kann. Und genau das würde ich tun, wenn wir ihn einweihen.

Aber das ist nicht der einzige Grund, denn ich habe einen Verdacht, den ich nicht aussprechen, ja, nicht mal *denken* will. Seit meiner Rückkehr und dem Wiedersehen mit Hendrick habe ich mich gefragt, wie er so mächtig werden und seine Operation sogar noch vergrößern konnte. Wie kann er einen offenen Angriff überstanden haben – denn darauf deuten die Narben, die Abwehrverletzungen auf seinen Armen hin – und heute trotzdem noch auf dem Thron sitzen? Er muss Verbündete in hohen Positionen haben. In der Politik. Bei der Polizei. Und der Mann mit dem größten Einfluss im Golden Bay Police Department ist Embers Vater …

Ich zögere, wende mich dann aber doch an Jayden, weil er alles andere als glücklich wirkt. »Du kannst jederzeit aussteigen. Niemand zwingt dich dazu, das hinter dem Rücken deines Chefs zu machen. Ich am allerwenigsten.«

Er sieht von mir zu Beck und zurück und schüttelt entschieden den Kopf. »Wir stecken zusammen drin, also stehen wir das auch zusammen durch.«

Meine Mundwinkel zucken. Etwas Ähnliches hat er früher immer beim Eishockey gesagt. Nur dass es damals um ein einzelnes Spiel oder im besten Fall um eine Meisterschaft ging. Heute steht seine Karriere auf dem Spiel. Mein Leben. Unsere Zukunft.

Ich atme tief durch und nicke. »Alles klar. Wenn sie sich das nächste Mal melden, fahre ich wieder zu den Sugar Shacks. Ihr folgt mir und haltet euch in der Nähe. Wir ziehen das gemeinsam durch – und danach ist es vorbei. Du erntest die Lorbeeren, ich hab endlich meine Ruhe.«

»Was, wenn es nicht funktioniert?«, wendet Beck leise ein und legt damit wieder mal den Finger zielgenau in die offene Wunde. Das kann dieser Mistkerl echt gut. »Wenn es komplett schiefgeht?«

Entschieden schüttelt Jayden den Kopf. »Das wird es nicht. Ich habe meine Jungs dabei, und ich vertraue ihnen zu hundert Prozent. Sie werden dichthalten. Im schlechtesten Fall entwischen uns Hendrick und seine Leute bei der Übergabe, aber dann haben wir trotzdem den Stoff gesichert und können einen Haftbefehl erwirken.«

Es ist nicht das, was wir uns mit dieser halsbrecherischen Aktion erhoffen, aber es wäre trotzdem ein Durchbruch. Ein großer Schritt in die richtige Richtung. Außerdem hätte ich in dem Fall wenigstens Beck und Jayden auf meiner Seite, die für mich aussagen würden.

»Und im besten Fall …«, spinne ich den Gedanken weiter.

Jayden nickt entschieden. »Machen wir sie an Ort und Stelle dingfest und konfiszieren das Zeug. Dann war's das. Sie sind geliefert.«

Ich wünschte, ich wäre so siegessicher wie er. Aber im Gegensatz zu ihm habe ich mehr zu verlieren als eine Karriere. Wenn es hart auf hart kommt, sogar mein Leben.

Trotzdem ist es mir das Risiko wert. Alles ist besser, als wieder in die kriminelle Schiene abzurutschen und für Hendrick zu arbeiten. Irgendwann gibt es nämlich kein Zurück mehr. Ich habe diesen Punkt zwar noch nicht erreicht, aber ich bin nur einen weiteren Job davon entfernt. Nur einen Schritt davon, im Knast zu landen – sei es, weil Mr. Jackson mich einbuchten will oder weil irgendeiner von Hendricks zukünftigen Aufträgen schiefgeht.

»Weißt du inzwischen, wann und wo?«, fragt Jayden. »Ich muss meinen Jungs Bescheid geben, damit sie sich bereithalten.«

Ich schüttle den Kopf. »Noch nicht. Früher haben sie sich immer ziemlich kurzfristig gemeldet, und wie es aussieht, hat sich bis heute nichts daran geändert. Aber ich bin mir sicher, dass sie immer noch den Maple Port nutzen. Nachts, wenn niemand sonst dort unterwegs ist. Ich melde mich sofort, wenn ich Genaueres weiß.«

Jayden nickt grimmig, und auch Beck wirkt entschlossen. Was auch geschieht, die beiden werden mir den Rücken freihalten, und im Moment ist das die einzige Lebensversicherung, die ich habe. Die Einzige, die ich brauche.

Ich will mein Leben zurück. Meine Freiheit. Meine Seele. Und ich werde darum kämpfen. Ganz egal, was ich dafür tun muss.

47. Kapitel

Fünf Jahre zuvor

Wind und Gischt peitschten mir ins Gesicht, aber ich weigerte mich, meinen Platz an der Reling aufzugeben. Meine Hände waren Eisklötze, trotzdem umklammerte ich das Geländer, als würde mein Leben davon abhängen. Dabei war Golden Bay längst nicht mehr zu sehen.

Mein ganzes Leben lang hatte ich von dort weggewollt. Hatte mich nie richtig heimisch oder zugehörig gefühlt. Nun, da sich mein Wunsch erfüllt hatte, war das Einzige, woran ich denken konnte, dass ich zurückwollte. Zurück zu Ember. Zurück zu meiner Familie. In mein altes Leben, selbst wenn das bedeutete, von Embers Dad verachtet zu werden, mich weiterhin strafbar zu machen und bis in alle Ewigkeit miese kleine Jobs für Hendrick erledigen zu müssen. Alles wäre besser als das hier.

Alles außer … eine Zelle. Und genau dort würde ich landen, wenn ich zurückkehrte. Daran hatte Mr. Jackson keinen Zweifel gelassen, und ich glaubte ihm. Der Mann sprach keine leeren Drohungen aus. Wenn ich zurückkam, stand ich mit einem Fuß im Gefängnis. Und hätte mit meinem Egoismus auch noch Embers Zukunft zerstört.

Zittrig fuhr ich mir mit den Fingern durchs Haar. Ember konnte und durfte ich nicht mehr kontaktieren, aber ich musste wenigstens meiner Familie Bescheid geben. Mom war noch bei der Arbeit, und ich wollte sie nicht beunruhigen, also öffnete ich den Chat mit meiner Schwester.

Holden, 00:31 Uhr
Ich hab vorhin die letzte Fähre aufs Festland genommen

Ich musste mich mit aller Gewalt dazu zwingen, die nächsten Worte zu tippen.

00:31 Uhr
Ich komme nicht mehr zurück …

Sie reagierte sofort, obwohl es mitten in der Nacht war.

Gemma, 00:32 Uhr
Warum? Was ist passiert? Ist Ember bei dir?

Der Schmerz traf mich schnell und brutal. Wie ein Schlag ins Gesicht, den ich nicht kommen sah. Natürlich fragte Gemma nach Ember. Sie und ich waren bereits unzertrennlich gewesen, lange bevor aus uns ein Paar geworden war. Doch jetzt …

Ich ballte die Finger zur Faust und schlug gegen die Reling, doch das darauffolgende Pochen in meiner Hand betäubte die Qualen in mir nur flüchtig. Es gab nichts, was ich tun konnte, um ihnen zu entgehen. Und wieso auch? Ich hatte sie verdient. Ich war derjenige, der Ember zurückgelassen hatte. Ich war das Arschloch in dieser Geschichte. Der Kriminelle. Der Lügner. Sollte der Schmerz mich doch in die Knie zwingen …

Holden, 00:34 Uhr
Nein …

Gemma, 00:34 Uhr
Nein?

Holden, 00:34 Uhr
Nein.

Gemma, 00:35 Uhr
Wieso nicht? Was ist los?

Ich zögerte. Starrte so lange auf das Display, bis die Buchstaben vor meinen Augen verschwammen und es schwarz wurde. Dann leuchtete es mit der nächsten Nachricht auf.

Gemma, 00:39 Uhr
Rede mit mir, Holden!

Holden, 00:40 Uhr
Das mit Em und mir ist vorbei

00:40 Uhr
Ich hab Mist gebaut, Gemma. Gigantischen Mist

Allein die Worte zu tippen, war, als würde mir jemand ein Messer in die Eingeweide rammen, trotzdem machte ich weiter.

00:42 Uhr
Mach dir keine Sorgen um mich. Ich melde mich später noch mal bei dir und Mom

Nach kurzem Überlegen begann ich mit einer Nachricht an Hendrick. Bisher hatte ich ihn und Remi ignoriert, aber es wurde Zeit, ihnen zu sagen, was Sache war. Wenn ich schon dazu gezwungen wurde, alle Brücken hinter mir abzubrechen, dann konnte ich es auch richtig tun. Dann konnte ich sie endgültig niederbrennen.

Holden, 00:44 Uhr
Die Cops haben mich erwischt. Ich bin raus.

Kurz verspürte ich den irrwitzigen Drang, mich bei Hendrick für alles zu bedanken, was er für mich getan hatte, ignorierte ihn jedoch. Hendrick mochte mir zu Essen gegeben haben, als ich immer wieder hungrig bei den Sugar Shacks aufgekreuzt war, aber er hatte mich auch benutzt. Und das, was er für mich getan hatte, hatte ich ihm in den letzten drei Jahren hundertfach zurückgezahlt. Ich musste mich für gar nichts bei ihm bedanken.

Gemma, 00:46 Uhr
Komm zu mir. Du kannst auf dem Sofa schlafen. Ich hab zwar kein Geld, aber wir finden eine Lösung, Holden. Wirf nicht dein ganzes Leben weg!

Holden, 00:46 Uhr
Zu spät

Ich schaltete das Handy aus und schob es in meine hintere Hosentasche.

Das Festland kam als große, dunkle Masse in Sicht. Ein Ungeheuer mitten in der Nacht. Nur vereinzelte Lichter brannten in der Ferne, der Rest blieb in Dunkelheit getaucht.

Genau wie meine Zukunft.

Ich hatte keine Ahnung, wie lange ich unterwegs gewesen oder wie spät es war. Die Sonne war noch nicht aufgegangen, doch der Himmel begann sich bereits zu verfärben. Mittlerweile brannten meine Augen vor Müdigkeit, aber ich fuhr trotzdem weiter. Durch fremde Städte und kleine Orte, vorbei an Küsten und endlosen Feldern. Ziellos. Einfach drauflos. Je schneller und weiter weg, desto besser. Von meiner Familie. Meinem Zuhause. Von Ember.

Meine Lider wurden immer schwerer. Ich blinzelte mehrmals, aber sie wollten trotzdem nicht offen bleiben. Mein Kopf sackte nach vorne und …

»Scheiße!« Ich riss das Lenkrad herum.

Das Hupen des entgegenkommenden Fahrzeugs schrillte mir in den Ohren. Verflucht. Ich musste eine Pause einlegen.

Als das nächste Schild in Sicht kam, bog ich auf den Parkplatz eines billigen Motels ab.

Niemand stellte Fragen, als ich eincheckte. Wir waren mitten im Nirgendwo, und ich hatte genug Bargeld dabei, um jede Neugier im Keim zu ersticken. Nicht so viel wie ursprünglich geplant, aber vergangene Nacht war nichts *wie geplant gelaufen.*

Erst als ich in dem winzigen Zimmer auf der steinharten Matratze lag, konnte ich wieder durchatmen – oder es zumindest versuchen. Doch die Schuldgefühle nagten ebenso an mir wie die Gedanken an Ember. Ich zog das Silberarmband aus meiner Tasche, das Ember vor ein paar Tagen bei mir vergessen hatte und das ich ihr heute Nacht hatte zurückgeben wollen. Der Anhänger in Form einer Sonnenblume funkelte im Licht der aufgehenden Sonne, das zwischen den Vorhängen ins Motelzimmer schien.

Nun würde sie das Armband nie mehr zurückbekommen …

Seufzend schaltete ich mein Handy wieder ein und las die Nachrichten, die in den letzten Stunden angekommen waren. Wieder und wieder. Bis sich jede einzelne davon in mein Gedächtnis und in mein Herz gebohrt hatte.

Ember, 01:57 Uhr
Holden

01:57 Uhr
Ich brauche dich

01:58 Uhr
Du musst mir helfen

02:01 Uhr
bitte

02:01 Uhr
ruf mich zurück

02:02 Uhr
wenn du mich wirklich geliebt hast und die letzten Jahre nicht bloß eine Lüge waren, dann antworte mir

02:02 Uhr
irgendwas

02:02 Uhr
bitte lass mich jetzt nicht im Stich

02:03 Uhr
bitte geh ran

02:04 Uhr
ich hab eine beschissene Angst und

Ich setzte mich abrupt auf. Wovor hatte sie Angst? Was, wenn Ember heute Nacht etwas zugestoßen war, weil ich nicht bei ihr gewesen, weil sie nicht mit mir gekommen war?

Unsinn, meldete sich der vernünftige Teil von mir. Ihr Dad hatte mich zum Hafen gebracht und war dann mit Sicherheit nach Hause gefahren. Zu Ember und ihrer Mom. Alles war gut. Das musste es sein. Im schlimmsten Fall stritten sich ihre Eltern wieder, nur war diesmal niemand da, um Ember dort rauszuholen. Um sie abzulenken. Um ihr zu versprechen, dass es nicht bis in alle Ewigkeit so sein würde. Um sie vor all dem zu beschützen.

Ich war diese Person für sie gewesen, und jetzt konnte ich nicht einmal mehr das für sie tun.

Schuldgefühle breiteten sich in mir aus. Sorge. Angst. Mein Finger schwebte über dem Antworten-Feld. Ich kämpfte mit mir, haderte, und wollte das Handy schon weglegen, als in diesem Moment eine allerletzte Nachricht eintraf.

Ember, 05:27 Uhr
Wie konntest du mir das antun?

48. Kapitel

Ich sollte es ihr sagen, bevor es zu spät ist.

Der Gedanke rumort seit der Diskussion mit Jayden und Beck unablässig in meinem Kopf. Er hat sich in mir festgesetzt, meine Schuldgefühle befeuert und ausgebreitet wie ein Geschwür.

Ember hat die Wahrheit verdient. Es ist das Mindeste, was ich für sie tun kann. Vor allem, wenn ich nicht garantieren kann, dass alles gut läuft. Dass ich heil aus dieser Sache rauskomme.

Mein schlechtes Gewissen schreit mich an, es endlich hinter mich zu bringen. Doch als ich sie am Samstagvormittag dabei beobachte, wie sie, nur in mein T-Shirt gekleidet, wieder ins Zimmer schlüpft und die Tür hinter sich zudrückt, ein fröhliches Funkeln in den schönen Augen, ein entspanntes Lächeln auf den Lippen, da kann ich es nicht. Nicht jetzt. Nicht, wenn sie so glücklich aussieht. Nicht, wenn die Wahrheit alles, was zwischen uns entstanden ist, erneut zerstören wird.

Also bringe ich die drängende Stimme in meinem Kopf ein weiteres Mal zum Schweigen, blende die harsche Realität noch etwas länger aus und klopfe auf die Matratze. Ember klettert zurück aufs Bett und lässt sich mit einem zufriedenen Seufzen neben mich fallen.

Langsam lasse ich meinen Blick an ihr auf und ab wandern, von ihrem hübschen Gesicht über den schlanken Hals mit dem deutlichen Knutschfleck, ihre Brüste und ihren Bauch, beide unter meinem Shirt versteckt, bis hinunter zu ihren Hüften und den langen, nackten Beinen.

»Morgen.«

»Du hast mir doch schon einen guten Morgen gewünscht«, erinnert sie mich.

Da hat sie recht. Gestern Abend sind wir nach einem Strandausflug mit unseren Freunden und Freundinnen zusammen in die WG gegangen. Seite an Seite. Hand in Hand. Sollte noch irgendjemand Zweifel daran gehabt haben, dass wir wieder zusammen sind, sind die ausgelöscht.

Ich kann es selbst noch nicht ganz glauben, nicht einmal nachdem ich sie so oft geküsst, gestreichelt und geliebt habe, bis wir beide erschöpft eingeschlafen sind. Es kommt mir noch immer wie ein Wunder vor. Ein Wunder, das ich verdammt noch mal nicht verdient habe. Aber ich werde einen Teufel tun und zulassen, dass es mir wieder jemand wegnimmt.

Heute Morgen habe ich sie mit frischem Kaffee geweckt. Mittlerweile sind die Tassen auf dem Nachttisch leer, aber wir sind trotzdem noch nicht aufgestanden. Und wenn es nach mir geht, werden wir dieses Bett auch den Rest des Tages nicht verlassen.

»Stimmt. Aber ich hab dir den guten Morgen noch nicht *gezeigt.*«

Sie lacht auf, und es ist das schönste Geräusch, das ich mir vorstellen kann.

»Kann ich dich was fragen?« Ich spreche die Worte aus, folge dem inneren Impuls, auch auf die Gefahr hin, dass ihr Lächeln verschwindet.

»Klar. Was ist los?«

»Du musst nicht antworten, wenn du nicht willst.« Ich richte mich auf dem Ellbogen auf und sehe nachdenklich auf sie runter. »Bei dem Double Date hast du ... etwas zurückhaltend reagiert, als es um dein Studium ging.«

Ich taste mich langsam vor. Möchte sie nicht verschrecken. Wir haben gerade erst wieder zueinandergefunden. Ich sollte die Gegenwart genießen, statt an die Zukunft zu denken, aber ich kann nicht anders. Nicht, nachdem es eine Zeit gab, in der wir plötzlich keine gemeinsame Zukunft mehr hatten. Als man sie uns genommen hat.

Embers Lächeln verblasst, und sie seufzt. Aber sie schiebt meine Hand nicht weg, als ich sie sanft auf ihren Bauch lege, und steht auch nicht auf, um vor dem Thema wegzulaufen. Oder vor mir.

»Ich weiß nicht, ob ich zurückgehe«, gibt sie leise zu.

Verwirrt runzle ich die Stirn. »Heißt das, du brichst ab?«

Und bleibst hier? Auf Golden Bay?

»Ich weiß es nicht.« Sie dreht sich auf die Seite, sodass wir uns direkt ansehen. »Ich bin nicht nur zurückgekommen, um die Ferien hier zu verbringen, sondern um mir über ein paar Dinge klar zu werden. Ob ich mir ein weiteres Semester überhaupt leisten kann, zum Beispiel.« Sie schnaubt leise.

»Deshalb die Renovierung und der Job im Blumenladen, oder?« Gedankenverloren streiche ich über ihre Seite.

Sie nickt, sieht dabei jedoch nicht glücklich aus. »Wenn wir das Haus verkaufen können, kann ich meine Schulden damit abbezahlen. Die Studiengebühren und -kredite sind die Hölle«, fügt sie hinzu. »Nicht so krass wie in den Staaten, aber echt nicht ohne.«

»Okay«, sage ich nach einem Moment. »Angenommen, du schaffst die Renovierung bis zum Ende des Sommers – wovon ich überzeugt bin – und ihr könnt das Haus tatsächlich verkaufen. Was dann?«

Wie geht es dann weiter? Mit ihrem Studium? Mit uns?

»Dann sollte die Entscheidung eigentlich ganz leicht sein, oder? Es sollte gar keine mehr geben müssen. Ich sollte einfach zurückfahren und meinen Abschluss machen, wie jeder vernünftige Mensch es tun würde.« Trotzdem klingt sie bitter.

»Hey …« Ich streiche ihr über die Wange und suche ihren Blick. »Was ist los?«

Sie greift nach meinem Handgelenk und hält es fest. Mich. Sich selbst. Uns beide. »Ich hab das Gefühl, dass ich die ganzen letzten Jahre immer nur darauf konzentriert war, stark zu bleiben und weiterzumachen, und mich dadurch selbst verloren habe. Ich ... Ich weiß nicht mehr, was ich mit meinem Leben anfangen will. Ob es in Montréal oder hier ist. Ob ich mich zusammenreißen und für das letzte Semester zurückgehen soll oder ...«

»Oder ...?«

»Ob alles umsonst war.« Sie blinzelt mehrmals, als wollte sie die Tränen vertreiben, bevor sie ihr in die Augen treten können. »Ob ich nur meine Zeit und viel zu viel Geld verschwendet habe. Ob ich versagt habe.«

»Hey ...« Ich ziehe sie sanft an mich und drehe mich auf den Rücken, bis ihr Kopf an meiner Schulter ruht. »Egal, wie du dich entscheidest, du hast nicht versagt, hörst du? Du bist deinen Weg gegangen und hast getan, was du tun musstest, um zu überleben. Um weiterzumachen. Darauf kannst du verdammt stolz sein.«

Sie gibt einen Laut von sich, der sowohl Schniefen als auch Lachen ist. »Das bin ich auch. Denke ich. Trotzdem fühlt es sich wie Aufgeben an, wenn ich kurz vor dem Abschluss alles hinschmeiße. Und warum? Weil ich keine Lust habe? Weil ich es nicht noch ein paar Monate länger aushalte, mich in öde Hörsäle zu setzen, zu lernen, Hausarbeiten und Prüfungen zu schreiben? Wie armselig ist das bitte?«

»Es ist nicht armselig, wenn es nicht das ist, was du tun *willst*. Und ein paar Abzweigungen und Sackgassen machen dich auch nicht zu einer Versagerin. Ich muss es wissen, ich hab scheißviel ausprobiert, ohne irgendwo glücklich zu werden.«

Auf einmal ist sie ganz still, und mir wird bewusst, dass es das erste Mal ist, dass wir über die Vergangenheit reden. Nicht über jene Nacht, sondern über die Jahre danach. Die Jahre ohneeinander. Unserer Clique habe ich zwar ein paar Brotkrumen hingeworfen, als sie mich während unseres ersten Strandausflugs ausgequetscht haben, aber Ember und ich haben nie allein darüber gesprochen.

»Was denn so?«, fragt sie leise und ohne mich anzusehen, als würde sie befürchten, dass ich dann sofort dichtmache. Sie wieder mal abspeise.

»Die meiste Zeit habe ich auf Baustellen gearbeitet oder in Werkstätten an Autos herumgeschraubt«, erzähle ich und fahre gedankenverloren mit den Fingern über ihren Oberarm. »Ich hab nicht studiert, hatte aber alle möglichen Jobs. Pizzalieferant, Türsteher, Nachtwache, Putzhilfe, Barkeeper, Kassierer …«

»Du könntest Shae Konkurrenz machen.«

Ich schneide eine Grimasse, muss aber auch lachen. »Wer hätte gedacht, dass sie und ich mal etwas gemeinsam haben könnten?«

»Ihr habt etwas gemeinsam.« Ember setzt sich auf.

»Ach ja?« Ich spiele mit, um sie wieder zum Lächeln zu bringen. »Und das wäre?«

»Na, was wohl?« Sie gibt mir einen Klaps gegen die Schulter. »Mich natürlich.«

Grinsend richte ich mich auf und streife mit den Lippen ihre.

Sie seufzt und kommt mir entgegen, um mehr einzufordern als diesen viel zu kurzen, sanften Moment. Ich zögere keine Sekunde, sondern vertiefe den Kuss. Als sich unsere Zungen begegnen, stöhnen wir beide gedämpft auf.

Statt mich langsam auf sie sinken zu lassen, greife ich erst nach ihrem linken Handgelenk, dann nach dem rechten und drücke sie neben ihrem Kopf ins Kissen. Aus irgendeinem Grund spüre ich Ember lächeln. Doch bevor ich nachfragen kann, befreit sie sich abrupt aus meinem Griff, und ich lande so schnell wieder auf dem Rücken, dass ich kaum nach Luft schnappen kann.

Ich grinse angetan, während ich sie betrachte, wie sie nur in meinem Shirt über mir kniet und nun *meine* Arme neben meinem

Kopf ins Kissen drückt. »Ich hatte ganz vergessen, dass du das draufhast.«

»Du hast einiges vergessen«, murmelt sie und beugt sich zu mir hinunter, um mir frech in die Unterlippe zu beißen.

Ich zische leise, als sich Lust und Schmerz auf verführerische Weise vermischen, entreiße ihr meine Hände und lege sie an ihre Taille.

Und obwohl ich in Wahrheit rein gar nichts vergessen habe, erwidere ich nichts.

Es hat eine Zeit gegeben, da konnte ich nur von meinen Erinnerungen leben. Mich nur an Momente aus meiner Vergangenheit klammern. Und Ember hat den größten Raum in diesen Erinnerungen eingenommen. Ihr Lachen. Das Strahlen ihrer Augen. Ihr weicher Körper. Ihre Küsse und Berührungen. Die Art, wie sie ganz leicht die Nase kräuselt, wenn sie etwas isst oder trinkt, das sie liebt. Die feinen Sommersprossen auf ihrem Nasenrücken, die erst sichtbar werden, wenn sie kein Make-up trägt – und das auch nur im Hochsommer.

Ich liebe es, dass sie sich heute genau wie damals um die Menschen kümmert, die ihr wichtig sind. Dass sie für ihre Grandma da ist und seit deren Unfall praktisch den ganzen Haushalt schmeißt. Oder dass sie sich in Projekte stürzt, die sie begeistern, wie die Renovierung ihres Elternhauses. Sie geht ganz in dem auf, was sie tut. Das habe ich schon immer an ihr bewundert.

Als sie sich nun an meinem Oberkörper abwärts küssen will, halte ich sie an den Armen fest. Sie hebt den Kopf und wirft mir einen verwirrten Blick zu – nur um gleich darauf zu quietschen, als ich uns so schnell herumrolle, dass wir beinahe aus dem Bett fallen.

»Holy Shit!« Ember hängt mit dem Kopf über dem Rand und klammert sich lachend an mir fest.

»Ups. Sorry!« Ich verlagere mein Gewicht und rücke uns beide etwas mehr in die Mitte. »So ist es besser.«

Ehe sie protestieren oder überhaupt etwas sagen kann, ziehe ich ihr mein T-Shirt aus. Anschließend bin ich derjenige, der sich an ihrem Körper hinab küsst. Angefangen bei der weichen Haut an ihrem Hals, wo ihr blumiger Duft am stärksten ist, über ihre Schlüsselbeine zu ihren Brüsten, die perfekt in meine Hände passen. Ein leises Keuchen begleitet und bestärkt mich in meinen Bemühungen, sie alles vergessen zu lassen, was nicht in diesem Raum und diesem Bett passiert.

Ich folge der kleinen Gänsehaut abwärts, setze Küsse auf ihren Bauch, lecke über ihren Hüftknochen und nähere mich immer mehr der Stelle, an der sie mich am meisten haben will. Wo sie mich am dringendsten braucht.

Ihr Atem geht schneller, und eine feine Röte hat sich von ihren Wangen bis zu ihrem Dekolleté ausgebreitet. Trotzdem lässt sie mich keine Sekunde aus den Augen, als ich langsam tiefer wandere und ihr schließlich genau das gebe, was sie möchte.

Sie stöhnt laut auf und spreizt instinktiv die Schenkel noch weiter für mich.

Ich könnte eine Ewigkeit zwischen ihren Beinen verbringen, eine Ewigkeit damit, sie zu lecken, an ihr zu saugen und sie geradewegs in den Himmel zu befördern. Wieder und wieder und wieder. Genau das habe ich vor, um all die Zeit wiedergutzumachen, die wir verloren haben.

Es dauert nicht lange, bis Embers Bewegungen hektischer werden und ich sie an den Hüften festhalten muss. Ihr Stöhnen wird lauter, die Atmung schneller und abgehackter ...

»Oh Gott ... *Holden*!« Sie krallt die Finger ins Laken – und schreit wenige Sekunden später auf, als sie kommt.

Der Anblick ist so schön, dass es mir den Atem verschlägt und mein Herz ins Stolpern gerät.

Ember lächelt selig, noch auf dem Hoch, das ich ihr beschert habe, aber es ist nicht genug. Ich kann die Finger nicht von ihr lassen. Es ist, als hätte sich jahrelang alles zwischen uns aufgestaut und würde sich nun auf einmal entladen: die intensiven Gefühle von damals, Zorn und Enttäuschung auf Embers Seite, Verzweiflung auf meiner, und so viel Lust und Anziehungskraft, dass es für ein ganzes Leben reicht. Ein Leben, das ich mit ihr verbringen will.

Schnell hole ich ein Kondom aus der noch von letzter Nacht geöffneten Nachttischschublade und streife es über. Ich kann keine Sekunde länger warten. Ich muss in ihr sein.

Ember streckt die Hand nach mir aus und küsst mich, als ich meinen Platz über ihr und zwischen ihren Schenkeln einnehme und dann ...

Ihr Stöhnen vermischt sich mit meinem, als ich in einer fließenden Bewegung in sie eindringe.

Verdammt, fühlt sich das gut an.

Ich kann nicht warten, muss mich sofort in und mit ihr bewegen.

Ember drängt sich an mich und schlingt die Arme um meinen Hals. Ihre Augen sind halb geschlossen, als würde sie sie vor lauter Lust und Leidenschaft kaum offen halten können, aber um keinen Preis den intensiven Blickkontakt zwischen uns aufgeben wollen.

Einem spontanen Impuls folgend richte ich mich auf den Knien auf und ziehe Ember mit mir. Sie schnappt nach Luft, als ich den Winkel verändere, und sucht meine Lippen mit ihren für einen neuen atemlosen Kuss.

Sitzend bewege ich mich weiter, dränge in sie, während sie mir genauso hektisch, genauso stürmisch entgegenkommt. Schneller. Fester. Ihre Finger ziehen an meinen Haaren, ihre Nägel bohren sich in meinen Rücken. Der leichte Schmerz facht die irrsinnige Leidenschaft zwischen uns nur noch mehr an, treibt sie auf die Spitze, höher, immer höher, genau wie jede weitere Bewegung, jedes Stoßen und Reiben.

»Ich krieg nicht genug von dir«, raune ich und presse sie mit der Hand auf ihrem unteren Rücken an mich.

»Dann hör nicht auf, Holden.«

Ich liebe es, meinen Namen aus ihrem Mund zu hören, besonders in einer Situation wie dieser. »Sag das noch mal.«

Sie seufzt leise, als ich härter zustoße. »Holden ...«

Fuck.

Ohne Vorwarnung drücke ich sie zurück aufs Bett. Mit einem Arm stütze ich mich neben ihrem Kopf ab, den anderen schiebe ich zwischen uns, um ihr noch mehr Lust zu verschaffen. Ich bin kurz davor zu explodieren, und will sie mit mir reißen. Ich will, dass sie gemeinsam mit mir kommt.

»Holden!« Ember hebt den Kopf, presst ihre Lippen auf meine, dann lässt sie ihn zurück ins Kissen fallen.

Unsere Bewegungen werden ruckartiger, unkontrollierter, das Stöhnen und Keuchen lauter.

Gleich ... Gleich ist es so weit ...

Ich verschränke meine Finger mit ihren und sehe ihr in die Augen, als sie mit einem Schrei unter mir erzittert und wir beinahe gleichzeitig zum Höhepunkt kommen. In diesem Moment, in diesen wenigen Sekunden sind wir wirklich eins.

Mein Arm gibt unter mir nach, und ich sinke schwer atmend auf sie. Platt, völlig erledigt, aber ich könnte kaum glücklicher sein.

Nach ein paar Sekunden drehe ich uns beide herum, sodass Ember auf mir liegt und ich sie nicht mehr mit meinem ganzen Körper erdrücke.

Draußen könnte die Welt untergehen und wir würden nichts davon mitkriegen, während wir zusammen in meinem Bett liegen, dicht aneinandergeschmiegt, ich noch immer in ihr, und wir nur langsam wieder zu Atem kommen. Hier drinnen ist alles still. Friedlich. So muss sich der Himmel anfühlen, jedes Mal aufs Neue.

»Ich liebe es, wie laut du bist«, bringe ich schließlich hervor und streichle über ihre Schulterblätter.

»Was?« Ember richtet sich ruckartig auf. Ihre Wangen sind flammend rot. Ächzend lässt sie sich neben mich auf die Matratze fallen und schlägt sich die Hände vors Gesicht. Ihre nächsten Worte sind nur ein gedämpftes Nuscheln. »Denkst du, jemand hat uns gehört?«

»Ich glaube nicht«, murmle ich beruhigend und setze einen kleinen Kuss auf ihre Schulter, ehe ich aufstehe, um das benutzte Kondom zu entsorgen. »Und falls doch, hatte Beck hoffentlich genauso viel Spaß wie wir – *hey*!« Lachend weiche ich dem Kissen aus, das sie nach mir wirft.

»Das ist nicht lustig!«, behauptet sie, allerdings zucken ihre Mundwinkel verdächtig.

Ich greife nach ihren Händen, bevor sie damit noch mehr Schaden anrichten kann. »Oh doch, irgendwie schon.«

Sie verdreht die Augen.

»Außerdem …« Ich beuge mich wieder zu ihr hinunter, um die nächsten Worte in ihr Ohr zu flüstern. »Außerdem weiß ich, dass du den Nervenkitzel liebst. Du stehst auf die Gefahr, nicht wahr? Wenn uns jemand hören oder plötzlich erwischen könnte, wie damals am Strand oder neulich am Sunrise Point.«

Ihr Erschauern ist Antwort genug.

»Ich würde *Vielleicht* dazu sagen, *wenn* uns nicht tatsächlich vor Kurzem jemand erwischt und unterbrochen hätte.«

Das Haunted House an ihrem Geburtstag. Obwohl es heiß war, mit ihr heimlich dort rumzumachen, gehört das dennoch nicht zu meinen Lieblingserinnerungen. Vor allem nicht, wenn man bedenkt, was kurz davor und danach passiert ist.

»Tut mir leid«, sage ich, doch sie schüttelt bereits den Kopf.

»Nicht deine Schuld. Es sei denn, du hast dem Mitarbeiter vorher Bescheid gesagt, dass er reinkommen und uns erwischen soll.«

Provozierend hebe ich die Brauen. »Ist das deine Art, mir mitzuteilen, dass du gerne Zuschauer beim Sex hättest?«

»Was?!« Sie starrt mich zwei, drei Sekunden lang an, dann setzt sie sich prustend auf. »Nein, du Arsch! Ich will *keine* Zuschauer haben. Definitiv *nicht*!«

Breit grinsend lasse ich mich gegen das Kopfende des Bettes sinken. »Hey, ich bin der Letzte, der dich dafür verurteilt. Wir wissen beide, dass du gerne Neues ausprobierst, schließlich hattest du im College einen Dreier. Wenn du also darauf bestehst, würde ich es sogar auf einen Versu …«

Ember legt mir so schnell die Hand auf den Mund, dass ich den Satz nicht beenden kann. Sie lächelt, doch als ihre Miene langsam ernst wird, werde ich es unweigerlich ebenfalls.

»Das, was wir tun, was wir miteinander erleben, gehört dir und mir«, erklärt sie und lässt die Hand wieder sinken. »Nur uns allein.«

Mit einem Mal schlägt mir das Herz bis zum Hals. Ich kann sie nur anstarren, diese starke, unglaubliche Frau. »Ich liebe dich.«

Die Worte platzen aus mir heraus, ohne dass ich sie aufhalten kann.

Ihre Augen weiten sich, und sie schnappt nach Luft. Nach all der Zeit, obwohl ich es ihr früher oft gesagt und es ihr im Streit sogar an den Kopf geworfen habe, ist es noch immer eine Überraschung für sie.

Behutsam lege ich ihr einen Finger auf die Lippen. »Du musst nichts erwidern. Du sollst es nur wissen.«

Sie sieht mir tief in die Augen. Eindringlich. Suchend. Als müsste sie sich davon überzeugen, dass es die Wahrheit ist und keine Lüge, kein Wunschtraum, nichts, das sich plötzlich in Luft auflöst – genau wie ich vor fünf Jahren.

Ihre Reaktion bohrt sich wie ein Messer in meine Brust, aber ich gebe ihr die Zeit, die sie braucht. Ich gebe ihr alle Zeit der Welt, wenn wir diese nur zusammen verbringen können.

»Ich vertraue dir«, flüstert sie.

Pure Erleichterung durchflutet mich. Mir war nicht einmal klar, wie schwer das Wissen, dass Ember mir nicht mehr trauen kann, auf mir gelastet hat, bis es in diesem Augenblick wie ein schweres Gewicht von mir abfällt.

Mein Herz hämmert dermaßen laut, dass es an ein Wunder grenzt, dass sie es nicht hören kann. Aber sie kann es spüren, als sie ihre Hand auf meinen Brustkorb legt. Sie kann es in meinen Augen sehen, als sie näher kommt. Und sie kann es in meinem Kuss spüren, als sie ihre Lippen auf meine legt. Nicht mehr hungrig, da das Verlangen zwischen uns für Erste gestillt ist, sondern ganz sanft. Warm. Sehnsüchtig.

Ein lautes Vibrieren lässt den Moment zerplatzen wie eine Seifenblase. Nur dass es diesmal nicht Embers Handy ist, das sich meldet, sondern meins.

Seufzend strecke ich mich an ihr vorbei über das Bett, ertaste mein Smartphone auf dem Nachttisch – und fluche innerlich, als ich die neue Nachricht lese.

Remi, 11:43 Uhr
Morgen Abend. 10 Uhr.

49. KAPITEL

Sonntagabend parke ich den Pick-up um Punkt zehn Uhr vor den hell erleuchteten Sugar Shacks, auch wenn ich mir ziemlich sicher bin, dass wir nicht lange hierbleiben werden. Ein kluger Schachzug von Hendrick, denn auf diese Weise kann er sichergehen, dass ich allein komme.

Ob er etwas ahnt? Oder ist er nur übervorsichtig?

Schluss damit!, ermahne ich mich in Gedanken und schalte den Motor aus. *Es gibt ohnehin kein Zurück mehr.*

Ich werfe einen letzten Blick auf mein Handy, dann stecke ich es ein. Mom ist daheim und verbringt den Abend mit Gemma, Peter und jeder Menge Brettspiele. Ember hat ihrer Grandma schon den ganzen Abend über beim Backen geholfen und wird auch dort schlafen. Die Menschen, die mir am meisten bedeuten, sind in Sicherheit.

Nun liegt es an mir, dafür zu sorgen, dass das auch so bleibt.

Ich steige aus und drücke die Fahrertür hinter mir zu. Diesmal wurde ich nicht von bewaffneten Wachen im Wald aufgehalten. Remi wartet direkt vor den Hütten mit vor der Brust verschränkten Armen auf mich.

Er trägt Schwarz, genau wie ich, und mustert mich abschätzig. »Wurde auch Zeit.«

Ich runzle die Stirn. »Du hast zehn Uhr gesagt.«

Remi ignoriert mich und nickt jemandem hinter mir knapp zu.

Ich höre die Schritte, drehe mich aber nicht um, sondern behalte weiterhin Remi im Auge, während ich von oben bis unten abgetastet werde. »Ernsthaft?«

»Du glaubst doch wohl nicht, dass ich dir traue, nur weil der Boss es angeblich tut?« Er lacht gehässig.

Wieder nehmen sie mir das Handy ab und stecken es ein.

Ich fluche innerlich. Das GPS ist eingeschaltet, damit Jayden und seine Leute meine Spur verfolgen können – was nur funktioniert, solange das Smartphone in meiner Nähe ist. Allerdings haben wir für den Fall, dass etwas schiefgeht oder mein Handy erneut konfisziert wird, vorgesorgt: Unbemerkt hat sich Jayden zwei winzig kleine Tracker aus dem Revier geliehen. Einer klebt auf der Ladefläche des Pickups, der andere an meinem linken Schuh.

Mein Kumpel wird mich im Auge behalten. Er wird mich finden, selbst ohne Handy. Das hat er versprochen. Zusammen mit einer Truppe aus drei weiteren Cops hält er sich in der Nähe auf, selbst wenn ich sie nicht sehen kann. Genau wie Beck. Ich muss nur weiter in meiner Rolle bleiben, damit wir sie auf frischer Tat ertappen können.

Ich sehe dem Kerl nach, der mein Smartphone eingesteckt hat und wieder zwischen den Ahornbäumen verschwindet. Nicht Remi diesmal, sondern eine namenlose Wache. Wer weiß, was er damit vorhat, aber auch dafür habe ich vorgesorgt. Jayden, Beck und ich haben alles persönlich besprochen. Es existieren keine Textnachrichten zwischen uns, die mir zum Verhängnis werden könnten.

Trotzdem komme ich mir erschreckend unvorbereitet vor, als ich Remi an den parkenden Autos und der Haupthütte vorbei folge. Die Sonne ist längst untergegangen, und der Himmel hat eine dunkelblaue Farbe angenommen. Sterne funkeln zwischen einzelnen Wolken, aber vom Mond ist nicht viel zu sehen.

Wir steuern die beiden hinteren Gebäude an. Die neueren. Die, von denen ich mich fernhalten sollte.

Der gleiche beißende Geruch wie bei meinem letzten Besuch liegt in der Luft, heute sogar noch intensiver, weil die Türen offen stehen.

»Holden!« Hendrick entdeckt mich sofort und winkt mich zu sich heran. Er steht breitbeinig mitten auf dem Platz zwischen den Gebäuden.

Auch er ist ganz in Schwarz gekleidet, nur dass er im Gegensatz zu mir keinen Hoodie und billige Sneakers trägt, sondern ein elegantes schwarzes Hemd, das sein ergrautes hellblondes Haar nur noch mehr betont.

Männer tragen in Plastik eingewickelte Päckchen von der Größe eines Ziegelsteins nach draußen und stapeln sie zwischen den beiden Hütten. Wieder andere packen sie hastig in unauffällige Sporttaschen, die mir viel zu bekannt vorkommen.

»Bereit für den Deal des Jahrhunderts?«, fragt Hendrick.

Ich nicke widerwillig.

Sekundenlang studiert er mich mit ausdrucksloser Miene, während sich meine Gedanken überschlagen. Habe ich mich irgendwie verraten? Ahnt er etwas? Haben sie den Tracker an meinem Wagen gefunden? Oder weiß er längst Bescheid, dass ich mich mit Jayden und Beck zusammengetan habe, um seine ganze Operation hochgehen zu lassen?

Ich habe nicht die geringste verdammte Ahnung.

Unbewusst balle ich die Hände zu Fäusten und zwinge mich dazu, seinem prüfenden Blick standzuhalten. Ich darf mir nichts anmerken lassen, darf mir keinen einzigen Fehltritt erlauben.

Denn wenn ich es tue …

»Heh!« Plötzlich springt Remi nach vorne und reißt einen der Männer an der Schulter zurück.

Doch als ich sein Gesicht sehe, wird mir klar, dass es nur ein harmloser Junge ist. Ein Teenager, ein Lost Boy, genau wie ich einer war. Maximal sechzehn oder siebzehn Jahre alt und zu Tode erschrocken.

Remi kocht vor Wut. »Hast du Vollidiot eine Ahnung, wie viel das wert ist?!«

Erst jetzt realisiere ich, was passiert ist. Eines der Päckchen ist dem Teenager runtergefallen – und aufgeplatzt. Genau wie mir damals auf dem verlassenen Parkplatz, als ich realisiert habe, *was* ich da eigentlich von A nach B transportieren soll.

»T-Tut mir leid …«, stammelt der Junge und wirft sich auf den staubigen Boden. Mit den Händen versucht er panisch, das kristallene Pulver zusammenzustreichen. »Ich … Ich mach's wieder gut. Ich werde …«

Der Schuss ist so laut, dass ich zusammenzucke.

Vögel steigen kreischend aus den Baumkronen auf. Die Umstehenden ducken sich reflexartig, nur ich bin unfähig, mich zu rühren. Mein Puls rast. Meine Ohren klingeln. Dabei bin nicht ich derjenige, der in sich zusammenbricht und mit dem Gesicht voran auf den Boden fällt – sondern der Teenager. Sein Blut färbt das kristallene weiße Pulver auf dem Boden rot und sickert langsam ins Erdreich.

Mein Magen verkrampft sich. Langsam drehe ich den Kopf zur Seite.

Hendrick sichert die Pistole mit geübten Handgriffen und schiebt sie sich hinten in den Hosenbund. Sein Gesicht zeigt keinerlei Regung. Keine Emotion. Keine Reue. Nichts. Nur blanke, endlose Leere.

Mir wird eiskalt. Es war nicht Remi, sondern Hendrick.

Hendrick hat dem Teenager in den Kopf geschossen. Einfach so. Ohne zu zögern.

Übelkeit tobt in mir, aber ich kann nicht wegsehen. Mein Instinkt brüllt mich an, zu dem Jungen zu rennen, ihm zu helfen, Erste Hilfe zu leisten, aber mein Verstand erkennt bereits, was der Rest von mir nicht wahrhaben will.

Er ist tot. Wegen eines einzigen dämlichen Fehlers.

»Sammelt auf, was noch verwertbar ist, und verpackt es neu«, befiehlt Remi, als wäre nichts gewesen. Als wäre der Junge nicht ... »Und wehe, noch einer lässt etwas fallen!«

»War das wirklich nötig?« Meine Stimme klingt fremd in meinen Ohren.

Hendrick zuckt nicht mal mit der Wimper, während der Trubel um uns herum weitergeht. Es wird noch schneller gepackt, die Waren werden noch vorsichtiger befördert. Mit den vollen Taschen steuern sie zwei unauffällige Autos an, die in der Nähe bereitstehen.

»Fehler werden bestraft«, erklärt Hendrick, als wäre es das Logischste der Welt. »Das ist eine unserer größten Lieferungen seit Langem – und die Unfähigkeit dieser kleinen Ratte hat uns gerade mehrere Tausend Dollar gekostet.«

Ich atme zischend aus. Die unterschwellige Drohung ist nicht zu überhören.

Fehler werden bestraft.

Wenn ein einziges kleines Versehen Hendrick dazu treibt, einen unschuldigen Menschen zu erschießen, wozu ist er dann fähig, wenn ihn jemand verrät? Wenn ihm jemand drei Reisetaschen voll mit Meth schuldet?

Ich schlucke hart, aber der widerliche Geschmack von Galle bleibt.

»Los, schneller!«, hallt Remis Stimme über den Platz.

Niemand schert sich um die Leiche auf dem Boden. Niemand kümmert sich um den Jungen. Er dient nur als abschreckendes Beispiel. Wahrscheinlich werden sie ihn genauso entsorgen wie den Undercovercop, von dem Jayden mir erzählt hat. Niemand wird herausfinden, was mit ihm passiert ist. Womöglich wird nicht mal jemand nach ihm suchen, denn die Lost Boys sind genau das, was der Name impliziert: verloren. Wie ich, ohne einen Vater, ohne finanzielle Mittel. Oder sogar ganz ohne Menschen in ihrem Leben, denen sie allzu wichtig sind. Oder die sich darüber wundern würden, wenn ein Junge plötzlich spurlos verschwindet ...

Remi genießt seine Machtposition viel zu sehr. »Beeilung! Es sei denn, ihr wollt genauso enden wie euer Kumpel hier.«

Die nächsten Minuten erlebe ich wie in Trance. Ich sehe Umrisse, höre Stimmen, bewege mich, aber nehme kaum etwas wahr, bis wir uns den parkenden Autos nähern.

Da ist mein Verstand mit einem Mal zurück, glasklar und schmerzhaft scharf.

»Wir hätten meinen Wagen nehmen können«, schlage ich vor, obwohl ich weiß, dass es bereits zu spät ist. Aber ich muss es wenigstens versuchen, weil einer der verdammten Tracker an meinem Pickup klebt. »Viel Ladefläche.«

Remi wirft mir einen harten Blick zu. »Wir nehmen meinen.« Kein Vorschlag, sondern ein Befehl.

Ich würge sämtliche Erwiderungen, die mir auf der Zunge liegen, hinunter, und steige zu ihm und zwei fremden Kerlen in den Jeep. Der Kofferraum ist voll mit Taschen, genau wie der des zweiten Wagens.

Hendrick wirft einen kurzen, prüfenden Blick in unsere Richtung, dann setzt er sich ebenfalls ans Steuer. Auf dem Beifahrersitz neben ihm ein älterer Typ, hinten eine der Wachen.

Minutenlang sagt keiner ein Wort. Die Scheinwerfer sind das Einzige, das die Dunkelheit durchschneidet, während wir uns einen Weg durch den dichten Ahornwald bahnen. Doch als wir die letzten Baumstämme hinter uns lassen, tut sich keine Hauptverkehrsstraße vor uns auf, sondern nur ein schmaler, unebener Pfad.

Meine Muskeln verspannen sich unwillkürlich. »Ich dachte, wir fahren zum Hafen nach Bayville.«

Jayden, Beck und ich haben fest damit gerechnet, dass die Übergabe am Maple Port stattfindet. Es ist der einzige größere Hafen auf ganz Golden Bay. Der in Lille Port wird längst nicht mehr angefahren, und für die Menge an Meth, die wir transportieren, braucht es mehr als nur einen kleinen Steg mit noch kleinerem Motorboot. Außerdem war dort die letzte Übergabe vor ein paar Wochen. Ich war dabei, wenn auch nur aus der Ferne, und habe sie beobachtet – bis Ember aufgetaucht ist.

Remi grinst hämisch. Statt abzubiegen, fährt er weiter geradeaus, auf die Klippen zu. »Falsch gedacht, Arschloch.«

50. Kapitel

Im Licht der Autoscheinwerfer tut sich zwischen den Klippen auf einmal eine Bucht auf, und mir wird klar, wo wir sind.

Shipwreck Bay.

Offiziell eigentlich Surrey Bay. Den abschreckenden Namen hat die Bucht schon vor dreihundert Jahren erhalten, als immer mehr Schiffe versunken oder auf mysteriöse Weise verschwunden sind. Damals war der Norden der Insel ein florierendes Industriezentrum, doch nachdem ein Kreuzfahrtschiff während eines Sturms an den Klippen zerschellt ist und knapp neunzig Menschen in den Fluten ertrunken sind, wurde alles dichtgemacht. Ein neuer Hafen wurde im Westen der Insel erbaut, die Fabriken zogen nach Bayville oder Lille Port, manche auch aufs kanadische Festland, und die Gegend ist seither verlassen. Ungenutzt, außer für ein paar Schmuggler, die es angeblich bis heute geben soll.

Ich kenne die Gruselgeschichten, die uns als Kinder erzählt wurden, und ich habe nie daran geglaubt. Niemand, der auch nur einen Funken gesunden Menschenverstand hat, würde mit dem Boot in der Shipwreck Bay rausfahren. Zumindest nicht, wenn diese Person an ihrem Leben hängt.

Wie es aussieht, tun wir das nicht, denn in der Bucht, gleich neben der Secret Cove, der Höhle, über die früher angeblich Alkohol und andere Sachen geschmuggelt wurden, warten bereits zwei Boote auf uns. Auf den ersten Blick unscheinbar und einige Jahre alt. Sie könnten locker als Fischkutter durchgehen, und vielleicht gehören sie sogar irgendwelchen Fischern auf der Insel. Womöglich haben Hendricks Leute sie ihnen auch abgekauft, um unauffällig zu bleiben.

Niemand wartet auf uns. Keine Fischer, um die Boote zu fahren, keine weiteren Wachen. Wir sind völlig allein.

Scheiße, nichts läuft nach Plan.

Ich unterdrücke den Drang, mich nervös umzuschauen, und schiebe die Hand instinktiv in meine Hosentasche. Erst dann fällt mir wieder ein, dass mein Smartphone bei den Sugar Shacks zurückgeblieben ist.

Fuck.

»Thorne!«

Ich drehe mich gerade rechtzeitig um, um reflexartig die schwere Reisetasche aufzufangen.

»Nicht fallen lassen.« Mit einem herablassenden Grinsen stapft Remi an mir vorbei und übergibt die nächste Tasche an eine der beiden Wachen, die bereits ausgestiegen sind und an den Booten warten. »Könnte unschön enden.«

Ich schlucke die Antwort, die mir auf der Zunge liegt, hinunter und beiße stattdessen die Zähne zusammen. Obwohl sich alles in mir dagegen sträubt, folge ich seinem Beispiel und trage die Tasche zu den Booten hinüber. Die anderen Männer verstauen sie schnell und mit geübten Handgriffen. Innerhalb weniger Minuten sind beide Autos entladen.

Remi verpasst mir einen Stoß gegen die Schulter. »Du zuerst.«

Ich kann nichts tun. Ich habe keine Waffen, kein Handy, um Jayden Bescheid zu geben, dass die Übergabe woanders stattfindet. Und ich werde von allen Seiten beobachtet.

Nacheinander klettern wir in die Boote, Remi, zwei der Wachen und ich in das eine, Hendrick und die restlichen Kerle in das andere. Dann dröhnen die Motoren los, fast so laut wie das Peitschen der Wellen gegen die Klippen, und wir fahren aufs offene Meer hinaus.

Die beiden Wachen, die das Steuer übernommen haben, müssen erfahrene Seemänner sein. Niemand sonst könnte uns zielsicher an eben jenen Klippen und Felsen vorbeilenken, die anderen Schiffen in Surrey Bay zum Verhängnis geworden sind.

Mit einer Hand klammere ich mich an die Reling. Mein Mund ist trocken. Mein Puls rast. Jeder scheint genau zu wissen, wie es weitergeht. Alle kennen ihre Aufgabe. Außer ich.

»Findet die Übergabe ernsthaft hier draußen statt?« Ich muss schreien, um gegen den Wind anzukommen.

Remi schnaubt. »Wirst du schon sehen.«

Vermutlich ist es sicherer, die Übergabe auf dem offenen Meer durchzuführen, statt an Land. Keine unerwünschten Beobachter. Keine Polizei. Und falls jemand Ärger macht, kann man diese Person ohne Probleme loswerden.

Unwillkürlich muss ich an das denken, was Jayden mir erzählt hat. Über seinen Kollegen, den sie in Hendricks Netzwerk eingeschleust haben.

Zwei Wochen später ist er wieder aufgetaucht. An den Klippen von Breakwater Bay. Oder besser gesagt das, was von ihm übrig geblieben ist.

Mir läuft es eiskalt das Rückgrat hinunter, obwohl wir immer langsamer werden, bis die beiden Boote schließlich ganz zum Stillstand kommen. Motoren und Licht werden ausgeschaltet. Wir sind in völlige Dunkelheit getaucht. Da sind nur noch die Wellen, die gegen den Kiel und die Seiten der Boote plätschern, und das schwache Leuchten von Mond und Sternen am Himmel.

Gehetzt lasse ich meinen Blick von einem zum anderen wandern. Shit, das kommt mir nicht richtig vor. Haben Hendrick und Remi herausgefunden, was wir vorhaben? Wissen sie, dass ich sie den Cops auf dem Silbertablett servieren will? Sind wir in Wahrheit deshalb auf dem offenen Meer statt am Hafen? Damit sie mich abknallen und meine Leiche loswerden können, wo es niemand mitkriegt? Denn hier ist tatsächlich niemand. Wenn sie also den Plan haben, mich zu ...

Meine Gedanken kommen zu einem abrupten Halt, als ich ein Geräusch in der Ferne höre. Erst ist es kaum vom Wind zu unterscheiden, doch dann wird es lauter. Ein Motor. Nein, zwei. Und sie nähern sich uns mit hoher Geschwindigkeit.

Neben mir hält Remi seine Taschenlampe in die Höhe und gibt ihnen ein Signal, bei dem sie langsamer werden.

Mein Puls rast noch immer wie wild. Das hier ist keine Hinrichtung.

Es ist ein Geschäft.

Doch die Erleichterung will sich nicht einstellen.

Zwei Fischkutter halten direkt neben uns, nahe genug, dass wir problemlos rüberspringen könnten. In der Dunkelheit erkenne ich nur eine Person pro Boot, gekleidet wie ganz normale Fischer, mit tief ins Gesicht gezogenen Mützen und Capes. Ehe ich mich versehe, halte ich wieder eine der schwarzen Taschen in den Händen und werfe sie hinüber zu ...

»Murray?!« Meine Stimme ist ein ersticktes Krächzen, trotzdem scheint er mich gehört zu haben, denn der alte Fischer hält abrupt inne und starrt mich an.

Wie immer trägt er grobe, wetterfeste Kleidung, diesmal jedoch so dunkel wie das Meer unter uns. Selbst der gestrickte bunte Beanie ist einer schwarzen Mütze gewichen.

Hastig wendet er den Blick ab. »Wir müssen alle irgendwie über die Runden kommen, Junge.«

Mit diesen Worten verstaut er die Tasche in den Fächern, die eigentlich für Rettungswesten gedacht sind.

Vom zweiten Boot aus wirft Hendrick mir einen warnenden Blick zu und verfrachtet die nächste Tasche auf den Kutter. Ab diesem Zeitpunkt spricht niemand mehr ein Wort. Die Aktion dauert keine zehn Minuten. Die Übergabe läuft wie eine perfekt geölte Maschine. Eine Maschine, von der ich nun ein Teil bin.

Als Teenager habe ich Fahrzeuge geknackt und verwertbare Einzelteile ausgeschraubt, später unwissentlich den Drogenkurier gespielt. Heute stehe ich in einem Boot und helfe aktiv dabei mit, dass der Deal über die Bühne geht. Keine Autoteile mehr, sondern kiloweise harte Drogen.

Egal, was nach heute Nacht passiert, ich kann nicht mehr behaupten, ein naiver Teenie zu sein, der von nichts eine Ahnung hatte.

Als die letzte Tasche verstaut ist, wechseln zwei weitere den Besitzer – von den beiden Fischkuttern auf unsere Boote. Remi zieht den Reißverschluss auf, aber ich muss nicht mal hinschauen, um zu wissen, dass sie voller Geldbündel sind. Der Preis oder zumindest eine Anzahlung für den Stoff.

Ich schätze, als Nächstes werden Murray und der andere Fischer die Ware ungesehen zum Festland transportieren. Mit Sicherheit warten da bereits weitere von Hendricks Handlangern, um sie entgegenzunehmen und an Dealer zu verteilen, die das Zeug an ganz normale Leute weiterverkaufen. Gut möglich, dass sie einen Teil in die Staaten schaffen, schließlich ist es nicht allzu weit bis über die Grenze und Remi hat etwas in der Art angedeutet. Dort gibt es mehr Menschen, mehr Nachfrage, mehr Profit.

Bei der bloßen Vorstellung, wie das Ganze aller Wahrscheinlichkeit nach ablaufen wird – und dass ich ein Teil davon bin –, könnte ich kotzen.

»Danke für die Hilfe, Arschloch.« Remi steht plötzlich hinter mir und drückt mir den Lauf seiner Pistole in die Rippen. »Aber jetzt wird es Zeit, dich zu verabschieden.«

Alles in mir erstarrt. *Oh fuck.*

Er weiß es. Er weiß, was ich vorhabe. Er muss mich zusammen mit Jayden und Beck gesehen haben und wird mich ...

Schlagartig wird es blendend hell. Die Motoren mehrerer Boote jaulen auf. Der Strahl von Dutzenden Scheinwerfern und Taschenlampen richtet sich auf uns. Auf mich.

»Polizei! Keine Bewegung!«

Die tiefe Stimme hallt per Lautsprecher durch die Nacht, aber sie gehört nicht Jayden.

Es ist Mr. Jackson. Der Polizeichef von Golden Bay höchstpersönlich.

51. Kapitel

Ein, zwei Sekunden verharren alle in Schockstarre – dann bricht das komplette Chaos aus.

Remi reißt seine Pistole hoch und richtet sie auf die Polizisten. Hendrick ergreift die Flucht und springt auf einen der beiden Fischkutter. Sein Begleiter greift nach seiner Waffe.

Schüsse. Das Platschen von Wasser. Das Boot schaukelt gefährlich.

Ich suche Deckung, presse mich gegen die Reling.

»Hände hoch!«, brüllt eine weitere Stimme.

Nicht Jayden. Ich kann Jayden nirgendwo sehen oder hören. Was zur Hölle geht hier vor?

Ein Motor jault auf. Weitere Schüsse. Sirenen.

Platsch. Platsch, platsch, platsch!

Hektisch werfen die Männer die Taschen über Bord, um sie in den Tiefen des Meeres zu versenken.

Auf dem ersten Fischkutter wimmelt es bereits vor Polizisten. Der zweite mit Hendrick ist fort.

Dröhnende Stimmen. Hämmernde Schritte. Das Motorboot schaukelt und ächzt unter dem Gewicht der vielen Menschen.

Innerhalb weniger Sekunden sind wir von Polizisten umgeben – und ein schreckliches Déjà-vu breitet sich in mir aus. Die gleiche Situation. Der gleiche Ausgang.

Ein harter Stoß, und ich lande auf den Knien. Remi direkt neben mir.

Zu viele Leute. Mehr als Jayden versprochen hat.

Jayden. Wo zum Teufel steckt er?

Ehe ich mich versehe, reißt mir eine Polizistin die Arme auf den Rücken. Ich höre das viel zu vertraute Klicken von Handschellen, noch bevor ich das kalte Metall an meinen Handgelenken richtig wahrnehme.

Übelkeit breitet sich in mir aus, und ich schmecke Galle. *Nein. Nicht schon wieder. Nicht so. Nicht hier. Nicht. Schon. Wieder.*

Ich gehe nicht zurück. Ich gehe unter keinen Umständen zurück!

»Sie sind alle verhaftet wegen Drogenschmuggel, Drogenhandel, Drogen- und Waffenbesitz.«

Der Cop zieht mich auf die Füße. Während das Blut in meinen Ohren rauscht und ich jedes andere Geräusch nur wie durch eine dicke Watteschicht wahrnehme, erkenne ich das Ausmaß direkt vor meinen Augen.

Mehrere Motorboote haben uns eingekreist. Wenige Meter entfernt wartet das Einsatzschiff der Küstenwache, nun hell erleuchtet. Sie müssen die ganze Zeit über lautlos und ohne Licht abgewartet haben, bis der Deal über die Bühne geht – um dann zuzugreifen.

»Keine Sorge«, zischt die Polizistin und stößt mich vorwärts, in Richtung eines ihrer wartenden Boote. »Wir haben eine schöne Gewahrsamszelle an Bord.«

Gleich darauf löst sie ihr Versprechen ein, und ich finde mich zusammen mit Murray, Remi und zwei weiteren von Hendricks Männern in einer grauen Zelle auf dem Schiff der Küstenwache wieder.

Wenige Minuten später erreichen wir den Hafen von Bayville. Zumindest glaube ich das, weil das Schiff langsamer wird und schließlich anlegt.

Stimmen sind zu hören. Schwere Schritte. Ich sehe zu Murray hinüber, aber der weicht meinem Blick aus. Ganz so, als könnte er es nicht ertragen, mir in die Augen zu sehen. Oder das, was ich in seinen lesen könnte.

Die Zellentür geht auf, und wir werden nacheinander durch das Schiff nach oben und an Land geführt. Ich hatte recht. Wir sind wirklich in Bayville. Und die Polizeiwagen stehen bereits mit eingeschaltetem Blaulicht am Maple Port bereit.

Hektisch sehe ich mich um, versuche zwischen den Beamten und den Schaulustigen, die sich mitten in der Nacht am Hafen versammelt haben, ein bekanntes Gesicht zu entdecken.

»Was soll das?«, ertönt plötzlich Becks Stimme.

Zu weit entfernt. Er steht hinter einer Absperrung und kann nichts ausrichten. Wahrscheinlich ist es besser für uns alle, wenn er sich nicht einmischt, sonst wird er noch wegen Beihilfe oder irgendeinem anderen Scheiß verhaftet.

Als sich unsere Blicke treffen, schüttle ich unmerklich den Kopf.

Meine Gedanken rasen. Was ist passiert? Wie konnte unser Plan so schiefgehen? Woher wussten die Cops, wo sie uns finden? Wo zum Teufel steckt Jayden? Und wo ist Hendrick abgeblieben? Haben sie ihn auch festgenommen? Oder konnte er mit dem Fischkutter fliehen?

»Ich wusste schon immer, dass du nur Ärger bringst.« Unvermittelt taucht Chief Jackson neben mir auf und verpasst mir einen harten Stoß in den Rücken. »Du konntest es einfach nicht lassen, oder? Du konntest es verdammt noch mal nicht lassen.«

»Es ist nicht das, wonach es aussieht«, rufe ich. »Wo ist Jayden? Er kann alles erklären. Er kann …«

»Das sollte deine geringste Sorge sein«, unterbricht er mich und führt mich zu einem der wartenden Streifenwagen.

Die Alarmsirenen in meinem Kopf schrillen los.

Nein. Nein, nein, nein!

Alles, wofür ich gekämpft habe …

Ember. Meine Familie. Meine Freunde. Mein ganzes Leben auf Golden Bay.

Alles, was ich mir aufgebaut habe, seit ich zurück bin …

Alles war umsonst.

Fuck!

52. Kapitel

Wenn ich eine Sache in den letzten Jahren gelernt habe, dann die: Sobald du am Boden liegst, gibt es immer jemanden, der noch mal ordentlich nachtritt. Denn egal, wie übel es aussieht, es kann jederzeit schlimmer werden.

Genau das passiert, als wir als Erste vor dem Polizeirevier in Bayville anhalten und Chief Jackson mich am Oberarm von der Rückbank nach draußen zerrt.

Blaues und rotes Licht färbt das massive Gebäude mit Säuleneingang, in dem sich nicht nur das Revier, sondern ein Gerichtssaal, die Staatsanwaltschaft und – ironischerweise – auch das Finanzamt befinden. Der Eingang ist hell erleuchtet. Uniformierte Polizisten stehen bereit und kommen uns entgegen.

Chief Jackson lehnt jede Unterstützung ab. Mit eisernem Griff um meinen Arm bugsiert er mich in Richtung der Stufen, die zum Eingang hinaufführen. Vorbei an den Cops, vorbei an den anderen Wagen, die nacheinander eintreffen, bis alles voller Autos und Leute ist.

»Dad …?«, ertönt eine viel zu vertraute Stimme in der Nähe.

Alles in mir steht schlagartig still. Mein Atem. Mein Herz. Jedes verdammte Molekül in meinem Körper.

Ich schließe die Augen, doch egal, wie sehr ich es mir wünsche, die Realität lässt sich nicht ausblenden.

Es ist vorbei. Meine Vergangenheit hat mich endgültig eingeholt.

Der Chief zerrt mich weiter – und ich bin gezwungen, mich der

Realität zu stellen. »Gleich sieht sie endlich, wer und was du wirklich bist.«

Ich stemme die Fersen in den Boden und reiße den Kopf zu ihm herum. Versuche das Unvermeidliche hinauszuzögern. »Sie waren das …? Sie haben Ember hergerufen?«

»Sprich ihren Namen nicht aus«, befiehlt er und bleibt mitten auf dem Gehweg auf der gegenüberliegenden Straßenseite stehen. Blaulicht flackert über sein Gesicht. Es ist vor Wut verzerrt. »Du kannst froh sein, dass ich sie ein letztes Mal in deine Nähe lasse.«

»Ja, aber nicht nur in meine, sondern auch in die von Kriminellen!«

Aus dem Augenwinkel sehe ich, wie die anderen Männer in Handschellen aufs Revier geführt werden. Einer nach dem anderen. Zuerst die Wachen, die ich nicht kenne, dann der Rest. Vorbei an Ember, die in einem hübschen grünen Sommerkleid einige Meter entfernt an der untersten Stufe steht und das Geschehen aus riesigen Augen beobachtet.

Wo ist Remi? Und wo zum Teufel steckt Hendrick?

»Murray?!« Embers Stimme überschlägt sich beinahe, als der alte Fischer an ihr vorbeigeschoben wird. Er zeigt keine Regung, hält den Blick starr auf den Boden gesenkt. »Was … Was ist hier los?«

Wortlos zerrt Chief Jackson mich weiter, über die Straße, vorbei an den parkenden Streifenwagen und anderen Polizisten.

Den Moment, in dem mich Ember in dem Trubel erkennt, werde ich niemals vergessen. Ihre Lippen teilen sich, sie stößt ein Keuchen aus. Ihr Blick zuckt an mir auf und ab, springt zwischen mir und ihrem Vater hin und her und heftet sich auf die Stelle, an der er mich noch immer festhält.

Mit einem Mal wird sie kreidebleich. »Was ist passiert?«

»Es ist nicht das, was du denkst«, behaupte ich. Doch noch während ich die Worte ausspreche, bin ich mir überdeutlich bewusst, wie das kalte Metall der Handschellen in meine Gelenke schneidet.

»Hallo, Ember«, ertönt eine tiefe Stimme ganz in der Nähe. »Schön, dich wiederzusehen.«

Ich stürze nach vorne, stürze auf Remi zu, aber der Chief reißt mich brutal zurück. In der nächsten Sekunde wird Remi von zwei weiteren Polizeibeamten die Stufen hinaufbegleitet.

»Das …« Ember fasst sich an die Brust. »Das war der Typ, der mein Handy gerettet hat. Nachdem es mir geklaut worden ist, hat er es mir zurückgegeben!«

Jetzt weiß ich, woher Remi meine aktuelle Nummer hat. Und woher er Ember kennt.

Ihr Blick zuckt zu mir zurück, und ich kann förmlich sehen, wie sie in Gedanken Puzzleteile zusammensetzt, die nicht zusammengehören.

»Ich kann alles erklären, Em.«

»Auf die Erklärung bin ich gespannt«, fällt Mr. Jackson mir ins Wort und schiebt mich voran. »Du bist Teil eines internationalen Drogenrings.«

Ich will protestieren, will ihn anbrüllen und ihm die Wahrheit an den Kopf werfen, bis die ganze verfluchte Welt es hört. Doch in der Sekunde wird Hendrick an mir vorbei die Stufen hinaufgeschleppt. Er ist klatschnass, sein schwarzes Hemd klebt an seinem Körper, Blut läuft an seiner Schläfe hinunter.

Als sich unsere Blicke für einen winzigen Moment treffen, ist seiner eiskalt. Und so schneidend, dass er die Drohung nicht einmal aussprechen muss. Ich höre sie klar und deutlich.

Ich weiß, dass du das warst. Ich weiß, dass du mich verraten hast. Das wirst du bitter bereuen.

In der nächsten Sekunde haben sie ihn vorbeigezerrt. Ich starre auf seinen Rücken, auf die beiden Cops, die ihn wegführen, aber alles, was ich sehe, ist der Junge, der blutend auf dem Waldboden liegt.

Der Junge, der aus Versehen ein Päckchen Meth fallen gelassen hat.

Der Junge, der jetzt tot ist.

»Das kann nicht sein!« Ember löst sich aus ihrer Starre und läuft neben uns her. »Das muss ein Irrtum sein, Dad! Er ist nicht …«

Der Polizeichef wirft ihr einen harten Blick zu. »Wir haben mehr als zwanzig Kilogramm auf ihren Booten gefunden. Nach dem Rest suchen die Taucher der Küstenwache bereits.« Mit einem verächtlichen Schnauben wendet er sich direkt an mich. »Dafür kommst du wieder in den Knast – und diesmal bleibst du dort. Für immer.«

»Wieder?« Ember stolpert beinahe über die letzte Stufe. »Was soll das heißen – wieder?!«

Fuck. Fuck, fuck, fuck!

Vor uns halten zwei Beamte die Glastüren auf. Das gleißende Licht der Leuchtstoffröhren brennt in meinen Augen.

»Em!« Ich will einen Schritt auf sie zu machen, aber ihr Vater zieht mich sofort zurück.

»Wusstest du das etwa nicht?« Bei der Selbstgefälligkeit in seiner Stimme dreht sich mir der Magen um.

»Hör nicht auf ihn, Ember! Du …«

»Dein Freund ist ein Ex-Knacki. Er hat bereits zwei Jahre gesessen. Vor gar nicht allzu langer Zeit, wenn ich mich nicht irre. Ist es nicht so?« Er schüttelt mich kurz.

Ich ignoriere ihn. Ich ignoriere die anderen Beamten, den Eingangsbereich der Polizeistation, einfach alles. Das Einzige, was ich sehe, ist Embers Gesichtsausdruck, als ihr Vater den dunkelsten Teil meiner Vergangenheit ans Licht zerrt.

In der Sekunde, in der ich als freier Mann durch das eiserne Tor gegangen bin, habe ich mir geschworen, nie mehr an diese Zeit zurückzudenken. Und alles dafür zu tun, dass es nie mehr dazu kommt …

»Ember. Hör mir zu.« Erneut versuche ich, einen Schritt auf sie zu zu machen – und wieder reißt mich ihr Vater zurück. Wenigstens bleibt er diesmal stehen, statt mich weiterzuziehen.

Ember starrt mich aus riesigen Augen an, in denen Ungläubigkeit,

Schock und Zweifel miteinander kämpfen. Ihr Gesicht ist erschreckend blass. Ihre Lippen zittern.

»Ist das wahr?«, fragt sie leise. So leise und ruhig, dass ich sie fast nicht hören kann. Leider nur fast. »Ist es wahr, Holden?«

Beim Klang meines Namens aus ihrem Mund zucke ich zusammen. Als Ember ihn das letzte Mal ausgesprochen hat, hatte sie die Arme um meinen Hals geschlungen und hat mich angelächelt. Ich habe mich zu ihr hinuntergebeugt und sie zum Abschied geküsst. Dann habe ich sie zu ihrem Wagen begleitet und ihr viel Spaß beim Backen mit ihrer Grandma gewünscht, bevor ich in die entgegengesetzte Richtung gefahren bin.

Doch jetzt sieht mich Ember nicht mehr an wie noch vor wenigen Stunden. Jetzt sieht sie mich an, als würde sie mich nicht mehr kennen. Und gleichzeitig wie jemanden, der sie tiefer verletzt hat als jeder andere Mensch.

»Ich kann alles erklären«, presse ich noch einmal hervor, auch wenn ich keine Ahnung habe, wie ich das anstellen soll. Aber ich muss. Sie soll erfahren, warum ich es getan habe. Warum ich keine Wahl hatte. Warum ich ...

Doch sie schüttelt bereits den Kopf. Ihr Blick bohrt sich geradezu schmerzhaft in mich hinein. Und das Einzige, was sie sagt, das Einzige, was sie wissen will, ist ...

»Ist. Es. Wahr?«

Mein Puls donnert in meinen Ohren. Alles um uns herum verschwimmt. Tritt in den Hintergrund. Ich starre Ember an, als könnte ich sie allein damit dazu bewegen zu vergessen, was passiert ist. Als könnte ich die Zeit zurückdrehen, uns an einen Ort zurückbringen, wo es nur uns beide gab. Zusammen. Glücklich.

»Bist du deshalb damals gegangen?«, fährt sie fort und zieht ihre eigenen Schlüsse aus den wenigen Informationen, die sie hat. Zu wenige. Nicht genug. »Und das hier ... was heute Nacht passiert ist ...«

Jede ihrer Fragen ist wie ein Schlag ins Gesicht, aber dass sie nun vor mir zurückweicht, als hätte sie Angst vor mir? Das bringt mich um.

»Es ist wahr«, gebe ich widerstrebend zu. »Alles davon.«

Ja, ich war zwei Jahre im Knast. In Toronto. Das wollte ihr Vater doch mit seinen Worten erreichen, oder nicht? Dass ich es zugebe. Dass ich es laut ausspreche und Ember damit noch weiter von mir stoße.

Langsam schüttelt sie den Kopf. »Du hast versprochen, dass es keine Geheimnisse mehr zwischen uns gibt. Du hast es versprochen, Holden! Und ich ... ich habe dir geglaubt ...«

Ich beiße die Zähne zusammen. Niemand bereut mehr als ich, wie alles gekommen ist.

»Du muss mir vertrauen, Em. Okay? Ich kann ...«

»Du hast mich angelogen!«

Kein Kinnhaken, keine Messerattacke, nichts könnte mich härter treffen als diese Worte aus ihrem Mund. Als die blanke Verzweiflung in ihrer Stimme und in ihren Augen.

»Das reicht«, unterbricht uns Chief Jackson und winkt einen Kollegen heran. »Bringen Sie unseren *Gast* in sein neues Zuhause.«

»Nein!« Bisher war der Schock zu groß, doch jetzt wehre ich mich gegen den Griff. »Es ist nicht so, wie Sie denken! Ich war an dem Drogendeal nicht beteiligt, verdammt noch mal! Also doch, irgendwie schon, aber nicht freiwillig. Ich war nur dabei, um ...«

»Chief!« Jayden stürmt durch die Eingangstür. »Warten Sie!«

Chief Jackson bedeutet dem anderen Polizisten innezuhalten und wendet sich an Jayden. »Zu dir komme ich gleich. Was fällt dir ein, eine verdeckte Mission ohne meine Erlaubnis hinter meinem Rücken in die Wege zu leiten? Hast du eine Ahnung, was du damit beinahe angerichtet hättest?! Du kannst von Glück reden, dass ich dich nicht auf der Stelle feuere!«

»Aber ...«

»Mund halten! Das ist ein Befehl.«

Der fremde Cop schiebt mich weiter, den Flur hinunter, aber ich habe nur Augen für eine Person.

»Ember!« Ich werfe mich zur Seite, schaffe es, mich zu ihr umzudrehen.

»Du hast versprochen, es nicht kaputtzumachen.« Sie starrt mich mit Tränen in den Augen an, aber sie fallen nicht. »Du hast versprochen, nichts mehr vor mir geheim zu halten, Holden.«

»Ich weiß.« Sie so zu sehen, bricht mich mehr als alles andere. »Es tut mir leid. Du glaubst gar nicht, wie sehr.«

Sie atmet tief durch. Und mit einem Mal wirkt sie völlig ruhig. Gefasst. Wild entschlossen. Als hätte sie einen Schalter in ihrem Inneren umgelegt und sämtliche Gefühle für mich verdrängt. Sie ausgelöscht.

Nein, wird mir in diesem Moment klar, als hätte *ich* sie ausgelöscht.

Das neugewonnene Vertrauen zwischen uns. Die Zuneigung. Anziehung. Liebe. Alles ist weg.

Ember kämpft mit ganzer Kraft dagegen an. Gegen mich. Gegen uns.

Und ihre Stimme … ihre Stimme ist nur noch ein raues Flüstern. »Was hast du mir noch verschwiegen?«

TRIGGERWARNUNG

(ACHTUNG: SPOILER!)

Dieses Buch enthält potenziell triggernde Inhalte zu folgenden Themen:
Gewalt, Gewaltverbrechen, Kriminalität, Tod, Blut, Mord, Drogenhandel, Drogenmissbrauch, Machtmissbrauch, Trauerbewältigung, Erpressung.

Nachwort der Autorin

Die Geschichte aus Holdens Perspektive weiterzuerzählen, war etwas ganz Besonderes für mich, da es das erste Mal war, dass ich ein Buch komplett aus der männlichen Perspektive geschrieben habe. Und ich habe es geliebt, in Holdens Gedanken und Emotionen, seine Vergangenheit, seine Schuldgefühle und seinen großen Beschützerinstinkt einzutauchen! Manchmal wollte ich ihn schütteln, aber noch öfter in den Arm nehmen, weil er so viel durchmachen musste und immer noch muss. Doch dazu kann er gleich selbst mehr erzählen ...

Im Sommer 2020 hatte ich Angst, dass mir keine neue New-Adult-Idee einfallen würde. Gleichzeitig habe ich gespürt, dass da ein Funken ist und es in mir arbeitet, auch wenn ich die Idee noch nicht greifen konnte.

Vier Jahre später ist aus diesem Funken eine komplette Trilogie entstanden. Ich bin so froh und dankbar, wie alles gekommen ist und dass wir heute dieses Buch in den Händen halten können.

Ich hoffe, dass diese Geschichte dir eine Auszeit vom Alltag schenken konnte und dass du in Golden Bay ein Zuhause gefunden hast. Denn, egal wie turbulent die Welt da draußen auch sein mag, jedes Mal, wenn du das Buch aufschlägst oder das Hörbuch einschaltest, kannst du nach Golden Bay zurückkehren. Als Nächstes mit *How it ends*, dem dritten und letzten Band der Canadian-Dreams-Reihe.

Viel Spaß & alles Liebe,
Bianca

Eine Nachricht von Holden

Jetzt bin ich also an der Reihe. Erstmal: Hallo! Mein Name ist Holden Thorne, aber das weißt du bestimmt, schließlich sind wir inzwischen beim zweiten Buch angekommen. Schon krass, wie viel seit meiner Rückkehr nach Golden Bay passiert ist, oder? Ich schätze, dafür sollte ich mich bei einigen Leuten bedanken, also los geht's!

Danke an Bianca Iosivoni, dass du mich durch die Hölle geschickt hast. Kein Scherz. Ohne dich hätte ich ein ganz normales, friedliches Leben auf Golden Bay geführt, hätte irgendwo studiert und vielleicht wäre sogar der nächste große kanadische Eishockeystar aus mir geworden. Stattdessen hast du mich mit einem Lächeln im Gesicht in die tiefsten Abgründe geschubst. Danke. Aus tiefster Seele: danke.

(Anmerkung der Autorin: Ich liebe den Sarkasmus! Von Herzen gern geschehen, Holden! Wenn du wüsstest, was dich in Band 3 erwartet … :D)

Nein, aber jetzt mal im Ernst. Danke, dass du genug Vertrauen und Geduld hattest, um zu warten, bis Ember und ich zu dir kommen und dir unsere Geschichte erzählen. Danke für deinen Einsatz, deine Liebe zum Detail (und zu schmerzhaften Momenten – okay, ich hör schon auf), dein Durchhaltevermögen und deinen Kampfgeist.

Apropos Kampfgeist: Danke an Kristina Langenbuch Gerez. Du bist die beste Literaturagentin, die Bianca sich vorstellen kann. Danke für deinen unermüdlichen Einsatz, deine Begeisterung, dein Verständnis und dass du ihr immer den Rücken freihältst.

Fun Fact Nr. 1: Als Bianca beim Plotten meine Hintergrundgeschichte angelegt hat, vor allem gewisse kriminelle Details, war sie der festen Überzeugung, das richtig gut begründen zu müssen. Insbesondere die zwei Jahre in Toronto. Dann hat sie tiefer recherchiert, sich auf kanadischen Anwaltsseiten herumgetrieben, Newsartikel und Gesetzestexte gelesen und festgestellt: Hoppla! Sie war ja viel zu nett! Denn bei gewissen Delikten ist die Gesetzgebung in Kanada deutlich härter und schärfer. Ein Glück, dass sie das nicht vorher gesehen hat!

Danke an das Lektorat dafür, dass ihr alles immer noch einen Ticken schlimmer für mich gemacht habt. Mehr Angst, mehr Verzweiflung, mehr Stricke um meinen Hals – und vor allem mehr Cliffhanger. Liebe Melike Karamustafa, liebe Laura Lichtenwalter, wenn wir ehrlich sind, wäre meine Story ohne euch viel zu ruhig und entspannt geworden. Danke für euren Einsatz, eure Begeisterung und die Liebe zum Detail.

Insbesondere danke an Laura Lichtenwalter dafür, dass sie diese »süße Childhood-Lovestory« eingekauft hat, aus der am Ende eine spicy Second-Chance-Enemies-to-Lovers-Story wurde.

Passend dazu ein riesiges Dankeschön an den Penguin Verlag dafür, dass ihr uns ein Zuhause gegeben habt und unsere Geschichte feiert. Insbesondere danke an Britta Claus, Eva Schubert, Britta Egetemeier, Melanie Köhn, Vanessa Weber, Ruth Pillipp, Katharina Michael und allen, die ich vermutlich vergessen habe. Danke für eure Begeisterung, euer Vertrauen, euren unermüdlichen Einsatz und eure Penguin Passion!

Fun Fact Nr. 2: Wusstest du, dass der Text auf dem Farbschnitt in der 1. Auflage von Golden Bay durch einen puren Zufall, genauer gesagt durch einen Witz entstanden ist? Während eines Verlagsbesuchs in München haben die Programmleiterin Britta Claus und Bianca darüber gescherzt, dass es doch witzig wäre, bei Embers Zitat »Ich will dich nicht wollen« mit jedem Buch ein Wort mehr wegzulassen. So kam es zu »Ich will dich nicht« auf dem Farbschnitt von Band 2 und zu »Ich will dich« auf Band 3.

Danke an Oliver Kube dafür, dass er mir seine Stimme geliehen und meine Geschichte als Hörbuch eingesprochen hat. Was haben wir auf 400 Seiten alles erlebt und zusammen durchgemacht. Danke, Mann.

Aber ohne Katharina Schmidt und Der Hörverlag wäre das alles gar nicht möglich gewesen, darum ein großes Dankeschön auch von mir für den unermüdlichen Einsatz, die Begeisterung, die Ideen und das Vertrauen.

Fun Fact: Die ersten Worte meiner Geschichte hat Bianca am Meer auf Usedom geschrieben, noch in derselben Nacht, in der sie Band 1 und damit Embers Story beendet hat. Für die finale Fassung von Band 3 fährt Bianca ebenfalls zurück an die Ostsee. Golden Bay spielt also nicht nur am Meer, sondern wurde auch teilweise dort geschrieben – genau wie in Kanada übrigens. Doch dazu hat Ember am Ende von Band 1 schon einiges erzählt.

Ein ganz persönliches Danke geht an Nina Bilinszki fürs Zuhören, Dasein und für die spannenden Doku-Abende. Ohne die wäre Bianca nicht so erschreckend gut informiert, was True Crime, Kriminalität und Schwarzmärkte angeht – und könnte diese Dinge dementsprechend auch nicht in ihre Bücher einbauen.

Fun Fact Nr. 3: Es gibt tatsächlich eine spannende Dokumentation von National Geographic: »Schwarzmärkte hautnah« mit der Journalistin Mariana van Zeller. Einige Folgen aus den ersten zwei Staffeln hatten großen Einfluss auf die Entwicklung der Kriminalität in Golden Bay – und damit auch auf meine Geschichte.

Außerdem soll ich noch ein großes Danke an Ava Reed ausrichten – fürs Anfeuern beim Finale, fürs Dasein und alles andere. Du weißt, was Bianca meint.

Ebenso geht ein dickes Dankeschön an Biancas Freund*innen und Familie, ihre Testleserinnen Beate, Janine, Tina und Mandy, ihre tollen Kolleg*innen und Leser*innen! Sie lässt euch ausrichten: *Eure Begeisterung* für SORRY. Ich habe es nur für dich getan *hat mich beflügelt. Eure Fragen danach, wann es wieder New Adult Romance von mir geben wird, haben mich noch schneller schreiben lassen. Ohne euch wäre ich nicht da, wo ich heute bin. Danke für alles!*

Fun Fact: Als SORRY. Ich habe es nur für dich getan *erschienen ist, hat Bianca schon an Band 2 der Canadian-Dreams-Reihe geschrieben – und das, ohne dass irgendjemand (abgesehen von Agentur und Verlag) davon wusste! Online waren wir immer nur ein Geheimprojekt oder als Projekt GB bekannt. Dass es eine große Trilogie ist, hat sie erst Ende Oktober desselben Jahres verkündet.*

Für die traumhaft schöne Illustration in der Innenklappe ist übrigens Francis Eden verantwortlich. Sie hat den Moment zwischen Ember und mir vor ihrem Elternhaus, mitten in einem stürmischen Gewitter, perfekt eingefangen. Danke!

Fun Fact: Zwei Lieder aus dem Soundtrack verdanken wir ein paar tollen Menschen auf Instagram. Bianca hatte nämlich keine passende

Musik für eine ganz bestimmte Szene zwischen Ember und mir an den Klippen von Sunrise Point, also hat sie ihre Follower auf Instagram gefragt. Es kamen so viele tolle Vorschläge rein und am Ende sind es Figure You Out *von VOILÀ und* Burn With Me *von Lilith Czar geworden. Danke, Leute. Das hat diese Momente sehr viel … intensiver gemacht. :D*

Apropos Instagram. Dort, auf TikTok und natürlich in Biancas Newsletter findest du alle Updates, News, Lesungstermine, Behind the Scenes und alles, was dich interessiert! Wir freuen uns, wenn du vorbeischaust! Und im Newsletter gibt es alle wichtigen Infos und Reveals (Cover, Illustrationen etc.) exklusiv früher! Just saying … :)

Übrigens steht das große Finale schon in den Startlöchern! *Golden Bay – How it ends* erscheint am 28. August! Ember und ich würden uns riesig freuen, wenn du uns auch im finalen Band begleitest. Und diesmal kommen wir sogar alle beide zu Wort und erzählen dir gemeinsam, wie unsere Geschichte endet …

Die schicksalhafte
Second-Chance-Trilogie
der Bestsellerautorin geht weiter -
Teil 3 aus Embers und
Holdens Sicht

Erscheint am 28. 08. 2024

»Ein Debüt voller Nostalgie und Herz. So wie wir uns an unvergessliche Sommer erinnern, bleibt auch diese Liebesgeschichte weit über die Lektüre hinaus im Herzen.« USA Today

Nostalgie und Romantik pur: Der unwiderstehliche SPIEGEL-Bestseller und TikTok-Hit

Unendlich viele Erinnerungen verbindet Percy mit Barry's Bay, dem idyllischen Ort in Kanada, an dem sie die Sommer ihrer Jugend verbracht hat. Fünf unvergessliche Sommer, in denen sie und der Nachbarsjunge Sam unzertrennlich waren: Eisessen am Steg, Wettschwimmen und Sternezählen am See. Doch die Sache mit den Erinnerungen ist – sie gehören der Vergangenheit an. Aber als Percy erfährt, dass Sams Mutter gestorben ist, kann sie nicht anders, als sofort nach Barry's Bay zu fahren. Und als sie Sam nach all der Zeit wiederbegegnet, ist plötzlich alles wieder da: das ganze Glück und der ganze Schmerz – über den einen Moment, der eine gemeinsame Zukunft unmöglich machte …

PENGUIN VERLAG